Staread
星 文 文 化

果果的婚事

未夕 著

MARRIAGE LIFE

长江出版社
CHANGJIANGPRESS

图书在版编目（CIP）数据

果果的婚事 / 未夕著 . —武汉：长江出版社，2021.6
ISBN 978-7-5492-7708-7
Ⅰ.①果… Ⅱ.①未… Ⅲ.①长篇小说—中国—当代 Ⅳ.① I247.5
中国版本图书馆 CIP 数据核字（2021）第 110150 号

果果的婚事 / 未夕 著

出　　版	长江出版社
	（武汉市解放大道 1863 号）
选题策划	谢小禾
市场发行	长江出版社发行部
网　　址	http://www.cjpress.com.cn
责任编辑	江　南
特约编辑	谢小禾　陈　纯
印　　刷	北京盛通印刷股份有限公司
版　　次	2021 年 6 月第 1 版
印　　次	2021 年 6 月第 1 次印刷
开　　本	700mm×1000mm 1/16
印　　张	19
字　　数	340 千字
书　　号	ISBN 978-7-5492-7708-7
定　　价	49.80 元

版权所有　盗版必究（举报电话：027-82926804）
（如发现印装质量问题，请寄本社调换，电话 027-82926804）

目录 CONTENTS

第一章　一样鬼胎 ... 002

第二章　两样心肠 ... 008

第三章　下定决心 ... 013

第四章　豁了出去 ... 019

第五章　人生大事 ... 025

第六章　只是开始 ... 031

第七章　至爱亲朋 ... 038

第八章　新婚燕尔 ... 044

第九章　生活智慧 ... 051

第十章　咱爸咱妈 ... 057

第十一章　天要下雨 ... 064

第十二章　鸡零狗碎 ... 072

第十三章　苦乐交加 ... 078

第十四章　孕育生命 ... 084

第十五章　天降麟儿 ... 090

第十六章　苦难历程 ... 098

第十七章　都不容易 ... 104

第十八章　自我救赎 ... 111

第十九章　往事如烟 ... 118

第二十章　生活哲学 ... 125

第二十一章　千辛万苦 ... 132

第二十二章　山重水复 ... 138

第二十三章　窥视灵魂 ... 146

第二十四章　尴尬岁月 ... 153

第二十五章　鸡飞狗跳 ... 161

第二十六章　危机四伏 ... 169

第二十七章　痒或不痒 ... 176

第二十八章　荒诞剧目 ... 184

第二十九章　至亲至疏 ... 191

第 三 十 章　一点萌芽 ... 199

第三十一章　七上八下 ... 206

第三十二章　无可奈何 ... 214

第三十三章　落日楼头 ... 221

第三十四章　断鸿声里 ... 229

第三十五章　焦头烂额 ... 237

第三十六章　此伏彼起 ... 245

第三十七章　镜里人生 ... 252

第三十八章　生死之间 ... 259

第三十九章　夕照如血 ... 266

第 四 十 章　唇齿相依 ... 273

第四十一章　生活新篇 ... 280

第四十二章　梦想之屋 ... 287

尾　　声　婚姻如歌 ... 294

本书故事发生在20世纪最后一年至2015年间，仿佛近在昨天，时间却已走远。

——未夕

第一章

一样鬼胎

新世纪到来的前一年，方博南要相亲了。

方博南是地地道道的东北人，来自长春，家就住在伪满洲国皇帝溥仪的皇宫附近。方博南小的时候也不知到那个地方去过多少次，全是免费的。

方博南身材比较高大，面目比较端正，举止比较帅气，工作比较稳定，性格比较可爱，家教比较不错，无数的比较汇合在一处，拼成了一个比较不错的阳光青年。加上父亲在老家还是一个干部，本人在出版社工作，是个美编，好歹是文化单位，多少跟艺术家沾点儿边儿，虽说挣得不多，但比上不足比下有余，并且生活作风正派，无不良嗜好，个人综合指数还是比较高的。加上这两年做了几本不错的书，业内也算数得上，于是大家恭维他，说我们方先生，虽说算不上钻石王老五吧，怎么也该算是一个白银王老五。抢手咧！像那刚出炉的热烧饼。他的损友，同一个社做市场的楚一帆说，现在还有谁把烧饼当个宝？方博南怎么是烧饼呢，至少也是块比萨，必胜客的比萨，得排着队才有的吃。

方博南起先还提醒自己谦虚谨慎戒骄戒躁，悠着点儿悠着点儿，可是夸的人多了，慢慢地他就被催眠了，认为自己的的确确是一块刚出炉的热比萨。好料好馅都堆在面儿上，一拉老长的奶酪丝，香飘万里，也不知将来落到哪个有福气的女人嘴里。

这么自我感觉一良好，坏了，出麻烦了。

这两年他架子搭足了放不下来，看哪个女孩子都觉得配不上自己，不是这不好就是那不好。跟柳湘莲似的，下决心要得一个绝色的女子。

关键问题是，人家柳兄只要一个绝色的干净的就成，人家可没其他诸多不合理的要求，既要女孩子绝色干净，又要人有才并且有个好工作。

从二十五六到如今的三十出头，绝色的没遇上，漂亮的倒没少见，自己社里的，旁的社里的，朋友的姐妹，朋友老婆的姐妹，朋友的表姐妹，朋友老婆的表姐妹，朋友的朋友，朋友的朋友的朋友……一圈姑娘见下来，方博南感慨万分，果然江南佳丽地，南方小娘儿们果然是漂亮。可是，他看上了，人家没看上他。

有一天他忽地意识到一件事，漂亮的姑娘人家不爱吃比萨。

人家爱特级布朗尼，配圣路易斯葡萄酒，至少也得是玛德莲松露蛋糕，或是块热黄金舒芙蕾。

方博南把自己架空了，不上不下，一晃就过了三十。

眼看着年岁渐大，方博南嘴上说不急，心里却是急的。

终于到了这一天，社里热心的工会主席说要给他介绍一个姑娘。

身为一块热比萨，按道理排队才能吃到嘴的，居然要用相亲这种方式来解决终身大事。起初方博南觉得一张老脸有点儿挂不住，楚一帆问起这件事时，他便把责任推到远在东北的爸妈身上，说是家里天天打电话催，要不谁想相什么鬼亲！

其实他爸妈完全不管他这档子事儿，这也是一个异象，暂且不表。

楚一帆是何等活泛的人物，安上尾巴他就是只猴，一眼便看穿方博南的托词。不过他是不会当面揭人短的，什么时候都给人留两分薄面，这是此君的可爱之处，所以他再精明会算小账也并不讨人嫌。

楚一帆安慰方博南说，你看你，老方，你这个人就是沙文主义，相亲怎么了？时代进步了，固然男女相识的花样繁多了，可是相亲始终是最托底也最有谱的方式，故百年来长盛不衰，存在即合理，存在即合理啊老方。再说，那句话怎么说来着？普遍撒网嘛，重点培养嘛，你以为这句话过时了？不！真理是不会过时的，你不多挑挑，哪知春色如许？不多挑挑，哪知谁最适合你？你不去就山，山不会来就你！这句话比什么脚踏几只船要文雅得多了，寥寥八字，道尽男女相识之真谛。另外再送你一句村话，宁可错杀一万，不可放过一个。楚一帆一手叉腰一手在半空中挥舞，颇有点儿指点江山的派头。

方博南纵声大笑，说，老楚，你看你这样儿，你面前就少个沙盘，你当这是三大战役哪？

楚一帆又"哧"了一声，道，老方，婚姻与爱情，那就是场没有硝烟的战争哪！

楚君一帆，白顶了一个颇文艺的名字，样貌平庸，个头也不高，并且有上不

得台盘的毛病，竟然情债累累，好不叫人讶异，此话也暂按下不表。

方博南被楚一帆的这句话说得嘿嘿傻笑。楚一帆见他像是动了心，便进一步鼓励他，老方，再送你一首歌一句话。

方博南说，哪首歌哪句话？

楚一帆荒腔走板地唱起来，青藤若是不缠树哎——哎哎哎，枉过一春哪——又一春！阿米尔，冲！

方博南受到了楚一帆的鼓励，一拍桌子，大丈夫砍头不要紧只要主义真，掉脑袋都不惧，何惧相亲？

于是方博南答复工会主席大姐说同意相亲。要不，先整张照片来看看？

大姐说，要照片做什么？现在艺术照满天飞，脸上的妆比城墙还厚，你要看那种吗？再说有人上照有人不，直接见人好了。

大姐说，那女孩子比方博南小三岁，在一家广告公司做文案，本科文凭，南京本地人，家里就这一个女儿。长得据说不错。

方博南一听女孩子的岁数，心先自凉了一凉，二十七啰，最早叫老姑娘，现在叫大龄女青年，姿容再好也打了折扣。

方博南不知道的是，时代在不断地进步，后来这样的女孩子还被叫作剩女，这也是后话了。

可是在听到女孩子的名字时，方博南乐了。

冲着这名字他也得去见见这个女孩子。

女孩子叫哈果果。

方博南决定去看一看这是一颗什么样的果子。

哈果果在二十七岁这一年正式迈进了大龄女青年的行列。

她有点儿发蒙，不明白自己怎么就一下子二十七了呢？

她还记得二十岁那年第一次相亲的情景。楚一帆说相亲是最托底最有谱的一种男女相识的方式，若这话给哈果果听了一定对他翻白眼。

果果从小被家人保护得太好，上到大二竟然不敢自己乱交男朋友。妈妈说，外头都是些牛鬼蛇神，果果的亲事是一定要由家人把关的，而果果也心甘情愿由得家里来设计她的爱情和婚姻，从未想过揭竿而起，这也算是个异数。

那天家里来了妈妈的朋友，那位阿姨说要给果果介绍一个男孩子。果果起身避开，回到自己屋的时候，竟然兴奋得手微微地发抖。

哈果果竟然也要有男朋友了！这个认知比与人相亲本身更吸引果果。

她偷偷地说，果果的男朋友，果果的男朋友。这一串子词，被果果嚼在嘴里，软软糯糯的，滋味陌生而美妙。

那个男孩子是学土木工程的，父母都是东南大学的教授，家境着实不错，他本人刚大学毕业，在东大的实验室工作。见面是在电影院，果果略迟了一会儿，刚踏入放映厅，人家就灭了灯。果果在一片突来的乌漆墨黑中有稍稍的愣神，不知今夕何夕，不知身在何处，等眼睛适应了那一片黑暗，果果捏紧电影票，在领座员的帮助下，找到了座位。

她八号，一旁十号的座位上就是那个学土木工程的男孩子。果果坐下，那男孩看着前方，十分拘谨地微点了点头。果果看到的是他的左侧脸。一看之下，果果的小心肝儿扑扑跳了一跳，似乎是个清秀的青年，气息洁净，是果果喜欢的类型。

之所以说似乎，是因为果果近视，刚巧隐形眼镜戴得她眼睛有点儿发炎，这一回出来没敢再戴，故视线难免蒙眬。

果果带着微淡的兴奋与男孩子看完了一场电影，回家了。

第二次算是正式约会，约在玄武湖公园门口见面。

这一回，是大白天，果果又戴好了隐形眼镜，起初她都没认出那个男孩子来，因为跟她的第一印象不大一样，越看越觉得男孩子长得哪里有点子怪。一路上果果都在思索着这点怪，又不太好意思老看对方。从解放门走到玄武门时，身后有穿滚轴溜冰鞋的少年冲过来，男孩子回身拉了果果一把，这一回，果果凑近了看到了男孩子的正脸，她忽地明白了那点怪在哪里。

男孩子的右眼竟然是假的！

这一惊非同小可，果果再没心思约会，一门心思想回家，觉得心里老委屈老委屈的，一进家门就哭起来，把爸妈吓了一跳。

果果第一次相亲就这么个结果。妈妈跟那位介绍人阿姨抱怨，你怎么不跟我们说实话呢？那男孩子是个残疾你竟然瞒着我们，你是我们女方的介绍人哪！

阿姨讪讪地说，假眼也不算什么，关键是人家家庭不错，知识分子，书香门第，男孩子将来也是会有前途的。

不说还好，知识分子书香门第这八个字正正地击打在果果妈妈的五脏六腑上，一路痛到她心尖尖，妈妈几乎跟那阿姨翻了脸。

果果事后跟夏漱石诉苦，气呼呼地说，怪不得见面时坐哪站哪都在我右边呢！头一回也单挑在电影院里，乌漆墨黑的，他们可是捣得好鬼，单单瞒着我们家！

果果那阶段刚迷上张爱玲，说起话来很是民国风。

夏漱石摸摸果果的头，温温和和地说，我们小果果居然也到了相亲的年龄了。真是，我还记得第一次见到你，才十四，头发又黄，真正的黄毛丫头。

果果歪歪脑袋，嘟了嘴说，不要拍头嘛，越拍越笨，叫人算计了去，我还做梦呢！

这一回改作红楼调。

夏漱石只是笑。

果果叹气，这人！什么时候都云淡风轻，再大的心事，到他面前，立刻鸡毛蒜皮世俗起来。

心理活动换师太腔。

多年以后，果果再回忆起这初次的相亲，却又想，其实，真的，假眼又算得了什么？这世上，假心假肺的人多着呢。

年轻啊，把外表看得那样重，其实再好看的人，也是禁不起四五十年看的。

那位阿姨对这件事多少有点儿内疚，于是接着给果果又介绍了几个男孩子。当然，在以后的几年里，陆续有不同的亲朋给果果介绍对象。

哈果果从二十岁开始相亲，至今快八个年头。

中国人民艰苦卓绝的全面抗战都结束了，而哈果果还未找到合适的对象，可见在茫茫人海中找到一个合心意的人有多难。

这一回的介绍人是哈果果的远房姨妈，因为其间拐了几道弯，姨妈也说不明白男方的具体情况，只说是文化单位，不是公务员，但肯定是文化人就是了，果果不是喜欢文化人嘛。哦，好像是东北人，不是我们本地的。

看果果意意思思的，果果妈心里急得冒火，女儿二十七了，别说在旧社会，就是早些年，孩子都要会打酱油了。

于是果果妈私底下跟女儿说悄悄话，女儿啊，我同你讲，别管是不是菜，先给它刻到篮子里再说，要不就给那眼疾手快的抢了先，要真是一棵好菜呢，不是亏了？菜到篮子里就放了半个心，再慢慢划拉慢慢挑，挑上挑不上的，还不是看我们？再说，出版社不错的，说出去也好听。再一个好，老家远，离公婆十万八千里，以后还少生一口气！

果果不满地拉长了音，妈呀——八字没有一撇呢。

促使果果答应见方博南的，就是方博南在出版社工作这个因素。

果果爱书，出版社是什么地方？那就是书籍的母体啊！孕育书的地方，果果从来都心向往之。

虽历经相亲之苦，然不改小天真的哈果果，被方博南的工作打动了。

方博南、哈果果，各怀鬼胎，而这鬼胎竟然不谋而合，彼此都是对方篮子里的一棵菜。

可惜的是，好事多磨，这一场相亲，一拖竟然从这一年的二月拖到了五月才得以真正拉开帷幕。

第二章

两样心肠

那一年，也不知怎么回事，从二月起，方博南便像一只陀螺似的忙了起来。一会儿开会，一会儿参加书展，一会儿赶新书，偏巧又遇上个无比挑剔的大腕儿作者，封面装帧插图画稿一改二改，三改四改，改了十来回，回回头一天提要求，两天后见稿子。方博南一边死做活做，一边咬牙切齿地骂，骂来骂去也没有什么新鲜内容。那大腕儿作者是个快五十的男人，五短身材，样貌粗俗，五官糊涂，像给人兜头打了一拳头似的，按楚一帆的说法，古有左太冲，群妪齐共乱唾之，今有×××，有不输太冲之颜色，难怪他说自己深居简出，原来是怕女人往脸上吐口水。方博南调笑道，知道的，是写书的，不知道的，还以为是工地上和泥儿的呢。楚一帆上一回陪同这位大腕儿做巡回签名售书，受够了腌臜气，跳出来帮腔，好歹在文字里浸淫了这么十来年，没浸出点儿书卷气来，难道是发了霉的文字，沤出来一蒲包臭面筋？

方博南这么一忙，便三番五次地将与哈果果相亲的日子改期。有一回，果果都打扮好了，准备出门了，介绍人打来电话说男方晚上有紧急会议，来不了了。几次折腾下来，哈果果家那边不高兴了。

果果妈撇撇嘴说，哦哟不得了，架子大咪，头上长角了不成！当自己是个龙蛋呢。皇帝选妃子还有个定时定刻呢，我们也不是专等着他的，也不是上赶着他的，如今南京男多女少，菜地里有的是菜剜，谁稀罕他那棵老掉牙的飞机包菜！

这番话自然是不可能传到方博南耳朵里的，可是，未来岳母未见面就不大欢喜他，完全背离了丈母娘看女婿越看越欢喜的传统，不能不说是月老在冥冥之中恶作剧一般的安排。他老人家总喜欢来点儿小顽皮，给人间男女找点儿小麻烦，还自以为很幽默，怕是老糊涂了，该下岗让位给年轻人了。

在这期间，哈果果又相了若干次亲，篮子里颇留存了几棵菜，但都好像不是什么合胃口的好菜。

其中有一个，说到条件，非常让果果的妈满意。原来男方父母去世得早，十来岁就成了个孤儿，靠自身不懈的努力，如今在部队上也混出个模样来了，搞创作的，比果果大五岁，属相也相配。果果妈高兴得几乎要手舞足蹈，连说孤儿好孤儿好，又觉得拿人家的伤心事这么快活地说有点儿缺德，于是补充说，我们不是良心坏，只是，没有公婆将来果果少吃多少苦，少生多少气啊，像……果果打断妈妈的话，妈，不要提了，不要提了。

果果妈长"唉"一声，唉，不提不提。过去的事不提，说眼前的这个，他没有父母，我们要加倍地待他好，他自然拿我们这边当成个家，多少好！何况又是军人，安稳哪。

于是果果去见了一次，人倒还顺眼，两个人相处了两三回，那男的突然有半个月消息全无，打电话过去也没有人应。果果妈急了，托了介绍人一问，那边厢吞吞吐吐地说，男方觉得吧，姑娘没有什么不好，清清秀秀，工作也不错，就是，唉，太瘦小了，小细腿儿还没有他胳膊粗呢。

果果妈气得了不得，老母猪胖，他敢要吗？杨贵妃丰满，他要得着吗？香港小姐完美，他够得上吗？还珠格格富态，他挨得近吗？哦哟，给他做老婆还要上秤称称分量的！

果果妈一向能言善道，尤擅比兴和排比，晚生二十年完全可以参加世界大学生辩论赛，当不成一辩，二辩是没有问题的。

篮子里的这棵菜没指望了，果果妈遂又惦记起方博南这棵老掉牙的飞机包菜来，背着果果偷着问介绍人，到底是见还是不见，有没有诚意？介绍人是果果妈的远房表妹，是个厚道人，理解果果妈家有大龄女儿的苦处，连连说，有有有，我明天就去再问一问。

于是这一头方博南的工会主席又对他提及相亲这回事，方博南这才把这档子事儿想起来，"哦"了一声，想想说，明天，啊，明天不行，有会。后天，好像也不行，那……

工会主席当机立断，择日不如撞日，就今晚吧。

在这样的一个五月熏风吹拂的夜晚，方博南和哈果果真的要见面了。

可这一天，果果恰好发了奖金，跟小姐妹好朋友逛街去了。

果果爸哈志良赶紧打电话叫女儿回家来，竟然打不通，估计是手机没电了。

哈爸爸说，再等等吧，说不定一会儿就回来了。

哈妈妈一拍巴掌，小姑娘逛街哪有个了时？你去，去把她找回来。

哈爸爸觉得哈妈妈简直是不可理喻，找回来？你当是田间地头哪，大喇叭一喊，社员哈果果同志，赶快回家，你爸妈找你。哈爸爸不会上网，不然也可发一帖子，哈果果，你妈喊你回家相亲，一定跟帖者云集。因为哈爸爸曾是知青，对农村的大喇叭记忆深刻情有独钟。

哈爸爸说，这可是湖南路！湖南路！湖南路啊晓得？步行街，一窝一窝的人，一家一家的店，捡块砖头一扔砸到十个女的，九个是逛街的小姑娘，还有一个是逛街的大龄女青年。你叫我怎么找啊！

我不管你怎么找，反正你要找到你家女儿！我守在家等电话，好随机应变。哈妈妈下达了命令。

你不是为我，是为女儿，为女儿的终身大事，我们就只有这一个女儿啦！

哈爸爸终于拍案而起，掷地有声，我去找！

湖南路是南京的一条步行商业街，从头到尾百十来家店子，还有无数小吃店、饭店，越到晚上越热闹。在湖南路上找人，比成大海捞针有点儿过，比成长江里捞针是差不多了。

可是，在这样一片人的江河里，哈爸爸竟然不过二十分钟就把女儿找到了！

确切地说，是女儿找到了他。

他刚伸了脖子在来往人群里看，就听得一个清脆的声音叫，爸，你怎么来了？

多年以后，哈果果想起这件事就会想，这是什么？这就是缘分哪。

哪怕是孽缘也是缘。

相亲的地点在一个僻静的街口，一盏街灯在远处，要走两步才能到。

方博南与哈果果的缘分在一片黑灯瞎火中缓缓拉开了帷幕。

怀着相同鬼胎的两个大龄青年，一见之下，却生出两段不同的心肠来。

方博南竟然对哈果果一见钟情！

就像他隔天对楚一帆说的，二十七了，我以为来的会是个二号大妈脸儿，谁知道出来个水灵灵的小姑娘，南方小娘儿们真是经老啊！

哈果果细溜溜的身材，穿了条蓝色长袖连衣裙，由上到下，蓝色慢慢染深，裙摆处露一点儿白色衬裙的边，像海面上涌起的一捧浪花——天晓得这是她刚刚逛街的收获，商标还没来得及剪下来，毛刺刺地戳着她的脖子整整一个晚上。

在以后的日子里，果果常想，自己与方博南的这一场情感婚姻，就如同最初见面时她穿的这一条长裙。美是美的，好是好的，只是有小小的毛刺，一路刺着你，戳着你。要么你下手剪了这毛刺，要么你就忍着，忍着忍着就不觉着刺了，忽地一天这刺没了，倒觉出不对劲儿来。

那一晚，果果长发齐整地披着，缎子似的，笑起来时眼睛弯弯像月牙，这是方博南最喜欢的。

方博南虽是东北大汉，平日里言语彪悍，作风粗犷，偏偏喜欢江南小桥流水风格的女孩子，看着只及他下巴的果果，真是越看越喜欢。

真是意外之喜。

然而一见钟情这种事情，关键在于一拍即合，否则就是剃头挑子一头热，兀的不愁煞人也么哥。

方博南对哈果果一见钟情，可惜落花有意，流水无情。

哈果果觉得方博南不是她喜欢的那一类型，用现在的一句流行的话说，不是她的那杯茶。

果果中意的，是文质彬彬、清秀儒雅的男人，烟云水气，风清骨俊。

像夏漱石。

用这种标准来衡量方博南，便显得他头大如斗，身粗如墙，气壮如牛，不甚可爱了。

果果的这种审美品位直接影响了她的恋爱进程，致使她蹉跎岁月直至二十七岁。

我们要原谅果果，因为果果曾经是一个文学女青年，爱诗爱词爱小说爱话剧，无限地爱。

哪个少年不多情，哪个少女不怀春，怎么能叫一个女孩子她不明媚不忧伤。只不过哈果果一不小心明媚忧伤得过头了一点儿。

果果回到家，哈妈妈连连问，怎么样，怎么样？

果果原本想跟妈妈说算了吧，不考虑这个了。

可是也不知怎的，出口却变成了，还可以。

这种说法相当含糊，可是哈妈妈太懂得女儿了，像果果这样明媚忧伤到挑剔程度的女孩子，能说一个男孩还可以，那就是相当可以了，至少八字起笔了。

哈妈妈很高兴，颠颠地做了一碗酒酿蛋花汤非叫女儿吃。

晚上睡在床上,果果暗暗嘀咕,怎么一个学美术的,跟学拳击的似的,一点儿飘逸气质也无?可惜了那份好工作。不过,好像人还是挺爽快的。两颊青色,看来是络腮胡子,啊呀呀,跟张飞似的,不过,人不可貌相,说不定人家剑胆琴心。个头倒不错,是这么多年见过的人里头少有的高大,到底是东北汉子,要是身坯不那么粗壮就好了,是哟,可以减肥。不过听说男人结婚后只有长膘没有掉肉的,伤脑筋。工作嘛是好的,文化气十足,这个很难得,现在大把人高文凭找不到工作呢。像夏漱石那样有家世、有学问、有好工作、有相貌、有气质、有品行的,也有他难言的问题啊。

果果黑暗里忽笑忽恼,竟然为这个只见了一面的男人辗转反侧了一夜。

第三章 下定决心

毛主席他老人家曾说过，下定决心，不怕牺牲，排除万难，去争取胜利。

男女之间，有时候能不能走到一处，也不外乎下定决心四个字。

可见领袖的伟大。

一条语录，放之四海设诸万事皆准。

第一回见面，哈果果并没有对方博南生多少好感，本来依着果果的意思，这事儿就算了吧。可是一向有点儿小性子的哈果果姑娘，这一回不知为什么变得善于反省了。她觉得自己之所以拖到现在连男朋友都没有，可能也是过于挑剔了一点儿，就像亲戚们有意无意地说过的那样。方博南这个人吧，综合条件真还不错，就从外表来说，也没什么大毛病，哈妈妈说了，大个子门前站，不吃也好看。再说，男人家家的，就要头大身坯子大，要是病恹恹比女人还瘦弱那算什么？

所以果果便同意跟方博南处处看了。

方博南听了介绍人那边的回话，在以往那些美人面前坍塌下去的自信心陡然上升以至膨胀，想，可不是嘛，就咱这条件，这人才，她还不上赶着扑上来？

想象中小巧的哈果果对着自己投怀送抱，眼睛笑得弯弯的，月牙儿似的，方博南心情无比好，爽快地请全办公室人吃了一次下午茶。

第二次见面不像第一次那样九曲十八弯，而在第二个周六顺利到来。

方博南急急忙忙到达约好的地方时，发现哈果果竟然已经站在一棵树下等着了。这个发现让方博南一颗自以为坚如磐石的老心一下子荡漾柔和如一池春水。一向何曾看过姑娘等小伙儿的？方博南办公室有小姑娘曾说过，约会时她不会等任何一个男人，除了吴彦祖。方博南觉得哈果果真是难得，对她的好感又上升两分。

方博南堆了满脸的笑容走上前去，哈果果见他来了，背了手冲他笑笑，笑得方博南晕乎乎的，连忙解释说，手头有点儿急事所以迟了点儿，下回一定注意，并且请果果喝茶赔罪。

这一次真正的约会，从此确立了哈果果总是等着方博南而方博南的拖拉本性无法根治的局面。果果后来想，可见男人是纵不得的。

两个人到了一家相当雅致的茶吧，叫作枫丹白露，坐下后方博南语气宠溺亲热地说，想喝什么就叫，来一客蛋糕好不好？还是腰果？冰激凌？

果果只叫了一壶温的水果茶，可是方博南还是要了一桌子的东西，全推在她面前，笑眯眯地看着她，给果果的感觉就是这个人很会疼人的，自己好像一个被宠着的小小姑娘。她不由得心情好了起来，笑眯眯地吃香蕉船，那样巨大的一个香蕉船，果果的头都快埋进去了。

方博南端了杯子喝水，借着茶杯的遮挡偷偷地看果果。

果果这一天换了一条嫩黄的吊带长裙，外头套一件同色的小背心，头发扎成马尾，更显得年轻。方博南看得出果果的衣服其实都不算高档，难得穿得合身又得体，显得品位不错，方博南暗想，年轻真好，百十来块钱的衣服穿上一样好看。像自己，早些年，小店里头卖的印了文字或是图案的老头衫都敢穿了满世界去，现在不行啰，得稍稍挑点牌子穿穿，不然走出去跟二傻子似的，人老而脸呆。

哈果果也注意到，方博南穿着还是很齐整的，T恤式样保守，可是颜色选得好，品质也好，衬得这人气宇轩昂里头有几分书卷气了。

两个人安静地喝着茶，各自品味着对方，心里像微风下起伏的海面。

两个人初次相处，难免因找不到合适的话题而使会面呈石化状态，最重要的是找到一突破口，就像要引水灌田，得在田埂上挖开一个小缺口。

方博南与哈果果都是恋爱征途上一路摸爬滚打过来的人，深谙此道，可是方博南这一回情迷心窍，难免患得患失，不敢轻易开口，生怕唐突了佳人。

果果等了半天，见方博南一直沉默，心里犯嘀咕，是他主动提出来见面的，见了面不说话，哦，要么是比较内向。以后的日子里果果无数次为自己自作聪明的判断而付出代价。

果果先打破僵局，哎，你们出版社主要做什么类型的书？

方博南缓缓地给果果做起了介绍——之所以放缓语速，主要是为了隐藏自己的东北口音。

方博南时常抱怨，都怪春晚，小品里头的二傻子十个有九个操着东北土腔，严重败坏东北人民的光辉形象。

以往方博南才不在意这种小事，可是在果果面前，他不得不在意。

可见爱情最能使人变作胆小鬼。

方博南说，你喜欢看书吗？以后我送你一些社里出的书。

果果的眼睛一下子亮了，真的？笑得咧开了嘴。

方博南发现果果有一颗长歪了的虎牙，给她平添两分稚气。

好的开始是成功的一半，这第一次的正式约会两个人都心情不错。

哈果果不由得在心里拿方博南跟她以前见过的一些人相比较。

果果作为一名历经了无数次相亲的大龄女青年，最大的特点就是心里有一台电脑，里面建了一个文件夹，分门别类地记录了以往相亲过程中所见的各色人等。这是一个丰富而另类的资料库，当她与一个新的人相亲时，会不自觉地调用这个资料库中的资料与之对比。

方博南的打扮得体让她忆起以前见过的一个博士生。那时果果一听说对方是个博士，心里立刻出现一个风姿儒雅戴着眼镜的书生，不由得心向往之。及至见了面，发现因为那几天一直下雨，地面潮湿，那人竟穿了双拖鞋、一件皱巴巴的T恤，一路上不停咒骂积水的地面，并理直气壮地吐浓痰在地以示愤慨。

果果从此确立了新的恋爱理论，学历与教养是不能完全画上等号的。

方博南面上愉快之气色让他终于有了女朋友的消息不胫而走，传了没两天，居然传出方博南要结婚的谣言。方博南头一次陶醉在谣言中，他想，就是这一个了，反正不久的将来是一定要娶这颗果子的，说就说去吧。现在他们用将来时说，过不久就会用现在时说了。

楚一帆说，方兄，恭喜恭喜，好事将近啊。

方博南觍着脸说，同喜同喜。

他不知道楚一帆的婚姻正面临解体状态，喜个屁。

方博南和哈果果两人于是正式开始了交往。

方博南喜欢听果果讲话，喜欢她说话时那种微微的台湾腔，也许有点儿小造作，但还是可爱的，可爱啊。

果果喜欢给方博南说故事，爱情故事，以及鬼怪故事，还有果果最中意的侦探故事。果果觉得方博南这个人真是善于倾听。

不见面时，方博南时常打电话给果果，有时也没有什么可说的，就问吃了没有，吃了什么。无聊没营养的对话，带着感情是情话，不谈感情整个儿的就是废话。

方博南爱给果果送礼物，到哪里出差都不忘带一份礼物回来。礼物常常是好吃的，方博南总觉得果果瘦小得让人怜爱，胃口小，他总是热情洋溢地鼓励她多吃点儿多吃点儿，好吃你就多吃点儿，让刚刚从被人嫌弃不够分量的打击中恢复过来的哈果果很是安慰。

哈妈妈看女儿最近气色愉悦，与新男友发展稳定，每每唠唠叨叨地问果果，好像不错呀这一回，待你好不好？晓不晓得疼人？人大方吗？脾气怎么样？

果果一反常态，一一给以耐心的回答。

哈妈妈连连点头提醒，好好处啊！

但果果一直没能下定决心与方博南确定关系，所以她的篮子里还有几棵候选的菜，她趁着方博南出差偷偷跟人家出去过两回，每回都拣那最暗处行，做贼一般。

促使哈果果最终下定决心的，是老同学董盈盈的婚礼。

果果与董盈盈是大学同学，当年果果与盈盈可是中文系三朵花中的两朵。

有那口舌轻狂的男生说过，一堆女孩子里，第一眼，绝对只看得见董盈盈，再细看看，绝对只看得见哈果果。

董盈盈外表很显眼，个头又高，身材苗条，果果则胜在五官精致；果果性格比较善良柔软，人缘好，但董盈盈成绩与能力更胜一筹，两个人在学校里颇别过一番苗头。

董盈盈也是出了名的挑剔的主儿，果果很好奇她最终选了一个什么样的人，听说是一个在读的博士生，某重点大学内定的培养苗子，过一两年铁定是要送出去的。

新郎叫郭向东，小个头，紧凑局促的五官，一口乡音一脸不耐烦，酒水不对了，香烟摆多摆少了，衣服领子紧了，盈盈的口红涂得太厚了，注意婚纱肩上的带子有点儿松了，当初就说不要挑这么暴露的款，怎么他家有一桌亲戚竟然排在饭厅门口，太怠慢了。活像一只呱呱鸟。

果果看了直呼出一口气，原来是这样一个人。

在读博士有什么了不起？果果想，人家夏漱石还是神童出身，正经常春藤名校的博士后呢，人家一样温良谦恭，什么时候也没狂成那种样子。

老同学坐在一起，他们这一班，南京本地人多，坐了足有两桌，大家许久没有见面，聊得热火朝天。

几乎每一个人都感觉出董盈盈对老公的巴结，全无过去公主的骄娇二气，低眉顺眼的，面含微笑——应付老公的抱怨。来的男生中有三分之二曾对董盈盈有过非分之想，对新郎官的张狂和身在福中不知福实在看不过眼。

那小个子男人脸上笑容僵硬，跟糊上去似的，仿佛他们这场婚姻不是自由意志决定，而是父母包办，封建枷锁，他娶的也不是才貌双全的董盈盈，而是胡适原配那样的小脚女人。

真是岂有此理。

其实新郎不单对老婆的老同学冷淡，对他自己的同学朋友也是一样。对那一眼看去就知他不甚得意的老同学一律用鼻孔招呼，握手时只搭个指尖，按果果的话说，就是皇室出来表演亲民都没用这副派头啊！

一位男生吐了口烟说，怎么咱们班的三朵花两朵都要资源外流了，可见咱们班男生实在没用，就只宋鹏最有本事，摘了一朵花去。

果果正和三朵花中的另一朵叫秦悠扬的同学聊着。

秦悠扬就是那个嫁了本班男生的，刚生了孩子，白胖了一圈不止，胸口一摊奶渍，可是她全不在乎，笑着说，真狂，这位。狂得都找不着北了。

果果笑着说，人家才不要找北，人家向东。

一桌子老同学咕咕嘿嘿呵呵地笑。盈盈过来问，你们笑什么？

果果觉得怪对不住盈盈的，很真心地端起酒来敬盈盈，祝你幸福，你随意，我干杯。

盈盈有点儿羞惭惭的，可见未必不知道老同学在说些什么。

盈盈说，什么幸福不幸福的，咱们不再是少男少女，只求条件大差不差就行。以前年轻不懂，万事求全，现在才明白，世上哪有个全字？都是凡人罢了。你看我，现在不求全，只求一样，所以结婚。要求全，只好做老姑娘了。果果，你也快嫁吧。

盈盈语气诚恳，听得果果一愣一愣的。

可不是，盈盈比果果还大着一岁多，今年二十八，转眼就三十。果果自己也不再是十七八的小姑娘了。

方博南并不令人完全满意，可究竟是不错的，比那小个头总好得多，果果这样想。

从婚礼回到家,半夜里,哈果果下定了决心。

明天就把篮子里的另几棵菜给放弃掉,跟方博南好好地正式地确定关系。

果果是个会算小账的姑娘,可是并不自私,也并不开放到真正脚踩几只船而毫无愧意,事实上这几回背着方博南跟别人见面,已让她快被自责感给压倒了。

果果跟爸妈说,自己跟方博南确定了关系。

哈妈妈于是说,你叫他来家吧。

毛脚女婿方博南要上门了。

第四章 溜了出去

果果在自家楼下等方博南。

远远地看方博南下了出租车，拎着数量丰厚、体积庞大的礼品不急不忙地走近。

果果微笑起来。

相处这几个月，果果比较满意的一点，就是方博南的慷慨大方。

方博南的大方常让哈果果心里的小电脑开始执行搜索功能。

找到的资料是，果果在二十三四岁的时候由妈妈的同事介绍认识的一个男孩子，好像是做通信方面的工作的。那可真是一个新时代的葛朗台，每回出去约会，总去那不收门票的街心公园，有时候天冷，果果实在冷得受不了，便说，我们去茶社坐坐吧，那男孩十分犹豫，果果赶紧说，我请你喝茶，我请你！男孩于是便点头。两个人看电影，若果果主动买票，他便站到一边去等。果果想这些都无所谓啦，这什么年代了，男请女女请男是一样一样的啊。这个果果想得开。于是果果便请他喝茶，请他吃饭，请他听音乐会。可有一次果果过生日，他送了一件毛衣给果果，结果果果发现上面有一小块污渍，商标也没有，估计是家里不知哪位女性亲属穿过的——此君是计划生育这一政策下的漏网之鱼，有三个姐姐，这是极有可能的事。这事儿把果果给气哭了，可接下来的一件事又把果果给气乐了。那是一个冬天的晚上，两个人在街上逛了大半天，果果又累又冷，要求回家，路过一条窄而长的巷子，穿过去就到果果家小区，可是此君坚决不同意，摸摸身上穿的价值八百的新皮衣，非常认真地说，巷子太黑，我怕有打劫的划坏我的皮衣。遂领着果果绕了好大一个圈才到家。

果果于三天后提出跟他分手。

留下的后遗症是，从此果果一看到悠长的小巷便会联想一年轻男人，瘦长，戴金丝边眼镜，做小媳妇坚贞不屈护胸状，道，我怕，有人要划坏我的皮衣！

按果果闺蜜的说法，男人吝啬是品质问题，跟咱们妇女的经济独立和精神解放扯不上关系。

果果深以为然。

于是果果看方博南便多一分可爱。果果看得出来，方博南并不是摆阔，他也时常抱怨所劳与所得不相匹配，他就那大方的性子，他是饭局上不让他付账真跟你翻脸的那种人。

但是哈果果忘记了一件事，将一个人的坏处与另一个人的好处相比较是不公正也不客观的。

有的时候，不是他真有那么好。

不过是因为你觉得他好，你想他有那么好，便觉得他果然有那么好。

果果笑眯眯地看着方博南走近，发现今天他的头发梳得十分齐整，原本一头蓬勃的头发细细打理了一番，略上了点儿发胶固定，果果想果然是学美术的人，懂得藏拙。方博南原本头大，配一头浓发，显得整个头又大了一圈。

方博南派头十足，提着礼物跟着果果往未来岳父母家去。

果果家住的小区是拆迁安置房，底层是商铺，二楼以上才是住家。二层有一平台，住惯了南方小院的老南京们虽搬进新式住宅而不改旧日习惯，爱聚在平台上聊天，还摆了麻将桌，热闹得很。

谁家来了新女婿新媳妇，必要从平台上过，接受众人目光的洗礼。

这一天，平台上一如既往地坐了一群大妈大嫂大姐大姨，当然也有个别大爷大叔大舅的，果果很不好意思，低着头在前面领路。

方博南自认一表人才，是不怕人看的。

只怕人不看。

方博南一直认为一介帅哥无人观赏是比锦衣夜行更令人沮丧的事。

方博南穿越了目光的枪林弹雨而毫发未伤，果果于是又发掘出方博南的一个优点，大方。刚才那是物质层面上的，现在这是精神层面上的。

方博南进了家门，得体地跟果果父母打了招呼，买的礼物放下来便把门给堵住了，真是令老人家欢欣鼓舞的一个小插曲。

哈爸爸哈妈妈自认真不是贪人家东西的人，可是看到这情景很是欣慰，至少说明人家孩子大气，也重视自家的女儿嘛。

照例是父母热情款待茶水，坐下交谈。哈爸爸比较沉默，多半是哈妈妈在说话，你老家在长春吧？东北冷哪冬天，可是家里暖，不错不错。我以前有个同事老家在佳木斯，也是你们东北的。家里兄弟几个？哦，还有一个妹妹。单位工作怎么样？在南京还习惯吧？言谈中方博南了解到哈爸爸原先是一个工厂的仓库保管，母亲是同厂的一个检验，两个人双双退休，拿着退休金。

接着是午宴，哈妈妈一向认为饭店的东西太洋盘（南京方言，华而不实之意），加上她做饭手艺好，喜欢做家常菜待客。

洗了手分别落座之后，哈爸爸微笑着对方博南说，动筷子，动筷子，不要客气。

真开吃之后，方博南才发现了问题。

他吃了一口排骨。咦，他想，他们家的排骨是甜的，哦，里面还有年糕。

哈妈妈说，来，小方，尝尝这个红烩羊肉。现在菜场卖的羊都是吃饲料的，不够味儿，这是我同事到内蒙古去玩特地带回来的，真正大草原上的羊！来来来，尝一尝，这块好，有肥有瘦。羊肉吃得惯吧？

偏偏方博南那是沾了羊肉味道的筷子都要扔到一边去的人，对放在饭碗上的这一坨如何能忍受？他以革命者般的坚强意志咬牙切齿才忍过胃里的恶心，却实在没有勇气品尝，趁哈妈妈不备将之藏于米饭之下。

吃得米饭即将见底，方博南实在不好当着哈妈妈的面把人家的好意扔在桌上，便痛下决心，将那块羊肉整块吞了下去！

哈妈妈又点着一盘碧绿莹莹的蔬菜对方博南说，尝尝这个，时新菜，豌豆叶子，哎呀，我们家果果最爱吃这个。

方博南吃一筷子，哟，也是甜滋滋的。

这甜滋滋的味道混上羊肉的膻味，在方博南嘴里打着转，久久不去，使得他的味觉突然之间变得混沌。

眼见哈妈妈伸手过来要替他添饭，哈爸爸也夹了一块更大块的不远千里从大草原来到南京的可怜绵羊的肉要送过来，方博南赶紧说，我饱了，真饱了！谢谢伯母，谢谢伯父！谢谢，谢谢！

饭后方博南以茶水漱口 N 次，展示了良好的卫生习惯。

那块硬吞下去的羊肉哽在食道里，打出的嗝都是一股子大草原的味儿。

方博南教养还是不错的，无论心里如何，面上的功夫做得到家，这一场与丈人丈母的见面圆满结束，至少表面上是这样。

果果送他下楼，问他吃饱了没。

方博南也是实心眼儿，笑着说，没有。哎，你陪我吃点儿饺子去好不好？我知道这儿附近有家东北饺子馆。

果果非常意外，但还是陪着方博南去了。方博南点了一盘猪肉白菜馅的饺子，才咬一口就吐出来了。

肉也是甜的。

方博南苦笑，怎么你们这边所有的菜都是甜的？

果果说，甜吗？遂也尝上一个，挺好呀，就是这个味道呀。

方博南说，你看看，这个肯定不是东北人开的店，冒充的。

于是毛脚女婿方博南头一次上丈母娘家门，居然饿着肚子回了家。

方博南开始打退堂鼓了！

损友楚一帆听闻此事发表意见说，南北差异本来就不容忽视，还加上个口味的差异，有的你头痛。吃饭啊，那是人生大事对吧，三思三思。

也许在潜意识里，楚一帆不希望方博南恋爱成功，别人的幸福只越发衬托出自己在婚姻上的失败。楚一帆相貌、身材与气质均比较中庸，在女性面前本该缺乏魅力指数，可是他有一种天分，便是对女性特别能做小伏低，且又做得不卑不亢，小学二年级时便懂得在春游秋游时向小女生献殷勤，浑身上下挂满小姑娘们的粉红嫩黄的书包，活像一棵行走的圣诞树，当时他妈就断言这小子将来是要做老婆奴的。

楚一帆凭着自己的温柔体贴，恰到好处恰如其分的殷勤，从众多竞争者中脱颖而出，抱得美人做老婆。他对老婆那是真好，可真好也挡不住他犯犯小毛病。

寡人有疾，寡人好色，见到年轻漂亮的小姑娘便走不动路，非得殷勤殷勤。于是便遭遇婚姻危机。

方博南不知道楚一帆的危机，便是知道，他现在也没有心思来管这等闲事。

他自己的事就够危机的了。他是一个挺重视吃的人，不需要吃得豪华，但是要吃得可口，吃得得味儿。楚一帆说得没错啊，吃是人生大事，唉。

方博南自从生了退却的心，有一个多星期没约哈果果，甚至没有给她打电话。

可是他内心无比煎熬。

方博南现在真成了一块在烤箱里被烘烤着的比萨饼了。

果果的情况不比他好。

甚至更糟。

那天送方博南下楼之后二人去吃饺子，方博南没有说错，那个东北饺子馆不是东北人开的，店主就是本地人，偏偏还跟果果妈妈认识。隔天就对果果妈说，哎呀，昨天晚上你女儿带着个人高马大的男娃儿来我这里吃饺子，那个男娃儿嫌饺子甜。是你女儿的男朋友吧？

于是哈妈妈也知道了，方博南昨天那顿饭没有吃好。

接下来几天方博南音信全无，果果打了电话过去，那头却无人接听，手机是这样，办公室电话也是这样，果果坐实了心中的怀疑。

方博南这是要"犯怪"了！

夏漱石带了果果去吃她喜欢的湘菜，问起她与男朋友进展如何。果果半天没有作声，随后终于在夏漱石的面前哭了出来，大颗大颗的眼泪往下掉，呜呜咽咽地说，不成就不成，这样不告而别是什么意思？我还会赖上他不成！

夏漱石最看不得果果受委屈。那个时候头一回见面，他对萌萌说你们姐妹俩差这么多岁，真是小妹妹了！记得十四岁的果果说，没办法呀，我爸妈想儿子咧。

他看着她长大，这么多年，好像她真的成了他的妹妹。

夏漱石拍拍果果的头说，没事没事，兴许他只是有心结没有解开，我听你以往的介绍，这个人不会是那种没有担当的人。真要那样，姐夫帮你，呃，灭了他！

夏漱石用了这样一个词，惹得果果扑哧笑了起来，笑完了又黯然。

哪里能真的老着脸去找他，还搭上夏漱石一块儿丢人现眼。

果果想自己的命真就那么不好，为什么这种事来过一次又会来一次？这种运气，用来买彩票是好的，可惜。

果果二十五岁那年认识了一个各方面条件都不错的男孩子，两个人相处也比较愉快，突然有一天那个男孩子消失得无影无踪，怎么也联系不上，介绍人也找不着他。果果疯了似的打他电话，一次又一次。为了背着爸妈，果果都是在外面打电话。有一回下着大雨，果果站在公共电话亭里，踩在一洼水中，深秋的天气，凄风苦雨，果果鞋里灌进了水，真是从头凉到脚，那种感觉她一辈子也忘不了。

过了大约有半年，那男的才来了一封信，说是他跟果果认识前原本有一女友，两人因误会分手，后来女友心生悔意，两人重归于好，但他觉得对不起无辜的哈果果，所以只得采取不告而别的下策。

哈爸爸看了信，踢翻一张小板凳，骂了一句南京市骂。

这是果果心上的一道血痕，多少年也好不了。

遇上方博南，果果直觉他是不会这样的，像他这样爽朗的人，分手也会光明正大。

她以为他不会，却不承想原来他也会。

其实哈果果还是有点儿冤枉了方博南。

方博南不接电话时心里的绞痛不比果果少。

他是真喜欢哈果果的。

真的是真的，方博南想。

这些天他脑子里全是果果的样子。

他想起果果有一次缠着他说，喂喂喂，你问我为什么吧，问吧，问吧，问吧。

自己于是问，为什么？

果果答，不告诉你。遂笑起来，露着歪到一边去的小虎牙，哎呀，其实我就是想叫你问然后我答，就不告诉你。

方博南已经记不得这到底是为着一件什么事儿了，可果果的一颦一笑是深刻的，一天比一天深刻。

他还想起，果果对自己从来直呼全名，有一种意外的亲热娇嗲，好像邻班的女孩子课间倚在教室门边，略带羞涩地叫，方博南，方博南！

方博南耳朵里全是果果的声音，方博南，方博南，方博南！

可爱的果果，难忘的果果啊。

到了第二个星期，周末，方博南从一个短暂的午觉中醒来，一束阳光正打在他头顶，无比温暖。

那一刻方博南如醍醐灌顶。

饮食习惯不同挺要人命，生命里无哈果果这个人更要命。

横竖都要命，那就豁出去。

方博南立马行动，片刻也不犹豫，拿起电话打给果果。

果果。果果！

那边，哈果果停了好一会儿说，干吗？

第五章 人生大事

哈果果竟然没有发脾气而答应了方博南的约会，这让方博南好不感动。

一个南方姑娘有这样宽广的胸襟，多么不容易！方博南想。

这一次约会，方博南差不多提早了四十分钟到，在约定的地点老驴转磨似的转了大约半小时，果果竟提前了十分钟到，把方博南感动得肝儿都颤了。

哈果果表面上几乎看不出与以前有什么不同，提也不提方博南这几天不与她联系的事儿。两个人照例去茶馆坐定，方博南赶紧替果果叫了一壶她爱喝的温水果茶，还有许多小吃。

果果说，我不要吃。

方博南巴巴结结地说，吃吧吃吧。哎，果果。方博南握住果果的手。

果果，呃，上次是我不对，我一定痛改前非，改邪归正，重塑自我，再创辉煌！

方博南发现，当第一句道歉的话出口之后，往下的话就很好说了，就像是下水道堵了，用撅子一拔，哗，通了。

果果，我要从此练习吃羊肉。我听人家说，有的人吧，一开始不爱吃臭榴梿，下决心吃了，哎，吃着吃着就吃习惯了，一天不吃还想，上瘾！

果果气呼呼地说，你才臭榴梿！你们家都臭榴梿！

方博南本就抱着负荆请罪的心来的，所以自己连带着一家子被抹了一身臭也不以为意。

方博南坐到果果身边去，伸手去搂着果果的肩，大头挨着果果的头。

干吗呀！果果扭来扭去地躲，讨厌！不要靠过来！一颗头重死了！切下来有二十斤哪！

方博南嘿嘿地傻笑。

方博南与哈果果重归于好，方博南觉得果果真好真好，一点儿不记恨，事情过了就过了，一点儿也没有因此而把自己踩在脚下，多好的姑娘啊！

然而果果有果果的心思。

果果想，无论自己心里曾经怎样煎熬，都不能叫男人知道你曾为他煎熬，这是什么？这就是一个壳儿，保护自己的壳儿，跟乌龟的生存之道是同理的。要让男人明白，对于你而言，他不过是有也可无也可的。你当自己是一盘菜，我看你不过是一团气体，随时可以消散于无形。

方博南再一次到果果家吃饭的时候，哈妈妈略略有些冷淡，似笑非笑地说，小方啊，我们家的菜你是不是吃不惯啊？以后，有什么不吃的就明说，啊？

相比于饮食习惯的差异，哈妈妈更在意的是方博南对她厨艺的蔑视。

方博南有些尴尬，一个劲儿地说，吃得惯，吃得惯。

哈爸爸怕他难堪，赶紧圆场，以后你们两个人，想吃什么就做什么，对吧？你们俩口味慢慢调整成一致的就行，就行。

方博南一颗心落了地，快活得了不得。

他把果果带到单位正式向大家介绍，大家对果果的印象都很不错，方博南得意非凡。

果果跟方博南办公室的一个中年女编辑成了好朋友。两个人年纪相差比较大，而且这位刘编辑平时最是八卦嘴碎，工作能力又不强，一把年纪还是小编辑一个，并不十分讨人喜欢。可哈果果却常约了这位中年阿姨一起上街，时常送点儿小礼物，很是有点儿巴结她，这叫博南很诧异。

他哪里明白果果的那点儿小心眼儿。

这段日子，是方博南三十多年里顶顶快活的时光。人逢喜事精神爽，方博南双目明亮，面色光润，腰身越发挺拔，格外地注重穿着风度，还略洒一点儿男用古龙水，来去之间带起一阵微香的风，竟然成了一个真正意义上的帅哥。

哈果果这些天公司里特别忙，常常加班。方博南有时就在果果公司附近的一个区级图书馆里看书等着她，一等就是一两个钟头而毫无怨言。

这一天，方博南照例在阅览室等果果下班。看杂志看得眼累，他从窗子望出去，看见有人在卖新鲜的蜜橘，便出去买了一大包，回到阅览室找个僻静背人的角落呱唧呱唧地吃。

吃着吃着，被人在脑袋上敲了一记，抬头一看，是果果。

那一刹那间，方博南突地就觉得，非得说这么一句话不可。

于是方博南说，果果，咱们结婚吧。

哈果果愣住了。

她永远也不会忘记方博南是捧着一堆橘子和橘子皮向自己求婚的这个事实。多年以后回忆起来，也能忆起那股子橘子的清香。

形式是次要的，果果想。要说求婚结婚的排场，谁又比得上查尔斯与戴安娜，可结果又怎么样呢？碎了一众做灰姑娘遇王子梦的小姑娘的玻璃心。

一旦决定了要结婚，方博南做的头一件事便是把自己的工资卡交给果果掌管。这点果果相当满意感动，哈妈妈哈爸爸也很欣慰，这说明方博南这个人还是比较大度可靠的。

这件事从此奠定了哈果果在家里的经济地位，谁掌握了经济谁就掌握了一个家的命脉。

不久果果便发现方博南是一个怪人，他记不住任何密码，他那张工资卡居然还是初始的密码，六个八。果果嗔道，这怎么行嘛！真是的！马上去银行改了密码，告诉了方博南。过了两天，果果说，方博南，我考考你哦，你的工资卡密码是多少？

方博南理直气壮地说，我怎么知道！不是你改的吗？

果果说，我不是告诉你了吗？

方博南说，我哪里记得这种事情？我是一个艺术家，我是以画面为记忆方式的，这种事你以后不要问我。

果果眯起眼睛来笑。

从此以后，果果便时常更换家里银行卡的密码玩儿，反正她记忆好，对数字有过目不忘的本事。这事儿给哈果果一种隐秘的快感。

过去的大户人家，卧室的大床后面，会有一个小小的退步，尺来宽，能够容一个大人，里面铺着厚厚的地毯，那是特意造的，为的是万一遇乱世来不及跑出去可以有一个小小的暂时的躲避之地。

对哈果果来说，改密码这件事，就有点儿像这个在心里建起的小小的退步。

两个人在一个阳光灿烂的日子里去领了结婚证。

走进办事处大门之前，哈果果突然对方博南说，喂，你想好了吗？

方博南顿也不打一个地说，当然想好了！哎，我说果果，你这句话问得别有深意啊！那你想好了吗？

果果居然很严肃地停住脚步，认真想了一会儿，才说，嗯！

果果买了两盒费列罗巧克力送给办事处的阿姨。方博南大为赞赏，认为极有面子。

两个人从办事处出来，果果变得很活泼，说，我们去喝茶，我们去喝茶。

方博南说，喝茶没有问题，可是果果，咱可不可以不喝水果茶？

怎么啦？果果说。

方博南说，我一直没敢说，那个水果茶，那个酸——哪！

果果直乐，谁叫你不早说？

方博南想，有些话呢还是不要早说的好。

哈爸爸哈妈妈看到女儿结婚了自然是高兴非常。

哈妈妈笑眯眯地对方博南说，小方啊，我同你说哦，我们果果可不会烧饭，这可怎么好？

方博南马上表态说，没有关系，妈，我会烧！我会！我什么都会烧，我七岁就站在凳子上烙饼了！

天知道方博南并没有撒谎，只是他忘了说，那一次的烙饼试验，他浪费了半缸的面，还差点儿没把他家的厨房给点了，挨了他爸一顿胖揍，威胁他说要是以后再敢靠近厨房就要采取极端的措施，嘴这样馋，缝起来得了！

这一声"妈"叫得脆嘣嘣的，话又说得漂亮，哈妈妈很满意。

哈妈妈现在每天都上街替女儿买嫁妆，零零碎碎地买，为的就是在平台上频繁地来来去去，勾引着别人说，哎呀，哈妈妈，你们家果果要结婚了吧？日子定了没？女婿是哪里的？

哈妈妈便边走边说，哦，是出版社的，日子定在下下个月中。这俩人，东西还没办齐呢，他们也不急！我跟在里头忙得像个孙子！唉！

狠狠地出了一口家有大龄未婚女儿的父母长期憋闷在心里的窝囊气。

果果现在最想做的事就是拍婚纱照。她拉了方博南到一家号称全市最好的来自中国台湾的婚纱摄影店，看样片定套系。方博南看了样片，评判道，这构图！这光线！都有问题！还好意思要这个价钱？你们这里艺术指导是谁？叫出来切磋一下！

说得人家服务小姐的脸一阵红一阵白。

果果用力给他一拐肘，叫他闭嘴。开玩笑，是来拍照的，干吗摆出一副踢馆的派头来！

方博南说，真的果果，这价值，再添上点儿，可以买台相当好的单反，到时我给你拍，拍多少都成。

可哈果果一定要拍。两个人意见不统一，哈果果拉长了声调嗲声嗲气地说，方——大——头！

方博南就妥协了。

果果知道他不是舍不得钱，他是怕麻烦，可是开玩笑，婚纱照是果果死活都要拍的，这些年，净看人家拍了，好容易轮到自己，会轻易放过吗？想都别想！

及至正式拍摄那天，果果才明白方博南为什么怕拍照片了。

那天果果在化妆，等化完了，方博南也把衣服换好，被化妆师好说歹说按在椅子上往脸上搽了些粉底，白着一张脸跟果果打了个照面。

方博南心里怪叫一声，化成这样子！这是我老婆吗？这是流水线上下来的洋娃娃！

在方博南的坚决要求下，化妆师又给果果重新修妆，一来二去，耽搁了不少时间，果果简直怀疑方博南是故意在拖延时间。

终于等到两个人站到镜头前，拍头一张照片了。

果果发现方博南变得无比僵硬，平日里的派头全不见了，木偶似的。

叫他偏过头去，他一下子便偏过了，脸上的笑容假得像糊上去的。无论如何也摆不出个姿势，做不出个表情来。

起先摄影师叫两人头靠头，结果两人头刚靠在一起，摄影师便叫，哎呀不要啦！对比太明显，还是脸对脸好了啦！

于是两人脸对脸。

摄影师说，先生，含情脉脉地凝视太太啦。

方博南做了一个自认为是凝视的眼神。那边摄影师又叫起来，凝视啦先生，不是叫你翻白眼啦！

方博南对摄影师狠狠翻了一个真正意义上的白眼，说，这是白眼吗？明明是秋波。

说得那位长发台湾摄影师笑得蹲下去。

这头一张照片折腾了一个多小时才完成。

慢慢地，方博南在镜头前的僵硬度才好转一点儿。

方博南总结出一个真理，天底下最劳民伤财的事莫过于拍婚纱照。

这一次拍婚纱照其实充分暴露了方博南色厉内荏的本性，可惜哈果果处于终于结婚了的兴奋中没有发现。

方博南在南京工作的这几年，一直是租房子住的，一室一厅，离出版社不远，一个人住倒也舒服，可是用来结婚就不够大了。

方博南与哈果果商量定，暂时先不买房子，等多存一些钱，买套好一点儿的大一点儿的，首付多交一点儿，免得贷太多的款，把钱都叫银行赚去了。所以决定结婚之后，两个人便到处跑，去找合适的房子。那两年南京租房的价格不算太高，方博南他们看中一套两居室，离两个人的单位都比较远，好在有直达的公交车，要价也挺合理，四百五一个月，半年付。房子是一九八几年的旧式样，好在主卧够大够规整，竟有十七八平方米，外带一间小点儿的，可以做书房或是婴儿房。只刷了墙壁，厨房和厕所倒是贴了雪白的瓷砖，没有其他装修。两个人挺满意，当场便付了半年的房租。

方博南原先想的是，房子只是租的，不久的将来肯定是要买自己的房子的，所以就不要买大件的家具，比如衣柜，买两个简易的塑料衣柜先用着，以免搬家时麻烦。这一点，果果倒是同意，可是却遭到哈妈妈的坚决反对。

哈妈妈沉了脸说，我们家是嫁女儿哪，要是有个亲戚朋友什么的去看新房，雪洞一样的房子是什么意思？我们没脸哪。

于是方博南哈果果又千挑万选地买了一个大衣柜一个书橱一个地柜，外带一张实木的餐桌四把椅子。

方博南不愧是搞美术的，很会布置房间，他的观点是，家里的装修倒是其次，关键在于布置。他给卧室的地铺上灰色的粗毛地毯，便宜得很，可效果意外地好，买的家具往屋子里一摆，添了青色底热带花绘的窗帘，四下里再放上些藤蔓植物，方博南又买来个土黄色粗陶大瓮，捡把枯树枝刷上白色与嫩黄色粉彩，往里一插，墙上挂上些粗纺的挂毯，一下子就成了一个颇具艺术品位的家了。

果果妈这下子挺满意，带了亲戚朋友来看新房子。哈妈妈边兴兴头头地领着人看，边解释说，小方本来是要买这个买那个的，我说等新房子买了装修好了再买，要不然搬来搬去，家具没用坏先搬坏了。

方博南只得跟着点头，心里奇怪这有什么可解释的。

下一批亲朋来了，哈妈妈老调重弹，又重复一遍。如是若干次。

方博南对哈果果说，干脆叫你妈录个音反复播放算了，这么唠唠唠一次次地讲，累不累？

果果白了方博南一眼，我妈就好个面子。

方博南哈果果的婚礼近了。

第六章

只是开始

　　方博南与哈果果的婚礼越来越近。两个人都有点儿因忙碌而坏了脾气，居然有了一次小小的口角。

　　可是口角过后，方博南却怎么也想不起来起因是什么了。大约是比放了个屁还要小的事，方博南想，他只记得果果的小脸儿气得煞白，把堆在新房地上的包装纸箱踢开，摔门而去。

　　方博南自己也气得要命，可还是下意识地跟了出去，缩头缩脑地跟在果果的身后，特务似的。

　　两个人维持着一定的距离，果果气呼呼地向前走，路灯的光把她的身影拉得格外纤长，看上去十分单薄可怜。方博南早就心软了，可是拉不下脸来道歉，紧跟上两步，突然开始拿腔拿调地念起来——

　　前面的是谁家女子，生得满面春光，美丽非凡！

　　这位姑娘，请你停下美丽的脚步，你可知自己犯下什么样的错误？

　　果果果然停下了脚步，转过脸来，嗔道，你干吗呀！你要干吗呀？

　　方博南又上前两步，拉了果果的手，继续发疯——

　　你的错误就是美若天仙，你婀娜的身姿让我的手不听使唤，你蓬松的乌发涨满了我的眼帘，看不见道路山川，只是漆黑一片；你明艳的面颊让我胯下的这头畜生倾倒，竟忘记了他的主人是多么威严。

　　果果撑不住，笑了。

　　于是一场小风波化为无形。

　　从此以后，这段台词成了方博南的保留节目，并作为经验传授给了出版社一众后生小子。

等到两人过了几年的日子，口角多了，方博南反倒把这种经典的哄老婆的业务给荒疏了。

在方博南与哈果果婚礼的前两天，方博南的父母从长春到南京来见亲家并参加儿子的婚礼。

果果与方博南一起去火车站接老两口。一转眼不见了方博南，再一转眼，见一老人走过来。

哈果果大吃一惊，以为这么一会儿工夫便时光穿梭，方博南竟然老成这样了。

再细一看，年轻的方博南从后面拖了只箱子过来了。

两下里介绍，果果大大方方地叫了声爸妈。

方博南与他爸爸长得实在是像，个头、五官，连说话的声音都像得不得了。果果悄悄地对方博南说，我算是提前看到你老了是个什么样子了。方博南回答，我们家是祖传的帅哥，年轻时是年轻的帅，老了有老了的帅。

碍于公婆的面子，哈果果没有反驳方博南，只笑着白了他一眼。

方博南妈妈是个矮胖的女士，动作有点笨拙，穿了极厚的衣服，于是更显笨拙，下了车便把所有的行李交给儿子，摇摇摆摆地走着，很像南极企鹅。果果见状赶紧上前搀扶。

当天晚上，果果的父母给方博南爸妈接风，顺带两亲家正式会谈，一块儿喝茶。

这一次会谈还是比较成功的。双方达成协议，因为哈果果家在南京的亲戚并不多，所以婚礼一切从简，只两家人一起吃个饭，果果和方博南分别请几个亲近的朋友意思意思。马上要过年了，果果和方博南把婚假推迟了，正好连着春节，可以回趟长春，算是旅行。

之后，亲家们又一起吃了顿饭，哈家特地找了家正宗的北方馆子。

婚礼前，夏漱石叫了果果出去，送了她一套首饰。

果果打开精美的首饰盒一看，吓了一跳，赶紧关上盒盖，连声说，我不能要，太贵重了。

夏漱石替她把盒子装好，笑着说，果果，盒子底还有一张银行卡，你的名字，你的生日做密码，记得改掉。是我给你的一点儿礼金。果果，你要好好过日子。

哈果果刹那间热泪盈眶。

我才不要，她说，眼泪哗哗地往下落，我才不要。

夏漱石柔声劝说，大姑娘了，别哭。

哈果果觉得天妒良缘之说真的是有的，哈萌萌得夫如此，怎舍魂归离恨天。

不过也许一切都是命。

果果自问是不是对方博南爱得要死要活，答案是不。

但是这很够了，现在的感情，已足够叫他们过一辈子。

月满则亏，哈果果宁可要一段平庸而长久的婚姻与同样平庸而长久的人生。

夏漱石说，就不去参加果果的婚礼了。果果用纸巾用力擤擤鼻涕，说，为什么？我爸妈现在不怪你了。其实以前也没有怪过你。

夏漱石说并不是那样，怕爸妈看到我勾起他们的伤心事。

婚礼终于到来。

方博南庆幸这场婚礼还算得上是从简，可是这从简的婚礼上的一堆规矩还是叫他晕头转向。

方博南于上午十点半到达哈家，整整迟了半小时，急得哈妈妈不停地跑到阳台上张望，生怕错过了好时辰。

果果一点儿也不急，她深知方博南是个会磨蹭的，她没有告诉妈妈，其实她跟方博南说定的时间足足提前到了九点半。

方博南一进门便连声道歉，说没想到会堵车，上前热情洋溢地叫爸妈。

哈妈妈满面喜色，拿了个红包塞到方博南手里。方博南捏了捏，还是比较厚实的一沓，连忙谦让道，妈，不用了不用了，我们有钱，不用您破费。

被新娘子哈果果无情地在小腿上踢了一脚。

原来，这个钱叫改口钱，意思是，新女婿第一次改口叫爸妈，从此不叫伯父伯母了。虽说方博南早就甜嘴蜜舌地把爸妈叫得山响，可是规矩还是规矩，总要意思意思的。方博南在果果的暗示下，把红包塞进裤袋中。

果果没有兄弟，只得请了一个用八丈长的竿子才能打得到的表弟背了她往楼下走。方博南十分不解，为什么不是自己背果果，原来这也是南京的规矩。

到得楼下，上车前，果果还换了双鞋，意思是，不能把娘家的财气带走了。

中午，两家人在一家挺有名的传统饭店里吃了顿饭。结账的时候，方博南的

老脾气又犯了，抢着要付钱，被果果妈坚决地严厉地拒绝了。果果妈说，哪有这顿饭叫男方家掏钱的？

原来这顿饭叫暖房酒，老规矩是要娘家人出钱的。

到晚上一行人在婚宴厅里坐定时，方博南已经被诸多的小规小矩绕昏了。

幸而婚礼酒席本身没有太大的规矩，也没有太多的客人，这一点深得方博南的心，因为他实在是怕婚礼酒席上的麻烦。

直到这会儿，方博南才得以定下心来好好地欣赏一下他的新婚妻子。

果果这一天无比美丽，妆化得不浓，非常柔和，完全衬出了她小小的瓜子脸与细致的眉眼，只可惜因为穿着婚纱，果果冷得一直在发抖，还好这会儿暖气开得足。

酒席是一色的淮扬菜，当然是不符合方博南的口味的，但是因为这一天他太过欢喜，完全不知吃了些啥，原来，喜悦也是可以让人食不知味的。

婚礼一切顺利，甚至都有些平淡，唯一叫人意外的是新郎官父亲的发言。老爷子居然拿出了整整两页纸的发言稿，写得密密匝匝，足念了有半个钟头！中气十足，字正腔圆的，听得所有人目瞪口呆。及至他发言结束，大家愣了一会儿才想起来热烈鼓掌。

事后方博南向果果说，唉，你体谅老爷子退休几年，多少时候没做报告了。

方博南父亲退休前是长春当地的一个小官，最喜欢开会发言做报告。

终于吃完酒席之后，方博南领着哈果果回到他们的小家。

方博南长出一口气，感叹从此世上又少了两个洁净的人，因为他们要开始混沌地过日子了。

果果洗去一头的发胶，披了一肩湿漉漉的头发，也不擦干，坐在小沙发上，小脸呆呆的。

方博南开了音响，放一首小夜曲，打算制造一点浪漫的气氛，突然听果果说了句话。他没听清，便问，你说什么果果？

哈果果说，我要回家，我要找我妈。

方博南呵呵笑，果果，你现在才婚前恐惧症，是不是晚了点儿？

果果的话里开始带上哭音，我要回家，我要找我妈。

方博南心软了，搂着果果说，要不，咱们打个车回去？

两个人果然打了车，来到果果家楼下。

果果却停住了脚步，抬头看自家的阳台。

哈爸爸哈妈妈还没有睡，房间里亮着灯，不一会儿，哈妈妈走到阳台来，在水池边洗了什么东西，又拉门进了屋。

方博南说，果果，我们上去？

果果洗尽铅华的脸在月光下看起来很是端庄，有一层近乎悲壮的光彩。

果果笑起来，说，不要了。南京的规矩，女儿结婚不满一个月是不能回娘家住的。我们走吧，回家去。

果果并没有完全说真话，规矩只是一方面的原因。

还有一个原因是，在那一瞬间，哈果果认识到一件事。

她的人生从此只得勇往直前。

第二天，哈果果趁着方博南还没睡醒，从陪嫁的一只小箱子底下四个角上各摸出四百元钱，把这笔钱和夏漱石送的礼金一起，存了一笔私房钱。

方博南的好友楚一帆竟然没有参加他的婚礼。

他后院失火了。

因为把婚假延后了，方博南于婚礼后第二天的周一便上班了。

容光焕发地散了一通喜糖喜烟之后坐下来办公。

刚打开电脑，便看见一位容色不俗的女士走进他们办公室。

方博南马上站起来想打招呼，因为他跟这位女士很熟，她是楚一帆的太太。

却见楚太太目不斜视，对他视而不见，直直地冲办公室一角走去。

方博南细一看，楚太太一如既往地衣着光鲜，可是手里却拎了个奇怪的东西。

一个加盖的红色塑料桶。

看样子有点分量，楚太太的身体微微朝一侧倾斜。

楚太太走到一角，在一位年轻女孩子面前站住，十分有礼貌地问，你是陈丹彤吗？

那个叫陈丹彤的小编辑抬头答了声"是"。

还没等她问出话来，只见楚太太飞快地掀开塑料桶上的盖子，拎起桶，把一桶水哗地倾倒在陈丹彤小姐的头上。

丹彤小姐立刻从头湿到脚，办公桌上的电脑显示器一下子黑了，主机也冒出一股青烟来。

一众编辑女同胞们发出同声惊叫，声震四野，连方博南也被吓了一跳。一切发生得太快太意外了。

接着，办公室里立刻弥漫起一种奇异的味道。

这味道，与肥田的粪便相比，似乎还多着点儿内涵，并不一味恶臭到底，便也因此更加难以捉摸难以躲藏，一阵阵直往人的鼻孔里钻。

整个办公室只有一个人是镇定的。

楚太太。

她用极清朗的带笑的声音说，陈丹彤，老娘跟楚一帆离了。你们两人过去吧。让你们这对狗男女有一个臭烘烘的开始，相信你们也会有一个同样臭烘烘的结束！

说完，她咚地扔了手里的桶，昂然而出。

方博南目睹整个过程，兴奋不已，楚太太动作实在干净利落，倒水时巧妙往后轻跳，臭水泼出去，片滴不沾身，方博南就差没拍手叫一声，好！

等楚太太走得影子也不见时，陈丹彤小姐才哇地放声哭将出来，带着一身味道奇异的水，湿淋淋地冲出办公室，一路将那种丰厚浓烈的味道散布在整个出版社的走道里。

这股子味道经久而不散，大家在接下来的若干天里一直在研究着，这到底是什么水，会有这种味道。

最后还是资深主妇刘编辑、刘大姐揭开了谜底。

这是用来泡南京名菜臭豆腐的水！

这种南京名菜，呈圆形，色泽乌黑，气味浓重，加平菇，或加肉末，点上点儿老抽，略加些鲜辣椒酱，蒸十五分钟，实在是一道特别的有着强烈地方特色的菜色。若与猪大肠一同爆炒，就又成另一道南京名菜，名为金陵双臭。

爱它，它就是人间至宝；恨它，它就垃圾不如。其实与男女相处模式十分类似。

不过自此五年之内，该出版社竟然无人再吃臭豆腐，实在是一件憾事。

楚一帆是在此事发生三天以后才出现在方博南面前的，方博南狠狠地嘲弄了他一番。楚一帆说，老方你不够意思啊，你可是我的同事加兄弟，如何能落井下石？

方博南说，我方某人平生最恨小三，你跟她眉来眼去也就算了，居然还真让她破坏了你的家庭，一个字，贱！我帮理不帮亲。

方博南把这件事说给哈果果听，果果直为楚太太喝彩。

果果说泼臭豆腐水实在是比泼硫酸高明，硫酸使人鲜血淋漓面目可怖，还要负法律责任，是下下策，早就应该被淘汰了。

方博南开玩笑地说，要是啊，我是说如果，要是，假设，这事儿发生在我身上，你会怎么样？也泼臭豆腐水？

果果抱膝裹着一床厚被坐在床上，缩成小小的一团，她摇摇头，冲着房门扬扬下巴，喜眉笑眼地说了一长句英文。

I will get out of that door and you will never see me again for the rest of your life.I promise.

方博南英文不如果果好，并没有全听明白。

其实哈果果也并没有想要他全明白。

第七章

至爱亲朋

在南京办完酒席之后,方博南与哈果果送别了方家老两口,两个人在火车的轰隆声中十指交握,相视而笑,非常文艺。

他们以为他们的小日子从此开始了。

没想到两天后,两个人的美梦便蒙上了一点儿阴影。

方家老两口突然打来一个长途,说,过春节的时候,你带着果果回长春,还得再办一次酒席。没有办法,东北的亲戚实在多,不办酒说不过去。

果果大吃一惊,向方博南抱怨,你爸妈怎么说话不算数的?当初不是说婚礼从简吗?我不要去长春了!

方博南为这意外也是一肚子的恼火,别说办喜酒,他连吃喜酒都嫌麻烦,认为婚礼的酒席最不好吃,光是那矫情的过程已经叫人胃肠不适,叫他自己成为这种热闹又无聊戏码的主角,光是敬酒这一环节就够可怕的了,新郎新娘跟猴儿似的,一通表演,饭都吃不饱。麻烦哪!

可是,既然爸妈发了话,不办也是不行的,只好耐下性子来哄老婆。

果果一想到这即将到来的又一场喜宴便气不打一处来。果果向来不爱热闹,更何况,她骨子里是个文学女青年,她对自己婚礼的想象是,一片如茵的绿地,自己云鬓高耸,长裙拖地,与爱人缓缓而行;或是在蔚蓝色的海边,自己一袭蓝裙,长发飞扬,身边的爱人着白衬衣,衣袂翩然,言笑晏晏,一同踏浪向前。在南京办一场酒,无非是对爸妈有个交代,谁知居然还有一场麻烦。

两个嫌麻烦的人,带着对麻烦的无比厌恶,终于还是踏上了北去的列车。

一下火车,果果就被东北极度的寒冷冲得一个趔趄,虽然穿得里三层外三层,连脸都蒙得只剩了一双眼睛,仍觉得被人劈面打了一记似的,脚下一滑,狠狠地摔下去，用马趴的姿势与东北的黑土地做了第一次亲密接触。

方博南心痛无比，连忙把果果连扶带抱地弄起来，招手叫了出租车，大包小包地坐上去。暖气扑面而来，果果一下子哭得像个小孩子。

果果的眼泪在见方家亲友时唰地全吓回去了。

方博南的父亲兄弟姐妹十三个，目前健在的有九个，在东北的有五个，五位老人各有伴侣及子女孙子孙女若干，以及他们的姻亲若干；方博南的母亲兄弟姐妹九个，目前健在的有五个，在东北的有三个，三位老人亦各有伴侣及子女孙子孙女若干，以及他们的姻亲若干。

果果听到这个数据时倒抽一口凉气，嘴巴张成圆圆的O形久久不能合上。

方博南问，果果你怎么了？

果果半天缓过一口气来，说，我觉得我国的计划生育政策真英明。

方博南连忙补充，是的是的，我们的孩子将来要面对的亲属少得多，麻烦也会少得多，可是相应的负担也重得多。

方家的这一大群亲戚，有一个共同的特点，一律大头大脸大身板儿，模样相像无比。果果气呼呼地说，你们这一家子是不怕走丢的，一个一个，模子里印出来的似的。果果觉得自己是误入巨人国的女版格列佛，或是一片树林中的一株狗尾巴草。

只有方博南的一位表姐夫，虽是土生土长的东北人，可是生得如南方男人一般清秀瘦小，面目极其温文，让果果顿生亲切感。果果于是只记住了这位，对其他人的印象一概糊涂。

方博南郑重地嘱咐果果，务必要记住亲戚们的称呼，不然是很容易得罪人的。果果扭着说，我记不住，我记不住。

方博南笑着哄劝说，咦，你记那些银行卡的密码不是挺灵的吗？

果果白他一眼道，你以画面为记忆方式，我以数字为记忆方式，除非你们家人全都数字化，否则我记不住。

一句话提醒了方博南，他说，果果，我给你想个方法来记。哪，你的左手代表我妈家的亲戚，从拇指开始，分别代表我大姨、我二姨、我小舅。你的右手代表我爸家的亲戚，从拇指开始，分别代表我大爷、我三叔、我五叔、我六叔、我小姑。到时候，我拉着你，我点哪根指头你就叫人，数字化记忆，咋样？

两个人背着人试验了一番，效果不错。果果撒娇道，幸亏你爸家在东北的亲戚只有五个，要多一个，我不得长出六指儿来才够数？

方博南只得捏着果果的细手指傻笑。

到了正式见亲戚的这一天，两个人果然用这个方法一一地拜见过去，竟然顺利过关，无一差错。只是亲戚们都觉得方博南这小子真稀罕他老婆，到哪儿都牵着，生怕人磕着碰着似的，啧啧啧。

哈果果只觉得鞠躬鞠得脑袋要从脖子上咔嚓掉下来了。方博南安慰她说，就当做了颈椎保健操。

见完亲朋之后，哈果果便开始见不着方博南了，他每天都被亲戚中的同辈拉出去喝酒。果果一个人待在家里，浑身燥热，屋外是白茫茫的大雪，屋内却是春意盎然，暖得只穿件薄薄的羊绒衫，这样的冬天是果果从未经历过的，倒也新奇，只是觉着孤单。公婆与小姑倒是客气的，可就是让人万般地不自在，坐也别扭站也别扭，也不好跟在娘家似的随意往床上一躺，来来去去全要端着个架子。还要偷眼观察，看到婆婆或是小姑做家务，连忙要赶上去帮忙，乱客气一番，说话也难免斟酌一番才开口，生怕讨了人的嫌，一天下来，比上班还累。想给妈妈打长途，又不好意思，果果觉得自己好像被遗弃的小孩。

方博南终于回来了，可是喝得醉醺醺的，一进屋门便搂着果果傻笑不止，一边高唱流行歌曲，身体全倾在果果身上，果果被压得跟跟跄跄，一个不稳两人一同跌坐在地。果果想把方博南拖起来，可是怎么也拉不动他，气得由着他躺在地板上。

方博南一个翻身，拉住果果的脚踝，抱在怀中，亲热地缠缠绵绵悱悱恻恻地呢喃，果果，果果，老婆，我的小娘儿们。

果果又气又笑，用另一只脚踢他。方博南直哼哼，可是还没有醒。

果果实在没有办法，只好向公婆求助。婆婆说，别管他，看他喝的这熊样儿，反正屋里暖和，就让他那么躺着呗。果果对她的态度感到十分诧异，这大冬天的，就算屋里暖和，也不能睡在地上啊。

果果费了九牛二虎之力才把方博南搬上床，脱了衣服盖好被，自己坐在一旁等他醒来，连灯都没有开，觉得黑暗里，孤单无助化为有形体，扑面而来。

一直这样坐到半夜，方博南稍醒，果果摸出去泡了一杯浓茶给他醒酒，方博南很是惭愧，发誓说明天开始再也不出去了。

果果不理他，一杯茶给他灌将下去。茶太浓，方博南醒酒醒过了头，再也睡不着，一个晚上眼睛贼亮贼亮的。

一直到窗户发了白，小两口才相拥着，睡着了。

果果醒来的时候,发现方博南也醒了,正大睁着眼看着她,看她醒来,伸手来捏她的耳朵,又把她抱在怀里,哄小孩儿似的摇晃,说果果,我今天陪你出去玩儿。

他们出门时已经是午后了,四下里一片苍茫,地平线共长天一色,树枝上堆银砌玉,风吹来,积雪细绒似的漫天飞舞,视野无比开阔,大河莽莽,顿失滔滔,河面上有卡车开过,孩子们拿着爬犁在冰上滑,好一派北国风光。果果穿裹得好像一个棉球,胳膊都弯不了,支棱着,只晓得傻傻赞叹,啊!好漂亮,好漂亮。

方博南扶着果果小心地走着,果果一步一滑的,看路上行人走得爽利潇洒,不禁感叹一方水土养一方人。

方博南家离伪满洲国皇宫很近,果果兴致勃勃地要去看,可是博南到了门口却站住说,他就不进去了,他从小在这里出来进去地玩儿,闭着眼睛都可以走个来回,实在是看得腻味了。果果只好一个人买张票进了皇宫,回头看方博南正以淳朴的陕西农民吃饭的蹲姿蹲在皇宫朱红色的大门口抽烟。

果果一个人在皇宫里转,看婉容的卧室,果果觉得自己跟婉容一样冤。

突地肩上被人一拍,接着被人从身后抱住了,果果吓得差一点儿出声大叫救命,回头一看,是方博南笑嘻嘻的脸。

方博南说,意不意外?开不开心?

方博南爱惜地把果果抱在怀里说,我的傻果果,我怎么会丢下你呢?

哈果果于是觉得,婉容当了皇后又怎么样,她有自己现在这样幸福快活吗?

晚上,博南带果果去东北饺子王吃饭,饭后带着她在清冷却明亮的斯大林大街漫步,冬天的夜晚更是寒冷,冷得果果几乎无法呼吸。方博南把她的手夹在胳肢窝下,隔着厚厚的棉手套,果果都能感觉到他腋下的暖意。

街上几乎没有行人,路灯的黄色光晕显得毛茸茸的,只听见脚下踩着雪的咯吱声。街道长得好像没有尽头,哈果果在这一刻下决心,无论如何,要跟身边的这个男人白头到老。

不过人生远比任何长路更加长远,哈果果不是不能明白,只是还没到能明白的时候。

婚礼很快到来。

哈果果又一次见识了方家至爱亲朋人数之众多,场面之热闹。宴席足足摆了

有四十桌酒。整个饭店大厅大得一望无际，东边的客人若要与西边的客人打个招呼，怕是得用唱山歌的方式，哎——什么人来吃喜酒哎——了了啰。我是方博南的小舅妈哎——了了啰！

果果想，恐怕真的只有在北方才会有这样大的场子，那可真是人声鼎沸，几乎要掀掉了屋顶去。

方博南攥了攥果果的手，鼓励道，坚持！坚持！坚持就是胜利，一咬牙也就熬过去了。

事到临头，哈果果倒把那一份怕麻烦怕见大场面的小女儿气给抛在一边，表现出了一种大无畏的精神，目光闪亮，容光焕发。两个人手挽着手往大厅里去，义无反顾，大义凛然，走向婚礼现场。

这一回，方家爸爸自然也做了一通发言，将上次在南京的那份两张纸的稿子又丰富了许多，成为三张半纸的完美发言。果然还是东北人爽朗，方爸爸在上面说，下面便是一阵阵的叫好声，此起彼伏，比南京时的效果好太多了。

还得说果果颇有认人的眼光，她一直就觉得方博南的那位温文的表姐夫是个和善的软脾气的人，事先示意方博南请他来负责婚礼上新人的酒水。表姐夫果然是厚道人，早早地为新郎备好了一些特制的酒水，瓶盖封得好好的，煞有介事地当场开上一瓶，其实全是白开水。饶是这样，方博南还喝得肚子饱胀如鼓，跑了好几趟厕所。

果果可算是见识了东北人的豪爽。桌上的菜盘子比方大头的头还要大，男男女女，大杯喝酒，新人未喝宾客自己先喝上三杯，一仰脖子便是一杯，一仰脖子又是一杯，再把喝得滴酒不剩的杯子亮出来，不由得你不陪上三杯。

果果暗暗庆幸，幸而有表姐夫的酒，不然这样四十桌喝下来，方博南非酒精中毒不可。

喝到一半时，突然有人在方博南背上大力一拍。方博南回头一看，咧开大嘴乐起来，叫，哟，谁呀这是？这不是"屯不错"嘛！

这是哈果果第一次见到秦霜，看见她，果果才明白所谓美艳不可方物是怎么回事。

秦霜是个高个子女孩儿，穿了高跟的长靴，看上去竟然跟方博南差不多高；身材苗条丰满，是西方人那样的丰胸长腿，比例完美；穿了件鲜艳的橙色短毛衣，玫红的长裤，这么俗艳的颜色，衬得她染成酒红色的波浪长发和雪白皮肤更加明艳动人。

方博南赶紧介绍，果果，来认识一下，这是我的邻居，我妈的干女儿，我的干妹妹，秦霜。大美人！是吧，"屯不错"？

果果看一眼秦霜，微微歪了头冲着方博南，娇俏地问，"屯不错"是什么意思？

一众人哄笑起来。秦霜笑得比谁都欢快，又在方博南背上大力一拍，方狗哨，来来来，我敬你三杯，祝贺你终于有人要了。

说着，拿过一瓶酒，倒满一杯，给方博南的杯子里也加满。这可是货真价实的白酒，她仰头便干了，挑了眉看方博南。

方博南也一仰头干了。

要说世界上最奇妙的最值得科学家们研究的课题之一，便是女人的直觉了。

果果看秦霜的第一眼，便明白这个女孩子是喜欢方博南的，可是似乎并没有想嫁给方博南，但又看不惯方博南真的有别人。这种感觉秦霜表现得十分明显，可除了果果，怕是没有人能看得出来。所以说，只有女人才看得清女人这话并不完全对，应该说只有女性的情敌才能看得清对方。

至于方博南，果果想，方博南现在是她哈果果篮子里的一棵菜，心甘情愿地由得她或爆炒或清蒸或乱炖或汆成一锅汤。

秦霜转脸冲果果笑，我也敬一下嫂子。

果果拿杯子接了秦霜的酒，纯正四十五度五粮春。

清如水，烈如火。

果果穿了件淡粉色镶细银边的旗袍，削肩纤腰，眉目婉转，她姿态文雅地将杯子平举到眉间向秦霜示意，慢慢地把杯中的酒喝光了。

在幸福中的人有万夫莫当之勇，什么秦双秦单的，只管放马过来。

第八章

新婚燕尔

在哈果果与方博南的婚宴上，出现了一个挑战者。

那是一个美丽的女孩子，叫作秦霜。

果果凭着小女人的直觉，意识到这是有大敌当前。不过果果转念又非常自信地想，说秦霜是大敌，实在是抬举了她呢。

秦霜看果果爽快地喝了一杯酒，大笑起来。果果想，啊呀，这人果然有做狐狸精的本钱。

秦霜把胳膊架在方博南的肩上，笑着说，哎呀，新娘子好酒量。这得多敬几杯。说着就又倒了一杯，顺带把果果手里的酒杯也满上了。

方博南见状，赶紧从果果手里拿过杯子，其实她不能喝的，我代她，我代她。

秦霜在方博南背上又用力拍了一掌，哎哟哎哟，护上了。

方博南觍了脸搂着果果说，自然自然，老婆嘛，是要护的。老婆是谁？替你生儿育女，陪你生老病死，亲人哪！

秦霜把袖子往上捋了捋，露出一段藕似的雪白胳膊，掉一地鸡皮疙瘩，方狗哨也学会肉麻了。以前光在女孩子面前摆架子，等我腾出空来，把你以前的风流韵事都向嫂子汇报汇报。

果果微笑说，那好呀，秦霜妹妹虽然是我们博南自小的妹妹，倒是一点儿不护短。

秦霜微斜了眼睛看了果果一眼。果果对她又是一笑，对方博南说，老公，我真不能喝了，你再陪你妹妹两杯。

哈果果三两句话间，坐实了秦霜"妹妹"这个角色，一直到喜宴结束，秦霜再也没有在他们的面前出现。

与秦霜的首次小小对垒，以果果的胜出而告终。

在回南京的火车上，哈果果问方博南，这个秦霜喜欢你吧？

方博南赶紧撇清，没有没有，在我心里她就是一个妹妹。

果果说，哟，阿哥阿妹的，最容易出事了。果果齿间咬着一段果丹皮，笑盈盈地伸出细长的中指戳戳方博南的胸口，这个里面装了谁呢？

方博南以手抚胸，语调铿锵，这里面铭刻了三个大字——哈果果。

果果笑而不语，忽地想起一件事，什么叫"屯不错"？

方博南咧开大嘴傻笑说，就是说一个女的，长得不错，但也就是一个屯儿里的人当中论起来算是不错的。屯儿就是村子。

果果飞了他一眼，方大头你不实事求是啊。

东北之行总算结束，尚算圆满。唯一让果果有点儿不痛快的是，方博南的爸妈拿走了喜宴上所有的礼金，一分也没有给他们。

不过果果很快也想通了，毕竟喜宴是方家老两口出钱办的，礼金归他们也应当，赚也好赔也好，都跟他们不相干，方博南做儿子的都不开口，自己何必在里面枉做小人。

到了南京以后，果果马上找了夏漱石出来，塞给他一袋子梨。

果果说，我好容易带回来的呢，这样的梨只有东北才有，可是好难带的，特别容易坏。下回我坐飞机去坐飞机回，就不会坏了。

果果马上削了一个要夏漱石吃。夏漱石笑着看她，一个劲儿地说味道真是好，很特别。

果果得意地趴在桌上，说，是吧是吧。东北人好奇怪，居然拿香蕉跟梨子配，真想不出哎，这两种水果也可以杂交。

夏漱石跟她开玩笑，长春小伙子可以娶南京姑娘，香蕉和梨为什么不可以配？

果果拉长声音娇嗔，哎——

过了一会儿，果果又说，其实有的时候，有些事，真的是不能配的。

两人几乎同时意识到了这个话题的敏感，都不作声了。

夏漱石改了话题问，果果，方大头对你好不好？

果果听他这样称呼方博南，笑起来，好。

夏漱石说，他对你好，你要加倍地对他好，婚姻也好，别的事也好，始终是人心换人心。婚姻是不易的，一着不慎，满盘皆输。

果果点头不语。

如果两个人是真心相爱的，婚姻便会在最初阶段呈现出一种最纯粹的幸福状态来。

现下的方博南与哈果果就处于这样的一种状态里。

这段时间正巧两个人单位都不算太忙，一下了班，简直一分钟都等不得，就想往家里赶，兴兴头头，煞有介事，但那种快活真的是真的。

只有一回，方博南竟坐错了车子，往以前住的地方去了，等明白过来时，方博南一边打车往新家赶，一边从思想上做了一番深刻的检讨与反思。

这么好这么幸福美满的家怎么居然忘记了，实在是不可饶恕。于是当晚，方博南主动洗碗、削水果、打扫卫生间，甚至给果果倒洗脚水以示赎罪。

果果拍拍蹲在跟前的方博南的脑袋，嗲声嗲气地说，哎呀，方大头，不要这样嘛，不用开头表现这么好，以免以后差别太明显了。用美国人的话来说，悠着点儿。

方博南说，我是极有常性的人，老婆你就看我的行动吧。

果然，自此方博南一回到家，便开始擦地。说起来他并不是一个太讲究的人，一向信奉家里只要脏而不乱或是乱而不脏即可，真要又脏又乱时再打扫不迟，偏偏遇上了一个讲究卫生的哈果果，方博南便主动地把每天擦地的任务接了过来。按果果的要求，不可以用拖把擦，那不过是给灰尘搬个家罢了，要用擦地布，趴在地上，一寸一寸细细地擦。擦了一个多月，方博南发现，他那因了久坐而微有赘肉的肚子竟然变得紧绷起来，腰围也小了一寸，不禁大乐。得，他想，趴着擦地就趴着擦地吧，人家去健身房锻炼还得花钱不是？

这个时候的方博南还想不到是不是会这样擦上一辈子的地。他没想那样远。

果果也是个勤快人，包下了做饭洗衣的任务。方博南有些衣服不能机洗，她便耐心地手洗，洗完了还熨好。

果果洗着方博南的衣服，看着水盆里白而肥满的泡泡，心里有一种温柔的兴奋。

可是她也没有想到，如果这么替一个男人洗衣服洗上三五十年会是怎么样一种光景。

这个时候果果才想不到这点呢。

那路是长的，那门是窄的，然而幸福中的人眼光是短的。

像那戏文里小尼姑唱的，由他，且顾眼下。

且顾眼下。

就连那生活里因个性与习惯而起的差别，也是别有情趣的。

比如，有关大与小，哈果果与方博南之间其实就有无法忽视的差别。

那天果果嘱咐方博南下班后顺路买一把漏勺回来。方博南说，漏勺？哦，明白了，笊篱。

于是方博南就买了一个笊篱。

果果一看，吃惊得张大了嘴。

果果说，这是什么？

笊篱啊，这你都不认识了？

可是，这这这，这是卖炸鸡腿的用的呀！

卖炸鸡腿的人能用我就不能用？

果果把笊篱拿起来挡在脸前，连头带脸全给遮住了，这么大！你的大头都可以网得进去，哎——呀！

果果的这声"哎呀"，尾音有点儿上扬，漫长悠远，方博南觉得极其性感，决定从此要多多与果果在小事情上作对，以期听到更多的"哎——呀"。

从此，方博南与哈果果家的厨房里一直盘踞着这么个大大的怪东西，谁来了都要笑一通。果果一直想把它藏进橱柜里，可是博南总是要把它拿出来。方博南说，这充分说明咱们生活小康，多充足啊，饺子用这么大的笊篱盛，地主家都没有这么多的余粮啊！

就咱们一个月那点儿湿湿水的工资还好意思自称地主？方大头你的自我感觉还真是良好。

方博南正在整理垃圾桶，要把装得满满登登的垃圾袋拎出去，闻言举起那袋子说，瞧瞧瞧瞧，咱家的垃圾数量之巨，体积之大！你还别不信，人家社会学家研究了，哪户人家的生活垃圾多，就证明他家对社会的贡献大。

笊篱的事刚过去没有多久，就又发生了一件因为大小而引发的更窘的事。

方博南他们住的小区最近盗贼频繁出没，已经有两三家被撬了门锁了。果果本来就胆小，这下子简直吓得恨不能立刻搬家。当然搬家是不大可能的，所以果果就叫方博南去买一个好一点儿的保险锁来。因为他们家外层的那道铁门实在是破败得可以，形同虚设，所以更得把里层的木门守好。

因为是一个大热天，方博南对热烈的阳光是深恶痛绝的，所以他出门不到半小时就回来了。果果对他的快动作深表怀疑，说，你买东西可别给了钱拿了就走啊，好歹挑一挑嘛。

方博南脸上热汗滚滚，珠子似的成串往下掉，挑了挑了，不挑能买着好东西吗？说着亮出新买的锁。

果果一看，又吃了一惊。

这个是什么？

锁啊。锁你都不认得了？

这个是锁吗？这么大，装在门上，像一个人小脸上生了张阔大无比的嘴。

方博南呵呵地乐，好极了，我就喜欢这种调调儿的，像朱丽娅·罗伯茨，大嘴美女。她是我多年以来的梦中情人。

果果飞过去一个白眼，那么你的品位也真是不怎么样，她一张嘴占脸上三分之一的面积，男人嘴大吃八方，女人嘴大做什么？难看死了。

方博南的脸上忽地呈现一种比较猥琐的表情，慢吞吞地说，嘴大有嘴大的好处。

哈果果好半天才回过味来，一下子脸红了，狠狠地啐了方博南一口。

谈恋爱时方博南装出一副文质彬彬的样子，连粗口都没有，这才刚结婚，就露出狼尾巴来。

方博南说，这把锁咱就给它起个名叫朱丽娅。这朱丽娅不仅个头大，还能报警呢，但凡有人妄图撬开它，它就会发出无比尖厉的警报声，吓也得把小偷吓个半死。

果果没好气道，小偷要都这么容易被吓住也太没有职业水准了。

可是方博南不理会，回身拿来工具，兴致勃勃地把朱丽娅装在了里层的门上。果果担心那扇衰老的木门能不能承受住这位朱丽娅小姐的重量。

两天以后，果果下班，刚走到楼道口就听得一阵奇怪的尖厉的声响，像救护车与消防车警报声的合体。越往上走声音越响亮瘆人。走到自家门口时，果果才悟过来，是自家门上的那位朱丽娅小姐在报警。

果果一下子吓得魂飞魄散。

有贼！

果果反应尚算快，一边飞快地逃下楼，一边哆哆嗦嗦地给方博南打电话，老公，快回来，我们家进了小偷，朱丽娅在报警。

方博南接到电话也吓得手脚冰凉，真有小偷丢了东西事小，伤了老婆可不得了。于是打了出租飞也似的回到家，刚到小区门口就看见果果哭哭啼啼地站在那里等他。

方博南二话不说，跑到一楼一家裁缝店里，借得一把明晃晃的菜刀，拎着就气势汹汹地冲上楼去。

到门口发现外层的铁门锁其实是完好的，可是里头那木门上的朱丽娅的报警声一声紧接着一声，方博南估计是遇上手段高明的贼了，撬门而不留痕。他掏出钥匙勇敢地开了铁门与木门。果果一边鼻涕眼泪横飞一边把方博南抓得紧紧的，不要进去，我们不如报警吧。

方博南推开她说，我先进去看下，你随时准备报警。

果果拉着他生离死别似的，不要不要。

方博南晃晃菜刀说，我进去，果果你先撤！

果果收了眼泪一咬牙，我跟你在一起。

两个人小心地推门进去，客厅里没有人。方博南蹑手蹑脚地来到厨房，咣地踢开小门，晃晃菜刀，发现也没有人。又转而到了小书房门前，果果拉着他的衣角跟在后面。

书房也没有人。方博南还悄悄地走到窗帘跟前，唰地一把拉开窗帘，又恶形恶状地晃晃菜刀，还是没有发现人。

方博南小声地对果果示意一起去卧室。

卧室大，可以藏人的地方多。方博南以美国警察握枪的姿势握着菜刀，先用力一推门，门咣地撞上了墙，没人。再转到窗帘处，用力一拉，紧接着退后一步，以刀护胸，摆一个造型，还是没人。又趴下去，看看床下，用刀跺跺地板，没人。箱子后，没人，阳台上，呃，阳台没有封闭，这一天他们也没晒衣服，比较一览无余，没人。

到这时，两个人才基本确定，是朱丽娅报错了警。

果果一屁股坐到地上，哭得哇哇的，吓死人了。讨厌死了，叫你买这么个大家伙来吓我。

方博南其实也吓得够呛，可是看果果的可怜相，还得打起精神来哄老婆。方博南搂着果果像摇一个小娃娃似的摇着，一边安慰说，有惊无险，这也充分证明了朱丽娅的有用。

第二天，果果回家时，朱丽娅又一次报警，果果就又一次打电话把方博南召

唤回家，这一回方博南又借得菜刀一把去家里巡视一番，不过这一次的态度优哉游哉得多了。

朱丽娅又报错警了，方博南说朱丽娅是一个敏感程度比较高的美人儿，大约浑身上下都是敏感带，有人在旁边叹口气她都有反应。

到第三天朱丽娅再报警的时候，果果再不打电话叫方博南了，自己去借了把菜刀上楼，前后检查了一遍，又锁好门，施施然下楼去还刀。裁缝铺的大姐问果果，你们家这两天闹什么哪？果果说，实在对不起，叫您看笑话了，我们家朱丽娅真不是个东西。大姐没有听明白。这一对新婚小夫妻看上去都是知识分子，大姐认为知识分子时不时地是要说一些让人听不懂的话的，不然咋叫知识分子呢。

方博南回来以后特地下楼去谢裁缝大姐，并送出名片一张，请她多多关照门户，要是朱丽娅再报警就给他打电话。这楼上下几十户多半是年轻的双职工，还就这位大姐是天天在家的。

第四天第五天，朱丽娅开始每天报警两次，楼道里乌烟瘴气全是它的声音。大姐开始的时候是一听到动静就给方博南打电话，方博南就颠颠地跑回来安抚朱丽娅。后来大姐干脆也不打电话了，听到动静就上楼去，在外层的铁门上用力一踢，威吓一下朱丽娅，里头的美人儿立刻就哑了。

这么踢来踢去，有一天朱丽娅终于一声不吭了。

朱丽娅成了一个哑巴美人，无声地威严地亮闪闪地盘踞在方博南哈果果他们家的木门上，替他们看家护院。

果果数次都想把这个大家伙请下木门，可是方博南不让，说虽然朱丽娅现在不能报警了，可是个头够大，对小偷可以起一种震慑的作用。

果果发表言论说，怪不得弗洛伊德说男性对大小总是念念不忘。

说完自己先脸红了。

还好方博南对弗洛伊德先生不感兴趣，没有理会。

等到他们终于搬离这里的时候，朱丽娅被卸下来，美人从此蒙尘，待在方博南新家的壁橱里，像冷宫里的弃妇，永世不得翻身。

第九章

生活智慧

　　这人结婚没结婚，其实是可以在外表上找到蛛丝马迹的，一个人结了婚，连说话时的神情与用词都会有与以前有一点儿微妙的不同。若是一个人结婚后与结婚前完全一样，呃，这样的婚姻多半潜伏着危机。

　　这一种理论，是方博南的损友、离异熟男楚一帆总结出来的。方博南在臭豆腐水事件之后，是不多的那几个依然真心拿楚一帆当个朋友而非笑柄的人之一。方博南总觉得楚一帆也没有那么坏，只是有哪根神经一时搭错了线，总得允许朋友犯错误不是？可这种宽容并不影响方博南言语上嘲笑楚一帆，方博南说，这恐怕是你的经验之谈吧。

　　楚一帆老脸一红道，非也非也，方老弟，我实实在在地跟你说，有变化的人有福了。就像你。

　　方博南满不以为然，我咋变了？我不还是那个无敌霹雳潇洒的我？不知情的小姑娘照样当我是白银王老五往上扑，乌泱乌泱的。

　　楚一帆"哼"了一声，你的眼睛默默地告诉我，无拘无束的日子已到了尽头。

　　方博南笑而不答。婚姻的妙处可惜你没有珍惜，他暗想。

　　可用这个理论来衡量哈果果，方博南觉得倒也颇成立。

　　果果在结婚后的确改变了不少，这种改变不是外表上的，而是来自一些小细节。

　　头一个变化就是，果果变抠门儿了。

　　果果以前真不是个小气的女孩子，逢过节或是方博南的生日，礼物一买便是上千块钱，痛快得很。可是自从与方博南确定关系并将其工资卡掌握在股掌之中后，果果便开始精打细算起来。去长春那次，方博南本来想买来回的飞机票的，

被果果毫不留情地否决了，因为那个时段飞机票折扣不好，比火车票贵着许多。方博南倒也没有异议，他的人生添了一个新的信条，听老婆话，跟组织走。听老婆话家里安定团结，跟组织走，不会犯政治错误，也是为了小家的安定团结。

正逢周末，果果在做饭，看看调料里缺了鸡精，便叫方博南速去超市买一包来。哪知方博南如黄鹤一去无踪影，果果的一锅青菜都烂在了锅里。果果开始怕起来，虽说超市很近，可是要过一条马路，果果登时便有百般的担忧，所看过的文艺作品里戏剧化的悲惨情节唰唰唰地在脑中闪现，果果哭哭啼啼地穿了外套、鞋子打算出门寻夫。谁知方博南正开门进来，看见自己只出去这么一会儿老婆便如隔三秋一般地流起泪来，不由得更加膨胀。

却见哈果果尖了小嗓子喝道，方大头！叫你买包鸡精你买到苏州去了吗？还是你在等鸡从蛋里头孵出来？一转眼看到方博南抱的一大堆东西，惊讶道，你买这么多东西做什么？

方博南说，人到超市嘛，哪能不买点儿？

你这是一点儿吗？是一大堆。要这个塑料澡盆做什么？

方博南的手里抱着一个椭圆形绿色塑料澡盆，里面塞满了东西。

方博南得意地放下澡盆说，我看这澡盆挺好，颜色手感都不错，造型也不错，买来囤着，给我儿子用。

你儿子在哪里呢？在哪里？

方博南咧着嘴做无赖状说，我儿子在这里。

果果不等他有所动作便"呸"了一声，拿了超市收银单子一看，两百多块！

果果冷了脸说，这钱从你自己每月的零花钱里扣除。

方博南哀叹不已。

哈果果从此剥夺了方博南单独购物的权利，因为他太会浪费。

方博南说，果果，怎么我以前到你家送礼你不说我浪费？

果果说，那个时候你是用你的钱送我东西，现在是你用我的钱送我东西。感觉太不一样了。

方博南过了一会儿才回过味儿来想，哦，原来现在我的钱就是你的钱了。

不过方博南是爽快的大男人，想着，一个女人把你的钱当成她自己的钱，这是多么大的信任啊！

其实果果也觉得方博南在婚后也有所变化，这变化还比较明显。

谈恋爱的时候，方博南表现得有礼有节，虽然外形上不符合果果对文化人的要求，可是从本质上来说，果果还是承认方博南是一个儒雅的人的。

可是结了婚以后，方博南很快地表现出一种粗粗咧咧的劲头来。

比如，他从六月份起，就开始在家里打赤膊穿大裤衩子了。

果果的家庭出身，让她从小便见多了那种夏天打着赤膊穿宽裆短裤跋着人字拖鞋，随地吐痰，大声骂老婆孩子，捧着巨大的碗走街串巷，边走边吃，一张口便涉及别人的母系亲属的男人，她实在是打心眼儿里讨厌他们。作为一个文艺女青年，哈果果的终身理想便是找一个真正的文化人，过一种完全不同的生活，在家里穿居家服饰，闲时喝下午茶，夫妻两人时不时地对坐聊一聊文学艺术，春日早起摘花戴，寒夜挑灯把谜猜，连调情都用典故，甚至在床上也有礼地说，相公请了，娘子请。

找到具文化人儒雅之本质的方博南，哈果果总以为百年好事今宵近，却不料鹊巢竟被鸠来侵。

哈果果在自己那个收拾得干净的文雅的艺术气十足的家里看到了同样打赤膊穿大裤衩子的男人！

果果说，方大头，你可不可以穿上衣服？小心着了凉。

说得是十分委婉的，毕竟是新婚的小夫妻，正是蜜里调油的好时候。

方博南说，不要紧，不要紧，我不会着凉的。

果果见委婉的不行，便换上嗲一点儿的，哎——呀！方大头，你看咱们家窗子开着哪，走来走去的，叫别人看见像什么样子嘛！

方博南说，看看呗，我怕人看吗？男人看我无所谓，女人看我是我讨便宜。

嗲的也不灵光。果果说，我觉得你还是穿上衣服比较好看，显得身材好。

这倒也是一句真话，方博南骨架宽大，很衬衣服，果果尤其喜欢看他在家里穿半旧的衬衣，旧的衬衣料子软色泽柔，有一分皮肉与体温磨出的熨帖，果果觉得很是性感。

只是果果不大好意思说出性感二字来，文艺女青年从本质上来讲是禁欲的。

可是方博南说，我觉得我不穿衣服的时候更好看，因为最显身材好，虎背熊腰的，多耐看哪。

所以他依旧在家里半裸着来来去去。后来有一天，他睡下没多久，突地蹦起来，说受不了了受不了了，南京这鬼天气，太热了，说着利落地扒下大裤衩子，裸睡。睡了没一会儿，起来上厕所，竟就那么去了。果果急得大喊，你穿上裤子啊！

方博南不理，故意腆胸叠肚地说，怕什么怕什么，真要女人看见了我就讨便宜了讨便宜了。

果果啐他说，你好歹嘛算个艺术家。

方博南说，大艺术家都裸奔。

果果说，你有根据吗，有根据吗？

方博南说，怎么没有？你看那谁，还有那谁谁，那谁谁谁。

说着说着，方博南解决了内急，乐呵呵地跳上床来说，老婆老婆，我想起一件好玩的事儿，讲给你听。我们社有个编辑，一个山东的大老爷们儿，那年结婚装修卫生间时用了那种里面看得见外头，外头看不见里头的玻璃，结果，哈哈哈哈，每天他老婆洗澡时对面另一家做装修的农民工都聚在窗口看，哈哈哈，原来那玻璃给装反了！

说着，方博南滚到床上蛤蟆似的蹬着腿儿大笑不止。果果生气地说，什么鬼，太不道德了！

方博南说，就是就是，这也太粗心了！说完又哈哈大笑。

方博南笑得太欢实了，果果完全是看他好笑，也笑起来。半夜三更的，两个人笑得像一对傻子似的。

几次下来，果果认识到方博南有一种粗咧咧的无耻，天真的无耻。往好里说是率真，往坏里说就是皮厚。

这些变化说来还算是有些喜剧色彩，无伤大雅，还添两分生活情趣，可是两人之间另有一些差别则颇让他们苦恼。

首先一条让果果苦恼的，就是，方博南是一个标标准准的夜猫子。

方博南喜欢磨蹭到老晚才睡，有时半夜竟然要爬起来作画，因为灵感来了谁也挡不住啊。可惜果果是个睡眠极浅的人，被惊醒以后，看见小书房里射出来的灯光就再也没有办法入睡。

果果问方博南可不可以换个时间画画，可是方博南振振有词地说，第一，作为一个艺术家，他的灵感并不是定时定点到来的，一旦到来，那是比日全食还要珍贵的，一定要牢牢抓住；第二，白天的时间他已经贡献给了祖国的出版事业，实在分不出时间来作画。

为了解决果果怕光睡不好的问题，方博南特地在小书房门上挂上一副厚实的门帘。有天果果起夜时发现方博南不在身边，估计是在小书房里抓他的灵感，便想过去劝他早点儿睡，一推门，见一壮大裸男正架着画架，画一壮大裸女，这一惊简直非同小可，哈果果严令方博南改掉半夜作画的坏习惯。

方博南面对果果的斥责嘻嘻笑道，果果你自己呢？你也并不是没有坏习惯的。你的坏习惯对我也造成了困扰。

哈果果说，我有什么坏习惯，我有什么坏习惯？我觉得我有的全部都是好习惯，勤劳善良，美丽大方，温柔贤惠，工作努力，遵纪守法，宜国宜家。

方博南说，你不能正确地认识自己啊，果果同志。比如，不好好吃正经饭，天天咯吱咯吱地吃零食，这是不是个坏习惯？

果果说我就是要咯吱咯吱，我都咯吱咯吱了快三十年了。

方博南说，所以呀，你改不掉咯吱咯吱的习惯，怎么能勉强我一定要改掉夜间创作的习惯？这个不大公平吧。

果果翻一个白眼说，方博南要么你的脑子坏掉了哦？这个世界上有绝对的公平吗？婚姻里尤其没有公平，要想绝对公平除非你打一辈子光棍，来来去去一个人。你不要学孙悟空，成天想着追求公平，一个不满意就挥金箍棒，孙悟空可以你不可以。

为什么？方博南说，我不比一个猴头儿强多了？他可以为什么我不可以？

孙悟空是石头缝里蹦出来的，你是吗？再说，人家孙悟空意志老坚定了，抱定了独身主义，再漂亮的妖精扑上来哪怕倒贴也不动心，照样一棒子打死，你能吗？

我不能，方博南老老实实地承认，我是艺术家，我可以拒绝妖精，但我不能拒绝美。

这样的拌嘴其实更接近于调情，但是调情这个东西宜恋爱不宜婚姻。结了婚的人只有新婚时会调情，超过三个月的婚期，调情就死去了，就像昙花开不到白天，调情这朵妩媚的花也熬不过百十来天的平民日子。

方博南与哈果果纯粹意义上的拌嘴发生在东北婚礼后第四个月月初。

那天，方博南中午因为赶一个重要的任务而错过了饭点，饿过了劲儿又不想吃，到了快下班时肚子便开始咕咕作响。赶回家后，方博南一迭声地叫果果下点儿速冻饺子。

果果便烧了锅水把饺子下下去。方博南不停地催，好了吧好了吧，拿笊篱捞上来吧。

果果说还没好呢，多煮一会儿，不然饺子皮会粘。果果一边煮饺子一边看一

本新买的书，等她醒悟过来手忙脚乱地关火揭锅盖时，一锅饺子早皮肉分家，成片儿汤了。

方博南此时饿得肚子里要长出手来，一看这情景，火了，足以见证"男人吃不好是要发脾气的"这一真理的正确性。

方博南咣地把锅盖扔在灶台上，盖盖儿煮馅儿，开盖儿煮皮儿，懂不懂？饺子煮破皮了是不吉利的懂不懂？

果果从未见方博南如此怒气冲冲恶声恶气，一下子就蒙了。只不过是一锅饺子，男人便可以把爱情丢在一旁，人生真无望，婚姻真黑暗。

果果气得小脸儿拉得尺把长，噔噔噔跑回卧室，咚地关门落锁。

方博南被关在外面，连累带饿更加没有好气，想，你会躲，我就不会？你躲进卧室，老子躲外边儿去。

想着便开始行动。

开了里层的木门再开外层的铁门，一条左腿跨出去，可后腿却怎么也跨不出去。于是又退回来，关上铁门再关木门，自己偷躲在小厨房里，等着看哈果果哭啼啼出来寻夫。

过了一小会儿，哈果果果然开了卧室的门走了出来，踢踏踢踏一路找到厨房来。咦，可是不仅并没有哭啼啼，反而笑眯眯，方大头，我知道你没走，装什么呀！

方博南觍着脸笑着走出来，果果重又下了一锅饺子。方博南吃着，突然想起一个问题来，果果，你怎么知道我没有走呢？

哈果果托着下巴笑得高深莫测，方大头，就你那点儿鬼心眼还想在我面前装神弄鬼？我是谁呀？鬼马精灵哈果果，什么瞒得过我去？

方博南从此觉得南方小娘儿们果然心眼儿十足，不好对付的。

其实果果也是故弄玄虚，家里两层门，咚，是木门的声音，咣，是铁门的声音。

木门在里，铁门在外。

真的走了该是先咚后咣呀。

怎么会先咣后咚呢？

可见生活处处是智慧。

第十章 咱爸咱妈

又到了周末,果果跟方博南约好的,每逢周五晚上要到自己妈妈家吃饭。果果说,今后这要形成一个传统。

刚开始,方博南也没有什么反对意见,可是,过了些日子,方博南便开始意意思思的,每每找借口不去丈人丈母家吃饭。

首先一个原因,就是方博南还是不大爱吃哈家口味的菜。他在周末想要吃的是一大碗热乎乎的饺子,蘸点儿醋与香油配成的调料,最好再就两瓣饱鼓鼓的蒜头,多美。

可果果家二老只爱吃米饭,偶尔包点儿荠菜大馄饨。

果果也是好心,撒着娇叫妈妈有空也包一点儿饺子,反正跟馄饨差不多嘛,都是弄张面皮把菜肉包在里头。方博南爱吃饺子嘛。

于是这个周末哈妈妈果然包了饺子,专等女婿回来吃。

方博南想人家不爱吃饺子专为自己包了饺子,多难得啊,人真好。于是他满心欢喜,满怀感激,下了班急急地赶到丈人家想吃饺子,等到丈母娘把一碗热腾腾的饺子端到方博南面前,方博南一看,傻眼了。

一碗饺子泡在一碗饺子汤里。方博南问,妈,这是大馄饨吗?

哈妈妈说,这怎么是馄饨呢,馄饨不是这么个包法,馄饨皮是方的,饺子皮是圆的。

方博南疑惑,哦——那个……妈,我们那里,饺子是不带汤的,汤搁锅里,吃完了饺子再喝汤,叫原汤化原食儿。

哈妈妈倒也觉着新奇,便把碗又端回去,将汤倒出来,重又端过来。

方博南诚惶诚恐地说,谢谢妈。

跟李玉和似的情真意切。

接着，方博南迫不及待地夹了个饺子一口吞下，回味一下，好像有什么不对劲儿，刚那一下吃得太猛了，这一回细嚼嚼。方博南想着，又夹了个饺子，文雅一点儿咬上去，这一咬，方博南几乎要抓狂。

甜的。

甜饺子！世界上最悲惨的事莫过于一个爱吃饺子的东北人吃不到饺子，世界上更悲惨的事是一个爱吃饺子而又好不容易吃上顿饺子的东北人竟然吃到了放了糖调味的甜饺子！

哈妈妈问，好吃吗？

方博南含糊地"嗯嗯"两声，又多嘴道，妈，你放糖了？

哈妈妈说，肉类嘛，总要放一点点糖来提鲜的。

哈妈妈是灵醒人，看女婿似乎对饺子不大满意的样子，便问，你们那里不放糖的？

不放，我们那里只有做排骨炒糖色儿的时候才放糖。

哈妈妈闲闲地说了句，哦——

果果一听就觉得事情不妙，她可太清楚妈妈这一声"哦"的意思了。

回家路上果果就开始批评方博南，你为什么要挑三拣四，我妈做一次饺子容易吗？五点半就起来上菜场买饺子皮了。还有那肉，都是我妈妈自己绞的，生怕买的不干净！为什么要嫌饺子甜？

方博南吃了甜饺子正没好气，我不是嫌饺子甜，是它本来就甜！

放点儿糖有什么不对？我都吃了快三十年的放糖的菜了，不是一样健康成长？

可是我吃了三十多年的咸饺子了，我也是很健康的。问题不在于健康不健康，是生来的习惯，是融化在血液里的习惯！

就算是习惯，你不可以忍一忍？你不可以把废话存在肚子里不要说出来？你就不能夸一声好吃！

哈果果你这个人就是这点不好，虚伪！

我宁可你适当地虚伪一点儿，不要你三马神道地这么直来直去！

喊！虚伪还分适当不适当，虚伪就是虚伪，明明不好吃还说好吃就是不折不扣的虚伪。哈果果你为什么要要求你的老公虚伪？

你家的饭菜好吃吗？动不动就大锅炖炖，什么乱七八糟的东西都往锅里头放，把人当日本相扑那么喂！一包就包那么一大麻袋的饺子，藏在地窖里，上顿吃了下顿还吃，早也饺子晚也饺子，有一天晚上我实在饿得受不了想吃点儿夜宵，难为你妈妈做了来，哦哟——辛苦她老人家啦！我一看，还是饺子，简直就没治了！我说什么啦？不还是一个劲儿地说违心话，好吃好吃的？说起来，还不是北方人懒！不爱做菜！

北方人懒？我看是你们南方人馋！啥都敢下锅煮了吃炒了吃，连羊尾巴都吃，老鼠也吃！你们还有什么不吃的没有？人肉吃不吃？

你才吃人肉。我们就是不爱吃饺子，我们爱吃米饭。

你要搞清楚，我们东北，那可是正经产好大米的地方，东北大米，全国扬名，俺们那旮沓的土地孕育的俺们东北人民的血汗培育的优质大米，全喂给你们南方人了！还不知足！

我不要跟你这个不懂道理的北方侉子说话！

你们南方也没有什么好，还有，南京是什么鬼地方，半年夏天半年冬天，还有梅雨季！

话说到这里，已经上升至地域矛盾的高度，下不来了。

这一场口角到后来变成了一场涉及南人与北人人性的大辩论，其尖锐程度直逼斯托夫人的《汤姆叔叔的小屋》，辩论到后来，哈果果向东方博南向西，还好无论向东还是向西，终点总还是一致的，两个人一前一后回到家，哐地关铁门，咚地关木门。

方博南其实在睡了一觉之后起夜时就把这件事给丢到脑后了，从厕所回到床上就习惯性地扒住果果，整个儿一条大腿横过去压着果果，被哈果果用力踢到一边。

果果整整有两天时间对方博南爱搭不理。方博南急得要跳脚，在第二天下班后死乞白赖地拉着果果，命令果果跟他说话，你不说话是什么意思？沉默战术是不是？冷暴力是不是？你到底是什么意思？

果果理也不理他，板着一张脸在家里来来去去，一边想，哦，原来方大头怕的是人家不理他。

方博南跟着果果到厨房，威胁道，果果，你就是不说话了是不是？打算一条道儿走到黑了是不是？

果果说，你不要厚皮老脸，人家不高兴跟你说话，你不要黏糊糊。

方博南说，我就是要黏糊糊，你是我老婆你有跟我说话交流的义务，你要履

行你的义务。

那么你是我老公，你也有义务巴结我家人，对我父母好。

我怎么不对你父母好了？我只是指出你妈厨艺上的缺陷，便于她不断地进步。

其实果果也明白，说方博南对自己爸妈不好实在也是有点儿冤枉了方大头。

自从确定了关系之后，方博南便一心拿果果家当自己家，但凡出版社发点儿什么福利统统往哈家送，水果啦，鸡蛋啦，一包一包的卷纸啦，月饼啦，什么都送。

有一回他们社居然发了两袋泰国香米，方博南也给扛到哈家去了，走在平台上，惹得大嫂大妈们艳羡的眼光一路追随。方博南还跟果果笑说，看，他们一定在小声议论，瞧啊，老哈家的女婿又往他家搬东西啦！还是生姑娘好哇，什么都往家划拉。

结婚之后，这个习惯方博南也还是保留了下来。

可是渐渐地，方博南还是发现，哈家老两口对自己的态度有了微妙的变化。

首先哈妈妈对方博南父母"密"下了所有的喜宴礼金就心有不满。

哈妈妈认为老方家儿子结婚，做爹妈的竟然一分钱也没有贴，本来就透着怪。都说东北人大方，看方博南也不是小气的人，家里头负担也不重，怎么方家老两口就这样"抠门儿"，连儿子媳妇的便宜都要占的。若是有一串子儿子对这一个不稀奇也说得过去，可事实上却又不是，就这么一个儿子，竟然这样轻慢。

果果妈是"文革"过来的人，对老头子说，伟人说了，世界上没有无缘无故的爱，自然也没有无缘无故的讨厌了，别不是他们生的吧？

哈爸爸听了半天，才说，不可能不是亲生的，光看那一个模子似的长相也不会啊。

那就是自私！哈妈妈断言。

其实，哈妈妈对方博南不做饭也很有意见。

还是果果刚结婚一个星期，有一天，果果买了一只冻鸡，想红烧，可是忘记早一点儿从冰箱里拿出来化冻。那鸡硬得堪比顽石，果果一刀下去，只在鸡的皮肉上留下浅浅一道白痕，却把自己的手指给切伤了，最先那几秒钟的麻木过后，血哗地就流了一手，伤处一跳一跳，火烧火燎地痛。正好方博南加班未归，果果只在伤口上裹了条毛巾，然后捧着伤手，坐在床上呜呜哭将起来，越想越委屈，便打电话向妈妈哭诉。

哈妈妈一听，心痛得了不得，立马打车过来，帮女儿包扎伤口，顺便把饭也做了。

哈妈妈问果果，方博南不是说他会做饭吗？不是说七岁就烙饼，人呢？

上班呢，哪能烙饼，谁要吃烙饼嘛！果果躺床上撒娇。

之后哈妈妈数度暗示方博南应该接过做饭的重任，也不知方博南是真没明白呢还是装糊涂，连面条都没有下过。哈妈妈见屡劝不果，便有点儿不高兴，言语间自然有点儿没好气。

方博南虽然身躯伟岸，但并不代表他没有玲珑剔透的心，他自认是一个敏感的人，这么多年走南闯北，要是不懂得看人的脸色，还能活到今儿个？

方博南其实明白丈母娘因为做饭的事对自己有意见，可是他并不想改正。他一个大男人家家的，哪能天天做饭，成为一个家庭煮夫？那成千上万的家庭都是老娘儿们做饭，人家也不见得就过不了日子。方博南颇觉得丈母娘的手伸得太长，管得太宽，索性逆反起来，打定主意，就是不做饭了！

果果也觉出妈妈态度的变化，后来再没有对妈妈诉过苦。

然而，坏印象已造成，果果深觉后悔。

在哈妈妈的心目中，方博南就是一个说话不算话的家伙，甜言蜜语地骗了自己女儿去。说得多了，连哈爸爸也觉得女儿是给方博南做了小女佣。

甜饺子事件发生之后，哈妈妈对方博南的意见更大，在女儿面前抱怨道，方博南也并不是少爷，可是一堆少爷脾气，他在家是不是顶挑剔？

果果说才不呢。

哈妈妈"哼"一声道，你就护着吧，有你苦头吃。

果果也动了气，妈你怎么这样了？从前你不是这样计较的人。

从前是从前，可是妈有了教训，妈不能不打起精神来好好地维护我的女儿。

果果听闻妈妈说起教训，不由得软了心肠，好言哄劝，说方博南待自己还是相当不错的，叫妈妈放心。

哈妈妈哈爸爸却实在是不能放心，时常以审视及不满的眼光看方博南。

方博南的气来得快消得也快，并没有十分放在心上，只忍不住向果果调笑说，你妈，一个平民老太太，那架子，端得跟慈禧太后似的。还有你爸，成天阴着个脸，像是谁跟他欠米还稻似的。

果果气了，你爸才阴着脸，你妈才慈禧太后！

我妈要是慈禧太后你能有机会嫁给我？那我不得弄个格格当老婆？再不济也

要一个外族和亲的公主。

你去娶好了，哪个拦你了？

你不拦我了吗？要是我不娶你，你还不得痛苦得疯了？嘿，相亲那会儿，头回见面，你不一眼一眼地瞅我，一见钟情吧？

果果冷笑一声，一个人皮厚是要有底线的。当时是谁死命地追我，一天一个电话一天一个电话，电信局高兴死了哦！

这件事是方博南否认不了的。在铁一样的事实面前，方博南败下阵来，故意伸出半条舌头做弱智儿状，以期博得同情。

本来果果因为方博南暴露出的种种无理行径是打算晾他一个礼拜的，可这当口，公司叫果果出差，去的时候天还是春天一般的温暖，果果爱漂亮，早早地把春装上了身，谁知回来的当晚气温便降了十度，出现了倒春寒天气，果果一下长途车便哆嗦起来。

正哆嗦着，就看见方博南远远地跑过来，从大包里扯出一件羽绒服，裹头盖脸地把果果裹起来。

果果一看，居然是一件方博南的新羽绒服。

原来，方博南没有找到她的棉衣，便拿了自己的出来。

果果坚决不肯穿，说，像个什么样子嘛给人家看起来。

方博南不容她往下脱羽绒服，半搂半抱，说，黑天半夜，哪个看你？一边叫了出租车，带上果果回家了。

果果觉得在同事面前，又有点儿丢人又有点儿快乐。

从此在公司里就传，哈果果的老公是很疼她的。

果果觉得这面子是丢了还是捡起来了，真的很难说。

这期间，楚一帆又结婚了。

娶的自然是那位臭豆腐水事件的主角陈小姐。

陈小姐认为在社里曾经那样的塌过面子，这一回定要争足了气。她爸爸开了间汽修店，手里头颇有两个钱，独养女儿要面子，这位先生便给女儿挣足了面子。

结婚那天，南京上空飘过一小型热气艇，上面吊着一副红色飘带，上书，楚一帆先生陈丹彤小姐新婚快乐，永结同心，共浴爱河，天长地久。

热汽艇带着美好的祝愿在南京上空缓缓飘过，着实引发了一场轰动。

楚一帆有点儿惭惭的，私下里向方博南解释，没办法没办法，他就是暴发户。

方博南斜了他一眼，挺好啊，你从今可以安生过日子了，再跟谁眉来眼去，全南京人民都不答应。

楚一帆突地面露羞色道，你说，她要是看见了，会不会伤心？我又让她伤心了。

方博南明知故问，谁？

哈果果只出份子钱，坚决拒绝陪同方博南参加楚一帆的喜宴。

她说，这等无耻淫奔之徒，宵小之辈，本姑娘不屑与他们为伍。

果果新近迷上了武侠小说。

果果进一步告诫方博南，少跟他来往，免得受他不良影响。

方博南说，我多正派啊，一看就是好人。

果果笑着说，从本质上来说，男人都是一颗罪恶的种子，有了适当的土壤、气候与阳光雨露便会发芽，你还没遇上合适的机会。

我没有机会？我机会多的是我！在单位，我们社，兄弟社，多少小编辑小姑娘对我暗送秋波，含情脉脉，为我衣带渐宽，茶饭不思？我都不爱搭理她们！

果果娇声说，哎呀，你就是那骑马倚斜桥、满楼红袖招的品种，我看好你！

两人又嘻嘻哈哈起来。

可由不得他们高兴得太早。

因为方家二老又驾到了，还带来了方博南的妹妹！

第十一章
天要下雨

方博南向哈果果宣布,我爸妈要到南京来了,来了呢,肯定是要跟我们住在一起的,那是我爸妈嘛,老爸老妈到儿子家天经地义。

哈果果说,是这样的。来了就把我们卧室让给他们吧,我们睡书房去。我拿一床新被子出来。垫的也换一下。

方博南听果果说得诚恳,倒有点儿不好意思起来,听说是,南方的女的,都比较难缠,不大喜欢跟老人住在一起的。没想到啊没想到,方博南真诚地感谢果果的理解,又很不好意思地说,自己妹妹也要一起来。

果果说,那只好让她住客厅。我妈那里还有张行军床,你抽空扛过来。

方博南更加感动起来,屁颠颠地去丈人丈母家搬床。

一切安顿好了以后,果果小心地问方博南,爸爸跟妈妈这是要长住还是短住?方博南马上解释说,他们只是来小住。我爸妈,尤其我妈,最不喜欢南京的天气,住不了多久的。我听他们说顺便来办点儿事儿,办完了就会走的吧。再说,我妹还在那边工作,他们电大也忙,估计她只有一个星期的假。

果果也有些不好意思起来,觉得自己这么说十分不厚道,便解释说,只是随便问问。

方博南到单位与楚一帆交流说,也不是所有的南方小娘儿们都难缠,我就碰到优良品种了,我们家的很通情达理的。

楚一帆说,可喜可贺,不过……

方博南说,老楚你的"不过"里头大有文章。

楚一帆说,生活哪,本身就是一篇难做的文章。

那天果果下班，刚上到四楼，便看见一位高大的老年男士在自家门前徘徊，另有两位女士，一位年轻一位年纪大，挨着墙，用报纸垫着坐在地上。果果定了定神才认出人来，忙殷勤地上前招呼，爸，妈，妹妹，你们今天就到了？不是说明天的飞机吗？我们还打算要去接呢。

方爸爸极有干部派头地挥挥手说，我们找朋友改签了一天的飞机，省得你们来接机，麻烦。

果果赶紧打开门，请方家二老和方妹妹进屋。这时，方博南的妹妹方博雅冲着楼上招呼了一声，哎，快来。

闻声下来一个年轻的男人，五官模糊，态度高傲，手插在裤子口袋里，冲着方博雅抱怨，这里卫生不好。方博雅赶紧劝道，这是个老小区，家里干净外头脏。进来吧。

果果对这个突然出现的人物第一印象就不大好，这么年纪轻轻身强力壮的男人，甩着两只膀子，什么也不拿，把一堆行李叫老人和女孩子拎着，什么人品！

待到坐定了，方妈妈随口介绍说，这是小雅的男朋友。

果果听说了，倒留意地多看了这人几眼，长得实在平常，扁脸小眼，气质倒还好，就只是有一种说不出的端架子的劲儿。

那位又开口了，这一回是冲着果果说的，劳驾泡一点儿茶。

果果"哦哦"地应着，连忙去烧水。方博雅跟进来，果果推她出去说你休息一会儿吧，别客气。

方博雅笑笑说，不是跟你客气，嫂子，你不知道，他对茶讲究得很，几分热的水多少量的茶叶，且麻烦着呢。

方博雅也是个高个子，块头也不小，不过很匀称，跟方博南长得挺像，不过秀气得多，一头好头发，绑了一根粗粗的麻花辫，沉甸甸地垂着，算得上是个美女。只是果果觉得，她的样子气质跟低眉顺眼的小女人调调并不顶配。

而其实跟方家二老爹了毛的，是方博南自己。

方博南回来后听说爸妈这次陪着妹妹来南京旅游结婚并顺便要到上海，送新婚夫妇出国旅游，两人回国后会定居在男方的老家青岛时，立刻跳将起来。

原本结婚出国度蜜月是大好事一桩，可方博南气就气在，新郎李大原先生，是个二婚头，而且至今还没有固定工作，自称自由职业者，也没见有什么职业成就。

方博南听说此事之后咣的一下便把脸放下来，一整天，那脸拉得跟长白山似

的。幸好还知道给李先生两分薄面，一直忍到晚上方博雅小夫妻两个出去买东西了，方博南才把一口气冲着老爸老妈发出来。

这事儿为什么来之前不跟我明说？他们怎么就唰地要结婚了？不是说先处处看，成不成另说？

方老先生说，我们已经在电话里说了，这次来是有重要的事儿要办的。

果果想，别说，方老先生真有几分派头的。

重要的事儿就是这个？你们是不是料定了我要反对，所以干脆把我蒙在鼓里？

方老太太说，这话可不是这么说的，电话里头那能说明白吗？再说，你妹的终身大事，她自己做主的，谁还能拦着不成？

谁也不能拦着不假，可你们也要看看她要嫁的是什么人！

方老太太也沉了脸说，儿女的事儿，我们做老的也不能多管，把啥关，把来把去把成了冤家。

说到这里方博南脸色变了一变。果果眼尖看见了，心想，这里头总有点儿缘故的。可是现在不是计较这个的时候，眼见着方博南脸都气青了，一家子人，就瞒着我一个，你还当不当我是你儿子？

果果赶紧拉方博南，别这么跟爸妈说话。

方老先生轻轻叩一下桌子，阻止儿子再说下去，事情已然定下了，多说无益。那孩子说了，自由职业将会越来越成为一种趋势，以后他的发展不可限量。虽然结过一次婚，但是没孩子，人长得也不错，家庭也不错，父母都是公务员，在青岛还给他们安排了一处房产做新房，我看还行。

方博南想说，发展不可限量，他是要去火星吗？把他嘚瑟的！被哈果果识破他想口出不敬的企图，死命在他胳膊上拧了一下，方博南只好把话头生生吞回肚子里。

方博南从此对李大原先生鼻子不是鼻子脸不是脸，他高着李大原大半个头，始终以一种俯视的目光很鄙视地望着李大原先生的头顶。

李大原先生倒不以为意，不是涵养好，而是人家根本没拿方博南当一回事儿。

有一回，果果无意间听到方博南跟方博雅在厨房里小声地说话。方博南说，从前人家给你介绍了多少个你挑这个挑那个的不同意，那个部队上的军官，哪里不好？还有那个公务员，那个IT工程师，哪个不比这个强？什么鬼摸了你的脑袋？

　　方博雅低声回击哥哥，那些都没感觉！跟大原在一起，觉得很多梦想中的画面在眼前一一展现似的。

　　果果不好再听下去。后来她与小姑子私下聊闲天儿的时候也问过，方博雅还是强调跟李大原在一起很有感觉，嫂子，他长得是不是像韩国明星？他韩语说得可好了，还曾经在培训班教过韩语，那些女学生把他稀罕得不得了。我跟他在一起，就好像走进韩国爱情电影里去了。我觉得挺梦幻，也挺幸福的。

　　果果大吃一惊，小姑子天真至此，实在是不可思议。

　　虽然天真算是一种境界，但生活不会容人一路天真到底。果果想。

　　果果很尽责地陪公婆到处玩，陪小姑子上街买东西，她惊讶地发现，自己与这个东北的高个子女孩儿有这样多的共同爱好，她们甚至喜欢同一个色系的口红。混熟了之后，她们常在半夜躲开各自的丈夫，躲开睡在客厅拉起的帘子后的老人，在窄小却暖和的厨房里喝热乎乎的酒酿冲蛋。她们俩处得像一对老朋友，唯一遗憾的是，她们对男人的品位实在是天南地北。

　　果果简直想象不出方博雅怎么会喜欢上李大原那种男人，喜欢到巴巴结结的地步，小心侍候，生怕一不小心弄丢了这个宝贝似的。在哈果果眼里，李大原除了会说韩语，成天"斯密达斯密达"——果果听不懂，心想也不知道说得好不好——偶尔再拽些中国古典诗词歌赋之外，简直一无是处。

　　李大原甚至在太太的哥嫂家也把大男子主义发挥到了极点。

　　他从来不帮助做任何一件家事，连客气一下都不会，每天早起连牙膏都是方博雅给他挤好了递到他手里，晚饭后的一杯茶也要方博雅多少茶叶多少水地斟酌着泡好端到他手上。每天吃饭的时候，排桌子摆碗筷时他从来都是袖着手站在一边，等人家都弄好了，饭菜也上桌了，他便一屁股坐下开吃，吃完了一碗天经地义地把空碗伸到果果的眼皮底下，要求添饭。几次之后，他再伸过碗来的时候，果果刚要站起来，便被方博南拉住了。

　　方博雅看看哥哥的脸色，马上站起来接过碗去替李先生添饭。

　　事后果果怪方博南，何必这样，不给李大原面子，好歹自己父母妹妹的面子要给。

　　方博南气呼呼地说，想在我家搞封建主义复辟，门儿都没有！

　　李先生吃完饭自然是不会洗碗或是收拾饭桌的，放下碗筷便站起来坐在沙发上去读报纸。李大原上身长下身短，坐着时觉得挺轩昂，一站起来像塌下去一段

似的，方博南每回见他从饭桌旁起身都会极轻蔑地哼唧一声。

有一回，方博南洗碗，李大原正巧进来洗手，站在一边看了一小会儿，突然说，古人云，君子远庖厨。大哥倒是经常进厨房的，想不到啊。

方博南瞪大了眼说，有什么想不到的？

李君说，咱北方男人，是不做家务的。又不是上海小男人。

方博南说，你这叫啥话？你就能代表全北方男人了？（把你能的！这是方博南在心里说的。）北方男人做家务的多了去了！家务活儿做得好的也多了去了！一个男人怎么对待女人，直接体现这个人的素质！上海男人怎么啦！疼老婆犯法啊？

李大原听了方博南这一番话之后并没有幡然醒悟，照旧在饭桌上伸过空碗来要女人添饭，照旧把换下来的衣服丢给老婆洗，照旧理所当然地享受方博雅泡的茶水，照旧坚持着饭来张口衣来伸手的封建残余作风。

果果回娘家的时候跟母亲笑着谈起李大原的种种劣行，可是哈妈妈却问，他们夫妻两个住你们的卧室？

果果说是啊，为了表现出一种大度的姿态，所以让给他们暂住。我们住书房，老两口住客厅。

哈妈妈说，这是谁的主意？你的还是方博南的？这可是太没有规矩了，哪有把自己的卧房让给人家夫妻住的？他们北方人太不懂规矩了，要是我的女儿女婿到人家家里去，我可是死活不许他们这样做的！多不合适！

本来果果说起李大原，是为了引妈妈夸一夸方博南的宽和护妻的，却不料引起这样的麻烦来，连连辩解说是自己提出来让卧室的。可是哈妈妈并不接受女儿的解释，那也不行，你提出来是你的客气，可是方博南还有他们家人怎么能真觍着脸住！真没见过这样不自觉的人家！

果果发现自己的良好愿望不仅落了空而且适得其反，有点儿不高兴，饭也不肯吃就要回家去。哈妈妈看女儿的脸色不对，反过来又哄着。

自己家里也是不太平的，因为李大原，方博南与父母一直口角不断。这一天又吵了几句嘴，方博南气呼呼地不到八点便躲进书房里，果果跟进去劝他。方博南压低了声音向果果抱怨，你说说看，全中国，多少适龄未婚男青年，就算有一半儿个人素质不如我，那不还有另一半儿跟我接近吗？不够她挑的？非嫁这么个人，你说这丫头还有没有脑子？当老的也不劝一劝，跟着一块儿疯！李大原给他们喂了什么迷魂汤了！方博雅，整个儿没脑子！

果果说，你不要这样说你妹妹，她并不是没脑子，她只是天真。她相信纯纯的爱情。

钱钟书先生说过，肯这样表扬小姑子的不失为好嫂子，可见果果是个好嫂子。

方博南停了一小会儿，突地问，那你相不相信纯纯的爱情？

果果正在修指甲，唰啦唰啦地用一柄小锉刀挨个儿把指甲锉成完美的半圆弧，似乎没有听清方博南的话。

方博南没有得到答案倒也没有再问下去，躺倒在床继续生气。

过一会儿捏了拳头说，我气得发抖！我真气得发抖！说着跳下床去，挥舞着老拳说要到隔壁去把那个封建残余的牛黄狗宝掏出来，省得他再祸害小姑娘。

果果吓得扔了锉子一个骨碌滚下床来从后面把方博南拦腰抱住。

方博南身高体壮，瘦小的果果拼尽全身力气才把他拉回床边，累出一身汗来。

方博南在接下来的几天里五次气呼呼地要冲出门去，第五次的时候，哈果果突然地，就参透了他的本质。

于是当方博南第六次义愤填膺地表达出对妹夫内脏系统穷凶极恶的企图时，哈果果半靠在枕垫上看一本书，没有动。

方博南走向门口，回头看看毫无动静的哈果果，说——

军装已穿上，

钢枪已擦亮。

哈果果说，哦。

方博南接着念——

行装已背好，

部队要出发。

哈果果说，去吧。我要变成一只伶俐的小鸟，跟着我的爱人上战场。

他们俩都是古早文艺作品爱好者。

方博南在卧室门口又徘徊了三十秒，骂骂咧咧地跳回床上来。

好哇哈果果，你就看我笑话对不对？

果果款款地说，怎么会呢？我看谁的笑话也不会看我老公的笑话。其实呀，我比你还想看看他的牛黄狗宝是什么样子，可是老公啊，杀人犯法的，对不对？

唉，方博南叹道，长得那锉样儿，一团面上面指甲掐两条缝儿就充眼睛了。

你这就不实事求是了，要说外表，他长得还是挺人模人样的。果果悠悠地说，从床头柜里摸出一根果丹皮放在牙齿间松鼠似的细细地啃。人家也不是招条缝儿的眼睛，是细长的凤眼。你学美术的未必看不出来，不必故意丑化人家的外表。而且你妹说就喜欢他的样子，像韩国明星。其实真的有点儿像的。

方博南动了真气，哈果果你成心硌硬我是不是？

硌硬是什么意思？

就是恶心我，癞蛤蟆跳人脚背上那种。

我没有，呃，硌硬你呀。我是真心劝你，天要下雨娘要嫁，娘要嫁你挡不住，妹要嫁你挡得住吗？我倒是真心替你妹妹担心，那个李大原的大男子主义实在是挺惊人的，以后两个人一块儿过日子，加上，小雅过了这段天真的劲儿之后，是要吃苦头的。你看，你这个大哥虽然关心她，心疼她，但是隔得远，万一有什么事，只能坐飞机飞过去帮忙。

方博南气得眉目挪位，我帮她忙？傻不楞登的丫头！

又过了一个多星期，李大原夫妇俩终于要出发去韩国旅游了，方博南和哈果果各自请了假，跟爸妈一起送两个人去上海乘飞机。临走时，果果很真诚地与方博雅拥抱了一下，悄悄地嘱咐她有什么委屈尽管往南京打电话，无论如何哥嫂总是向着她的。

这一趟的路费、飞机票和在上海住旅馆的费用自然都是方博南他们掏的钱。等回到南京时，方博南与哈果果的身上一共加起来只有五十块钱，方家老两口还得在南京住上一段日子。

晚上睡在换了全新床单与被子的久违了的自己的床上，果果淡淡地对方博南说，要把定期的存款拿出来一笔。

方博南问，利息要损失一些吧？

果果停了一会儿说，那也只好算了。

又过了好一会儿，果果实在忍不住了，说，我看见，你妈给了小雅一笔钱。果果笑了一下继续道，你结婚的时候也没见有这样的一笔钱呀，一样的儿女为什么会不一样对待呢？是不是你亲妈呀？

半天不见方博南搭腔，果果用肩膀碰一碰他，生气啦？我随口说说玩的，我又不想啃老。

方博南终于开口，有点儿没头没脑地说，我这个妈其实不是我亲妈，是我三姨。不过我妹倒是亲妹。

果果吓了一跳，霍地坐起身来，又惶恐不安地躺下去。
那可能是一个很长很曲折的故事，果果不忍心问下去。
果果说，来，我们背靠着背睡，这样被子不漏风。
他们的背严丝合缝地靠在一起，这个习惯他们保持了许多年。
哈果果觉得这是一个很好的睡姿，象征着婚姻的两大要素，亲密与距离。
身后是坚实的依靠，而前方是无限的空间。

第十二章

鸡零狗碎

方家二老嫁完闺女之后又在儿子家住了些日子。

家里陡然添了两位老人,一切都变得不大自在起来。

首先,哈果果就觉得拘拘束束的,回到家穿衣也比较小心一点儿,睡衣是不敢再穿了。哈妈妈早就嘱咐过她,在公婆面前要格外检点些,衣裳要穿周正,换下来的洗干净的衣物不要乱晒乱摆,少说话多做事,反正他们也住不长,何必不小心侍候,弄得鼻子不是鼻子脸不是脸的,也是麻烦。

哈果果深以为然,她想,自己好歹也算受过高等教育,凑凑合合也是个白领,跟家庭妇女还是有区别的。

果果从小接触的街坊四邻之中,婆媳矛盾那是相当激烈的,几乎每一天都有女人们在吵架,跳着脚,哭着喊着,说着诉着,各说各的理,一本糊涂账。太后骂殿算什么,醉闹山门算什么,击鼓骂曹简直小儿科,民间的婆媳大战才声色俱全,真是泼墨一般地酣畅淋漓。

多年前,果果他们家旧屋的前院就有一家子,儿媳与婆婆不共戴天,却共同占有一间半房子,成天鸡吵鹅斗,不是婆婆泼湿了媳妇的被子,就是媳妇堵了婆婆的灶眼。最叫人憋气的是,这门亲,竟然是哈果果她妈给保的媒,男方是邻居家的儿子,女方是哈妈妈原先厂子里老姐妹的女儿。实指望他们一家子和和气气、自己也积点儿阴德的哈妈妈,简直为这桩婚事触尽了霉头,弄了个鱼头来,足足拆了十来年。一老一少两个女人一吵起来,就跑到哈果果家来坐着哭闹,都要请哈妈妈来评理。哈妈妈再伶牙俐齿也说不过两个怒火冲天的女人。到后来,哈爸爸一听见前院吵就关灯锁门,叫果果姐妹俩不要作声,只装不在家。后来,那家的儿子一气之下得了鼓胀病——其实就是肝腹水——没两年就撒手去了,婆媳两个给儿子、丈夫办完了丧事的第二天，便又开始宣战。再后来果果他们那里拆迁了，彼此搬得远了，就不晓得他们的情况了，看那情形，估计是要战斗到人生最后一刻的。

哈果果从小就跟姐姐哈萌萌说，我们将来可不学她们。我们要做世界上最懂道理的媳妇。

姐姐哈萌萌只是温柔地笑，并不搭腔。

到了今天，真做了人家的媳妇，哈果果想起从前说过的话，觉得真是有点儿傻气。

最懂道理的媳妇，哪有那样容易做的。

头一个令果果不满意的，就是老婆婆的懒与不整洁。

没两天，果果便看出，这老太太，是享受惯了的人，做家事的能力比果果还不如，难得做一回饭，就下了一锅面疙瘩，倒是放了青菜，可煮得烂乎乎的，果果差点儿就没认出来那是青菜。

果果好容易吃完了一小碗面糊涂，承婆婆的情，非要让她多吃点儿，只好又添了个碗底。婆婆好心地说，果果你的饭量太小了，太瘦。

果果想，吃您老做的饭，会更瘦的。

从此果果借口不要婆婆太累，千叮咛万嘱咐，叫老太太不要做饭。

家里多出两个人吃饭，累是难免，可最叫果果不快的倒不是这个。

而是婆婆不大爱干净。

换下来的衣服随处乱扔着，果果要替她洗还得东找西找；抹布也不搓洗就东擦西擦，擦得桌子与家具一片花脸；新换的床单没两天就弄得灰灰的——原来老太太爱坐在床上吃饼干和花生。哈果果一个做小辈的不好批评长者的坏习惯，何况她自己也爱吃零食，可她从来不在床上吃这种掉渣的小零嘴的。果果于是热情洋溢地向婆婆推荐自己的最爱果丹皮，又酸甜又可化食开胃，多少好，可是老太太说那玩意儿吃了倒牙，还是钟情于带壳花生和饼干。果果只好两天给她换一次床单，遇上雨天，一床一床的床单晾满了阳台，看着就那么不舒服。

果果有时也陪着婆婆上街买东西，光是新衣服，就给老太太添了两三套。老太太爱颜色对比强烈的服饰，衬着她的白皮肤倒也有一种老年人松软的漂亮。看着一摇一摆地走在身边的老太太，果果常会想象，当年方家这二老之间到底发生过怎样的情感故事，以至于方博南的三姨变成了他的后妈。

相比较于老婆婆，果果的老公公方老先生还是相当爽利的一个老人，高大结

实，有着恰到好处的肚腩，背不驼腰不塌，挺有派头的，明明是个小干部，可看起来真像个大干部。

他也真的把干部气质发挥得淋漓尽致。

那天，果果家的电线线路有点儿问题，请了小区物业的人来修。

这原本就是一个旧小区，所谓物业，不过是几个中老年人，看大门的，修电灯的，通下水道的。物业费是相当的便宜，所以中老年同志们工作时便每常没个好气，人其实并不真难处，大家也都习惯了。果果甜甜地叫了那电工大叔几天，赔上一包烟，他才上门。嘴里颤巍巍地衔了颗烟，皱着眉头，一脸沧桑地检查，不时差果果下楼买点儿小零碎。

方家老爷子早就看大叔不顺眼了，这时候拍案而起，指着人家的鼻子足足教训了半个钟头，一串子一串子的理论名词、社论用语，大会发言时的抑扬顿挫，将大叔所作所为定性为对人民群众极不负责的错误，并把其性质无限拔高，比渎职更甚，说得人家大叔的脸阵红阵白。等老爷子终于说完，他偷着跟果果说，叫老头不要那么大火气，容易中风，啊晓得？

果果只好一个劲儿地安抚大叔，又赔上一包烟，才送走了大叔。

等方博南回家，果果私底下对他说，哎哟哎哟，你爸爸啊，官不大僚不小，还好还好，不是真的大干部，真要是大干部，哎哟哎哟，哪还有我们市井小民的活路？干部我也见过呀，好的很多的，平易近人为民服务的，哪个像他！

方博南摇着大头说，开玩笑，我爸在我们那里，曾经是说一不二的角色。跺一下脚地面都要摇一摇的。

果果说，呸呸呸！

方博南看果果生气，耍宝哄劝道，我是说真的，我爸当年真的挺有派头，俺在俺们那旮旯，曾经也算是一个高干子弟，出门儿都横着走道儿的。说的时候微微有点儿心虚，有点儿惭惭地笑了笑。

结果，果果竟然没有讽刺，反而温柔地抚摸着他的大头说，多好的高干子弟啊，现在真是一丝纨绔气都没有了，一点儿不像官家子弟，比平民还要质朴呢。说着用力一点头表示极度的肯定，嗯！

方博南直到第二天才回过味来，直骂自己的反射弧长。

方老先生在这里待了半个多月，几乎把小区里所有的物业人员得罪了个遍。连收垃圾的临时工都被他教育了两回，弄得那面目周正肤色黝黑的小伙子一看见果果便对她翻白眼。

果果说，哎——呀，方大头，你爸要再不走，我们在这里可就成万人嫌了。

还好，老两口没多久就走了。

果果虽然心疼钱，还是狠狠心买了飞机票，真叫两个七十多岁的老人坐一天一夜的火车，软卧又不容易买到，这种事哈果果做不出来。

等从飞机场出来，果果挽着方博南，心里头高兴，暗暗用她所知道的所有外国语言加上方言说了数遍"再见，再见，再见啦！我的公公婆婆"。

可是马上，果果又叹起气来。

这一回，他们的花销可真不少。

哈果果一边在本子上记账，一边咕咕哝哝地说，不得了不得了，我们要吃一个月的素。

方博南很诚挚地表达了歉意，说好在马上他要发工资了。

隔天果果回娘家，哈妈妈问，他爸妈真的一点儿钱也没有贴给你们？

果果肚子里的一句真话在口腔里滴溜溜地打了个转，又吞下去了，含混地说，贴了一些。

贴了多少呢到底？哈妈妈犹不放心。

你管得太宽了！哈爸爸的发言一向有点睛的作用。

哈妈妈咕哝了几句，并没有与老伴儿对嘴。

哈果果没有心思与妈妈较真，这两天她在单位有点儿不顺心。因为她最近请了几回假，她的顶头上司文案总管有点儿冷眉冷眼的，除了果果现在手上做着的一个比较大的项目，又接连把三个软广告的文案交给她写，要得还特别急，中间又差她去拍摄现场跟进。果果连着一个星期加班，熬得眼睛像小白兔一样红。

其实这位文案总管原先与果果是同一级别的，当年这个职位有两个竞争者，一个是她一个就是哈果果，最终还是她胜出。果果倒没什么，她反而从此把果果当成一个劲敌，仿佛只要她稍一不在意，果果的手就要伸过来夺走她的位子似的，动辄对果果进行打压。

当果果的文案第五次被退回，她要第十天加班时，果果受不了了。

可果果是个磨不开的人，不会直接与总管起冲突，便回家向老公方大头诉苦。

一个人尽管可以钢筋铁骨地在社会上打拼，好像刀枪不入，可受了委屈还是希望有个亲近的人听听自己的诉说，也许这便是婚姻的意义之一，至少哈果果是这样认为的。

谁知方大头正在作画，无暇他顾，顺口哼唧两声。

哈果果勃然大怒，方博南，你有没有在听啊？一点儿不在乎我的职业焦虑，我算是认识你了！

方博南看老婆动了真气，连忙放下画笔服软，抱住果果一个劲儿地道歉，在乎在乎，我最在乎你。可是你要我怎么办呢？我总不能跑到你们单位跟人家一个女人较劲儿吧，是吧？

谁知果果听了更气了，尖声尖气地说，方博南你没有良心！你不想想，我怎么对你爸妈的？你怎么对我爸妈？我对你爸妈巴拉巴拉，光是东西我就替他们买了多少？有巴拉巴拉，还有巴拉巴拉，平时巴拉巴拉，临走巴拉巴拉，一共花了人民币巴拉巴拉元，我图什么？我想他们的钱还是怎么的？我想得着吗？人家家是巴拉巴拉，你们家是巴拉巴拉……

果果一头说一头哭，眼泪鼻涕全下来了。

方博南料不到话题怎么就突然从职业焦虑转到爸妈身上了，又疑惑又蒙，但还是使尽了浑身解数才哄得果果安静下来。

可惜方大头虚心认错，并不能认真总结经验教训，总是管不住自己的那张嘴，在以后的婚姻生活中有无数次的争吵都是起源于他这张嘴。

那一夜，哈果果虽表面上平静了，接受了方博南的道歉，可是躺在黑暗里的大床上，她还是觉出心酸来。

她想起久远的过往。

那个时候，她刚从大学毕业，进了一家广告公司做实习生。工资低不说，受尽了闲气，尤其是顶头上司，简直拿果果当使唤丫头，果果每日回到家里就哭。

那个时候，解救她的，是夏漱石。

那个文雅的书卷气的男人，拉着果果，冲进果果顶头上司的办公室，言语有致，逻辑严密，不带半个脏字地痛斥那人半小时，把辞职信大力地拍在他的桌上。

果果只看过他轻声细语地跟姐姐说话，跟爸妈说话，跟邻居说话，从来没有想到他也会有这种义愤填膺的时候。

不过，果果翻了个身，又长叹一声，不过，夏漱石就像陆游，便是有万里觅封侯，匹马戍梁州，铁马冰河入梦来的气魄，可真的事情临到自己头上，他也只得一怀愁绪，几年离索。所以说人哪，从来都是拿自己最没有办法。

果果只觉一颗热泪滚出眼眶。

而接下来的发展却出乎果果的意料。

过了没两天，那位总管对果果的态度便大为改变，果果甚至觉着她看自己时有点儿小心翼翼的。

后来，方博南告诉果果，他找了一个熟人，是果果他们公司老板的好朋友并且是新的大客户，请他们在公司多多关照果果。

你是不知道，就那女人，被你们老板叫过去一顿好骂！敢欺负我老婆，灭了她！

果果问，哟，是什么朋友这样管用？

方博南说，说起来也不是外人，是楚一帆的前妻，那可真是个能干的女人，自己开着一家公司，离婚之后事业更是风生水起。楚一帆身在福中不知福，真能作！呸！

方博南回头又哄老婆说，不过，那个女人欺负你我也是可以理解的，她这是赤裸裸的嫉妒啊！

果果说，我有什么值得人家嫉妒的？要钱没钱要什么没什么，也不年轻了也不算美人，况且又不十分能干！

方博南大笑，说，老婆你就这点最可爱，自个儿不知道自个儿的好！透着那么点儿谦虚！你怎么不值得她嫉妒？太值得了！你们差不多岁数，可她看起来就像你阿姨。更何况，你有这么个好老公，又帅又有用，还有才！可遇不可求！

果果拔高了声音发出怪怪的笑声，像个小女巫，连连称是，我遇上你简直是三生有幸，睡着了也要笑醒的。

果果说找个机会谢谢人家陈安吉——陈安吉就是楚一帆的前妻。于是夫妻二人请陈女士吃饭。却不料陈安吉与哈果果一见如故，两个人从此不时地走动。

陈安吉偶尔也拐着弯儿向果果打听楚一帆的现状，果果便把从方博南处探得的信息一五一十地说给她听。

楚一帆其实与新太太相处得并不十分愉快，他也时常在方博南面前感叹，人家说现在五年就是一个代沟看来是有道理的，自己与新太太差了十多岁，完完全全就是两代人。新太太的生活观念、消费观念、家庭观念以及对未来的构想，都与自己差得太远了，有时候，彼此都会觉得对方像外星人。

方博南听了说，老楚你要不要听听我的方氏婚姻伦理定律？

楚一帆道，不是说，听老婆话，跟组织走？

那个是第一条，这个是第二条。

楚一帆呵呵笑说愿闻其详。

方博南晃着大头说，第二条，黄瓜要拣嫩的啃，老婆不能太年轻。

第十三章

苦乐交加

  楚一帆其实是不大愿意承认方博南的婚姻伦理定律第二条的，私底下，他觉得那未尝不是一种男人间的小嫉妒。想他楚一帆以离婚之身，不帅也没有太多的钱，竟然梅开二度，娶得年轻娇妻，且娇妻的家庭条件优越，这样大的成就，的确是要招人眼红一下的，是绝对可以理解的。

  不过他很快便发现，方博南的第二条定律也不无道理。

  他年轻的太太婚前便喜欢泡吧，而婚后竟然也没有丢掉这一爱好，时常泡到一两点钟才回家。后来又脱离了出版界，跳槽到她父亲一位朋友的公司，工资涨了而工作量少了，有了更多的空余时间，更有条件发展泡吧这一爱好。

  起初他以为她是小孩子心性。小孩子嘛，哪有不爱玩的，一时难以适应婚姻生活也是难免的，自己年纪比她大那样多，多点儿理解谅解宠爱也是必要的。

  不过日子久了，楚一帆有点儿受不了了，谁也禁不住天天等老婆等到三更半夜不是？若老婆是为了事业忙碌也便罢了，却又不是，而且酒吧那种地方，已婚人士待得多了，难保不出问题。

  于是楚一帆便半开玩笑地提醒年轻太太，你可是有点儿缺乏身为已婚者的认知啊。得太太白眼一枚。

  近来市面上有点儿不太平，听说有摩托党半夜抢人皮包。楚一帆担心太太的安危，抢了包倒也罢了，万一伤了人可了不得，便去太太常去的酒吧蹲点儿。太太发现后发了雷霆怒火，说，楚一帆你真不怕丢人现眼，你跟踪我？

  楚一帆一辈子最大的优点便是从不对女性发火，在竭力辩解而不成的情形下，睡到了客厅。

  正好出版社有去北京参加书展的任务，楚一帆出去躲了几天清净，归来时发现，太太竟然开上了车。

楚一帆不由得向方博南诉苦说，自己怕是真的老了，跟不上形势了。

或许也不该赶这个时髦离次婚又再结次婚。

方博南属于狗肚子里装不下二两油的人，回到家与果果闲聊时便把事情嘚嘚嘚地说给她听。

果果拍手笑道，好好好！让这个无情无义的陈世美也尝尝恶果。我跟你说方大头，凭我万试不爽的第六感，这两个人，长不了。

方博南说，哎，你何必咒我朋友？人家也不过是犯了一次错误，还不许人家过好日子了？

果果翻翻眼睛说，我咒他干吗？他尽管犯错误好了，只要公安局不抓他我瞎操什么闲心？我不过听了白乐一乐。

自然，楚一帆的现状又经哈果果之口传给了前任楚太太陈安吉。陈安吉女士淡淡一笑说，要说楚一帆此人，实在也没有什么，过于泛爱了一些，总拿自己当贾宝玉投胎。我跟你说啊果果，男人若是满脸堆笑，眼珠子老是在眼眶子里头滚来滚去的，必是不安分之相，楚一帆这个人，人安分命不安分。

哈果果如闻梵音，想了很久都不明白什么叫人安分命不安分。因此也更加佩服陈安吉，有点儿五体投地的意思。

没过多久，哈果果自己家也后院起火了。

那一天，方博南夫妻两个睡到半夜，忽被持续不断的手机铃声惊醒。方博南半梦半醒之间接听电话，只听得那边一个清脆的声音说，方狗哨，你猜我现在在哪里？

是秦霜。

秦霜也来了南京。

方博南应秦霜的要求，一边起床穿衣一边嘟嘟囔囔，这个"屯不错"，疯丫头，说一出就是一出。

方博南深更半夜打了车到火车站，看见秦霜站在车站大门处，正翘首盼着他呢，身边一堆箱笼。

方博南大吃一惊，这也太夸张了吧？你把家整个儿搬来了？

秦霜乐呵呵地说，可不咋的？光衣服就四大箱，白丢在老家那旮沓便宜了我那几个如狼似虎的表姐表妹。

方博南认命地替她搬了三趟才将所有的行李塞进出租车，两个人实在坐不下，只好又打了辆车，这时候才想起问秦霜可有地方住。

　　秦霜说，早就有朋友给租了地方了。这次来，也是跟这个朋友一起做生意的。

　　把秦霜送到地方之后，方博南说他就回去了，秦霜站在一片漆黑里突然问，方狗哨，新婚快乐不？

　　方博南笑骂说不要没有正形，大姑娘家家的。说着转身走了，远远地传来秦霜呵呵的笑声。

　　方博南到家时都快天亮了，果果缩在床的一角，半睡半醒地等着他。

　　方博南表示歉意，果果，没办法，她一个女孩子，千里迢迢，总不能把她搁在车站不管。

　　果果睡意浓重，带着鼻音说，做什么说得这样可怜，还千里迢迢，弄得好像她千里寻夫。说着，咕咕地低笑两声，头在枕头上揉来揉去，接着睡。

　　方博南拍拍果果的头说岂有此理。

　　过了两天，秦霜打电话来，说是为了表示谢意请方博南两口子吃饭。果果说不好，人家千里迢迢地来了，我们是地主，怎么好叫人家请。

　　方博南于是没心没肺地接口说，那就我们掏钱。

　　果果飞快地白了他一眼，不过方博南没有注意。果果低下头笑了一下说，好的呀。

　　最终他们选的是一家挺不错的饭店，坐定以后，秦霜大马金刀地开始点菜，一道接一道的，摆了一桌子。

　　果果寒暄道，秦霜妹妹真是挺了不起的，一个人离乡背井地出来干事业。

　　秦霜卷了袖子露着雪白圆润的小臂，说，这算什么？我这不一直在外头打拼着吗？全国各地都叫我跑遍了。你还记得不方狗哨，咱俩还合伙开过游戏厅呢！

　　有这事？果果这回是真惊讶。

　　那可不，在武汉，是吧方狗哨，哎哟那个火哟！可惜后来不做了，人方狗哨投身文化事业了，人是正经的艺术家嘛，哪能老是泡在铜臭气里。

　　说着便朗声大笑。

　　果果看着她，觉得她比上次见时更妖孽了。她实在很会打扮，她的衣着色彩非常鲜明，一般人不敢穿上身，唯有她那样饱满的脸型，标致的五官，高挑的身段，极洒脱的气质才配得起那些打扮。

　　这一顿饭吃得还算是宾主尽欢。哈果果发现自家老公与秦霜之间有许多很默契的东西，他们之间有只有他们二人才听得明白的旧事，还有一些很微妙的小动作，看上去无伤大雅，落在果果的眼里就觉得是一粒细小的沙。

就那么一瞬间，哈果果便立起了两只耳朵，奓起了一身细毛，小动物似的。

到买单的时候，方博南弹跳起来，一把从服务生手里扯过账单就要掏钱。秦霜又呵呵笑，别跟我抢啊，别跟我抢。

说着灵活地从方博南腋下伸过手去，一下便把账单拽走了，还说，这一招你就从来没有躲过去吧方狗哨。

回家的路上，哈果果别有用心地对方博南说，男人都是颗罪恶的种子，像秦霜这样的女孩子就是肥沃的土壤。

方博南歪过头去看了看果果，又朝天空翻翻眼睛想了那么几秒钟，悠长地"啊"了一声，回答说，也不是是块地丢个种子就能发芽生根的。果果你不是文艺女青年嘛，屈原的《橘颂》你总读过吧？

果果不吭声。

因为她的脑子里忽地闪过了一个念头，自己与夏漱石之间若是叫方博南看见，是不是也会生一样的怀疑的心呢？别说方博南，就是不相干的人，会想些什么呢？

这念头一经在脑中闪现，果果便摇晃脑袋把它赶跑了。

在她的眼中心中，夏漱石是哈萌萌的，从前是现在也是，那样的男人，萌萌那样美丽温柔的人尚且消受不起，何况自己？

哈果果没有精力再去惦记秦霜与老公之间的那点子微妙了，她生病了。

她头晕，乏力，胃口急速地坏下去，一到下午便觉身上微微有低烧。正好最近她手头有几篇软文要赶，也没可能请假去看医生，便在家里找了些感冒清胡乱吃下去。拖了两个星期，果果觉实在有点儿撑不住了，胸口也憋闷得很，睡到半夜时生生给憋醒了。

方博南也着起急来，星期天死活拉了果果去看病。果果说就去某某医院，方博南不屑地说那里医生全是二百五，看病嘛就要去某某医院，在南京我就信那家。果果也不知怎的拧上了，就是不肯去，说那家医院不是公司的定点，看病公司不管报销，坚决不去，不去不去！两个人一路鸡吵鹅斗拉拉扯扯地到了那家著名的某某医院。

一化验，果果怀孕了。

果果听到医生的话之后下意识就狠狠地在方博南的小腿肚上踢了一脚，说，这下子怎么办？

换来医生了然的一笑。方博南粗中有细，马上为自己正名说，什么怎么办，有了就生呗，咱是合法夫妻。

果果觉得后脑勺上凉飕飕的，脑子一片空白，啪啪地跳着一些细微的闪亮的划痕，像小时候看电影中间出现的跳片。

这当口，方博南已然打通了丈母娘家的电话，把消息发布出去了。

果果慢慢地想起了一些事，问医生，我前两天吃过感冒药，这个要不要紧？会不会生个畸形儿？

中年女医生愣了一下说，这可不好说。

果果少见地像小孩子一般地耍起无赖来，盯着女医生非要一个准确的答复，这孩子到底能不能要？而女医生比果果更拧，坚决不肯给这种答复。方博南只好在一旁和稀泥，拉果果悄声说，这种事儿你叫人家怎么回答你呢？

果果的眼泪就在这一刻哗地流了出来，随着眼泪的流淌，她呜呜呜地哭开了。

看果果哭得实在是凄婉，女医生皱皱眉，问，那你吃的是什么感冒药？

果果唔唔噜噜地说是感冒清。

女医生沉吟片刻，十分谨慎地慢慢地说，这个是中成药，应该没有多少副作用吧。

真的没有吗？果果紧追不舍。

这我真的不好说。女医生答得斩钉截铁。

方博南把果果拉出急诊室，迎面就看见哈妈妈一阵风似的卷了过来。看到果果他们便一迭声地问，怎么样怎么样？

方博南说还好还好，医生叫去建小卡呢。

哈妈妈吁出一口长气，上来扶着女儿，叫他们到家里去吃饭。

夫妻两人在哈家吃了饭刚回到家，哈妈妈的电话就又追了过来，叮嘱果果先好好休息，别胡乱动心思，等明天再陪她去卫生所建卡。又特地叫方博南接电话说了好半天。

一切都静下来以后，果果呆坐在床上，这件事叫她太过惊讶了，不是没有想过怀孩子，只是这事儿太突然，她以为它还在远方，却不料它唰地就逼到了眼前。

所谓迅雷不及掩耳。

孩子于哈果果而言是一个模糊的存在，徒具一团糊涂的眉眼，是别人怀抱里的一种生物，生活里的一个符号，她从来没有把这样的一种存在与自己密切地联系在一起，而如今它来势迅猛而她猝不及防。

哈果果是一个灵肉分家的人，她的肉身已然成熟，已然前行，可是她的灵魂依然童稚，依然踟蹰徘徊在少女时代。

方博南看果果面黄唇青，搂着她正想劝慰几句，果果突然拉着他的衣袖说，老公我怕。

方博南的心忽地一凛，这才意识到，其实他也是怕的。

人类对未知的东西永远怀有八分好奇两分畏惧，而此时对于从未想过自己将会有一个儿子或是女儿的方博南而言，那畏惧的心渐渐地盖过了好奇。

要不，我们……我们不要他？方博南底气不足地说。

可是你已经告诉我妈了呀！果果抽泣起来，方博南你肚子里怎么这么装不了事？

方博南到这一刻才醒悟为什么丈母娘会那样急地赶到医院找他们。

天色晚了，两个人忘了开灯，背靠背坐在一片暮色里，觉得人生真是让人惆怅，骨子里头藏着的那点儿恐惧慢慢地钻了出来。

第十四章

孕育生命

哈果果的心情陷入谷底。

她觉得她完了。

完了。

哈果果一向认为，抽象意义上的孩子是可爱的，具体意义上的孩子是可怕的。

当年姐姐萌萌幼师毕业后分到幼儿园教书，果果惊恐地问，姐啊，你真的要去管那么多的小孩啊？

果果不是萌萌，萌萌大约是这世界上最适合当幼儿园老师的女子，再没有人比她更温柔，再没有人比她更耐心，也再没有人比她更打心眼儿里热爱小孩子。

萌萌死了以后，幼儿园的小孩子们过了许久还在问，萌萌老师什么时候回来啊？

果果觉得自己像一个大热天里当炉卖烧饼的小贩那样，热燥得了不得，越发对方大头的大嘴巴抱怨不已。

果果认为，假如那天不是方大头嘴快，也许她就下决心……

可是下决心做什么，果果也不敢说，那个念头只飞快地在她的脑子里闪了一下，又风中之烛似的灭了。

哈妈妈完全不能理解女儿的心情，也抱怨说，没见过你们两口子这样的人，也不看看你们都多大岁数了，再拖下去以后带着孩子出去见人人家也不晓得你们是爷爷奶奶还是爸爸妈妈。人家怀了孩子，恨不能敲锣打鼓满世界宣扬去，兴得一头的核子（南京方言核子念 hú zi，兴得一头核子，意思是得意非凡），可是你们，成天耷拉着个脸。我告诉你果果，你这个样子是影响小孩子发育的，弄不好长成个丑八怪。

　　由于怀孕，哈果果现在是一进厨房就想吐，在哈妈妈的大力主张和积极监督之下，方博南终于光荣地走上了做饭的岗位，表演了他从七岁便开始演练的绝技，烙饼。可惜生为南方人的哈果果不能领会烙饼的妙处，说是油大，不要说吃，闻一闻就要吐。

　　于是这一天晚上，方博南改做了一锅肉片炖白菜。果果闻着那味儿倒觉得比往常所有的菜都要香似的，眼巴巴地蹲在电饭锅前等着——因为方博南觉得用电饭锅炖菜比较省事儿，而他们厨房里唯一的插头似乎有点儿接触不良，方大头便把电饭锅放在小客厅的地上。

　　方博南不时地对果果赞美着他的那锅炖菜，声称其一定会香飘万里，引得果果不住地掀开锅盖闻那味道。方博南很藏宝地叫，盖上盖上，越揭越不熟，知道不？

　　差不多八点半的时候那锅炖菜才炖好，果果迫不及待地盛了一碗，喝了一口汤，马上皱起眉头，一点儿味道也没有！

　　那种深切的希望之后更加深切的失望简直让哈果果火冒三丈，砰地把锅盖盖上。

　　方博南说，那加点儿盐。

　　于是便加点儿盐又炖。

　　好容易开了，果果一尝，一点儿也不鲜！就只一把死盐！

　　啥叫一把死盐，方博南不大明白，只得说，那就再加点儿味素。

　　于是便又加味素再炖。

　　左炖右炖，炖得白菜化成了一锅汁，烂得夹都夹不起来，肉片也老而无味。果果简直死的心都有了。

　　方博南也来火，这都九点多了，他自己没吃，连带着他儿子或是女儿也没吃，这才一个月不到，往后长长的九个月要怎么办？

　　后来楚一帆教方博南，那肉片不能买超市里冷冻过的，要去菜场买新鲜的；白菜要先炒一下再加入煮出肉汁来的肉片，接着烩十来分钟才会好吃。方博南按此方法一做，果然不错。兴奋之下，一连做了一星期的肉片白菜。果果胃口本来就不好，这下子，看到生白菜都要吐，接着连看到长圆形的东西都要吐。

　　于是方博南又学着炖鸡汤。果果非叫他把鸡油拿出来，另熬出油来留着煎鸡蛋吃。方博南大吃一惊，鸡汤里没有鸡油还吃个啥劲儿，鸡汤嘛，最招人待见的

就是最上面那层金灿灿的黄油，别说吃了，视觉效果也一级棒啊！

结果那锅汤几乎全进了方博南的肚子，果果说油得让她犯恶心。

方博南跟着怀孕的老婆吃同样的饭，老婆是挑挑拣拣，越吃越瘦，他则是牙好胃口更好，长胖了五斤不止。他想自己其实是很累很辛苦的，结果叫人看上去过得无比滋润，真是好马卖了个驴价钱，冤死了。

果果的反应越来越大，几乎吃什么吐什么。有天，好容易吃了个煎饼，觉得挺香的，没过五分钟，全吐了个光。

弄到后来，方博南每次看她吃完之后不过半分钟便抚胸欲吐时，都会握紧拳头给她打气，忍住！忍住！只要忍住五分钟，食物在胃里开始消化就没事儿了。你想象一下想象一下，食物到胃里了，到了到了，它到了！它终于到了！

只可惜他的精神胜利法在果果身上完全不起作用。

果果还是吐啊吐啊吐啊，吐得连班都不能上了。

方博南他们社里正好也有两个女编辑怀孕了，妙的是，这两位一点儿孕吐的反应也无，成天便看她俩在一块儿商量着再吃点儿什么，从早到晚嘴里都嚼着东西，气得方博南对着她们膨胀了一圈不止的背影瞪得大眼珠子要突破眼眶迸出来。私底下他对楚一帆说，你说人跟人怎么差别这么大呢？早知道就要做好充分的防范工作。

楚一帆却叹了一口气回答说，人跟人的差别本来就大，有人想要孩子想疯了也要不到，老方你要惜福。

方博南听他话里有文章，不由得转头看了他一眼，才发现楚一帆消瘦得很，并且面色颓败。待要问他，又觉得他不说必有他的道理，不问也罢，何必提人不如意的事。

后来居然还是果果告诉他有关楚一帆的事。他年轻的太太坚决不肯要小孩，立志要做丁克一族，楚一帆苦劝太太而不成，想起自己三代单传，将来不知如何向九泉下的老爹爹和健在的老妈妈交代，愁得肠子都要打起结来。

方博南说，你不是最讨厌老楚，怎么对他的事儿这么清楚？

果果说是陈安吉告诉她的。

因为楚一帆有一晚喝多了打电话给前妻哽咽着诉苦。

陈安吉还告诉果果，想当年她肚子里的那个孩子，四个月了，还流掉了，楚一帆为了她身体的恢复坚持几年不要小孩，现在想想，其实也挺悲从中来的。

方博南听了挺诧异，说想不到他们竟然还有联系，老楚对我还打了埋伏。

果果不以为然地扑了方博南一鼻子冷气说，你知道什么？马放南山，吃不到好草，那马终归是要回头的。只不过能不能吃到回头草也由不得他说了算。

方博南笑笑说，你跟陈安吉两个人现在好得穿一条裤子，都聊些什么啊？会不会研究整治男人的法术？那可就太可怕了，世界上的事儿，最怕结盟。

更何况是女人的结盟。这句话方博南只敢想不敢说出口。

果果躺下来，"哎哟哎哟"地叫唤两声，腰实在是痛，头也痛。

果果说，我们哪里要整治男人，再说，凭人家陈安吉的智商，要真想整治楚一帆那简直易如反掌，人家不屑做！就楚一帆那样的，哦哟，本事不大色胆不小，换了我眼角都不要看他的。

果果是真心喜欢陈安吉的，最喜欢她那种在工作上钢筋铁骨，可是私底下又小女人十足的劲头，有点儿小八卦有点儿小刻薄，可是不过嘴皮子功夫，骨子里是真良善的。

只有一点果果有点儿想不通，以陈安吉的条件，找个比楚一帆强的并不难，可是，咦，果果想，楚一帆又不是一首优美的奏鸣曲，怎么在陈安吉那样优秀的女人心里居然有点儿余音未了的意思？

所以说，感情这个东西，是顶顶不讲道理的。

果果想了一阵子，又觉得胸口闷，站起来走两步又觉着乏得厉害，横不是竖不是的，便把关于感情的理性思考暂时抛到一边，又感叹起自己的辛苦来。

她又回单位上班了，那位文案总管现在不敢真给她脸子瞧，可是总是酸腔酸调的，而且果果听同行的朋友说，他们公司就有女职员因为怀了孩子丢了工作的。

身体与工作的双重压力下，果果人变得更加娇气不讲理，方博南实在有点儿头痛了。

一到吃饭时他就紧张，继而烦躁，因为他知道，果果吃了没五分钟又要吐啊吐啊。有一回他就无意地说了句，你这样我儿子我女儿怎么有营养啊，便被果果说成是只顾小的不顾大的，没有良心，没有感情，哭了一个晚上。

方博南想，哈果果一个平民家的姑娘，怎么就养成一副公主的脾气，可见丈母娘的教育出了问题。

他哪里知道，哈家的事，也是复杂，萌萌不在了以后，哈爸爸哈妈妈也真是很在意果果，又加上个夏漱石，哈果果的确是被宠得有点儿小小的公主病。

方博南只好哄果果，还好果果不难哄，很快地露了笑脸。方博南的嘴又开始

犯贱，叹了口气说，唉，你们南方女人就是娇气，这一点就不如我们北方妇女了。

果果不以为然，鼻子里"哼"一声，你们北方妇女有什么了不起？十三个月养下来的不成？

你可以侮辱我，但不要侮辱我们北方妇女，方博南说，我们北方妇女，勤劳又勇敢，美丽又大方，具排山倒海之气势，有雷霆万钧之风度，伏虎驯熊，力拔山兮气盖世，适当的时候又柔情万丈。

哦哟，你这么热爱北方妇女，做什么不娶一个北方妇女？

北方妇女都是我的阶级姐妹，我爱她们可是不能娶她们。老婆嘛，就得找一个南方小娘儿们，让她给我们北方男人暖被窝，生儿育女，传宗接代，洗衣做饭，当牛做马。

啊呸！

我说着玩儿的。不过呢，真的，你们南方女人咋就这么娇气？我们北方女人怀着孩子照样下地干活儿，生起来也痛快，扑哧一下，娃儿就下地了。

哦哟，你看过多少北方女人扑哧一下生小娃娃？她们告诉你她们生孩子是扑哧一下痛快来的？在哪里告诉你的？没事叫你到家去告诉你这个？

那哪能？我们北方妇女最是贞洁，跟圣母似的，轻易不跟老爷们儿搭话，哪像你们南方女人见了男人就发嗲。

那她们是什么时候告诉你她们痛快生娃的事的？哦，我晓得了，大街上遇到了，问，你好啊，最近怎么样啊？还好还好，闲着没事儿，扑哧我生了个娃儿。

方博南嘿嘿傻笑起来。

果果又说，你不尊重妇女。方博南说我最尊重妇女。果果说，你嘴头子上不尊重。方博南说，我说着玩玩的。果果说，这样的嘴巴好讨厌。

反正他在嘴皮子上从来不是哈果果的对手，他有这个认知。就像两个武林人士交手，他大刀阔斧，架势十足，而她，四两拨千斤，居然袖中还藏了对峨眉刺。不过，大男人家家的，输点儿嘴仗怕什么？

说笑归说笑，哈果果的妊娠反应实在是太严重，接下来的一周里，不得不去医院看医生。医生也说这样下去胎儿要保不住了，给开了最安全的胃药，但也说，最好的法子还是好好地调理胃口，争取多吃点儿东西。

方博南跟哈果果商量来商量去，最终决定，让果果回娘家住，丈母娘自然会尽心尽力地调理女儿的。

其实，从果果怀孕一开始，哈妈妈就叫女儿回家去住，可是果果不肯。她做老姑娘到二十八九岁，好容易有了自己的小家，真的是喜欢得不知怎么是好，那一种安心安稳，从此笑傲江湖的畅快真是无法形容，她不想再住回娘家去，可是形势所逼，又不能不要这个孩子，若是要，总得为孩子的健康成长负责。

果果回了家，方博南重新成了一名快乐的单身汉。每天下班去看果果，在丈母娘家吃饭，陪果果散步聊天，然后再回自己的小家住。

方博南实在是不习惯住丈母娘家，慢慢地，他会在街上找个小馆子吃了饭再去哈家——他还是吃不惯丈母娘做的饭。

哈妈妈也明白方博南的意思，不免时常在果果耳边嘟囔抱怨方博南，主题无外乎两个，第一，方博南婚前信誓旦旦说要做饭的，可是婚后竟然不守信用，把家务推给果果，实在是，明明是个小干部子弟，却拿着大干部子弟的架子；第二，方博南有诸多地方配不上果果。

对老妈妈的言论，果果一笑置之。

不过果果很疑惑，都说丈母娘看女婿越看越欢喜，可是时代发展到现在，却完全不是这么回事了。反了，全反了。多少做妈的，看自家女儿花团锦簇，看人家儿子一穷二白，如同贫瘠的盐碱地，女儿这朵娇花，简直不值得插上去。方博南不矮不花不难看，有情有义有才华，还来得个好玩，且是顾家，现如今，从普通层面上来讲，这种人，已然是极品好老公了。哈果果知足。

有时方博南加班太晚了不能来，果果很想念他。

有一天，果果打电话给方博南，方大头说，我现在正在外面有事儿，等回家再打给你。

你在哪里？做什么？果果问。

我跟秦霜在一块儿呢，帮她办点儿事儿。方博南回答。

第十五章

天降麟儿

在哈果果想念着老公方博南的时候,方博南正在陪他的故交美女秦霜吃晚饭。

秦霜看方博南把手机收回口袋里,复又掏出来放在桌面上时,哧地笑了一声。

方博南说,笑什么笑,有什么好笑?拖家带口的男人都是这样的。

咋样?怕老婆样儿?秦霜笑眯眯地说。

你这话我就不爱听了,不是怕,怕是一个多么不恰当的词,莫若用畏惧二字。但是,方博南伸出手指摇一摇,不是畏惧老婆,是畏惧失去。

失去什么?

安定的生活,幸福的婚姻,一个适合你的女人,一个即将到来的孩子。

哎呀妈呀,秦霜大笑,几年老不在一块儿,成长了方狗哨,从艺术家进化成哲学家了!

啊,我喜欢南京!真能培养人!秦霜快活地说,挽了袖子,用小铁勺子兜底捞火锅里的食物,快吃快吃,千万别剩下!沉底儿的都是好东西。

方博南看着秦霜被热气蒸得红润光洁、油光水滑的一张脸,感叹好胃口的女人真可爱。

哎,对了,你以前的浪漫事,有没有告诉你太太?秦霜突然问。

方博南一口啤酒呛在喉咙里,大咳不止。

秦霜说,提醒你方狗哨,不要把自己以前的情事讲给老婆听。

方博南连连说,荒唐荒唐,我的过去也没有什么见不得人的地方。

忽地就失了兴致,方博南就提出来该回去了。秦霜在他看不见的地方短促地笑了一笑。

到丈母娘家之后，方博南发现，果果果然很不高兴他跟秦霜出去，那种不高兴也不特别地明显，但是方博南就是很敏锐地感觉到果果的这种不高兴，就好像南方初春时分常常会下的一种毛毛雨，你看不到雨点儿，但是走着走着，你发现，你的头发衣服湿了。

方博南不由得解释起来，她刚来南京，有事儿要我帮她一把，我们是老乡，又是邻居，真不好意思不帮忙。说着说着，竟然把自己心里头的那点子鬼给说出来了。

在面对怀着孩子脾气性情都有点儿古怪的妻子几个月之后，忽地面对一个美丽的健康的风趣的年轻女人，哪怕他并不爱她，心里总还是蠢动着一点儿小快活的。

方博南为着自己的那点儿小快活而内疚，主动提出今晚不回家，陪果果住娘家挤一挤。

睡到半夜，果果又难受得从床上爬起来，捧着显了形的肚子在屋子里走来走去，一个劲儿地嗳气，慢慢地就低声哭了起来。

方博南抱着果果哄劝。哈果果突然说，从此以后，你见秦霜必须有第三者在场。

方博南笑说我上哪儿特地找一个第三者？

哈果果用手指在方博南额上狠狠地一顶说，我管你哪里找！我告诉你方博南，我不是怀疑你们，就只是，一个已婚男人与一个未婚女人单独一块儿吃饭，在国外行，可是这是中国，这不符合国情！

方博南觉得果果的说法有点儿荒唐，可细细再一回想，倒也有点儿道理。

从第二天起，哈果果便时常打电话来查方博南的岗，并且开玩笑地说，但凡与年轻异性，都不要单独相处，最好有第三者在场。

方博南有点儿哭笑不得，说要是实在一时找不到第三者咋办？

果果说，找不到搬块石头搁在中间也行！

方博南说，果果你这可有点儿不讲理了啊！

So what? 哈果果回答。

哈果果自有她的担心。

住在娘家，哈妈妈时不时地就有一些警世恒言告诉女儿。其中一条就是，老婆怀孩子的这段时间其实也就是男人最容易出轨的时候。男人嘛，这刚结婚没有

多久，对那档子事总是热辣辣地想着的，可是老婆身体不方便，男人难免猫抓心似的蠢蠢欲动。

果果不耐烦地说，哎呀妈，你好烦的！不是你跟我说，现在不要做……做那种事，对孩子不好嘛！其实哈果果倒不是因为母亲的忠告而不与方博南做爱，她只是觉得，这种时候，好像是夫妻两个当着孩子的面做那种事，好不尴尬，简直禽兽行径。

哈妈妈贴着女儿的耳朵根子说，我也没有说错，那个是对孩子不好嘛。你看紧点儿就是了，时不时地提点提点他。你看我们邻居那谁家的女儿，还有那谁谁家的女儿，不都是这种时候出的问题？那谁谁谁家的男人竟然是跟小姨子有了首尾！

哈果果起先对母亲的话不以为然，可是任何事情，禁不住再三再四地说，谎言重复一百次尚且要成为真理，何况眼前真有这么些个血淋淋的事实。

哈果果一边感叹自己身边怎么有这么多的反面教材，一边加紧了对方博南的监督，同时一边又觉得这样做顶没劲儿，自己怎么就成了当年的自己最最瞧不上的一种人呢？

哈果果整个人像困在笼子里走投无路的小兽，脾气越发怪起来，好哭好气，易愁易怒，一触即发，弄得方博南更是头大。

还好，这段时间，正好方博南事业顺遂，多少是个安慰。

这一天，他终于战胜了一个强有力的对手，荣升部门美术总监。

那对手是个小方博南几岁的美编，据说老爸与社里的老总很有点儿交情，差就差在，他不是科班出身，有点儿名不正言不顺的意思，所以这一次升了方博南，也是大家意料中的事。这位对手还算有肚量，主动来与方博南示好，似乎比以往更加亲热些似的。

可过了没半个月，方博南正准备着自己做的那套书参加全国"最美书籍"大奖，热火朝天地，突地有一天上头轻描淡写地通知他说，那个比赛，社里换了人参加了。方博南差一点儿暴跳起来，这算什么呢？耍着人玩儿呢吧？不声不响地换了人，没有人跟他透露半个字。

楚一帆私下里告诉他说，这叫一碗水端平，老方你懂不懂？

方博南也是在社会上打滚多年的人，何尝不懂得这番道理，用膝盖想也知道谁代替了他参加比赛。这比赛回回社里都不落空，得奖是一定的，这又何尝不是比赛场上的一碗水端平？比赛比赛，来来去去也不过那么几家大一点儿的效益好一点儿的出版社把那几个奖项今年你拿过来明年我拿过去，年年耍猴子似的。方博南也在一旁看过乐过，就只轮到他自己成了被耍的猴子时，多少总有点儿想不通。

楚一帆说，老方我给你讲个笑话。从前有个人，在水塘边倒夜壶，一倒夜壶就发出扑通扑通的声音，那老夫子急了，你个夜壶也敢笑我不通不通？遂将夜壶揉掼在地上。那夜壶落地，声音就变成了嗵嗵嗵嗵，老夫子一听乐了，这不就通了吗？可见是贱骨头。

方博南大笑。

于是真通了。

但是不久之后方博南发现，当了小官之后，工作反而举步维艰，诸多问题，他也明白是有些人故意给他制造麻烦。

方博南遂得出方氏婚姻伦理定律第三条，不要跟小人抢饭碗，不要跟孕妇讲道理。

接下来的一两个月里，秦霜又找方博南帮过几次忙，方博南怕果果不高兴，偷偷摸摸地去了，可回到家又嘴贱地向果果坦白，果果阴阳怪气地说，坦白坦白，怕是白而不坦吧？

方博南说，果果你咋变得这么难缠？你跟你妈待得久了，受坏影响了吧？我就说，这老太太，端着慈禧太后的架子，还真就学了那老婆子的臭毛病，成天心怀鬼胎，怀疑这个怀疑那个，果果你是新世纪新女性，咱不学她，哈？

果果笑说，你对我妈就是有偏见，怎么见得我就是受我妈的影响？

方博南没好气，你那话里头慈禧老太太的味儿，我隔几里路都能闻得出来！

果果凑过来温言细语地问，那你老老实实地告诉我，方博南，你跟秦霜，到底以前有没有谈过恋爱？

方博南略一犹豫，老实承认说，谈过。

多长时间？

一个礼拜。

真的？

真的。

鬼才信。

你不就是那小鬼头，你凭啥不信？

那么你妈说的，管来管去管成了冤家是什么意思？

我妈说过这话吗？

说过。

真说过？

真说过。

你一定是梦里头听过。女人怀了孩子吧，有时候就神神道道的，没关系老婆，我不嫌你。

哈果果不吭声。

她发现，有些事，如果一方死不认账，另一方还真没有法子。夫妻之间，总不能效仿渣滓洞，严刑逼供。

还好，多疑的坏脾气的孕妇哈果果的精力，很快被另一桩事故分去了。

哈果果在公司，一个不留神，摔了一跤！

同事们吓得不轻，那位拖地的清洁大嫂更是吓得魂飞魄散，一群人七手八脚地把果果送到医院，果果已经瘫软得动弹不得了。

等方博南接到消息赶到妇幼医院时，果果已经做完了检查，被送进了病房。

方博南看见果果面色异常苍白，盯着天花板仰面躺着，心痛起来，过来握着果果冰冷的手，问，老婆你怎么样？你怎么样？

果果也不看他，继续盯着天花板呆看，仿佛在想着千斤万斤重的一段心事。天花板上有三盏圆形的吊灯，灯罩子里头，落着许多细小飞虫的尸体，想必是扑火而亡的。

果果拉着方博南的手放在自己鼓鼓的肚子上。他还在，她说，你说他是一个多么结实倔强的小毛头啊！

方博南看到果果脸上漾起一种美丽的温柔到极点的神情。奇怪，果果说，现在我喜欢他了。

果果想，这个让她吃尽苦头受尽苦楚的小东西，他是多么坚强，又是多么深情啊，他不嫌他们是平民之家，他不嫌他们没有万贯家产，不嫌他们甚至不一定能送他出国留学，他不在乎母亲一直以来的嫌弃与厌烦，这样固执地一往情深地要投胎来做她哈果果的孩子，多么令人心痛的好孩子啊！

后来夏漱石过来看她时，果果就嘚嘚嘚地把这一通话讲给他听。夏漱石微笑着说，做你们的孩子有什么不好？身在平民之家有什么不好？有你跟方博南这样的父母是他的福气。

果果停了一会儿,说,你知道吗姐夫,当时方博南问,老婆你怎么样?你晓得吗,如果他当时先问,孩子怎么样?我一定会伤心死的。

说着说着,果果流下泪来,并且十分孩子气地抽泣起来。

夏漱石拍拍她说,果果,天下本无事,好好过日子要紧。你要把你的幸福牢牢地抓在手里,你记得,别松手,什么时候也不要轻易地松手!

果果出院后当机立断,搬回了自己的小家。夏漱石说得对,天下本无事,她讨厌那个疑神疑鬼的自己,她不愿意自己继续在那条死胡同里越走越远,她决定为了孩子为了她自己为了她的小家,要放宽胸怀。一个秦霜算什么?她哈果果不比她丑不比她笨,重要的是,方博南爱哈果果,一个女人,也许不是很清楚自己是不是爱着某一个人,可是一定很清楚自己是不是被爱着,这是女人的本能。有爱在怀,何惧之有?更何况现在他们还有了孩子,砸断骨头还连着筋。男人嘛,像方博南这样的,你闹一闹就等于把他向外推一推,你胸怀宽大,给他充分的信任,他倒不好意思翻什么花花肠子。哈果果正式通知方博南,前段时间的禁令解除了,我若不相信你,还怎么跟你过一辈子?我相信你,我们要做天底下最好的父母。

果然,方博南感动地说,老婆你真英明。啊啊啊啊——只要人人都像我家老婆,世界将变成美好的人间!

虽然那个坚强的小毛头曾经把哈果果折腾了个够,虽然哈果果在怀着他时把方博南也折腾了个够,可是果果生孩子的过程居然很顺利,两个月之后,真的如博南所说,哈果果扑哧一下,生了个儿子,顺产,不大不小六斤半,健健康康的一个小小子儿。

方博南怀抱着那一团粉红色的徒具一团糊涂的五官、满脸皱褶、有着一个奇形怪状的大脑袋的香而软的小东西时,惊呼,真丑,妖怪!

哈妈妈喜得合不拢嘴,大声骂他乱讲话,小孩子生下来都是这样。

那脑袋是怎么回事?方博南问,像个酱油瓶儿?我的儿子,要一辈子顶着这个酱油瓶儿脑袋吗?

胡扯,那个是产道挤的,明天就好了。

等到第二天,方博南再看到这小东西时,他的脑袋真的就变得圆滚滚的了,脸上的皱褶好像也少了,一头浓黑的头发细看之下还带点儿微微的卷曲,并不是一个特别漂亮的小婴儿,可是,真是特别带劲儿的一个小东西,特别能吃,吃饱

了之后便打一个大哈欠，用团在一起的小拳头在父亲的脸上来了一拳之后，安然入睡。

方博南给儿子起名叫浩然。

浩然正气，不可阻挡。

孩子的来临自然给人无限欢喜，可是接下来首先要面临的问题就是，谁来带这个孩子？

果果自然是在娘家坐月子，休完产假之后，她是想恢复工作的，原先公司的老板也答应她到时候欢迎她回去，方博南的工作更是忙乱，他们只好把孩子托给哈爸爸哈妈妈照看。

哈爸爸哈妈妈心里头是千肯万肯的，可是偏偏要拿个架子，要方博南来请求一番才答应。哈果果不愧为哈家的女儿，早把母亲的心思摸了个透，跟方博南交代一番，方博南也不怕低这个头，遂甜言蜜语地请求丈人丈母帮着带孩子。真是麻烦爸妈了！方博南说，可是我们在南京不指望爸妈还能指望谁？您二老，说到底，是我们真正的依靠，我们的后盾。

哈妈妈强忍着欢喜，摆出就这样吧也没别的办法的神情来说，我就这一个女儿，自然是要帮的，不看你不看女儿也要看小外孙的面子。唉，都说外孙是替人家带的，也不指望他将来孝顺，能成人就行。

方博南赶紧说，他敢不孝顺姥姥姥爷我第一个抽他！我教子不严您再抽我！

结婚一年多，方博南觉得自己已谙熟身为半子的诀窍，无非打压自己抬高丈人丈母。学会这一招，在家在单位，都是有益处的。所谓社会大家庭，家庭小社会，彼此彼此。

其实你只谙皮毛，任重道远哪。楚一帆评价道。

方博南的父母本来说好的要来南京看孙子，可是临时又取消了行程，原因是方博南的后妈病了，感冒，腿脚也痛，走路都成问题。

人不来也罢了，可是，竟然一分钱也没给孙子寄过来。果果生了气，哈妈妈更是生气。

这个时候，又是楚一帆教方博南一招，以父母的名义寄钱给哈家，也就是说，托长春可靠的朋友，先把钱汇过去，再由那边汇过来。

方博南一向是不存私房钱的，这一回，把刚发的奖金加上几笔琐碎的收入一共凑了有三千块钱，用这个法子寄到了哈家。

从此，方博南竟然存起私房钱来以备不时之需。

生活啊，方博南想，你这不是逼着我学坏嘛！

楚一帆劝他说，孙子由婆婆带，奶奶只管出钱，这是南京的风气，你不低头不行的。你可以不向女人低头，但你不能不向世俗低头。

方博南经这一番历练，遂总结出方氏婚姻伦理定律第四条，大老爷们儿家家的，掉头都不怕，低个头算个啥。

第十六章

苦难历程

哈果果的妈最近心情很不好，本来生就一张瘦长的脸，如今拉得更长，按方博南的话来说就是，哈妈妈一个地道南京人竟然长了张东北长白山似的脸，这就叫融合！

果果对方博南的言论极其不屑，斥之为谬论怪谈。果果想说，你妈好你妈好，你妈团团脸不会拉长，可人家要给你看孩子才算数呢。突地意识到，那个并不是方博南的亲妈，看向方博南的眼神不由得软了一软，一句话重新吞回到肚子里。

方博南看到果果竟然没有反驳，也觉得自己话讲得重了一点儿，毕竟看小婴儿不是件容易的事，一时夫妻两个之间弥漫起了脉脉的温情，气氛倒好了起来。

说起来，哈妈妈的不高兴也是有理由的。

哈妈妈背着人跟老伴儿抱怨道，长头孙子，竟然就寄三千块钱来！我见过的北方人也不少，就没有这么小气的人！

哈爸爸没有搭腔，哈妈妈没有得到附和愈加不快，突然听得哈爸爸"哼"了一声说，我看这个钱，说不定都不是那老夫妻两个寄来的。

哈妈妈愣了一愣，说不是他们寄的是哪个寄的。

有可能是我们家那个傻姑娘做出来的好事，没有办法，嫁出去的姑娘姓了人家的姓就跟人家一条心，你有什么办法？

虽然哈爸爸的猜测并不完全准确，但居然接近事实，可见哈爸爸毕竟不是一般人。

哈果果身体原本瘦弱，奶水很少，小小子浩然又来得个大胃口，必须要配着奶粉吃，丈母娘家里地方不够大，方博南晚上还是回自己的小家去住，所以夜里都是哈妈妈哈爸爸起床给孩子喂奶。而且哈妈妈坚信纸尿裤不透气，怕淹了外孙的小屁股，坚持用尿布，所以白天也有一大堆的事，光是尿布就得洗半天，还得侍候月子里头的女儿吃喝补养。一个星期下来，老两口的眼睛下都挂了黑眼圈，人也瘦了。方博南挺感激的，脑子一热，又好心办了一回坏事。

要替孩子报户口了，方博南觉得自家丈人丈母着实不易，一个冲动，脱口说，干脆让这小子姓哈算了，哈浩然！嗯，不错不错，哈姓儿挺少，以后上学了不容易跟别人重名儿。

天地良心，方博南说这话时倒是真心真意的，他少年离家，在外求学打拼工作多年，母亲又不是亲的，其实家族观念并不根深蒂固，刚说完这句话，方博南就看见老丈人的眼睛叮地亮了一亮，同时哈果果借着一块尿布的遮挡用力在他的胳膊上掐了一下，刹那间，方博南意识到，自己可能是嘴快了。

哈妈妈说，哟，这件事，不是你说了算吧，你爸会有意见的。

爸妈一走出卧室，哈果果马上在方博南的耳朵上又拧了一下。完了，果果说，方大头你惹祸上身了。

方博南已知不好可犹自嘴硬，我怎么惹祸了？我多诚恳啊我？

果果翻了个白眼，说果然头大的都是呆子。大头呆子嘛！

当晚方老先生给儿子打电话，询问自己孙子的情况时，方博南吞吐着向父亲提及是不是可以让孩子姓哈的事儿。方老先生沉默片刻说，这不大好，这可是我们方家的孙子！

到了报户口这一天，方博南心怀鬼胎，没有提姓方姓哈的事儿，去完派出所之后，便鬼祟地将户口簿子藏在西装口袋里。

哈妈妈问女婿，户口报好了？

好了好了。现在派出所的效率真高，警察也特热情，态度特好。

哈妈妈面含微笑，闲闲地又问一句，是吗？那好啊。户口簿子呢？我看看。

方博南只好拿出户口簿来递过去。哈妈妈捧到眼前细看看说，嗯，现在都是电脑操作，不比从前，都是手写，自然是有效率。方浩然，叫起来蛮顺口的嘛。

方博南知道他是把丈人丈母得罪于无形了。

方博南背着人问果果，你爸妈生气了吗？

果果极冷静地说，以后你说话过过脑子。

外屋，老两口的对话如下。

哈妈妈说，什么叫孩子姓哈，假惺惺！

哈爸爸说，你想得美，人家的孙子，跟了我们姓人家也是方家的孙子不会变成哈家的孙子。

什么我想得美，不晓得是哪个想得美，昨天晚上说什么小孩子吃了哈家的饭就是哈家人，以后带出去人家说不定就认为是孙子不是外孙子！狗屁！

我也就只是说说好玩罢了。我还不晓得，他就是说说好听的哄着我们两个老呆子替他们方家带娃儿！

所以我劝你不要做梦！我也晓得你，一辈子想儿子没想到，地道一个儿子迷！

哈爸爸被戳到痛处，"咣当"扔掉手里的一只脸盆以示愤怒。

陈安吉来看果果，带了一大堆的小孩儿衣服，都是进口的。两个女人正在嬉笑着翻看衣服逗弄小娃娃时，正巧方博南打来电话，说是楚一帆跟他一同来看看儿子，叫果果把衣服穿齐整些。果果说哎呀不巧了，陈安吉在这里。

方博南挂断电话很不好意思地跟楚一帆说，老楚，陈安吉在呢，你见不见？

楚一帆如遭人劈头打了一记耳光，连连后退两步，摆手说，那我不上去了，不上去了，你家儿子我有的是机会看的。

说完仓皇而逃，背影在夕阳下拉得老长，摇摇晃晃，颠颠簸簸。

陈安吉却信步走到阳台上，把那抹影子看在眼里，回头转到房间里，突地冷笑一声道，欲盖弥彰！他那张脸早就丢到太平洋去了，还怕人看？有什么值钱的？哧，啊要买票啊？

果果不敢接话头，怕惹人伤心事。

陈安吉忽地又小声说，他是最喜欢小孩子的，想得要疯了吧。

果果不由得叹气，觉得老天实在爱开玩笑，既然叫两人劳燕分飞，何苦又让他们余情不了，兀的不愁煞人。

果果的爸妈虽一口应承了带孩子，也是真心真意喜欢这个小娃娃，可是却对看孩子的艰苦程度严重估计不足。

自从满了月之后，小小子方浩然摒弃了一贯吃了睡睡了吃的作风，变得无比狂躁，有理无理要哭上一场，中气十足，气冲霄汉。这个已长到十斤重的小家伙显示出了一个小小的东北男子汉大开大合的性格特点，哭声持久嘹亮，能吃能喝能撒能尿，并且日夜颠倒，想睡就睡，想醒就醒，全然没有任何作息规律，而且要人一直地那么抱着他，除非进入深睡眠，否则一挨着床便睁开眼睛，踢腿蹬脚，扯了嗓子大哭。

劳累疲乏让哈家老两口变得心情糟糕、脾气别扭、态度恶劣且言语刻薄起来。

当然，这一番做作舍不得冲着女儿哈果果，通通冲着炮灰女婿方博南去了。

哈妈妈明白地告诉方博南，自己侍候女儿与外孙已是力不从心，再没有闲工夫替他做吃的了，所以自己的饭食自己解决。反正你也吃不惯我做的饭，哈妈妈说，实在对不住，你自己想办法吃饱肚子吧。

方博南一口答应，这个完全不是问题。

哈妈妈冷哼一声。

方博南虽有东北男人的豪爽，其实也并不是没有眼色的人，看丈母娘最近总有点儿冷面冷言的，虽然心里大大地不痛快，可是想到她也是一把年纪的人，带孩子不易，也就忍下了那口闷气，平时一到丈人丈母家便抢着洗尿布。无奈丈母娘嫌他洗得不干不净，连带着他洗尿布的动作都觉不够利落标准，看着那么不三不四，便拉长个脸抢过尿布自己去洗，溅了方博南一脸水珠子。一来二去地，方博南也没好气起来，等到又有一回，丈母娘又要硬生生地抢去他手里的尿布时，方博南干脆地将浸了水沉甸甸的尿布扔在盆里，回敬了丈母娘一脸水珠子。

哈爸爸自外孙出生之后就一直担任着冲兑奶粉喂孩子的重大职责，凭良心说，哈爸爸对这项工作尽职尽责，那奶瓶都洗烫得亮晶晶的，用一方雪白的纱布盖着，轻易不让人碰。半夜也是老先生起身喂孩子，不过是想让女儿睡个安稳觉。

这一天方博南过来，正逢儿子吃晚上的那顿奶，方博南兴致勃勃地拿过奶瓶去，极认真地冲了瓶奶，抢着要喂他的大头儿子，可惜他抱孩子的姿势生硬别扭，像怀抱一枚炮弹，小小子方浩然不满地挣动哭号，死活不肯吃奶，弄得奶都冷了也没喂进去一口。哈爸爸把牛奶重新热过，接过女婿手中的小外孙子，神情间满是倨傲，正要喂时，方博南极不合时宜地说了句，爸，先倒两滴在手背上试试温。

方博南想不明白为什么一句普通得不能再普通的话会惹得老丈人勃然变色，极不友好地瞪起眼睛说，你能干要么还是你来喂！

方博南也来火了，果然抱过儿子来，也不顾小家伙拉长了嗓门儿警笛似的号哭，硬把奶瓶嘴儿塞进他小嘴里。哈爸爸心疼小外孙，生怕孩子呛着了，过来要夺过孩子，方博南竟然扭身让过他，继续强喂儿子。

小小子方浩然一则饿狠了二则似乎也察觉了公公与老爸之间那一种剑拔弩张的气氛，又挣了两下，狠踢了老爸两腿之后，乖乖喝开了奶。方博南一肚子恶气化作一阵冷气喷出鼻腔，拿着我！我怕谁？我儿子我自个儿就喂不了了？方博南的教养足以叫他只是腹诽而没有出声。

这一晚，方博南走后，哈爸爸哈妈妈老两口当着果果的面，把方博南好一顿数落，八百年前的事也重新翻出来说，说完了又说到方家的小气、方家的漠然，说得果果实实在在听不得了，拔高了小尖嗓子说，行了吧！行了吧！算我瞎了眼嫁错了人行了吧？

这一嗓子无异于火上浇油，哈妈妈更是夹枪带棒，连果果一并骂进去，说，我们老两口对得起你们夫妻两个，不要身在福中不知福，做人不能不讲良心！

果果一下子哭起来，我没有良心，我遭报应被雷劈好了！

哈妈妈说，你不用吓唬我！我晓得如今你嫁了人，有了小家，全不顾父母，眼睛里除了你老公你还有谁？哪像我们做小媳妇的时候永远向着娘老子，胳膊肘总是向里拐！

果果侧身对着墙倒在床上，眼泪哗啦啦地流，心想连自家妈妈都不体恤自己，刚出了月子就给自己气受惹得自己哭，这日子还有什么盼头？

晚上方博南在电话里也是一通牢骚怪话，别人家都抢着带孩子，乐得屁颠儿屁颠儿的，你们家倒好，成天耷拉着个脸。不愿带孩子就明说！我要是有好父母抢着带孙子，也用不着这么低声下气！

果果倒不哭了，极灰心地说，方博南你要不满意我们就散伙吧。算我对不起你好不好？

果果绝望的语调让方博南有点儿心惊肉跳的。刹那间，方博南的艺术细胞活跃起来，眼前似乎展现出哈果果形单影只，抱着小小浩然走在苍茫雪地里的凄婉画面，差一点儿要掉下男儿泪来。

再到丈母娘家的时候，方博南便带着愧意，大力干活儿，不仅坚持洗了儿子全部的尿布，而且把丈母娘家一通打扫，连阳台的地都趴下去擦得锃亮。站起身时他突地打了一个滑，差一点儿一个马趴摔倒下去，姿态狼狈，全没了潇洒风范，果果看了却蓦地流下泪来。

那个不是艺术家方博南，却是她哈果果的老公方博南。

生活啊，要把人打磨得低微到何种地步才算个够？

这一场较量，以哈果果的决绝而告终。

起因也简单。

哈妈妈用老方家给的钱替小外孙买了一辆挺高级的儿童车，好孩子牌最新款，回来以后却不大会用，散了一地的包装袋泡沫塑料，左弄右弄打不开那个轮子，哈妈妈急得用力去掰。方博南在一旁出声阻止，哎哎哎，妈，这可不能使硬劲儿，会断的。

说着过来要帮忙。

哈妈妈呼地起身，扭头就走，一边说，那么你来弄，我们不插手！知道是你们方家出钱买的，碰不得！

方博南听得自己脑中啪地有什么东西终于迸成碎片，也呼地立起身，在童车上猛踢一脚，抬腿就走，大力地关上门，"咣当"好大一声巨响。

那边厢，哈妈妈也从厨房追出来便开骂，哈爸爸大声叫她闭嘴，好大一阵子鸡飞狗跳。

果果一言不发，款款地走进卧房，把儿子的尿布小衣服奶瓶奶粉沐浴露婴儿油爽身粉一通收拾，满登登塞了一个大包，斜背在身上，抱起儿子，昂然而出，面对盛怒中的父母，冷静地问，爸妈，我问你们一句，你们是不是真不愿意替我们带孩子？

哈妈妈看女儿竟然使出这样绝情的一招，一下子便哭了，好罢咧，想威胁我们？走吧走吧！给我滚。

果果说，OK。爸妈，这些日子麻烦你们。我走了，拜拜。

抱着儿子义无反顾地夺门而出。

下了楼，果果很平静地打电话叫方博南回头来接她们母子，电话里方博南也吃了一惊。

果果说，你什么也别说别问，来接我们。天冷不要冻着孩子。

果果躲在背风处，看见自家爸妈下楼来找，哈妈妈要面子，不会喊出声，老两口急惶惶地左顾右盼。

果果心里头绞痛，可是下了决心不叫他们看见。

关老爷刮骨疗毒，不下狠手，治不了伤救不了命。

等爸妈消失在视线里，那头远远地看见方博南过来了。

果果抱着孩子，抬头看那一轮月亮。

原来竟然是月圆之夜。

第十七章

都不容易

哈果果把儿子方浩然从娘家抱回自己的小家，打算自己带孩子。

可是接下来要面临的，是一个切切实实的问题，等果果产假休完了之后，怎么办？

方博南讨好地说，老婆真对不起，我没有本事，不然，把你供在家里，咱甭上班了，挣那一脚踢不到的钱，还不如在家里好好地带儿子。咱儿子交给谁也不如交给他妈放心吧。

哈果果说，你不要说没有意义的话。就算你能挣百万千万的，我也不会在家里做专职太太的。

为什么不能做？

为什么？我告诉你方博南，我十五岁的时候就明白一件事，女人哪，吃老公的饭得跪着吃。我可不想跪着过日子！我哈果果没有大本事，一点点自强自立的骨气还是有的。

你说得也太严重了，严重了老婆！现在做专职太太的人越来越多了。我觉得吧，应该号召妇女们结婚有孩子后都回家待着，把岗位、工资让给男人！多好！你看啊，没工作的男人有工作了，工资低的男人涨钱了，大家心满意足，这社会吧，就安定了，和谐了，连犯罪率都要下降了。反过来说，现在世道这么乱，人心这样坏，全是因为妇女太解放了的缘故！妇女们都应该好好反省反省。

果果一向伶牙俐齿，竟然给气得没词，结婚这些日子，她可是越来越清楚地认识到方博南这张嘴了，人不见得有多大男子主义，就是一张嘴讨厌。比如，一看到电视上有关卫生巾的广告，方博南就会用一种很猥琐很鄙夷的口气进行一番评论——

看看看，就女人每个月那点儿事，恨不能说得全世界人都知道！也难怪女人叫人看不起。

哎哟哎哟，果果说，怎么结婚前我没有认识你这种蔑视女性的嘴脸？

电脑游戏玩过没？过了一关才能见到一个新的 boss，最后还有个终极大 boss。还没到那一关，我能让你看到嘴脸吗？方博南用手拍拍面皮，这嘴脸，很值钱的咧！

啊呸！你的终极大 boss 是什么样的？

到时候你就知道了，你急什么？方博南呵呵怪笑。

我急？我犯不着急，你那嘴脸我要是看不惯，我抬腿走人，连儿子也一并带走。你的大 boss 再神气我用眼角也不想看！

你怎么敢带走我的儿子？他姓方！是我儿子！我方博南的儿子啊！

方博南说到得意处，把儿子抱起来，跳起华尔兹步，吓得果果连声叫他把孩子放下来。

说来也怪得很，小小子方浩然回到爸妈家之后，比在婆婆家安静好带了许多。自打把儿子抱回来，方博南立马给小小子浩然用上了纸尿裤。方博南认为，放着先进的、科学的、方便的东西不用，这种老太太式思维完全不可取。

方博南请了三天假在家，一等儿子喝饱了奶便哄着他睡上一觉，两天下来，浩然养成了喝完奶就犯困的习惯，成天一觉一觉接一觉地睡，眼看着就像皮球似的鼓了起来。

方博南更加得意，说，咱们自己也能带孩子！你爸你妈！他们拿不着我们！

果果无法像方博南那样乐观，虽然她还是有点儿生爸妈的气，觉得怪委屈的，听了方博南这样说自己爸妈，仍是不高兴的。

人要讲良心！果果说，不管怎么样我爸妈帮我们带孩子，一分钱生活费也不要我们的，我们就只管出个奶粉钱，他们明里暗里还要贴补一些，出钱出力，你还要怎么样？

果果想讲，总比你父母好些，可是她总是怕触了方博南的伤处，到底他妈不是亲的，隔层肚皮隔层山，人没个亲妈总是可怜的，她再不心疼点儿方博南，这人可就更可怜了。

出钱出力我也不感激他们，瞧他们对我的态度！

果果真生了气，咣地扔了手里的小奶锅，方博南，你是不是大男人，不是说东北男人最大度吗？你的大度到哪里去了？这么记仇？

方博南也觉失言，可犹自嘴硬道，我说错了吗？你妈那架子，还真当她自己是慈禧太后了？

果果沉着脸，你太抬举我妈了，她就是一个平民老太，一个巴巴结结活着的人，一个特别不容易特别坚强的人。无论她耍什么性子怎么对我们，我心里头都不会真的记恨她。

哪怕她这样不喜欢我？

她没有不喜欢你。

果果，咱说话可得实事求是。

她会喜欢你的。果果停了一会儿又补充一句，她会喜欢你的。日子过长了，就晓得脾气了。你要好好表现。

方博南觉得果果这会儿有点儿伤感，也不再嘴贱了，赶紧自己找个台阶下来，成成成，我好好表现，这总行了吧？

方博南也不可能总是请假在家陪着老婆儿子，方博南跟哈果果商量着，找一个保姆。

果果半天没有作声，不说好也不说不好，只说再等等看吧，我的假还长。保姆哪那么好找？找不好，找来一个大麻烦。

果果望着窗外，心里的伤感越发重起来，想不到爸妈会生这么长时间的气，兴许他们真的不会再替他们带孩子了吧？果果想，过去那样的亲爹亲妈，待自己千好万好的，这一结婚，结出个生分来！

方博南上班去了，果果一个人在家，小小子方浩然重现英雄本色，不睡了，每日大哭不止。果果抱着在小小的两室一厅里转来转去，好容易哄得他睡着了，果果人累得也快瘫了，可是也睡不成，还得应付那弄脏的衣服、要洗的锅碗，还得弄点儿东西填饱自己的肚子。这里才做完活儿想眯一小会儿眼，那边厢小小子又醒了，大声哭号着要抱抱。

一个星期下来，果果快要崩溃了。

正在她一筹莫展的时候，哈爸爸哈妈妈回心转意了。

老头老太想外孙快想疯了，结了伴跑到女儿家里来，正值果果手忙脚乱地给儿子换尿布——浩然有点儿拉稀。

哈妈妈原本想摆点儿脸子，可是一见到外孙也顾不得了，冲上去抱在怀里就心肝肉儿地叫起来，利落地替他洗换。那边哈爸爸也开始冲奶粉了。

果果总算可以喘一口气，坐下来喝一碗热的银耳汤。喝着喝着就发了愣。

果果不怕别的，怕的是接下来的日子会是一连串的吵嘴和好再吵嘴再和好，她好像看见这种循环一点点地逼近可是她全无办法。

方博南回来看到丈人丈母，颇有点儿意外，可见还没有修炼到家。不过他很快反应过来，诚心诚意地叫着爸妈，一定要从外头饭馆里炒一点儿菜来吃，不肯叫丈母娘再动手做饭了。

果果爸爸妈妈和他们和好了。方博南也在楚一帆的帮助下，找了一个小保姆，送到丈母娘家帮忙。

可是干了一个月，人家小姑娘死活不肯做了，说阿姨要求太高了，她实在达不到。

方博南于是私底下对果果嗤笑说，你看你看，人民群众的眼睛雪亮雪亮的啊。都说你家慈禧老太太难缠。我吧也算是在南京待的时间不短了，我发现吧，你们南京男人其实还是挺不错的，跟我们东北男人挺对脾气，有点儿南人北相的意思，可你们南京的女人，特别是老娘儿们，可真叫一个硌硬人。

那你还娶南京女人，打光棍不好吗？

不娶是不行的，可爱嘛！方博南又觍着脸说。

和好以后，哈爸爸哈妈妈对方博南的态度多少还是有了些变化，不再无故给他脸子瞧。方博南也识相，每天下班就赶到丈母娘家帮忙做家务，时不时地给丈母娘塞一些钱，说是妈太操劳了，给妈补身体的。

哈家老两口虽然可以轻易地原谅女儿女婿，可是对亲家的怨气依然没有消，不时地叨咕，要么出钱要么出人，可他们倒好，整个儿是一个甩手掌柜。有天方博南无意中说漏了嘴，哈爸爸哈妈妈得知亲家公在长春上了老年大学国画系，亲家母进了老干部合唱团，简直气得肚子要爆炸。

天底下竟然有这样的爷爷奶奶，放着大头孙子理也不理，自己去学什么国画唱什么歌！

哈妈妈说，我活到这样大岁数，虽然是平头百姓，干部嘛多少也见过一些，就没见过这样逍遥的。

这话落到方博南耳朵里，方博南自觉话虽难听可也符合事实，无从反驳，除了用力对空翻了几个白眼之外，并无其他作为。毕竟丈人丈母娘带娃辛苦，不能得罪。

哈果果跟方博南提出来，以后周末把儿子抱回家自己带，让爸妈休息休息。

于是，方博南与哈果果每到周末便把儿子抱回家。

带孩子最痛苦的，莫过于晚上喂奶了。小小子浩然胃口来得大，晚上九点喝一大瓶牛奶，到十二点又要吃一回，然后凌晨四点还要吃一顿。这边你刚睡下，那边他哭起来要吃了，一夜一夜这样折腾，精神与精力上都是一个很大的负担。

果果身体不好，这才刚生了孩子，别的女人都白胖白胖的，只有她，立马恢复了产前的体重，脸色也不大好。方博南心疼果果，便主动地担当了喂奶的工作，可是晚上那美美的一觉被腰斩成数段是这样一件痛苦的事，方博南有时也难免坏了脾气。

有一天晚上，方博南半夜被儿子的哭声叫醒，一按开关，灯竟然没有亮，便大叫起来，电用完了？

哈果果也醒了，正在床上天人交战要不要起床帮忙呢，突地想起一件事，电卡里没有充钱，她忘记买了。果果立刻被吓得醒了个透彻。（注，2000年之后有一段时间，普通市民用的是一种可充值的电表，有一张小小电卡，充值后插入电表便可用电。）

她又记起来，热水瓶里没有水了！

这下子，方博南发作起来了！绝望地在黑乎乎的小厨房里转来转去，把瓶瓶罐罐冲得咣咣响，直了嗓门儿滔滔不绝地批评果果，买电这种事儿竟然会忘记！这是关系到民生问题的大事啊，大事啊！咱可以不吃不喝不用电，儿子行吗？行吗？实话说哈果果你做人老婆还不合格！基本的生活素养都没有形成！你妈还没有把你教育好就让你嫁了，是失职！失职！我告诉你哈果果，明天银行一开门，你就给我去买一千块钱的电！听见没？不，买两千块！

果果听着方博南的吼叫觉得冤屈死了，可是也是自己理亏，咬咬牙，不声不响地拎了热水瓶开了门，敲开对面邻居家的门，厚着脸皮要一点儿热开水。

对门儿住的是一个年轻的男孩子，真正的夜猫子，平时不到夜里一两点钟是不会回家的。这会儿他刚回来，见邻居娇小的女子可怜巴巴地站在门口，讨要一点儿热水，连忙把家里两瓶热水全贡献了出来。果果感激不尽，后来还水瓶的时候，附送了人家一个大果篮。

再躺回到床上时，天就快亮了。

果果睡不着了，靠在床栏上，身边睡着的，是她生命里两个重要的男人，一个大男人，一个小男人，可是她忽然觉得很孤单，从来没有这么孤单过。

这世界满坑满谷的人，彼此间相互牵绊，发生各类关系，血缘的、婚姻的、私人的、社会的，织就一个密匝匝的网，把人网在中间，你的骨头硌了我的骨头，你的皮肉贴着我的皮肉，你的呼吸扑在我的脸上，我打个饱嗝儿你都听得真真切切，好像是近到不能再近，可是越近越孤单，肉体无限接近，灵魂各自奔逃。

哈果果觉得闷极了。

那边厢，方博南庞大的身躯转过来，睡得迷迷糊糊，长胳膊伸过来摸索到果果的头，唔唔噜噜地说，老婆，别生气，是我不对，快睡觉！我爱你！

时值凌晨三点半。

有人说，人在这个时候，精神最放松因而脑子最迷糊，无力扯谎，说的话，都是真的。

果果躺下来，一边淌着眼泪，一边睡着了。

小小子方浩然半岁之后，哈果果的产假也休完了，她重新回到公司上班。平时，孩子就全然交给了哈爸爸哈妈妈。

小家伙长得浑圆白胖，特别结实，眉目也舒展了，一眼看去活脱脱又一个方博南。就是精力无比旺盛，够闹腾人。

哈爸爸哈妈妈跟果果夫妻两个说好了，果果平时就住在娘家帮忙一起带孩子，方博南还是回家住。有一回，果果下班后跟妈妈打了招呼直接去找方博南，两个人一起去看了场电影，挽着手一路走着回到自己的小家。想起来，他们足有一年多没有这样单独在一起了，两人都觉得独处的时间挺宝贵的，看对方，比恋爱时还要好，格外地亲。有了孩子以后，夫妇俩之间才生出一种血脉相连的情分来，实实在在地是一家人了。

可是第二天，哈妈妈便不大高兴地叮嘱女儿说，以后不准这样，好嘛，把孩子丢给我们老的，你们倒过二人世界去了，晓不晓得然然昨晚闹了一夜？我跟你爸都只眯了一小会儿。

哈妈妈并不是不心疼女儿，她不高兴的不是女儿的偷懒，而是女婿的逍遥。心底里，她总觉着这个大块头方博南是清闲了，享足了他们老两口的福。女儿是自己身上的肉，给她当牛做马都是情愿的，可是女婿，那到底是外人。凭什么呢？哈妈妈总是这样想。

于是，果果便只得与方博南过起了周末夫妻的日子。

当着老人的面，两人也不好说什么私房话，何况一个儿子就占尽了晚上所有的时间，只有在方博南回家而果果送他下楼时，两人才得空说两句体己话。这一带治安不是顶好，方博南不放心，往往又把果果送回楼道里，果果再看着方博南

拖着他长长的影子慢慢地走远，这么送过来送过去，送出一点儿心酸来。方博南有时候感叹说，若他有好父母，像别人家的老人一样，一手包揽带孩子的事儿，甚至把孩子接到老家去养，他俩也不至于这样牛郎织女似的。

果果说，唉，牛郎织女的比方太过了。再说，孩子还是要放在身边自己带的好。老人也不是天经地义地要帮儿女带孩子的，法律也没有这项规定，替你带是情分，不替你带是本分，谁也不能多嘴说什么。现在我爸妈好歹还是帮了大忙，不是吗？

方博南赶紧附和，当然当然，你爸妈也不容易。

果果半天才说，这世界，谁又是容易的呢？

方博南常常想，不晓得外国人是怎么解决这个问题的？抽空得好好研究研究，从中汲取经验。可是哈果果兜头给他浇了一盆凉水，果果认为，外国的经验不符合中国国情，没有借鉴的价值。

陈安吉常来看果果母子，她实在是喜欢小小子浩然。

这一天陈安吉来时，果果与她闲话着带孩子的不易，不知怎的，当着妈妈的面就流下泪来。陈安吉吓了一跳，问，你怎么了？果果掩饰说是因为孩子难带，着急。

陈安吉安慰她说有什么可急的，再难带也带得大，俗话说只愁生不愁养。你想想我妈年轻时候，我爸一天到晚在天上飞，今天到这儿明天到那儿。双方的老人都去世得早，我们兄妹三个全是我妈一个人带，晚上睡觉，抱着一个搂着一个脚底下还偎着一个，不也过来了？

陈安吉的爸爸是个老牌空军飞行员，陈安吉小时候，他长年不在家，到现在父女的感情也不那么亲近。哈妈妈看女儿掉泪心里也有数，搭讪着说可不是可不是，现在条件多少好，尿布都是用完了就扔，少费多少事，不怕不怕的女儿。

哈妈妈出去后，陈安吉了然地说，是为了你爸妈看不惯方博南是不是？难受了？

果果抹泪，也不全是。这些天不知怎么搞的，无缘无故就觉得心酸，一个不在意就会流泪。

陈安吉正色对果果说，你可能得了产后忧郁症，千万不要掉以轻心。我帮你约个心理医生咨询下吧。

这一说，果果吓得魂飞魄散。

第十八章

自我救赎

哈果果明白自己的确是有可能得了产后忧郁症。

可是她谢绝了陈安吉要帮她找心理医生的好意。

她不愿意对着一个全然陌生的人倾诉她目前生活中的不如意，因为甚至她自己都说不清她的不如意在哪里。

突然地，哈果果想起很久以前，她第一次见方博南，穿了一条新买的裙子，商标没有剪掉，那毛刺刺的感觉跟了她一晚。

现在她心里就是那种毛刺刺的不痛快。

可是商标是容易剪掉的，可是生命里的这些毛刺，看不见摸不着，它们不断地偷偷地鬼祟地生长蔓延，养精蓄锐，以便有一天能够肆无忌惮地吞掉哈果果全部的幸福。

果果觉得怕。怕得连找来的有关资料都不敢看，也不敢告诉人。

看着父母为着孩子忙碌，看着方博南小心谨慎地维护着与老人的关系，果果觉得有一个天一样大的问题像一架轰炸机似的老在自己头顶盘旋，说不定什么时候便投下两枚致命的炸弹。果果老听见自己的声音在耳朵边问，我为什么要生这个孩子？究竟为什么要生孩子？

果果想坐下来写一点儿日记，也许可以排遣一下。

果果一直是记日记的，少女时代是在漂亮的笔记本上写，后来在电脑上写，用一个极好玩的电子日记本，可以插入音乐、图片什么的，自然还可以加密。刚结婚那会儿，方博南处心积虑地想要看，不惜卑躬屈膝，可是果果死活不松口。那个时候她满心满意活泼泼的春水一样的快乐，她想，开玩笑，那里头是她数年以来相亲或是处对象的开始、过程、结局与反思，那种东西就算是给 FBI 看也不

如给老公看可怕。夫妻间是要坦诚没有错，可是坦诚得没有了底线，那是二百五才会做的事。

可是这一天，哈果果坐在电脑前，点击那个可爱的电子日记本，跳出一个对话框，请输入密码。突地，她的大脑里一片空白，那个无比熟悉的密码消失得无影无踪。果果惊恐地张着嘴，方博南问什么事儿，果果磕巴着说，方博南，我什么也记不起来了。密码，我的密码，我想不起来了。

方博南大笑起来，笑得下巴都要掉地上了。

天知道，他真的是无心的。

哈果果愤怒地抄起手边的一个东西朝着大笑不已的方博南扔过去。

砰，一声沉闷的响声。

是一个乐扣的喝水杯，没盖盖子，里面的水全洒在灰色的粗地毯上，好大一块湿迹子，好像凌空扑下来一团鬼影似的。

方博南生气了，粗声大气地叫，哈果果你发什么疯？

果果说不上句整话，哗哗地淌着泪。

方博南有点儿被吓住了，走过来摸摸果果的头，你怎么啦？好了好了，算了算了，你累了吧？早点儿休息吧，别写了。

果果说，好的。

好的。那一天哈果果把那个电子日记本从电脑里彻底地干干净净地删除了。

无所谓了，反正她以前的生命之章已翻过去了，永远不会回来了。

她回不去了。

果果找了个下午，跟单位请了会儿假，提早下班到医院去找夏漱石。可是他在手术室。护士告诉果果，这个手术做了很长的时间了，一时半会儿夏医生出不来。要不你等一等他吧。

果果知道夏漱石刚从德国回来不久，也知道他是去参加一个研讨会，还知道他一回来就回医院上班了，不过，从护士口中果果才知道，夏漱石连着上了两天一夜的班。

果果突然想起一件顶顶重要的事，夏漱石应该比她，比任何一个人都更怕忧郁症这三个字。

果果对护士说，我不等夏医生了，你也不要告诉他我来过，多谢你了。

又是一个周末，方博南原本该到哈家来接果果母子的。可是六点多的时候，他打电话给果果，说晚上有点儿重要的事，可能会晚一点儿回家，叫果果自己带孩子先打车回家。

果果抱着儿子，背着个大包，里头装着孩子的一些用具衣物，气喘吁吁地回到自己家，可是，果果直到晚上十二点也没见方博南回家。打他手机，一点儿信号也没有，果果心急如焚，有心下楼去路口等他，可又怕丢孩子一个人在家不安全。果果一直到三点多钟才靠在床边蒙眬睡了一小会儿，眼看着天际发了白，方博南还是没回来。电话也无法打通。

果果抱着儿子回到爸妈家，一进门便瘫坐在地上，把哈家老两口吓得魂都飞了。

哈爸爸哈妈妈开始帮着女儿打电话，问所有认识方博南的人，他人在不在。可是找不到方博南。

就在他们急得要报警的时候，果果的手机响了。

一个意想不到的声音传过来，你好，哈果果吗？我是秦霜。

果果在妈妈的陪同下飞快地打车赶到秦霜在电话里提到的那家部队医院，那是个有着极长极曲折长廊的地方，果果她们好不容易找到病房，看见方博南斜躺在病床上，头脸肿胀，模样都变了。

果果一眼看见站在病床边的秦霜，心里头酝酿了一整夜的担惊受怕全化为一团熊熊的怒火，可这怒火并不冲着秦霜去，而是冲着可怜的病患方博南。

哈果果说，你一整晚干什么去了？做贼？做贼也得先给家里打个电话通知一下吧？万一被抓了现行，家里老婆好替你收拾行李，抱着儿子，送你去吃牢饭对不对？

一头说着一头气息哽在喉咙里，话虽刻薄可是因了这哽咽失了气势，倒显得怪可怜的。

方博南肿着脸连声说，果果，果果，你先不要生气，回头听我跟你解释。

你不用解释了！果果把声音拔得高而尖刺，省省吧，我有眼睛看得见的。眼见为实，听你一张嘴两块皮说的都是虚的！方博南！你好啊！

果果说着用力撞开门，跑到阳台上哭开了。

这种时刻，就显出哈妈妈这块老姜的本事来。她把女儿拉过来，呵斥道，果果你怎么说话的？现在这种时候，身体最要紧，你不问问人伤得怎么样，先发一通火是什么意思？有什么等治好伤再说！

这边秦霜也缓过来了，上前跟哈妈妈寒暄，很亲热地叫着大妈。哈妈妈问，你是哪位？态度客气里头有着微妙的睥睨。

秦霜说，我是方博南的老乡和邻居。昨天晚上我们老家有人过来，喊了方博南一块儿吃饭，没想到出来的时候出了点儿岔子。不过医生说了，伤不重，有点儿脑震荡，手机又没电了我们又不知道您家里的电话，所以才耽误了。

果果冷冷插嘴道，方博南，你就是只剩一口气也要想法子通知家里啊，难不成叫我们不声不响地做了孤儿寡母？

话是对着方博南说的，可是一字一句全冲着秦霜，在半空里化为利箭，嗖嗖地破空而去。

正是无比尴尬的时候，几个人走进病房，有男有女，都是来看方博南的。彼此厮见之下才知这些人果然是方博南的老乡们，昨晚一块儿吃饭来着。

天知道秦霜并没有全然地扯谎，昨天他们的确是老乡聚会，顺便庆祝秦霜跳槽到了一家相当不错的公司。因为是秦霜请客，方博南怕果果误会，便没有跟果果明说。原本吃完饭也就散了，谁知秦霜非得叫方博南送她回家，路上出租车就出了事，跟另一辆车碰了一下，方博南护着秦霜，受了伤，还好只是脑震荡，迷糊睡了一晚上。一醒过来，方博南看到大亮的天光，急得头又肿大了一圈，硬着头皮厚着老脸给老婆哈果果打了电话。

方博南决定，出院以后好好地祈求果果的原谅，叫他下跪都可以。

擦着阴曹地府的门边儿走一遭，方博南真觉得面子这个东西没什么要紧，仿佛再世为人，而居然还能看到亲爱的果果和儿子，方博南满心都是对老天爷的感恩戴德。果果的骂声一声一声听起来，全是爱，全是爱。

接下来方博南住院的几天里，果果每天都来陪着，板着一张蜡黄的小脸儿，一句话也不肯搭理方博南，可也用轮椅推着他楼上楼下地做检查。头部CT结果出来了，方博南没事儿。果果听见医生说便松了一口气，那一点儿小小的松劲儿全叫方博南看在眼睛里，方博南眼眶都湿了。遂千哄万哄，态度极其诚恳，表达了爱果果爱儿子爱他们这个小家的真情，果果的气才慢慢地消下去。

秦霜也几乎是天天来看方博南，不过她总巧妙地找果果不在的空当过来，对方博南也是真的关怀备至。方博南下决心要跟她把话往明里说，可一直没找到机会。直到那一天，有同病房的人把秦霜当成方博南的太太来寒暄，秦霜也不说明，方博南正色地告诉人家，这位是我的妹妹。

等病房里没人的时候，秦霜打鼻子里哼一声说，方狗哨你用得着这么严肃吗?

方博南停了一会儿,稳定了一下情绪,对秦霜说,真的,秦霜,以后咱们也别频繁接触了,你的能力我清楚得很,其实也用不着我帮多少忙。那天晚上的话,我就当没有听见过,你就当没有说过,我们都喝高了。

秦霜面色一下子难看起来,说,行啊,我以后也不会再麻烦你。停了一小会儿,秦霜忽然说,可是方博南,以前我们分开只不过是因为你告诉我我们不合适。

方博南一下子无语。

然后他想了一夜,再一次有机会单独面对秦霜的时候,他说,你说的没错,当初是我跟你说的,我们不合适。可是后来有那么长的时间,那么多的机会,你也并没有纠正这种说法。真的,秦霜,你并不爱我。我这个人吧,是粗枝大叶一点儿,可我不糊涂。

方博南心头有一句话在盘旋,你不过是看着你眼里的垃圾变成了别人手里的宝贝,心里有点儿不平衡罢了。

可是,他看着秦霜,这个他从小就认识的女孩子,那些年里,他们几乎形影不离,真的如同兄妹一般,她给他当模特,她帮他钉画框,省了零用买颜料送他,他为了帮她找一盘盒式磁带跑遍了长春的每一个角落,帮她打走一个又一个不怀好意的觊觎者,在他心目中她跟博雅是一样的。一念及此,方博南的那一句话便咽了回去。

不过也足够让秦霜明白了。果然,她说,我明白了。

一周以后,方博南出院回家。

果果来接他。

方博南偷空说,果果你原谅我了吧?原谅了吧。

果果极含糊地应了一声。

果果在答应的这一瞬间想起了夏漱石,她把自己与夏漱石的相处状态,方博南与秦霜的相处状态,放在一起做了一番比较,她觉得这二者之间多少有一些共通的地方。

果果觉得自己是绝不可能爱夏漱石的,但是,也只是因为,她告诉自己,她不能爱。

从一开始就这样告诉自己,那个时候姐姐哈萌萌还活着,第一次带夏漱石回

家，他面含春风一样的笑容，跟美丽的温柔如水的姐姐站在一起，叫人想起金童玉女，神仙眷属。那个时候，少女哈果果就彻底断绝了自己对夏漱石这个男人的所有念想。

果果认为，这世上有些男女，如同平行线，可以无限接近，但永不交会。

比如自己与夏漱石，比如方博南与秦霜。

这一刻，哈果果心里透亮透亮的。

不过也因着这种特别清楚的认知，果果觉出人生的无趣之处来。因而心情越发地糟，做什么事都提不起精神。方博南这些天在家里格外地温存体贴，可是果果还是不太开心。

方博南时不时地偷眼打量她，果果把他的这份小心看在眼里，每每心软想告诉他，我原谅你了，不怪你了，可是却提不起精神来说，觉着说没意思，不说更没意思。这种没意思的日子，是泡了水的萝卜干，究竟什么时候是个头？终点到底在哪里？终点什么时候到来？

果果的脑子里成天嗡嗡地回荡着这些疑问。

这一天，果果觉着特别累。方博南殷勤地在那个旧旧的掉了瓷的浴缸里放了满满一盆水，还倒进特地买的浴盐，叫果果好好地泡个澡放松一下筋骨。

果果躺在浴缸里，水很热很舒服，果果一直往下缩往下缩，终于头脸全部没入水中。

哈果果在水里睁大着眼，隔了水，看着斑驳陆离的天花板，那天花板飘忽得成了一张薄薄的皮，果果觉得自己好像在一面鼓里，安静，无人打扰，无人惦记，她也不惦记任何人或者事。

这状态真好，果果迷糊起来。若真的一直一直这样下去，倒好了。

她就安生了。

一切都与她无关了。

果果在水里微笑起来。

突然，她听到一种声音，嗡嗡的，挺远的。

像是方博南的声音，兴奋的，模糊的，声音越来越近，砰的一下击在鼓面上，鼓破了敲不响了。

空气透了进来。

果果猛地从水中坐起来。

面前是方博南极其兴奋的一张脸，老婆，儿子会叫人了，咱儿子是个天才！

小小子浩然被爸爸抱在手里，用力踢腾着小腿儿，红润的胖鼓鼓的小脸，冲着妈妈绽开一个大大的无牙的笑，像一只小螃蟹一样地吐着泡泡。

果果笑起来说，乱讲，你懂什么？他这么小是不可能开口讲话的。

他刚才叫了一声妈。不信，儿子，咱再叫一声给妈妈听。

小小子浩然只是咿呀乱叫，任方博南威逼利诱，再不发一个完整的音。

果果用大浴巾裹住自己，抱过儿子，他是无意间发出的声音，要会叫妈至少十个月以上才行呢。快得很对不对，宝宝？我们很快会说话的，告诉爸爸，很快的。

哈果果她醒了。

她决定自救。

上帝只救自救者，哈果果顶顶不相信的就是心理咨询之类的事，她得靠她自己。

她回想起以前相亲，相得留下了后遗症，有时做梦都梦见一次次地相亲失败，不是人家没看上她就是她没看上人家，要不就是谈了段时间人家不辞而别，生生坐下了病，可是她还是靠着自己的意志克服了。现在，她也要克服。

她买来许多儿童教育方面的书和碟片看，她开始写婴儿笔记，写小小子方浩然的每一个小小的变化、小小的进步。

她还开始学十字绣，绣了一个枕头给儿子，又打算再绣一个给自己，一个给方博南，她有一个打算，要绣成一幅最雅致的窗帘。

等到她的窗帘绣成了，青藤绿叶，黄花金果，垂挂在那里，遮阳度风，如诗如画，她的忧郁症状也消失于无形。果果简直为自己骄傲死了。

许多年以后，哈果果把这件事当闲话说给老伴儿方博南听。方博南拍拍哈果果的手，问，老太婆，你的密码呢？后来想起来了吗？

哈果果由此切切实实地认识到，男人果然来自火星。

亲密如爱人，男人也无法清清楚楚地了解到女人经过的心路历程。非不为，是不能。

五十岁的哈果果在那一刻彻底地原谅了方博南，原谅了男人，她的人生从此豁然开朗。

第十九章

往事如烟

正如俗话所说，只愁生不愁养，转眼间，小小子方浩然一岁了。哈果果打算给儿子拍套周岁纪念照，方博南表达了对影楼摄影师的艺术素养极端的怀疑与极其的鄙薄，认为他们一定会把他儿子英俊的小面孔拍得平白如一张纸，还不如他自己给儿子画张画像，可惜被丈母娘一口否决，说是哪有给这么小的孩子画画像的，大大地不吉利。方博南想到丈人丈母带孩子的诸多不易，便由着果果和丈母娘两个抱着孩子去拍了一套照片，连洗带放大，花了小一千，累了一头汗。哈果果把装着儿子照片的精美水晶相框放在办公桌上，电脑的桌面也换上了儿子趴在地上头戴一顶鲜红的贝雷帽笑得见牙不见眼的照片，还加印了若干张豆腐干大小的，夹在钱包里，粘在小花盆儿上、抽屉上。

哈果果回单位上班之后，整个人的工作状态与心境发生了极大的变化。原本果果虽在名利上淡泊，可是对工作还是认真的，甚至偶尔，还是蛮热爱的，可是现在，她觉得差不离就成了，因为她的人生，有了更有意义的工作。

果果非常赞成外国人的一句话，做母亲也是一项了不起的工作。

哈果果决定要做一个最好的母亲，要让儿子成才，而且要成大才。

这个状态下的哈果果，有点儿全然忘我的意思，她身体里的那个热情的善感的小小自恋的不时泪眼蒙眬的少女哈果果渐行渐远，只徒留个躯壳，内里被伟大的澎湃的母性所充盈，鼓胀如一只热气球，随时可以驭风而行。

又逢十一长假，哈果果两口子决定，平时也挺累的，难得有个假，就在南京待着，睡睡觉，下下馆子，顺带逛逛街，也让哈爸爸哈妈妈好好休息几天。

那天，两口子说好带儿子上街。果果生孩子之后第一次想到要好好地拾掇拾掇自己，绾了发髻，斜插一支发簪，换件新衣服，正往脸上涂粉底与睫毛膏，方博南抱着扭动不止想要下地的儿子等得不耐烦，没好气地催道，快点儿吧快点儿吧，你都老娘儿们家家的了，捯饬个啥呀？

果果闻言把眉头拧起个大疙瘩，方大头你说我是什么？

老娘儿们呗，还能是啥？

不许你用这种词来说我！果果用梳子背用力敲桌子。

方博南又开始嘴贱，你不是老娘儿们你是什么？还当自己是小姑娘哪？接受现实吧。哈哈哈。

果果愣了半晌，忽地一扔梳子说，哎呀，我伤心死啦！

哭开了。

方博南不以为意，继续催促，可发现果果居然不是装的，而是在真哭。

方博南有心哄一哄，可是小小子方浩然一把揪住他的头发，用力地拉扯，嘴里"嗯嗯嗯"的，撅了小屁股在他怀里拱着，想是急着出门。方博南头发根儿痛，头也痛起来，五心烦躁，不高兴再哄劝老婆，快点儿吧快点儿吧，哭哭歪歪的，你烦不烦哪？

果果哭得哽咽难鸣，凄楚地说，哎呀——我的心都碎成一万片了。

更伏在桌上痛苦起来。

方博南非常诧异，不明白为什么自己无心的一句玩笑话会引起老婆这么大的反应。他一直觉得自己是熟男，挺了解女人的，可是女人，尤其是哈果果这个做了他老婆又做了他儿子的妈的小女人，总是叫他一天比一天更加丧失这份自信。

方博南想，女人果然来自金星。

于是他又得出一条方氏婚姻伦理定律，哪个男人胆敢说自个儿了解女人他就是个傻蛋。

不过，哈果果还是从方博南的这一句玩笑话中受益匪浅。

她得把原先的那个哈果果的灵魂给叫回来，至少，得回来一部分。

她不能到最后只做成了个母亲，却忘记了做一个女人，一个有独立灵魂的人。

于是哈果果又恢复了旧日的习惯，总是收拾得整整齐齐，每天早起十分钟，化一个淡妆。她在办公室里备了一双软底的布鞋，以便到单位以后把疲惫的双脚从漂亮而累人的高跟鞋里解放出来。

她听高雅的音乐，听歌剧，见缝插针地看小说、诗歌、戏剧，看法国和伊朗电影，中午时分到楼下去散步，在音乐喷泉边站一站停一停，看上去有点儿明媚

忧伤，实际上是歇一歇脚。

并且，她开始像以前一样认真工作。

方博南暗暗地觉得果果当妈了还是不改从前的小造作，可果果觉得这所有的一切，都是提醒着自己，不要忘记在做妈的同时做自己。

他们没想到一块儿去。

不过，男人和女人，总会有一些时候，吃不到一块儿，更还有一些时候，是想不到一块儿的。

过了没有多久，又发生了一件事，使得方博南发现，原来男人竟然也是难以了解的。

楚一帆的母亲去世了。

作为楚一帆的好友，方博南和果果一起去参加了老人的葬礼。

方博南赫然发现，楚一帆的前妻与现任妻子同时出现在殡仪馆的小礼堂。

楚一帆的老妈是难得的软和脾气的人，当年对媳妇陈安吉是千好万好，陈安吉对婆婆也极有感情，两个人竟比母女还亲，这也算是个异数了。陈安吉和楚一帆离婚时，老太太比陈安吉还伤心，直骂自己的儿子不是东西，哭着求陈安吉不要离。无奈陈安吉生来眼里揉不得沙子，可离婚后，她还是常常去看旧日的婆婆，后来索性认了老太太做干妈，一直没有改口。老太太的内心，还是只认这个儿媳妇，跟新媳妇反而不是太亲近。

老太太这一走，陈安吉无论如何要送老人最后一程。

现任楚太太从头到尾把脸板得严丝合缝，水都泼不进，陈安吉却毫不以为意，那一番坦然，落在现任楚太太眼里格外地刺眼，看上去就好像陈安吉在挑衅。

楚一帆跟老妈相依为命多少年，伤心得站立不稳，看到陈安吉，让他想起从前与父母与陈安吉四个人一起过的那些个日子，苦的甜的乐的忧的日子，都随风雨到心头似的，一时失控，拉着陈安吉大哭不止。

陈安吉明知不大妥当，可是看他那副痛不欲生的样子又不忍心推开他。

现任楚太太陈丹彤心里强忍的怒火在走出小灵堂时冲破胸口，熊熊烈焰如岩浆一般奔腾而出，用力踢翻了陈安吉送来的一个很大的鲜花花圈。那花圈扑地倒地，花瓣纷飞，委地无人收。

还没等陈安吉有所反应，那边楚一帆倒爆发起来了，把陈安吉往身后一护，哭腔哭调地说，啊！你做什么踢倒我妈的花圈？那是我妈的！我晓得你不喜欢我妈，嫌她是个开小铺的穷老太婆，可是她都不在了，我妈不在了！我没有妈了！

一个大男人，哭得全无形象。

这一下，陈丹彤愣了，陈安吉也愣了，方博南也愣了，全体亲朋都愣了，就只殡仪馆的工作人员漠然地忙碌来往，许是见惯死亡，等闲之事惊动不了他们。

还是哈果果先回过神来，示意方博南去拉楚一帆，自己随陈安吉先走。

现任楚太太陈丹彤愤而开着自己的车子离去，竟然没有等火化完将骨灰送到墓地。

等到一行人从墓地往回走的时候，楚一帆才悟过来，好像大事不妙。

回去之后，必有一场恶吵。

而等他丧假满了之后青白着一张脸回到单位，方博南过去安慰他，同时想弄明白一件事，于是他问楚一帆，你对你前妻到底是一种什么样的感情？

楚一帆有一点儿像一个面对老师全无功课准备的差生，目光惊恐继而呆滞，他不能回答方博南的问题。

过了若干天，楚一帆跟方博南一起下馆子吃午饭时，他突然地，就跟方博南提起了当年与陈安吉的恋爱经过。

那时候陈安吉是全系乃至全校男生心目中公认的一朵花，家世好，人长得更好，成绩也好，可是那个年代的男孩子们比起现今的孩子们来好像不那么穷凶极恶勇往直前，看着花儿好，却怕她太好了。有人说，合该不是你的，就别惦记。男生们你瞟着我我瞟着你，相互监督着，把陈安吉这朵花供了起来，谁也不敢摘。

除了两个人。

一个是学生会主席，高大英俊的山东小伙子，父亲是当地的交通局局长，据他自己说在当地他可以横着开车。

另一个就是瘦小的其貌不扬出身寒微的楚一帆。

山东小伙子每天送陈安吉一束玫瑰，在新年联欢会上抱着吉他上台表演，第一首歌指名送给台下的陈安吉，引发一轮尖叫热潮。周末他还借了车邀请陈安吉一起出游，这在当时可是轰动得不得了的事。

楚一帆则每天赶早替陈安吉占一个教室最好的位置，那位置必是以一个巧妙的角度对着空调，冬暖夏凉；每天替陈安吉泡一杯茉莉花茶，放在她的座位上；

倒三趟车从家里带妈妈自制的蜜汁藕送给陈安吉；考四级的时候帮陈安吉查好每一个生词，用极细的会计用笔写在每一页的缝隙里。

他像一头瘦瘦的驴，围着他的磨，不知疲倦地转着，充满了宗教般的虔诚。

陈安吉不是势利的女孩子，也不是惯于支使男人的女孩子，她是被这个小她半岁的男孩子的一片赤诚与坚持打动的。而更叫她动心的是周围的女生们都说楚一帆这个人很会照顾女性，这种微微混着卑微的一段天性，深得天生有些大女人气的陈安吉的心。

山东小伙子后来说，他不是输给楚一帆这个人，而是输给了楚一帆的水磨功夫。

他们一毕业就结了婚。朋友们都笑楚一帆是老婆奴，不是拜倒而简直是臣服于老婆的石榴裙下。

好像老婆就是真理。

那个时候的楚一帆说，我不是臣服于老婆，我是臣服于真理。我只臣服于真理。

朋友说，你只臣服于真理，所以你臣服于你老婆，也就是说你老婆就是真理？

楚一帆回答，我老婆是不是真理不要紧，要紧的是我把我老婆当作真理一样的存在。

那个时候其实他们挺清贫的，跟父母一起住在城南的旧房子里，前面是楚家老两口开的小杂货铺子，后头是屋子，一到下雨天便暗无天日，可是里头装着的却是一段最华美光亮的好日子，楚一帆便是吃一个跳蚤也会把跳蚤身上最肥美的那块肉给陈安吉。

后来有了自己的房子，后来又各自算是发达了一些，顺遂了一些，后来好像习以为常了，再后来就蠢蠢欲动了。

方博南听了楚一帆的叙述，也不知说些什么安慰的话，便打着哈哈说，你看你老楚，总是跟姓陈的女人有缘，两位夫人都姓陈。

话一出口便觉不妥，嘿嘿傻笑两声。

楚一帆倒没有介意，叹了一口气，说，两个姓陈的女人都害在我手里了。

方博南跟着他叹息，却又暗自想，这样一个把老婆顶脑门儿上的人就是守不住老婆？而自己，是不是也会有习以为常继而蠢蠢欲动的那一天？

少年情怀总是诗，寸寸生命都生着光辉。

少年夫妻以为可以成了老来伴，却不料半途劳燕分飞，也都不是坏人，也都没做太伤天害理的事，只得归咎于人性的软弱多变和不可理解。

方博南回家抱着儿子方浩然，小家伙吃饱喝足，洗得喷香，方博南摸一块磨牙饼干塞到他小手里，他便立刻眉开眼笑。

方博南说，儿子，只有你，才是最好理解的。

饿了便是饿了，渴了便是渴了，热了便是热了，冷了便是冷了，多么诚实，多么坦白。

方博南把儿子举起来说，儿子，只有你，才是真理！

这一个周末之夜，方博南也梦见了一些往事。

他梦见他当初仰慕的语文老师，美丽纯真一如往昔。

他梦见他被送上火车，到北京父亲的远房亲戚家去寄人篱下。

他梦见他大学毕业后回到长春，继母点了他的鼻子说，管来管去管出一个冤家来。

他梦见当年的秦霜，一头乱发，眉眼画得活像被人打了两大灯泡儿，对着自己说，方狗哨，我支持你！

他还梦见几年后他看见当年的老师，面目模糊，然后化为水滴汇入大海中。

方博南醒来时天光大亮，他看见妻子哈果果在床前穿胸衣，尚未穿好，露着光洁的瘦削的脊背，然后他看见果果转过脸来，看见他醒了，急匆匆地说，快起快起，六点半了，今天可迟了。要打车把儿子送到我爸妈那儿了。

方博南含含糊糊，带着刚醒之人那股子弱智劲儿，说，老婆你也是我的真理。

然后傻笑着修正道，局部的真理。

不过局部的真理没有听见他说话，局部的真理要先把小真理给喂饱。

真理也是要吃饭的。

没过多久，方老先生又携夫人来南京了。

他们接着还要去女儿女婿那里探亲。

方博南的妹妹方博雅也生了一个男孩。

方博南笑着对果果说，你看你看，你说我爸不爱孙子，这不就来了吗？这千里迢迢的大包小包的不是来了吗？

果果也笑着打趣道，千里迢迢，又不是专门来看你的浩然之气的。看外孙顺带着看看孙子，就像是我上厕所长蹲时带着做十字绣的活计，都不耽误。
　　方博南连说岂有此理，岂有此理！毕竟，人家直接去青岛不是更省着路途嘛！
　　果果笑了，说，哟，可辛苦二位老人家了！

第二十章

生活哲学

方博南和哈果果一起趁着周末把方家老两口又送上了开往青岛的火车，方博南的妹妹方博雅在长途电话里头都哭了好几回了，想爸妈，也想叫爸妈看看外孙，快来吧。

果果在回南京的火车上跟方博南说，我有不好的预感，怎么觉得你妹好像在那边过得不大好似的。

方博南把眼睛瞪得牛眼似的大，果果你不要小肚鸡肠，我家老两口是对我们忽视了一点儿，你也用不着这样盼着我妹倒霉，我妹对你一向是印象很好的。

果果有点儿不高兴，我怎么会盼着她倒霉，我有那么恶毒吗？我告诉你方博南，我哈果果别的本事没有，看人的本事还是有一点点的，那个李大原，你瞧着吧，不是什么善类，将来你妹有难的时候，还得靠你我跳出去帮忙的。

这次方家老两口来南京自然是拜访了一回亲家。哈妈妈无论心里头对他们有多少不满，面子上的应酬功夫一点儿不含糊，收了亲家多少礼，一定要加倍地还了心里头才舒坦。两家老人表面相处得亲热得很，至少看起来是极和谐的，所谓模范家庭也不过如此。按哈妈妈的话来说，不是真的要巴结他们，不过是为女儿的面子，让女儿在公婆跟前抬起头理直气壮地做媳妇。

等送走亲家，这边厢带孩子一忙一累，哈妈妈那怨言又出来了，孙子不要要外孙子，这老两口也真怪。我们是没法子了，这辈子别想有孙子，可他们倒好，现成的大头孙子在这里，连两个月也没待满，拍拍屁股走人，带外孙子去了。

果果倒也理解老妈的心理不平衡，可也实在不想听她这种老生常谈，便转移话题，劝她说，家务事也不必要尽善尽美，不那么贵重的衣服洗衣机洗洗算了，地板也用不着天天趴着擦，灶台也用不着用一回收拾一回，用那么多的油烟净对

身体不好也不环保，还有那个小毛头的毛衣，哪里用得着再自己手织呢？店里有的是好看的款式，你管它是普通毛线的还是全毛的，噢哟哟，巴掌大的小人儿，哪里要讲究那么多？好看就行了呗。实在不行，就找个钟点工，我来付工钱好了。

可是果果的一番劝解全无用处，哈妈妈坚持了几十年的生活习惯岂是她三言两语能够改变得了的？哈妈妈说，好好的，家里多了个外姓人，怎么看怎么别扭，别说那不相干的人了，就是自己的孩子，有时候还要谷里谷素（南京方言，难缠，麻烦之意）。

果果心里咯噔一下，会不会在妈妈的眼里，方博南也就是这样一个"外姓人"呢？婚姻哪，不过是不太高明的黏合剂罢了，就像万能胶，号称万能，其实粘不上粘不牢不能粘的东西多着呢。

哈妈妈不理会果果的用心，仍旧不愿意放弃"亲家的奇怪与奇怪的亲家"这个话题，继续说啊说，说得果果实在不耐烦了，便偷偷把方博南的妈不是亲的这回事告诉了自己母亲，哈妈妈"哟"了一声，面露同情，问，那他爸是亲的吧？

是亲的。

唉，有后妈就有后爹，自古都是这样的，看来方博南小时候还蛮可怜巴巴的嘛。

果果连忙嘱咐她，当着方博南你可别提这回事，他可不愿意叫人知道呢。

本也不是一件丢人的事，可是方博南就是不愿意提及。那一点儿痛藏在自尊下头，挖出萝卜就要带出泥，真是不说也罢。

这以后，哈妈妈对方博南的态度多少有了一点儿改变，背后嘀咕他这毛病那毛病还是免不了的，可是不大给脸子瞧了。这一年的冬天，哈妈妈挤时间替女婿与外孙一人织了一件厚厚的全毛毛衣，同一款式同一颜色，穿起来一大一小两个方博南，相像得有了喜剧的效果。这叫方博南知足之余又诧异而又有点儿受宠若惊，直问果果这刮的是东西南北哪路风。果果一时不慎说漏了嘴，叫方博南明白了真正的原因。果果怕方博南上心，哄劝他，不要生气啊。

方博南笑笑说，我现在又不是小孩子，怕人家揭短，一提有后母就老拳相向。有啥了不起，我不照样成才？再说，天将降大任于斯人，伟人不都走这风格？

哈果果到这个时候才知道方博南父母的一些事。

原来方博南母亲当年病重时，她那单身老姑娘妹妹来照顾她很长时间，这期间跟姐夫有了感情，周围的人渐渐地都看了出来，只瞒着方母一个罢了。方博南母亲一死，他们便结婚了，那时三姨的肚子也藏不住了，不久就生了方博雅。三姨也受了不少的委屈，那个年代，这种事情，属人品范畴，学名叫生活作风问题，是要接受人民群众的飞短流长的，不然兴许方父的官还可以做上去的，错过了机会就那么一直地错过了。他们感情一直很不错，亲朋间也说，方博南亲妈生性要强，跟方父在一起时简直针尖麦芒，可跟他三姨倒是情投意合，可见是天意，兴许月下老人那天犯困来着，系错了红绳。

方博南终于把亲生母亲与三姨的合照拿出来叫果果看了。

哈果果从来没有见过气质这样天悬地隔的一对亲姐妹。可细细看去，姐妹俩眉眼是很像的。果果想，这两位，都算得上是美人，不见得谁比谁更好，不过一个是拿铁一个是香片，可方博南的爸爸偏偏是个盖碗儿，倒进拿铁与倒进香片，左不过都是喝到肚里的东西，可谁更合适，盖碗儿它最知道。

叫人惊讶的是，方老先生和夫人在青岛也待了不到一个月又回南京了！

他们说是待不惯，饮食啦水土啦，统统不得劲儿。

果果故意含着笑说，怎么会过不惯呢？都是北方，也都爱吃饺子。

方妈妈说，他们的饺子跟咱东北的饺子还真不是一个味儿。

果果其实挺疑惑，她搞不清楚老婆婆是真有点儿傻还是装傻。

真傻不足为惧，若是装傻就难办了，扮猪吃老虎的人最可怕了。

果果跟陈安吉提及对婆婆的疑问，陈安吉说，要不，以后你有机会试她一下子，看她是黄铜还是金。

陈安吉当年自己摊上个难得的好婆婆，有一百个对付老婆婆的法子而竟无用武之地，便借哈果果的机会来练练把式。

果果于是找了个机会，按陈安吉的主意来试试婆婆。

那天，婆媳两个一边择菜一边闲聊，说着说着，就说到了东北那边方家的一处房产来。

原来，现在方老先生和夫人住在单位分给老爷子的一大套房子里，虽是八十年代的旧房子，可是独门小院，小二楼，楼上楼下，木质楼梯，朝南大屋，还有宽阔的客厅，窄窄的走廊，前头是小院，种一畦菜一棵枣树一株盆柿，后头还搭出一个储藏室，放些零碎旧物。这样的一套带院的小楼，老两口带个小阿姨住着，不要太舒服哦。这个是果果知道的，上次他们去东北结婚，就住那儿的。可是果果不晓得的是，他们还有一处房子，中套，三室一厅，四楼。

果果于是拍手笑，噢哟哟，房子要是搬得了家就好了。把那个小套搬到南京来，我们宝宝就用不着住在租来的屋子里了。住得也不安心，谁晓得人家什么时候要收回去呢？到时候我们就得流落街头。

方妈妈说，可不咋的，啥都能搬，就房子搬不了。

果果闲闲地说，其实你跟爸爸也不可能住过去，还不如卖掉呢。

方妈妈立刻说，唉，那房子是小雅名下的，她还不叫卖呢。现在的孩子，主意可大呢，谁做得了他们的主。

果果笑说，哦——原来是姑姑的。

方妈妈又说，老大也是，这些年东奔西走的，现在户口都还落在北京那地儿。

果果趁婆婆不在意时白了她一眼。

后来果果跟陈安吉提及此事时犹自愤愤不平，好像我真要她卖掉房子贴补我们似的，忙不及地撇得干净。我问过方博南，那房子明明是方博南母亲当年名下的房子置换的，他妈死了以后就归了老头子。本来我们方大头也有份的，我们都不计较了，还跟我扯谎做什么？

陈安吉嘲笑说，这老太傻进不傻出。

说得果果也乐了，两个人咕叽咕叽地笑。

笑完了，陈安吉又叹道，我们家老太太多少好，可怜一辈子，首饰就那么一副玉镯子，当年我一结婚，死活要给我。后来，我跟楚分开，要还给她，她也不肯要。

于是两人又同叹楚妈妈是百年难得一见的好婆婆。

可惜。陈安吉说。

可惜我眼里头不揉沙子。

哈果果看陈安吉那一种惆怅的样子，也替她叹气。不过，果果想，如果真的爱，有点儿沙子又如何呢？咬咬牙忍一忍就过去了啊。或是想法子把沙子弄出来啊，总不能连眼珠子都挖了吧？弄得现在，分了，心底里还总惦记着那给自己眼睛里揉进了沙子的人，何苦哟！不过，哼，楚一帆跟那个新太太他们长不了！不久的将来，浪就要回头，把小三这条破船拍死在沙滩上。

方博南知道了房子这回事以后对果果说，你不要耍小心眼儿，跟你文艺女性的形象不符。

果果冷哼一声，我可犯不着耍心眼，你方家也没有千万贯的家产等着我算计。就那房产什么的,他们尽管留着好了,一个人就是有百十来处房子,躺下来睡觉也不过占那么三尺地!以后我们自己存钱买大房子。

果果想,我婆家娘家的便宜都不要占,这何尝不是一件值得骄傲的事。

于是果果一下子就原谅了婆婆。

不求人自然容易原谅人。

送走了公婆以后,果果开始下决心节衣缩食,努力地多多存钱,将来买一个大大的房子,也楼上楼下,屋大厅阔。

经了这件事,方博南又总结了一条婚姻伦理定律,要么不娶知识分子,要娶就娶一个大知识分子,小知识分子最不能要,不上不下,不三不四,小事儿小心眼儿最多,轻易娶不得。

果果听了不以为然,你就不是小知识分子?

方博南说我是艺术家,艺术家都是大知识分子。

方博南等着哈果果的回应,冷嘲热讽之类的,可哈果果竟然再不说话,利索地盘起长头发,收拾屋子洗菜做饭,顺带逗逗儿子,显出对这种无聊的口舌之争无比的蔑视。

方博南有一拳打在棉花上之感,一只大狗似的跟在哈果果身后,袖着手,不断地言语挑衅,想激起果果的一言半语,其间自然又嘴臭臭地极尽轻视女性之能。

果果笑起来说,方大头,你省省吧。也就是我,换任何女的一听到你这些谬论都要立斩你于马下。不过我提醒你,在三个场合里不要随便挑战女性。

方博南问哪三个场合。

果果说,家里、办公室和酒桌上。

果果这么一说,方博南恍然醒悟,这才明白为什么自己最近在社里好像不大受女性的欢迎。原来是有一次他跟楚一帆在办公室闲聊时发表了一些谬论。

那时正巧社里有个小伙子新近结婚,娶了个学中文的,大学老师,业余作家,著名才女,得意得不得了。方博南便跟楚一帆嘲笑说学中文的都风流啊。

那天楚一帆死命地拉着方博南逃也似的奔出办公室,方博南还没反应过来,楚一帆说,你放眼看看,这里的大小编辑十个有八个是学中文的,你不怕女同胞们拍死你?

信矣,方博南想,难怪那以后办公室的女同胞们统统不待见自己了。有啥了

不起，方博南想，一个美人也无，不待见就不待见，我还不稀罕她们呢。

可无论如何，方博南自此还是稍稍收敛了一点儿，至少不在果果说的三个场合里随便发表他的谬论了。

倒是果果，老常听不到方大头的胡言乱语，还有点儿想，有时不免引逗他一番。

哈果果过去吃了对男人要求过高的亏，现在想明白了，对男朋友要求可以高，顶多被人说成是大龄剩女，可是对丈夫，就得得过且过。

方大头也没什么不好，每天下班就回家，帮着带儿子做家务，有责任心，虽不太整洁可也不见得邋遢，每月工资按时上交，估计留了点儿可也留得不多，最可爱的是肚子里存不住二两油，有事就要嘚嘚嘚地竹筒倒豆子，全无保留。他不过爱发两句谬论，既不会祸乱国家又不会殃及民众，谬论算什么？没有谬论的衬托，真理的价值便不能凸现。果果想得明白。

婚姻的胜利实际上就是人格的胜利。

哈果果努力地想做一个胜利者。

任重而道远啊。

一晃，小小子方浩然两岁半了，在上不上小托班这个问题上，哈家老两口颇有点儿犯难。

小小子方浩然自从会走路以后便开始显现出一种异常的调皮来，爬高上梯，逗猫打狗，成天哇哇哇乱叫，玩具扔得铺天盖地，比小猴子还要灵活，没有半分钟安宁，着实把哈爸爸哈妈妈累坏了。尤其是哈爸爸，一直是爱静的人，爱看电视，有时一看就一天的，自己的两个女儿从小就乖，没见过浩然小子这种小东西，喜欢是喜欢得不得了，可是也实在是受不了他的闹腾。哈妈妈呢，看老头子愁眉苦脸，唉声叹气，心情也不大好，何况她还要做家务，为了这小子，都多长时间没有早起跳木兰扇了，眼看着身体就不如从前，老姐妹们也疏远了。于是两位老人言语间便暗示着，想把小小子浩然送到小托班。

果果倒也理解，马上找了一家离娘家不远的幼儿园，把儿子送了进去。

谁知小小子方浩然在家里称王称霸，到外头去竟然是个银样镴枪头，不到一个月，便被某小朋友打了两次，这一回还掐破了胳膊上的皮，惹得方博南大怒，亲自跑到幼儿园去，对老师说，这次就算了，放过他，下次他再欺负我儿子，我可就不经过老师您，直接校外解决了。

果果觉得怪丢面子的，因为她知道，这种事，老师当着家长的面自然是会说要公平解决，可是一转脸，一定会说方浩然的爸爸是个邪头，惹不得。

果果批评方博南简直丢了全天下艺术家的脸。

两个人一语不合，吵了起来。

哈果果嫌方博南没有风度，方博南嫌哈果果假清高。

而且因为这事，方博南对丈人丈母的意见更大了。若不是他们怕烦，何至于让他的大头儿子才两岁半就上幼儿园？当年自己是被姥姥带到六岁才上了半年幼儿园的。

哈果果说，你也不看看现在是什么形势，不上幼儿园接受早期教育，将来孩子就输了，输在了起跑线上。

正在他们对儿子的教育问题产生分歧之时，发生了他们婚后的一件大事，宛如一道响雷打在两个人的天灵盖上。

第二十一章 千辛万苦

那一天是周末，方博南加班，哈果果带着儿子在娘家混饭吃，正巧到了半年一次付房租的日子，果果便领着儿子，去找房东交钱，顺带散散步。房东在省美术馆做清洁工，逢周一才休息。路不远，人也好找，果果把钱交割清楚，站在美术馆大厅一角跟房东寒暄几句。房东是个四十来岁的女人，瘦得离谱，稀稀拉拉的头发，嘴瘪得厉害，使得她一说话便好像撇了嘴在笑。

房东连夸小小子方浩然虎头虎脑长得好，果果正高兴着，冷不防听她说，对了小哈，有个事说一下，这个季度过后，房子我不能租给你了，我自己要搬回来住。我儿子要上高三了，这边离学校近，他来回方便。

这一惊可非同小可，哈果果用了好大的气力才忍住没有当场哭出来，一路带着儿子愁眉苦脸地回家，一进家门见到妈妈，果果便哭了。

哈妈妈也吓了一跳，问明情况之后，她安慰了女儿一通，同时又一迭声地说房东不厚道，当初租她房子的时候她明明说了，那是她留给儿子结婚用的房子，儿子才上初中，七八年里头是用不着的，尽管住。哪晓得说变就变，这才五年不到的工夫！早晓得叫她把租期写进合同里就好了。

果果哽咽着说，就算写进合同里，她这会儿安心不租给我们了我们拿她也没有办法。难不成真为了这事打官司，我们也耗不起那个精力与金钱。

哈妈妈叹气又劝，说还好，时间算充裕，再找房子搬家吧，一个人一辈子哪有不搬几次家的。

等方博南回来后，果果把事情跟他说了，一边又开始抱怨房东没有信用。

方博南倒想得通，说，就算她不变卦，我们也不可能一辈子租别人的房子住。反正总是要买房子，不如趁此机会下决心买房子！

果果想，方博南到底是男人家，这种时候，终于显出男人家的用处来。

不过真说到买房子，果果还是有点儿发愣。

她自然是打算要买房子的，可是，在她的心里，那还是一件比较远的事情，总想着好好地存些钱，谁料想一下子这件人生大事便被推到了眼前，真叫一个措手不及。

目前的经济状况，离果果的理想尚有相当的距离，本来选房子便是一件相当艰难费神的事，何况又想以目前可以接受的价位买到称心的房子，简直是近乎不可能的任务。

小夫妻两个人把存折与银行卡拿出来，把手头的现钱好好地算了一算。

要说两个人的工资，真正是比上不足比下有余的。

方博南一个月能有个三千五，哈果果两千多，一个月的开销，房租、吃穿用度、儿子的学费生活费，加上艺术家方博南用于专业上的花费，三千块钱打不住，但总还可以存个两千块。偶尔方博南有点儿小外快，也是左手拿进来右手便交给果果，果果便存进银行去，外快丰厚的时候方博南也打点儿小埋伏，可后来也都是用在家里头了。年终奖是别指望留下来多少的，两头老人一孝敬，添点儿衣服物品，过完年也剩不下来什么。

哈爸爸哈妈妈都是工人，厂子早就不成了，拿那点儿退休金本就捉襟见肘的，总算是福气好没有生病，算是能过，两个老人一辈子省惯了，女儿工作以后也没问她们要过生活费，倒是替她们把工资好好地存了起来，两姐妹结婚时办的嫁妆也算拿得出手，但要说如今买房子，他们是肯定没有能力提供帮助的。

方博南看着本子上最终算出来的那个数字，还是挺乐观的。

单身汉时期的方博南一向手中散漫，来南京之前做过生意，赚赔对半儿，等于白干，在出版社稳定下来以后依旧不改散漫的习性，存的那点子钱全用于成家了。结了婚，有了果果的约束，才一本正经地存起钱来。这两三年的工夫，竟然存得了这个数字，方博南觉得还是很可以的。

果果却没有方博南的乐观，这好容易存得的钱眼看着就要流入开发商的腰包，哈果果真是心如刀绞。

果果叹气说，老公啊，我们只能靠自己了，我爸妈没什么钱你是知道的。就这样，他们还说将来我们买好了房子送我们一点儿电器呢，我想想用爸妈牙缝里头省出来的钱就觉得自己罪孽深重。

方博南说，那就连电器也不要他们送，何必呢，我们买得起马就配得起鞍。

再说，我们结婚时，你爸妈也给了不少钱了，现在我们手上这笔钱里头，有一部分就是他们那时候给的，他们也不容易。

果果心里转了一转，想到那笔钱其实是夏漱石送的礼金，但自己一直没有告诉方博南，到底为什么，果果自己也说不清楚，如今方博南误会，也就随他去吧。

方博南看哈果果不出声，以为她想的是另一码子事，软声又劝，老婆，我们家的情况你是知道的，不可能指望他们帮助。不过也好，我们不沾他们的光，自力更生。

其实前两天，在电话里，方博南向爸爸透露了自己要买房子的事，可是方爸爸全无表示，话筒里一片沉默。方博南明白这许多年家里的经济大权是把握在他三姨的手里的，这一点好像是他们方家男人的优良传统，方博南有点儿后悔跟爸爸提买房的事。

果果很大度地拍拍方博南的手背说，我又不是刚嫁进你们方家，哪里还会存那种奢望，我不是说了吗，法律也没规定儿女买房子父母一定要贴钱。我们量力而行，大房子买不起买小点儿的，新房子买不起我们买二手的，以后慢慢再改善住房条件嘛。

方博南觉得果果这会儿的话一句一句直往他心坎儿里送，暖得像怀里头揣了个小火炉似的。这一刻，夫妻两人把那平时的小矛盾小别扭都暂时放在一边，求同存异，顿时觉得无比地相依为命，空前的同心同德。

两个人最终商量妥，鉴于时间与经济两方面的因素，还是先买一处二手房，最好是那种装修好马上就可以搬过去住的，以后也可以卖掉再折现，用于购买更好更大的房子。

大方向确定以后，方博南和哈果果便投入到找房子的艰巨任务中去了。

他们找了一些比较正规的中介，开始各处看房。

头一回接到中介的电话，两个人兴奋不已，因为那边说，现在有一处挺不错的房子，地点不错，两房一厅，豪装。

中介的那个业务员是个特别能说的年轻男人，在电话里向果果他们介绍说，这房子你们一定要来看看，我做中介这么久，从没有见过这么好的装修，这么艺术的氛围，真正的新加坡风格，你们准喜欢。

果果夫妻俩兴兴头头地跟随那业务员去看房子，一边想着，没想到这么顺利。果果的小坤包里装进一沓钱，两个人说好，真要看中了便下定，说不定月底就可以搬过去。

果果气呼呼地说，我们搬了以后就把钥匙往那个女人怀里一扔，叫她把后面几个月的房租给我吐出来！

方博南附和说，咱走之前我得把新换的水龙头纱窗啥的全给他卸啰，白扔了我也不便宜那老娘儿们！敢拿我一把，哼！

两个人一路有说有笑，到了地方，上得楼去，一进门，果果的心先自凉了半截。

从客厅到厨房到卫生间清一色极深的蓝色瓷砖墙，地板是深棕的，活像是出了天花的脸。两间卧房还是若干年前的风格，半截墙做成软包，看起来像中低档卡拉OK的包房，架起音响直接可以高唱《老鼠爱大米》。稍微特别一点的就是封了阳台，算是多出个小屋来，里头不伦不类地弄了个全木结构。

原来，在中介的嘴里，这就是豪装了。

果果下意识地捏紧了方博南的手，生怕他嘴快，当着中介的面就说出些不中听的话。总算还好，尽管方博南脸上的不屑摇摇欲坠，好歹不曾说什么，客客气气地对那业务员说我们回去再商量商量。

回家的路上，失望的果果仍不忘安抚方博南。方博南道，哦，封闭个阳台就是新加坡风格啦？还全木结构！知道的是住人的，不知道的还以为是一大鸟笼呢。又大度地挥挥手接着说，老百姓嘛，也就这艺术鉴赏能力了，他们要懂艺术，我们艺术家往哪儿搁呢？

果果白他一眼说，你不要弄错了，我们南京的老百姓那可不是一般的老百姓，我们可是文化古都，贩夫走卒身上也有六朝烟火气。他不是没有艺术鉴别力，他只是生意人，生意人嘛说话总要夸张一点儿的。

这一处不合适，两个人还接着看房。这地点是越看越远了，真是不看房不晓得看房的难，他们很快便放弃了略靠近市中心的房源，那价格先就把人吓个半死，只得退而求其次，选一些稍远的地段，有时候，那地点偏僻得公交车到了底站还得走个两站路，可说到价钱，虽是便宜一点儿，但也便宜不到哪里去。

果果是土生土长的南京孩子，不免怨声载道，对方博南说，石门坎也敢称好地段！这种话嘛只好拿来骗骗你们外地人，哦哟，不要笑死人哦，石门坎的房子如今也敢卖这个价了。过去这里是什么地方？正儿八经的乡下，一过晚上八点就不通公交车了。礼拜天这边的人都不说上街，都说进城。现在也癞蛤蟆上秤盘自称自贵起来了！还有那月牙湖，原先不过是菜地，那个天堂村，名字叫得比谁都好听，其实原来就是坟地，送给我住我也不要住的！

方博南说，你就是一个小女人，成天家里单位两点一线，有空就发发文学女青年的梦，你不懂行情！月牙湖人家现在是高档住宅区！我们社里几个头头脑脑全住在那里！你爱买不买，就这价格，现在不是你看不上这地儿，是这地儿看不上你。

果果不作声了。

一个小老百姓，平时只看到家里头爹妈爱人，儿子女儿热炕头，一点点存款一点点家私，就是全部的世界了，这一出门找房子，才晓得什么叫作沧海桑田。

有一次，中介说有一处房子靠近中山门，这地点是没得说了，虽然小点儿，六十平方米，可还是个跃层，价钱也还合理，三十五万，去年才重新装修的。果果接到消息就马上给方博南打了电话，两个人趁中午午休那点儿时间跑出去看房。路上方博南叫哈果果不要抱太大的希望，谁知道是怎么个样子呢。果果说看看也无妨，这地点实在是好。

到地方一看，原来，这是八十年代初的旧房子，挑高比现在的房子高得多，所以房主自个儿在屋里头搭了个小阁楼，于是原本三十多平方米便成了六十平方米。

夫妻两个简直没了脾气。走出来后方博南哭笑不得地说，哦，屋里头搭个阁楼就叫跃层，那我要是住一楼圈块儿地养两只鸡，种一畦大蒜，岂不是可以叫别墅？

果果没好气地说，不，岂止是别墅，简直可以叫庄园！

方博南与哈果果这时候才知道世界上最不可信的就是房屋中介这些个业务员的一张嘴，可以把芝麻说成西瓜，把蚂蚁说成大象，所以他们有时也自己在报上看看房源，有房主个人登的出售房子的广告，可也没看中什么合适的。

稍微像样一点儿的房子，跑过去一看，房主同时约了好几家人来看房，那阵势，跟个小型旅行团似的。说是有阁楼送，可房子里转了两圈也看不见通往阁楼的楼梯，几家人齐声问房主阁楼在哪儿，房主懒洋洋地站起来，把他们带到门外公共走道里，边啃着半拉苹果边指着楼道顶上一个黑乎乎的洞口，口齿不清地说，就在上面，搭个梯子你们自己上去看。原来当年他买这房子倒真是送了阁楼，可他并没有装修，说是觉得够住了，懒得花那个冤枉钱。于是几户人家的男主人纷纷踩了梯子由那小洞口钻进去看里头的情形，女主人都仰着个头巴巴地在下头等老公。果果身边一个中年女人拦住自家男人说，算了算了，你别上去了，腿脚不灵便摔下来不划算，房子买不到还得搭上医疗费，我们不买了。这一对一走，果果也满心地想撤了，无奈方博南还在上头，好容易等他爬下来，果果替他掸掸头发上挂住的蜘蛛网，连问都懒得问上面的情形了。

方博南说，老婆你别急，咱有钱还怕买不到房子？不是那儿还有一套新街口的房子等着咱看呢吗？

果果说，我只怕又是一场幻梦，新街口啊，正正经经是市中心，那是咱们老百姓能住得起的地方吗？

及至去新街口那套房子看时发现，那还真就是一套不错的房子，规规整整两大间卧室，一个不大不小的客厅，没有装修，但四壁已粉刷好，看着还算整洁。最重要的是，这房子要价二十六万，就这地点这房子，算是太物超所值了。

果果动心了。

她偷眼去看方博南，方博南面沉如水，一点儿情绪也不露，透着无比的奇怪。出来的时候，方博南也没有向房主进一步了解一下房子的产权问题，甚至连"我们再商量商量"这种寒暄都免了。果果很是不解，却又不好自作主张开口。等房主一走，果果便问方博南怎么个意思，这套房子不好吗？可这是市中心啊。

方博南看看果果，叹气说，老婆啊，你可真是天真哪，要我说，你也不过是个平民家的丫头，怎么跟那含银勺子出生的孩子一样天真得离谱？这房子是在原先六楼的上头私搭出来的，那是违章建筑啊！他哪里拿得出产权证土地证来！说不定什么时候政府一查，来个勒令拆除，我们找谁哭去？

果果惊得呆若木鸡，细细一思量，仿佛那可怕的结局真的落到了自己的头上，腿都吓得软了，站立不住，一蹲身就在路牙子上坐了下来，呜呜咽咽地说，啊，他怎么能这样骗人啊！怎么能怎么能啊！这都是我们的血汗钱哪，他怎么忍心骗呢？

方博南说，人心有多坏啊老婆，以后学着点儿吧，咱不骗人，可也不能叫坏人给骗了，你这么天真在如今这个社会是活不好的！

两个人牵着手往回走。

路灯一盏盏地亮了，他们站在街心花园里的小亭子里，这亭子建在地势稍高的地方，看出去只见万家灯火。哈果果想，这个城市这样大，这样繁华，这么多的房子，难道就没有一处容得下自己与老公孩子三口人吗？什么时候，自己才能在这个城市找到一处落脚点，也成为这片辉煌里的一点儿微光？

第二十二章

山重水复

哈果果觉得，找房子有点儿像找对象。

找对象吧，你挑人家人家也挑你，不是这里不合适就是那里不合适，最怕高不成低不就，眼看着身边那么多剩男剩女，就是挑不着合适的，一晃就蹉跎了岁月。

找房子亦然。手里就那么两个钱，付了首款就面临着欠上银行一大笔债务，不是你看着合适的房子它就能归了你，房子合适钱不合适，钱合适了，那房子你又看不上了。这不，时间一下子就过去了一个多月，方博南与哈果果找房子还一点儿眉目也无。

两个人都瘦了许多，愁眉不展，难免坏了脾气，大吵小吵，开始还相互赌两天气，后来吵得越发频繁，都气不过来了，这边刚吵完，那边听说哪里有房源，立马携起手来一同去看，或是这边刚兴兴头头地看了房子，为了买与不买马上又变了脸恶言相向。

方博南于是总结出新的一条方氏婚姻伦理定律，找房子，伤感情哪！

眼看着日子一天天地过去，二手房是没什么指望了，方博南于一个失眠的长夜之后，下定了决心，买新房子！

方博南劝果果说，咱们的血汗钱，用来买人家住过的房子，我总觉得硌硬，我亏大了，他那房子要卖，总是因为有不满意的地方，我干吗几十万买个人家不要的？就像我有钱，干吗黄花大姑娘不娶娶个半老徐娘？一样要银行贷款，索性买一处女房。

果果说，你又嘴臭了！唉，可是买了没时间装修怎么办？

方博南说实在不行先另租个单室套过渡一下，争取个装修的时间，楚一帆说了,他有朋友有闲置的房子,到时候借住个半年,又不是不给他房钱,他那房子闲着也是闲着。

果果也经过一个不眠之夜之后,想通了。

哈家老两口听说女儿女婿要买新房,也提了一点建议。

哈妈妈说宁可要城里一张床不要城外一套房,小就小点儿,尽可能在近一点儿的地方买。要不将来孩子上了学,天天早起晚归的,多么可怜。

方博南对丈人丈母的意见颇不以为然,背后笑着对果果说,你妈真不懂行情,现在还抱着什么城里城外的观点,她知不知道市区的房子有多贵?再说,这一回买房,等咱再有能力换房子也不定啥时候,儿子慢慢地大了,买个四五十平方米的怎么够住?再说,如今哪有那样小套的房子?小套的都是卖给单身贵族的,咱拖儿带女的,混在一群单身小家伙中间买青年社区的房子不叫人笑掉大牙?你妈,那就是纸上谈兵!

果果听了很不高兴,我妈不过说说而已,你爱听不听,那些谬论你叠叠收收,别管不住你那张嘴,头大嘛不要紧,要紧的是嘴巴不要大。我妈是不懂行情,她一辈子住在市中心,习惯了。

我越想就越不平,方博南嬉皮笑脸道,你爸你妈他们下岗了成天啥事儿没有,住市中心干啥?应该让他们全迁到花神庙去,市中心的房就该让给我们这种社会的顶梁柱来住。

果果勃然大怒,方博南你不要胡言乱语,我算是认识你这个人了,全无良心!我爸妈住花神庙去咱们儿子怎么办?你别的不看单看他们给咱们带孩子不易也不该这么说他们!住市中心怎么啦?我爸妈虽然是平民百姓,可住了一辈子市中心,这是他们命好!你眼馋个屁!我爸妈建议我们买近一点儿的房子也是为了咱们儿子考虑。我是看得清清爽爽的,将来接送儿子上学也是我的事,你嘛高兴起来逗猫逗狗似的逗逗儿子,嫌麻烦了就打着工作的旗号躲躲懒!我一个女人带着孩子赶公车有多不易你想过没有?

赶啥公车,过两年我给儿子买车!咱坐私家车!

果果冷笑一声,方博南,拜托你吹牛皮之前先看看自己荷包里有多少银子好不好?

我这才三十来岁,我的前途光明得很呢!你咋知道我不能发达?我作画这么多年,从来没有放弃过理想,但凡有个机遇啥的,说不定我就成了陈逸飞第二,再不,我中个福彩体彩啥的,立马我就不是我了!

果果冷笑变成真笑，方大头你最大的问题恰恰是常常不晓得自己是谁。

哈果果在婚前以为方大头还算是成熟，可是这种假象在婚后不久就如同一堆肥皂泡似的破了。

一个男人过了三十岁依然勇于追求理想，你可以说他历经苦难痴心不移，是一种精神境界，也可以说他幼稚可笑并且愚蠢。

果果想，幸好自己并不曾对自家男人的成熟度抱有过度的幻想，一个女人对男人存在幻想，无论是何种幻想，本身也是一种愚蠢。

果果拍拍方博南，半是安慰并是威胁，好了好了，少点儿废话，接着看房子是正经。

哈果果觉得这日子越过自己就越像一条牛皮筋，似乎有无限的伸缩性，只是不知道那断裂的临界点在哪里。

方博南似乎也觉得自己言语有点儿过火，不吭声了。两个人在对嘴过后都有一种无趣的疲惫，连那点用于生气的劲头都哧哧地从身体里漏掉了。

小夫妻二人继续找房子，方博南喜欢月牙湖那一片的环境，找的房子始终就围绕着那方圆几十里，哈妈妈见自己的建议对女婿而言简直就是耳旁风，也生了气，在果果面前嘟囔不已。果果心烦意乱，叫自家妈妈不要再说了，要买珠江路这种一流地段的房子对如今的他们而言是绝无可能的，伤筋动骨呢！

哈妈妈说，一个女人家，是绝对不可以由着男人牵着鼻子走的。

果果说，什么牵着鼻子，我又不是头牛。

哈妈妈的脸挂耷得如同厚棉布的门帘子，西北风也吹它不动，说你不用跟我耍脾气，有本事把自己男人管得服服帖帖，叫他东他不敢西才好！你不听我话，将来有的你苦吃。

眼看女儿脸都青了，哈爸爸出来打圆场，请老伴儿闭嘴，少管小辈子的闲事。哈妈妈的怒气全冲着老头子去了，你不要当面做好人，背后在我耳朵根子底下嘟囔，只把恶人叫我做！是谁说周末不给他们看小孩，吃不消，不能叫他们找房子把我们给累垮了？

果果不知道原来这里头还有这么一出，顿觉悲凉，这关键时候，自己爸妈也要来拆台，立时带了儿子回家，周末带着儿子一道跑东跑西地去看房。

哈妈妈也觉心酸，对老头子说你看这就是养女儿的下场！好家伙，一句话不对就翻脸！

老两口周末一下子闲下来，可是心里却堵得慌，相对着长吁短叹，甚至说若是萌萌还在，也不至于受果果这死丫头的气，人还是要多几个儿女的好，这国家的独生子女政策也不见得好。人家外国人不计划生育照样国富民强，养到十八岁就把儿女赶出去单过，还少生一口气。

哈家老两口这一番议论正应了那副对联的下联，家事国事天下事，事事关心。

小小子方浩然捯着两条小胖腿儿，跟在爸妈身后这里走到那里，总是出门时劲头十足，走不了一会儿便强烈要求抱抱，要不就就地打滚不肯挪步，方博南只好抱着他。有一回看的房子在七楼，等一路把小小子抱上去，方博南都快累趴下了，于是不由得对哈爸爸哈妈妈抱怨个不休。果果心正烦着，觉得方博南说自己父母的话格外地刺耳，坚决地受不得，如同一颗小炮仗，点火就爆，用尖刺刺的嗓子说，方博南你不要把老人替你看小孩当成理所当然！理是什么？理不外乎情，情理情理，有情才有理，就像你爸妈，对我们无情，我们也可以不跟他们讲理！我爸妈替我们看孩子受苦受累倒还要被你记恨，这可真是应了那句老话，做多错多。像你爸妈做甩手掌柜倒是好的了？

方博南恼羞成怒，我一说你爸妈你就扯上我爸妈是什么意思？那是我命不好没摊上好老人，你就当我没父母成不成？

这种话就是哈果果的死穴，堵得她哑口无言。

这老两口小两口没有一个开心的，方博南想这哪里是找房子，这是消耗着自己的婚姻，慢火煎熬着自己的生命。

他们看的许多楼盘中稍好一点儿的房型全插着小红旗，已售出了，剩下的都是尾房，不是房型不好就是朝向不好，竟然有一处是多边形的房子。方博南越看越觉得心拔凉拔凉的，不由得感叹，南京人啥时候这么有钱了？

有一天，果果上班上得好好的，方博南火急火燎地打来电话说，老婆老婆，我得了个消息，汉府街有一处楼盘在发售，这才开盘不久，现房啊！高档住宅区，汉府街知道不？总统府旁边啊，那原先可是蒋委员长住过的地方啊！

果果于是急急地请了两小时假，两个人赶过去看。路上果果说，这种地段，又是现房，不定多贵呢！

方博南这一天精神头特别好，说看一下又没有损失，你爸妈不是希望我们买城里的房子吗？这可正正经经是一级地段啊！

方博南与果果到了目的地一看，不得了不得了，那可真是当得起高档两个字！从房型到环境，都好得不得了，乍一看简直有点儿像欧洲小国的某个小镇，

似乎连头顶的那片天也格外的蓝,空气里头都是香气。

地方高档、房子高档,那售楼小姐也格外"高档",不仅相貌漂亮、身材高挑,态度也如公主一般,轻易不抬眼皮看人,只看自个儿的鼻子尖儿,矜持地说话,嘴皮子都不大动,对不起,我们这里要排队拿号。

拿号做什么?

拿到号头再等着摇号,摇到号才有资格买房。

方博南说,我们只是先来看一看情况。

对不起,我们这里不接待无明确购房意向者。

方博南不高兴了,说,你怎么知道我们没有明确购房意向,我没有明确购房意向我在这儿跟你费什么口舌?

小姐说那么对不起还是请排队拿号。忽地一抬眼皮,碧清的一双妙目,瞟了方博南夫妇俩一眼,又低下目光看着自个儿的鼻尖儿说了一句话,差一点儿把方博南吓一个跟头。

对了,先生,我们这里一个号是××元,摇不中全额退还,摇中了算在首付里。说着又抬眼瞟了他们一眼,请交美金!

方博南与哈果果两个人被吓得相互搀扶着,跌跌爬爬地出了小区的门。

果果劝道,算了算了,反正我们也没什么损失,跟这种狗眼看人低的人生什么气?

方博南这一辈子从未被人鄙薄至此,半天才回过神来,说,谁说没有损失?精神损失那是巨大的,我多年来的自尊自强自信的心哪,哗啦啦碎了一地。

果果笑道,碎一碎也好,有利于你充分地了解一下自己是谁。

还有一个月的时间,正当两个人一点儿办法也无的时候,陈安吉说,她有个朋友的朋友,马上要移民,有一处房子,就在月牙湖附近,打算要卖掉,有熟人在中间终归是托底一些。

在陈安吉的介绍下,果果与方博南一起去看了房。

这是他们看房近几个月以来遇到的真正合适的房子,三室一厅,因为是顶层,还附送一个大大的平台,从屋里的水泥楼梯走上去,视野一片开阔,远处便是紫金山,树木葱茏,紫云缭绕,正在下着细如牛毛的小雨,雨丝风片,真是心旷神怡。

夫妻两个相互对望了一眼,是这里了。方博南的声音都是万丈柔情,这儿以后咱可以弄个玻璃花房，摆上一套藤椅，下雨天坐在这里，喝雨听茶。

果果笑得咯咯的，是喝茶听雨哪！唯一的缺点就是楼层高了点儿，以后咱们老了爬起来有点儿吃力。

那个时候啊，咱们一定发达了，再买他三四套房子，这套咱就用来收租，或是干脆建成一个方博南故居，免费供人参观。

啊呸！果果嗔道，活人哪有建什么故居的，红口白牙，自己咒自己！

房子真是好房子，成熟小区，楼下就是超市，再走几分钟就是军区大院，就像方博南说的，挨着咱子弟兵住，透着安心。

果果叹道，就只价钱有点儿超出我们的预算，四十二万哪！

没关系没关系，方博南信心十足地说，老婆我能挣钱，也不怕吃苦。我还年轻，不怕背上债。我们辛苦个十年，挣这么套合心的房子，赚到啦赚到啦！

果果被方博南这一番话深深地打动了，这话像一道暖流灌入果果的心房。什么叫相濡以沫？享受现成的锦衣玉食那不叫相濡以沫，夫妻同心，家里的一砖一瓦都由自己赚得，由清贫慢慢地迈进小康阶层，这才是相濡以沫。

同甘共苦，是一个多么好的词。果果挎着方博南的胳膊，用脑袋蹭蹭他的肘弯，两个人深情款款，从平台下楼梯进到屋里，进洞房似的，内心充满了无限的向往。

房主是个聪明人，一看他们这神情便知是看得满意了，面上有轻微的"果不出所料"的得意。这人才二十来岁，这房子原是家里备着让他结婚用的，现在他要做投资移民，这才发卖房子。

忽地，房主说，两位，我们下楼去看看车库好吧？

方博南闻言大喜过望，原来买这套房除了送一个大平台，居然还送一个大车库。他悄声地对果果打趣说，这简直是娶老婆附送小姨子，赚翻了！咱这是苦尽甘来啊。

果果又轻笑，连说，讨厌啦，又嘴臭，乱讲话。

三个人到楼下一看，是一个不大不小很规整的车库。

房主说，二位，看这车库如何？

不错不错。方博南说。

这时候，房主说了一句，是这样的，方先生，这车库呢，我也不要你多，八万块就行了。

哦。

方博南有点儿发蒙，一蒙之间，一个极蠢的问题便脱口而出，这八万是在四十二万里头呢，还是另算？

话刚说完，他就醒悟过来，恨不得自己扇自己一个大耳刮子。

房主微微笑了笑，这笑容里头略有些高高在上的嘲弄。方博南更觉自己的傻笨，呵呵笑笑遮掩了一下。

果果是早已呆住了。

那么就是说这房子要五十万！

方博南与那房主说了，考虑一下再给他答复，要了房主的手机号。

房主倒也通情达理，说既然你们是朋友介绍的，我就等你们考虑一下，两天如何？说实话，我这房子，也不愁卖不掉，只是希望有个靠得住的买家，我省心省点儿事。

方博南连连说那是那是。

夫妻两人回到家，商量了一夜，最后，方博南一拍桌子说，买！

果果说，满打满算，连儿子的压岁钱都算上，我们才只有十二万，要买就得跟银行借三十八万哪！

方博南咬牙切齿，挤出几个字说，破——釜——沉——舟！

果果哽咽着说，你不想想那利息！钱都投进去，每个月要还那么多的钱，还要另外付房租借房子住，我们的生活水准马上就要下降不少，入不敷出都是有可能的，什么时候才能存够装修的钱再搬家啊！

方博南又一拍桌子，还装什么修，就这么搬进去住，等有钱了再装！

可是，这么雪洞似的，怎么住啊，基本的设施还是要的吧，哪有钱再弄这些呢？

方博南虽下了决心，可其实并没有把这些细节考虑进去，被果果这么再三地提出疑义弄得五心烦躁，把一头蓬勃茂盛的头发抓挠得鸟巢一般，说，你就会打击我，你除了打击我，你还会干什么？你这会儿就不能痛快地说老公我支持你，我拥护你的决定？

果果流着泪说，其实你自己心里也没底吧？要不我也打击不了你。你不过是觉得被我说中了问题的重点，你无从解答，只好回避，可是老公，回避不了的！我们把钱都投进去，房子是有了，可是以后我们怎么生活啊！儿子眼看着就要学琴，他的营养费，他的教育费，万一我们要有谁生点儿病，到时候怎么办啊？

方博南把桌子拍得山响，我今后就不挣工资了吗？啊！

果果也高声大气，你那工资左手拿进来，右手就要交给银行！

老子辞职！老子卖画去，老子做生意去！

方博南，你的幼稚真超乎我的想象！

好你个哈果果，我认识你了，你就这样看扁我！总有一天，我叫你知道我是谁！

果果说，方博南，方博南！其实你心里也是发怵的，你哪里有具体的设想与方案？你也就是虚张声势。你不过是想由我提出否定意见，好啊，我不怕做这个恶人，这房子我们不买！我不同意！

最终他们还是失去了那套房子，那个平台，那个空中阁楼的玻璃花房，那临窗听雨、悠闲品茶的梦想。

果果感叹，买房子真难啊！

方博南说，老婆你说得不对。

买房子不难。

穷人买房子才难。

不穷的人买了房子也变成了穷人。

眼看房东要房的时限越来越近，他们几乎绝望了，可是突然地，有了转机。

终于有一个让人想不到的救星，出现了。

第二十三章

窥视灵魂

方博南这个人，在老婆哈果果面前，从来就是有一说一，甚至有一说十的。哈果果一直觉得，方博南这个人，好也在一张嘴，坏也在一张嘴，成也在一张嘴，败也在一张嘴。果果甚至开玩笑地对方博南说过，要是有朝一日你真的成名成家了，要弄一个什么名人故居，说什么也得拍一张你这张嘴的特写照片给挂上。

可是这一回，方博南竟然吞吞吐吐，叫哈果果好不奇怪。

方博南说，老婆，我这里倒是有一条有关房子的信息，我觉得吧，虽然不大妥当，但也没有什么太大的不妥当，看看也不要紧。但如果你实在不想看，我也不勉强。不勉强。但是我还是认为有必要看一下，房子总归是房子，多一个房源多一条路，对不对？你愿意就买，不行就拉倒，咱们对房子不对人……

哈果果略一想，便明白如今方博南这话里话外一番造作啰唆必有缘故，心想，方博南自己把小辫子送到我手上来了，不抓白不抓，省得这人成天口舌犯贱，惹人讨厌。便是煞煞他的无名傲气也是好的。

想到这里，哈果果有了主意，虽心里对方博南要说的事一无所知，但脸上却带出一种洞悉一切而不愿明说单等对方坦白交代的神气说，你也不必废话一堆，早早说明，好多着呢。

方博南忽地脸呈忸怩神色，说，是这样。前两天吧，那个，秦霜她吧，给我打了个电话。她也是听我老乡说的，我正在找房子——是他们嘴快告诉她的，可不是我说的啊！我告诉他们也是为了让他们帮着我们打听房源的意思。那个，秦霜说吧，我们要买房子的话，她手上倒是有一套不错的房子，正好想卖，我们要是有兴趣，可以去看一下。不过你不想看的话，咱就不去看也行。

146

果果沉吟一下，心里有点儿怪怪的滋味，像小时候同班级的小姑娘抢先穿了件新衣服，而自己依旧布衣荆钗时艳羡而微妙的妒意。哟，果果说，这秦霜，还真是个人物。我们土生土长的南京人，在这个城市里还没落脚之地呢，她一个外来妹，倒有多余的房子发卖了，看来真是个能干人。

方博南忙说，咳，她就是能忽悠。老婆你是老实人。咳咳咳。

像嗓子里团了一口痰不得吐出似的不痛快。

果果说，我考虑考虑。

方博南连说我们是该好好考虑考虑。

晚上回过味儿，方博南对自己这一番表现十分不满，明明没有做贼，心虚个什么劲儿！弄得此地无银似的！啥时候自己变得这样窝囊起来？可见婚姻是要消磨男人的志气的。

隔了一夜，果果说，我们就去看看吧。本来呢，我也不想沾人家的光，可是，人穷难免志短，我们这不是走投无路没有办法嘛。果果忽地笑起来，换了一种很贴心的口气对方博南说，老公啊，你也不要有什么顾虑，本来也就只是老乡，人家肯帮忙，我们该感谢才是。再说，还不知房子合不合适呢。又补充道，嗯，我是相信你的。

方博南连连称是。

等他的反射弧完成了一个反射的过程之后，方博南明白过来，果果这小女人，挺会管理男人的嘛！如今的自己，简直被她三个手指捏田螺，牢牢地掌握住了。明明没什么偏给她说得好像有什么，却又由于她的大度而不计较什么似的。罢罢罢，这不是两口子嘛，要点儿小心眼儿就要点儿小心眼儿吧，管理就管理吧。

两个人便与秦霜约好了去看房子。果果认真地收拾了一下自己，俨然一个娇小美丽生活无忧的小女人，那房子也是白看一看，闲着也是闲着，买不买另说的意思，连小小子方浩然也穿戴得格外齐整。方博南暗自笑笑，那笑却没有逃得过果果的眼睛，果果说，方大头你不要笑，我不是跟她较劲儿，我不过是替你挣面子。

方博南一想却也是这么回事。

秦霜比早先略胖了些，一头长发剪成了利落的短发，穿着打扮走白领新贵的风格，更加打眼了。人倒是格外地热情，又爽快又周到得了不得，在楼下专等着方博南夫妇俩，上来就管哈果果叫嫂子，还挽起果果的胳膊，夸果果当了妈妈身

材样貌也不走样,真诚地询问她保养的方法。两个人言谈自然和谐,宛如多年好友。方博南抱着儿子跟在后面边走边想,女人真会装,一个一个的全可以得奥斯卡。

最出乎人意料的,是那套房子。

真真是相当好的房子。原先的两室一厅被巧妙地改造成了三室一厅,多出一间小巧的书房来;两间卧室非常规整,主卧与阳台打通,阳台做成半圆形,放了一套半旧不新的沙发,垂着厚实美丽的窗帘;另一间卧室布置看上去像一个工作间,还放了一台跑步机。秦霜解释说,这间面积小一点儿,你们以后可以给宝宝做卧室。是吧宝宝,你得有自个儿的屋啊。

说着凑到方博南跟前去逗小小子浩然。浩然老实不客气地一把揪住她的头发,这小子手劲儿不小,揪得秦霜"哎哟"一声。果果赶紧过去拉开小浩然的小爪子。秦霜看了她一眼,心里想,这两人站在一处倒还真不算难看,就只是哈果果个儿小了点儿。

更叫果果与方博南欢喜的是,房子是装修好的,且品位还不俗,卷了包袱搬进来就能住的那种。总之,这套房子,除了朝西,夏天有点儿西晒之外无一处不好。

方博南与哈果果的眼风已交换过好几回了。方博南问,这么好的房子,你干吗要卖?

秦霜说,房子是还可以,我嫌它离我现在的公司太远了。而且,她闲闲地说,我这不是又倒腾了一套新的嘛,过些日子我就搬了,这房子空着也是空着,不如卖了。

果果听闻,表面上不动声色,暗地里大吃一惊!这秦霜,真不是简单的角色。

一个女人,有姿色,脑子又灵活,处事又潇洒,总是会有办法的。果果想。

方博南夫妇俩又交换了个眼神,果果冲着方博南微微点点头。

方博南于是问,秦霜,咱们明人不说暗话,这房子你要多少钱?

秦霜说了个数。方博南与果果都松了口气。

方博南夫妻俩最终从这么个想不到的人手里头买下了算是很称心如意的房子。

他们跟秦霜约好了,等这边银行贷款的事办好了,便去办过户。

这个时候,果果原先房子的租期刚好到了。

那房东居然一天也不肯通融，气得方博南差一点儿当面跟她跳脚。

要不，方博南说，咱们跟秦霜商量下，提早一点儿搬过去。

果果坚决不肯，说，亲兄弟还明算账呢，现在我们的款子还没到人家手里，就不好搬过去的。

方博南说，秦霜倒不是那种计较小事儿的人。

果果说，她不计较我计较。我得有信用有骨气才好。

哈爸爸哈妈妈说了，家里是无论如何也腾不出地方来给他们塞下这一大堆东西的。还好楚一帆帮忙，把东西先搬到了他那个朋友家的空房里放一下，方博南夫妇俩就在这临时的房子与果果娘家打打游击，还要忙着跑贷款什么的，一时间忙乱不堪。

首付的钱掏出去以后，就要着手办贷款。那一年，二手房贷款年限最多十五年，用哈果果的名义贷的，因为方博南的户口还在北京，这下子，可以办到南京来了。

方博南说，其实这北京户口可比南京户口值钱哪，不办过来也没什么关系，现在户口也没那么要紧了。

果果不作声。

方博南最怕哈果果这种态度，耷拉下眼皮，脸上似笑非笑，总让他觉得，这是典型的南方小女子的做派，她也不是生气，也不是不满，可就是叫人瞧着就有压力，眉目间全是奥妙，而果果这种做派尤得她妈的真传。

方博南说，怎么啦，怎么啦？我又怎么你了啦？我也没说错什么呀，北京户口是挺值钱的，多少人在那儿漂着，不就是想挣一个北京户口？

可不是呢，果果说，你那户口你好好留着吧，将来也是一条退路。

方博南一听这话急了，一张大脸涨得通红，脖子也粗了，我说哈果果，你是啥意思？我可是一心一意跟你过日子的，啥退路不退路，我倒是常常觉得你话里话外要给自己留退路的意思。咋的？是不是有什么状况了？怕我这破车撞你好道儿了？

果果也急火攻心了，呸，这话你也好意思说出来？我们这不是买房子呢吗？我不真心跟你过我买房子搭上那么多存款干什么？方博南你说话要有根据，夫妻间也不好搞诽谤的！

我诽谤？你才诽谤。你不就想我把户口迁到南京来？迁呗，像我这种有才华的人，哪儿不上赶着要？我就是今天迁出来，明儿我再想进北京，它还得屁颠儿

屁颠儿地欢迎我回去，麻利儿地给我一个新户口！

哎哟哎哟。果果说。

方博南顶听不得果果这种"哎哟哎哟"，一听便头皮麻酥酥，尤其当他的自信心刚刚被售楼小姐伤害过的时候。

两个人不明不白地又吵了一架，方博南这时候觉得，地域性差异的确是婚前必须要考虑到的一个问题。谁叫自己好南方小娘儿们的色，色果然是刮骨钢刀。

哈果果也觉得，方博南莫名其妙，本事不大，口气来得个大，全然不是她想象中的艺术家的脱俗气质，人在恋爱时果然是智商低下，连眼神也不济。

吵归吵，贷款还要办，日子也还要往下过。

没消停两天，两个人又为了一件事，爆发了一场大吵。

事情出在夏漱石这里。夏漱石知道果果要买房之后，约了果果出去，给了果果一笔钱，果果死活不肯收。夏漱石没办法，只好说，算是借给果果的，让果果向银行少贷一点儿款，以后一个月的负担也少些。

无息贷款。夏漱石说，你拿着这钱其实是帮我一个忙，我得替你姐完成心愿。是她叫我以后看顾着你的。这次你找房子这么难的关口，我也不在南京，你收了钱，我也安心点儿。

果果听不得夏漱石提起姐姐萌萌，有那么一瞬间，哈果果忽地有点儿恨死去的哈萌萌，萌萌是聪明女人，她明知道的！当初她明知道的！她是豁达，是手足情深，可她也算准了哈果果全不是她哈萌萌的对手，哈果果那个时候不过是个黄毛小丫头，懂什么情爱呢？她不过是看着这个男人好，温柔、体贴、剑胆琴心，符合她小心眼里对好男人的全部想象。哈萌萌不知道，其实哈果果是把哈萌萌与夏漱石一并放在心尖上爱着的，这两个人缺一个都不行，哈果果不可能独爱了另一个。哈萌萌就算是死了，不在了，也还要哈果果欠她一个人情，就算她们是血脉相连的至亲骨肉，哈果果也不愿这样欠她的情，欠他们两个人的情。

果果哭得挺伤心的。不过这回没当着夏漱石的面哭。

回家后果果眼睛还是红红的。

果果把钱的事跟方博南说了。方博南无比吃惊，果果居然还有这样一个朋友，可以这样慷慨地借出一笔钱，连利息都不要的。他别就是你的那个什么状况吧？我都绿帽压顶了我还乐呢！

方博南自己把自己激怒了，一拍桌子大喝一声，你给我明说吧哈果果，这人到底是谁?

果果也沉不住气了,也一拍桌子,可惜身小力薄,声势不及方博南,方博南!我不许你污蔑我的人格,更不许你污蔑他!

你背着老公跟人勾三搭四的,你还声儿这么高?他!他是谁?谁是他?

果果说,他是我曾经的姐夫!

方博南更吃惊,说我跟你结婚这么久,怎么不知道你还有个姐?亲姐还是干姐?

是亲的。

你姐呢?

不在了。

你说啊,果果,你有个姐你都不跟我说,你们家也一个字不跟我透,你们还拿我当一家人吗?我看出来了,你们,你跟你爸你妈,你们还是抱团儿的,你们压根儿就把我排除在外。你可真叫我心里头拔凉拔凉的啊。

果果听了这话,觉得方博南也没有说错,不由得就缓了语气,老公,你不要怪我们。我姐不在了。而且我姐不是……不是好死。我姐是我们全家心里不能提的痛。现在是好得多了,刚出事那会儿,我妈神经都不大正常了。我们家差不多都碎了。从那以后,我们都回避我姐的事。亲戚们也不敢提,怕我妈再出什么事。

方博南听得果果说得十分悲凉,也不禁和缓了声儿,问,到底是怎么回事儿?

果果说,反正就是一个悲剧。

哈萌萌当年是某幼儿园的老师,出身平常,学历普通,但是长得好,人又温柔能干。夏漱石是世家出身,留德回来,在市里最好的医院胸外科做医生,人品学问样貌样样都没得挑。原本,这两个人是不大可能有什么交集的。可是偏偏老天爷就爱开玩笑。

那天若不是夏漱石的同事临时有事,再往后推,若不是那同事是与老婆离婚把女儿托在爸妈家的,若不是他爸爸正好生病,他妈妈要照顾老头子,若不是夏漱石正好去找那同事说点儿事,那同事也不会托好脾气的夏漱石替他去幼儿园接一下女儿,夏漱石他一个单身男人也不会碰上哈萌萌一个幼儿园老师,两个人也不会一见钟情,不会有婚姻,也不会有后来的死亡,不会有悲剧。

果果说,你晓得吗方博南,不是你在对的时间对的地点遇上一个对的人就可

以保证一辈子的幸福。

方博南想了想说，你让我见见咱姐夫呗，我说真的，我们两个人也该谢谢人家是不是？

怪的是，等到方博南真见到了夏漱石之后，竟然放了心。

方博南很客观地想，世上总有一些正派的不会搞第三者的男人，他甚至不敢保证自己就是其中一个，但夏漱石肯定是。

人说只有女人才看得清楚女人，其实男人也一样，也只有男人，才看得清楚男人。

不过方博南自此以后，仍然会时不时地口头犯贱，跟果果开一些小玩笑。不过果果心里头也明白，一个男人拿另一个男人对自己的女人开玩笑，显见的，他并不真正拿那个男人当他自己的敌人。

果果会说，许你有妹妹不许我有哥哥？

我跟秦霜之间清清白白。

你放心，我跟夏漱石之间只有比你们更清白。

那可说不准，就他那条件，我是女的我也贴上去。

你不会明白的，夏漱石对我来讲是不能用来爱的。

是用来瞻仰的。

我二十岁以后就想明白了，跟一个人过日子不能总用一种瞻仰的姿态。

话说到这里，方博南好好地看了哈果果一眼。

夫妻之间，日日相对，看见的是对方的容颜，或许比较了解对方的性格人品。

然而只有幸运者，可以在生命的某一个突来的瞬间，窥见对方的灵魂。

第二十四章

尴尬岁月

方博南和哈果果要搬家了。

因为是熟人之间的买卖,所以过户手续办得很顺利。

秦霜可算见识到了哈果果的细心。

哈果果先跑了一趟二手房交易中心,详详细细地了解了办手续的全部程序和所要准备的证件、材料,原件,多少份复印件,要交多少费用,先在哪一层楼哪一个窗口排队,再到哪一层楼哪一个窗口排队,银行超市在几楼,井井有条地记在本子上。等正式办手续的那天,她一个头一回买房的人,对整个地形、事项熟悉得好像交易中心的工作人员,就看她,小小个子,在拥挤的人堆里自由地来去穿梭,像水里一条滑溜溜的小鱼,有好几个人拦住她询问,她也就头头是道地跟人家解释。

秦霜悄声对方博南说,你们家哈果果用一句广告词儿来形容就是——小身材,大味道。

方博南呵呵笑着说,可不是?别看她是平民家的女儿,家里头爹妈也当一个宝。从前我也没有发现她这么能干,可见我会调理人,我这么一调理吧,人就出息了。

秦霜从鼻子里"哼"了一声。

三个人客客气气一团欢喜地到银行超市,这里也真的热闹得跟超市似的。方博南一进门就感叹,南京人真有钱真有钱,买房子跟买大萝卜似的。

趁着排队等候的时候,秦霜对果果说,你真是好太太,家里的事儿里里外外一把手。

果果说,哪里呀,也就是做做这些鸡毛蒜皮的家务事,大事也做不了,混到

今天在公司也是小卒子一枚。不如你，听方博南说，你现在是总裁助理了。

秦霜微微一笑，说，都说女人说到底还是要回归家庭的，我可不这么想，其实我现在吧，根本想不到远处的事，只想趁着这两年，好好干一把，打牢经济基础。

室内人多，挑高低，虽然早早地把空调打开了，但依然闷热非常。秦霜脱掉风衣，搭在肘弯，露出里面穿的青绿色V领宽松长衬衣，腰间松松系一根细的珠链子，下面配了一条紧身牛仔裤，黑色马靴。果果原本想脱外面穿的一件短外套，解开了一颗扣子，这会儿又扣上了。她里面穿的是件衬衣加妈妈织的毛背心，穿起来完全是中学生风格。本来上这儿来办事也没想到会这样闷热。

秦霜转过脸来挺亲热地说，你怎么不把外套脱了？这儿真热。

果果淡淡地说，哎，我手上拿一堆东西，再加上衣服，怕忙中有错。

秦霜说，你这么苗条，自然就不热。你看我，来南京没两年，胖了十斤不止。

哪里哪里，你匀称得很。果果说。

秦霜一把拧了自己颊上的肉凑到果果眼前说，看看看，全是肥肉。

果果打心眼儿里笑了出来。

这一次方博南夫妻俩没把儿子带出来，方博南抱着胳膊在一旁踱来踱去，极不耐烦，他是最怕这么等来等去的。

秦霜看了方大头一会儿，对果果说，方博南原来也不是这样甩手什么也不干的人，可是现在有了依赖。你太宠他了。

果果笑着说，是的是的，男人是不能太宠的。

秦霜想，一个女人对一个男人过分好，竟然把他变成了一个感情上的富有者，生活上的低能儿。不过，自己也犯不着提醒哈果果，看上去，哈果果就是一个喜欢把家里头的一切掌握在手中的小女人。方博南恐怕也并不是真的低能，不过是乐得当甩手掌柜，人家是周瑜打黄盖，轮不到自己一个外人插嘴，方博南喜欢这种生活的状态与方式，真是青山遮不住，毕竟东流去。

等到最后签字，果果让方博南填写那些表格，说自己的字不好看。

秦霜眼尖，看方博南在房主那一栏里填的是哈果果的名字，心底里噗地炸开一个笑。

等快要搬家的时候，秦霜跟果果说，她还有些大件的东西，放在屋子里，还没来得及搬走。果果连说不要紧，不要紧。

等真的搬过去了，果果发现，秦霜的那些个大件东西，沙发啦，衣柜啦，书橱啦，跑步机啦，电视柜啦，其实都没有搬走。这下子，等于两家的东西堆进了一套房子，连客厅都占满了，乱得真像一锅粥，想收拾都不知从何下手，连方博南也愣了。

秦霜倒是真有些过意不去，连说这两天很快就搬走。

方博南随口问，你现在的房子在哪儿？

秦霜说，在河西，离公司比较近，去年新起的一个楼盘，天裕园，听说过吗？

方博南"哟"了一声，好楼盘啊！

秦霜说，还行，我刚装修好，本来半个月前就该交付的，结果下水道有点儿问题，差点儿把新地板给淹了。我跟装修公司大闹了一场，叫他们给我重新弄好，还一个钱也甭想多收！

果果说，你那新房子才装好没两天啊？

秦霜说是。

一边说着，秦霜一边动手收拾自己的东西。

那个房子，是秦霜现在的情人买的。

卖给方博南的这一套其实也是。

那个时候，秦霜刚到那个人的公司做事，慢慢地，两个人看对方由入眼到入心，原本也都是出色的人物，然后他们有了不寻常的关系，那人给了这房子，连同房产证与钥匙，作为生日礼物送给秦霜的。

这么两年下来，秦霜半个字也没提要名分的事儿，倒是那个男人，好像真陷了进去，却又舍不得家里的老婆孩子，为难得差一点儿没吐血。秦霜反过来劝他说，这种事情，你情我愿的，合则来，不合则去，何必搞得大家撕破了脸皮那么难看，我从来也没强求你一定要离婚。

那人听了，又伤心又感激，在外头那么精明强干的一个人，一把鼻涕一把眼泪的，连说对秦霜是真有感情，一定会补偿她。于是便又买了新房子。秦霜也老实不客气地收了新房，把旧房这么一发卖，白落了几十万，放进自己腰包。

她原本也没有打算跟那个男人过一辈子。他无疑是成功的、优秀的，可是她秦霜也非离了他就不成的女人，她喜欢他长得好，风度不错，生意场上有手段，私下里有情调。他那老婆未必不晓得，就只借身子弱，老病根，全装不晓得，以柔克刚，牢牢把着正房这个位置，像那个位置她秦霜真的有多觊觎似的。秦霜同时也觉得那人完全可以不必在她面前这副腔调。简直是做戏给瞎子看，戏子眉目间风情再浓，架不住人家不往心里去对不对？

秦霜每每细想起来，都会对那个男人生出一种静悄悄的鄙夷。

果然是南方的小男人，看上去倒是端正文雅，一派成功人士的风范，骨子里头还是小男人，连搞个婚外情也先把小算盘拨拉得噼里啪啦，先保住了红旗，再发展彩旗，明明就是在外头偷腥，愣要把自己弄得跟驴粪蛋似的外面光。真是可惜了那副好皮囊，可惜了那个聪明的脑袋瓜子。

可是鄙夷归鄙夷，并不妨碍她享受他的风度，他的文雅，他的情调，他与她共同在外头打拼事业的快意。

秦霜正想着心事，忽听果果说，刚装好的房子怎么能住人，要得病的。秦霜——

什么？秦霜一抬眼，与果果正正打了个照面。

秦霜看见哈果果睁得圆圆的眼睛，看见她巴掌大的小脸上，那种真诚的惊讶与担忧。

哈果果说，秦霜，不如——你先别搬吧。等你那房子散散甲醛的味儿再搬也不迟。要不真得了什么病，我跟方博南都过意不去的。

这下子，连方博南都愣了。只有小小子方浩然来到新环境，十分兴头，在家什间一头小猪一样钻来钻去，用脚把纸箱子踢得砰砰响。

果果把脸转向自己老公，叫，喂，方博南——

方博南回过神，立马说，是啊，秦霜，先别搬了，住下住下。咱不是老乡嘛，客气什么！

于是，四口人，三个姓，开始过一种特殊的、略有些别扭却十分客气的日子。

方博南藏不住话，把事情说给楚一帆听。楚一帆脸上有一种扭曲的表情，看得方博南十分不爽，说，老楚你挤眉弄眼儿是啥意思？

楚一帆用一种腻答答的声调说，老方，你比我强啊。

方博南说，我跟你可有本质的区别。

我是管他风吹打雨，我自岿然不动，一颗红心，一种打算。

楚一帆叹了口气说，如此局面，复杂啊老方！复杂啊！

楚一帆也并不是完全的小人之心，起初时，大家相处多少是有点儿尴尬的。

秦霜不是每晚都回来，即便回来，也常常是很晚。可是，在一个屋檐下，哪有不碰面的道理。有时早上在卫生间里撞见了，彼此端着牙杯拿着牙刷，蓬着头发，素颜相对，擦身而过，笑得一张脸如同糊了层纸壳一般僵硬。

还好秦霜真是一个洒脱的人，哈果果在人前也十分得体，再加上有一个小小子方浩然，在三人间有如润滑剂似的。只有一次，小小子在婆婆面前说，我们家还住着一个阿姨。哈妈妈十分惊讶，忙一个电话招了女儿回家去询问。

果果心里头多少有点儿慌，她知道自己妈妈在这方面特别讲究，并不能十分理解她的难处。可再怎么样，她提醒自己，也不能叫自家妈妈看出了破绽。

于是果果拿出了一套早就想好的说辞，说那人是原房主，也是方博南的老乡，人家有男朋友的，就只是刚装修了房子，说好了过不久就搬，现在人家临时住一下，每个月倒过来给我们房钱，不白住。人家在河西有新房子，明年十一就结婚的。

回头又对小小子说，家里不还有一位叔叔吗？还跟你玩球的？

小小浩然正吃着一大块奶油蛋糕，想起前两天的确有一个叔叔来家里，便胡乱地点点头。

其实那男的是方博南单位新来的大学生，来送东西给方博南的。那年轻男孩儿特别喜欢孩子，跟小小子玩了大半天才走。

这一番说辞，半真半假，哈妈妈也就信了。

果果自己有时独自一人，看着卫生间梳妆台上那些秦霜的东西，形状精致、气味芬芳的一些小玻璃瓶子，也会一阵儿一阵儿地发呆，想不通现下这是个什么情形呢。

有一天晚上，果果看小说看得失了觉头，起来倒水喝，听得楼下有汽车的声音，便隔了窗看出去。

正看见秦霜从一辆挺高档的汽车上下来，接着有一个男人也走出来。背着光，果果看不清男人的样子，看背影，很挺拔，风度很不错，可以确定不是年轻男孩。

然后，果果看见，男人以一个非常亲热的姿势搂住秦霜，两个人贴得无比紧密。

果果赶紧把厨房的小灯给关了，心里怦怦乱跳，倒像是自己做了什么不妥的事似的。

第二天果果趁秦霜不在家，把事情跟方博南说了。方博南大剌剌地说，没听

这丫头说她有男朋友啊。

果果说，你是真傻还是装傻？她不说，多半不能说，是那种关系。那男人十有八九是有家室的。

方博南说，这话可不能随便说，你怎么知道人家就是那种关系呢？

我告诉你方博南，女人的直觉最准了，他们俩之间那种体态语言，散发的那种气场就是婚外情，不要太明显哦。

方博南嘴里发出哧哧哧的怪声，表示他对女人直觉以及气场学说极其地不屑。

果果说，要不，你从侧面向秦霜打听打听？

这话我怎么好问出口？人家的私事。

自然不是叫你直截了当地问啊，你不会旁敲侧击，指南打北，声东击西？果果说。

方博南笑了，你不要咸吃萝卜淡操心，说不定人家就是黄金单身汉，要不就是离婚、丧偶。我说果果，你管得也太宽了吧？

果果不高兴了，你以为我是那种八卦的家庭妇女？我也是好心，无论如何，秦霜也是你的旧识，又是老乡，干妹妹，何况这次我们欠人家这么大的一个人情，我是怕，将来，唉，这种事吃亏的总是女人，她家人又不在身边。

方博南拍拍果果说，你放心老婆，我比你了解秦霜。她是一个很会为自己考虑的人。

果果"哼唧"一声，哦，是啦，你了解她。

方博南看果果的小脸又拉长了，装腔作势地说，哦！又生气了！难道你不爱我了吗？难道你真不爱我了吗？哦——

果果啐道，神经病！

方博南收起油腔滑调，正色道，真的，老婆，这就是你与秦霜全然不同之处，所以我选你不选她。老婆嘛，就得选一个你这样儿的。

果果撇撇嘴，做一个不以为然的表情，心里却很受用。

这个星期天，秦霜竟然没有像以往那样出门，她生病了，躺在床上，一直睡到快十一点，其实并没有睡意，只是懒得动。

忽听房门有哆哆的两声敲门声，接着果果推门进来了，送来一碗鸡汤银丝面，叫秦霜趁热吃。

果果随意看了一眼秦霜，见她穿一件极精致的丝质睡衣，雪白雪白的，隐隐露出饱满的胸部，短发睡得乱七八糟，倒衬得她圆圆的脸一团孩子气。那种混合着女人与孩子两重特性的美丽，果果暗暗叹了口气，男人如何抵挡得了这种尤物？

果果甚至觉得那个不知名的只一面之缘的男人是值得原谅的。

秦霜也暗暗地打量着果果，想着这个小女人表面上好像十分能干精明，其实于世事却是天真的，所以她才这样不显年纪。

小小子方浩然像一部小火车似的闯进来，趴在秦霜的床边，眼巴巴地看着她手上的面条，嘴里喊着，鸡蛋，鸡蛋。

秦霜把那个荷包蛋挑出来，夹一块喂他。果果在一旁呵斥他，坏小子！嘴馋得没边了！妈妈另给你做！

秦霜连忙说，叫他吃呗，小孩子能吃最好了！

果果拉了小浩然，你不要压在嬢嬢身上，嬢嬢不舒服。秦霜摸摸小浩然的小圆脑袋，真是，真是，又一个小方大头。

果果笑着接过空了的碗。秦霜把手盖在她手背上，轻轻地说谢谢。

秦霜身子骨一向结实，到晚上人就好多了，听得果果招呼，她披了件衣服走出去，看见方博南一家三口正在厨房里头包饺子。

秦霜欢呼一声，方狗哨是不是你拌的馅儿？

方博南用胳膊碰碰果果，看看看，我说是的吧，凡是吃过我拌的馅儿的人没有不惦记的！

果果白了他一眼说，死相！

这一晚秦霜吃了很多饺子，觉得真是香啊，方博南的确是很会拌馅儿的，不过，以后他拌的馅儿，也只得哈果果能时常地吃，哪怕哈果果其实并不喜欢吃饺子。

命运就是这样充满了无可辩驳的道理与深不可测的幽默感。

这么着住了差不多有三个月，秦霜终于要搬走了。

临走的时候，方博南送她，秦霜说，你不要送了，有搬家公司的工人做，又用不着我动手。

方博南说好，可是站着并没有动。

秦霜忽地对方博南说，方狗哨，我走了，也没有什么留给你的，我送你两个

字吧。

方博南呵呵怪笑，你又忽悠我。哪两个字？

秦霜说，惜福。

一个转身，她说，走了。

方博南在后头招呼，有空过来玩儿，我做馅儿给你吃！

秦霜没有回头，乐呵呵的声音响起来，当然当然。年轻的朋友们，自然要相会，荡起小船儿，暖风轻轻吹。

楚一帆听方博南说秦霜搬走了之后，沉吟半晌说，我以为会有点儿什么而竟然没有什么，老方啊，没想到啊，原来你竟然是这样一个意志坚定的人，你真的比我强啊。

方博南很为自己骄傲。

第二十五章

鸡飞狗跳

秦霜走了以后,哈果果才觉得自己和老公儿子算是真真正正地拥有了这个房子。她跟方博南两个好好地把房子收拾了一番,为了让皮小子方浩然不来捣乱,果果终于开始让儿子看电视了。小家伙完全被那个光影声动的东西给吸引住了,果然无比安静。后来果果才明白,让他看电视容易,让他不看电视可就难了。这算是这一次搬家的后遗症。

等一切安顿下来之后,果果把爸妈接过来参观了一下,连一向挑剔的哈妈妈都连声夸房子不错不错,可惜地点稍远了一点儿,要往近处搬搬可就太称心了。方博南乐哈哈地说,真要搬到珠江路那种好地方去,可就不是这个价了。

哈爸爸哈妈妈想送点儿电器给女儿女婿,方博南人逢喜事心情爽,灵台清明,人变得格外地懂事厚道,坚决不要岳父岳母花钱。哈妈妈坚决要送,说女儿这也算是在这个城市有自己的一个窝了,怎么样也得表示表示,欢喜欢喜。方博南于是说,爸,妈,你们真要送,就送一个微波炉吧,真的,我们什么都买齐了,就差一个微波炉。这可是个天天用得着的东西,你们就给我们买一个小微波炉,咱一用吧,就记起你们的好来了,真的。

哈妈妈留心看了看方博南的神情,不像是冷嘲热讽、话里藏刀的样子,且高兴且安慰。哈家老两口整整跑了三天,左挑右选,拣那最好的牌子、最贵的型号给买了一台,哈爸爸亲自用三轮车大老远的路给送过来。果果细细一看,这个微波炉,功能多得简直叫人眼花缭乱,有一些功能也许一辈子也用不到,不过,果果很喜欢。这样的东西,看着就会觉得自己一辈子都会被人真心疼爱。

哈果果夫妻俩诚心诚意地请哈家老两口过来住几天。哈妈妈死活不肯,说哪有做父母的跑到女儿女婿新房子里头睡觉的道理!我们是老了,也没有什么本

事，你们买房子我们也帮不了，别把穷气过给你们，你们能好好地过日子我们就满足了。

说得果果都心酸起来。

果果觉得方博南这一段时间的表现不错，与自家爸妈的关系正往康庄大道上稳步前进，一高兴，便建议说，我们房子也弄好了，要不，请你爸妈来南京住一些日子？

方博南咳了一声，他们不大可能过来的，我们家老爷子受不了南方的这个湿热劲儿，来一回回去得叨咕大半年，说这里热，潮，东西也吃不惯。

过了一会儿，方博南又改了口说，请一下也成，来不来随他们。

结果，电话打过去，方爸爸方妈妈果然说不来了。

果果笑说，不是怕我们向他们要赞助吧？方博南连连批评果果，又小心眼儿，又小心眼儿。

方老先生和夫人虽然没有来，可果果他们的新生活也并不消停。

这一年的夏天，南京酷暑。方博南这种怕热的人，恨不得揭掉一层皮才好，天天用冷水冲四五次澡，依然热得怨气冲天。在家里，空调要开足二十四小时，那一点儿细微的嗡嗡声听得果果心在滴血，这一天下来，得嗡嗡掉多少度电多少人民币啊！说着就抢过遥控器来关空调。

小小子方浩然早就被爸爸剥了个精光，活像头小胖猪似的，圆滚滚肉头头地在地板上翻滚，在屋子里跑进跑出，一会儿便是一身的汗，水里捞出来似的。方博南看儿子热成这样，又开了空调。这夫妻两个，开空调关空调没个了局，开关之间还吵过来吵过去，果果怪方博南不会过日子，方博南却说钱是挣出来的，不是省出来的。

天实在太热，果果决定年底的奖金少拿点儿，把年假休了。方博南很赞同，说，干脆咱俩一块儿休，咱们哪儿也不去，在新房子里窝他个两个星期，把那好片子的碟子买他一堆来看个过瘾，饿了就叫叫外卖，或是买两个大馒头，做个鸡蛋汤，越简单越好，跟咱房子好好亲热亲热。我还得趁空再创作两幅好画，万一被人看中了呢？万一我一不留神就成名成家了呢？

果果听他说得有趣，真的休了假在家。还没等方博南也请了大假，家里来亲戚了。

不是一个亲戚，也不是两个三个。

是一群。

三个大男孩，三个大女孩，外带一个小男孩。

全是方老先生和夫人兄弟姐妹们的孩子，算是方博南的表弟表妹，还有一个是侄儿一个是侄女。

当这一群人高马大、气势磅礴、热血腾腾的年轻孩子站在果果新家门口，哇哇哇地"婶儿""表嫂"地一通乱喊，果果简直蒙了。

表弟表妹侄儿侄女们七嘴八舌地说，学校里放暑假了，我们约好了来叔／哥这儿玩玩，这还是头一回来南京呢，咱们多聪明啊，这地方这么难找我们一找就找着了。

这大热的天，果果家热闹得开了锅的粥一般，方博南实在嫌吵闹，很不仗义地食言了，他不休假了。

果果觉得自己成了保育员。

小子姑娘们来的头一天晚上，果果起夜时便差一点儿摔在客厅地板上睡着的一个孩子身上。

每天一大早就被沸腾的人声吵醒，迷瞪着起床，做一大锅稀饭，或是豆浆，买一大盆的包子或是烧饼油条，小子姑娘们呼啦呼啦吃完了出门玩儿去了。果果接着收拾治理小小子方浩然，洗小子姑娘们换下来的一洗衣机的脏衣服。好像只打了个盹儿的工夫，小子姑娘们又呼啦呼啦带着一身的热汗回来了。果果赶紧端出早先烧好冰好的绿豆汤，转眼间，汤便见了底。

一会儿又要做晚饭了。尽管方博南说随便打发他们一下，可果果要面子，也不忍心，每天多少总要做点儿菜色或是包点儿饺子。说实在的，方家的这些孩子教养并不差，吃喝也不讲究，可是究竟是十几二十岁的年轻孩子，哪有不闹腾的，成天只觉得整个屋子里灌满了他们的声音。只有一个最小的，方博南那位表姐夫的儿子，才十三，继承了父亲的清秀，又因为年纪小，有点儿男女莫辨的意思，性格非常乖巧。果果偏疼他，说他像南方孩子，每每有好吃的先给他留一点儿，要不然，端上了桌，哥哥姐姐们一顿风卷残云，这孩子连汤都喝不着。

到了晚上才是真正的热闹戏码开场。小子姑娘们排着队洗澡，一个一个洗得水灵灵地出来，横七竖八地坐在客厅里看电视、玩PSP，果果和方博南一个洗一水池的碗，一个在擦地。

方博南二表弟说，哥啊，别洗了，回头看完这集我来洗好了。

方博南因为家里有女孩子们在不好意思光膀子本就没好气，说，等你洗？你转脸儿就忘个精光，明天你们拿什么吃饭？学印度人拿手抓饭哪？

方博南的侄女儿又说，叔啊，婶儿干吗成天洗啊擦的，多累啊，叫婶儿歇着吧。要不，找个钟点工来做。

方博南恶形恶状地问，你给钱？

说得侄女吐吐舌头不作声了。

果果听了这话，一边干活儿一边想着，现在真要有人贴我两个钱就好了。

这些天，吃的喝的用的，钱像流水一样哗哗地从手里流了出去，果果绝望得如同一个用竹篮子往家里的水缸里挑水的人一样。

不是不怨的，可是又能怎么办？果果想，真的把人轰出去？秦霜我都能让她住这里，何况这些小孩？当然秦霜又有秦霜的不同，谁叫自己和方博南欠了人家的情。可是这一群孩子，何尝不是人情往来？一个一个的，多少跟方博南有一点儿相同的DNA，古人上阵还父子兵呢。

果果是善于说服自己的人。

正想着，最小的那个小侄子蹭过来，抢了果果手里的抹布去擦卫生间的瓷砖地。果果拍拍他的头跟他开玩笑，干脆你就留在南京给我当小钟点工算了。那小孩儿红着脸笑而不答。

果果也笑了。

这老方家果然是人丁兴旺，也是福气啊！果果不禁想起自家爸妈，如果自己姐妹兄弟多或是亲戚多，爸妈也不至于现在这样孤独了。

最叫果果受不了的是，小小子方浩然人来疯犯得太厉害了，死活不肯上公公婆婆那里去，只要跟姐姐哥哥们玩，把人都叫得全乱了辈分。每晚也不听故事了，也不读儿歌了，也不识字数数了，看着家里人多，更是火上浇油地闹腾。小子姑娘们还打算带着他一道出去玩，被果果坚决地拦住了。开玩笑，把儿子交给这一群新新人类，给弄丢了哈果果还活不活了？

半个月之后，这一群活蹦乱跳的孩子终于要走了。

果果夫妻俩送他们到火车站。最小的小侄儿拉着果果的手眼泪汪汪的，除了叫婶儿，一句整话也说不出来。

火车开动时，方博南边跟他们招手道别边说，再见再见，路上小心，下回别来了啊！

果果小声啐他，你不怕小孩们回家跟父母盘舌头，说你不待见他们？

我们东北的孩子，才不会这么小心眼儿。不像你们南方孩子，人小鬼大的。

我们南方孩子是不好，可我们南方孩子不会成群结队地上人家家，我们家没有这样多的三亲四友。

你们家不是没有三亲四友,是三亲四友都不敢登门儿,你想,你们家慈禧老太太,一般人谁敢亲近?谁看了不怵?

嘴欠!果果评价。

方博南笑着搂着果果说,我开玩笑的开玩笑的。我知道,老婆,这些天辛苦你了。

方博南隔一天便买了一对小小的碎钻的耳钉送给果果。正是果果想买好久的那个款式。

果果问哪来的钱,方博南支吾着说是一点儿外快。果果了然地笑笑。对着镜子戴上耳钉左看右看,是不错。果果叹了口气,还不如折现给我存起来,弥补这半个多月的亏空呢。

这一群年轻的孩子走了之后,果果发现,小小子浩然把以前学的那一点儿东西全还给自己了。果果说,儿子,"自在娇莺"下面怎么说的?

小小子答,呱——呱——叫。

果果气了个仰倒。

这以后,果果灰心地发现,但凡他们的日子好过一点儿,顺利一点儿的时候,家里总要有点儿事发生,前方永远有一堆操心的事在等着他们。

人生真是长而绝望,果果常常会这样想。

果果开始重整河山,除了把家里重新收拾齐整之外,还要重新给小小子方浩然进行启蒙教育,英语、唐诗、认字、数数、十以内加减法……可怜的小小子,天天被妈妈押着,坐进小书房里,读这个背那个,认那个学这个,家里时刻响着英文小天才碟片的声响,apple apple 是苹果,香蕉香蕉 banana。好容易有个空闲,吃点儿喝点儿的时候,妈妈还要出其不意地来个测试,香蕉怎么说?说!说出来才给吃。

小小子一腔馋虫涌到嘴边,小脑袋一空,把刚学的那点儿东西全忘光了,眼看着妈妈把大香蕉收进柜子里了,小小子放声大哭,一边叫着,给我吃——吧!巴那那,巴那那——

哈爸爸对果果的这一套十分反感,说人家爱因斯坦小时候考试还不及格呢,长大不是照样成才。这么小的人,学这个学那个,贪多嚼不烂。果果全不在意,依然严格执行自己的那套早期启蒙大法。

方博南倒是非常地赞同果果的做法,他时常抱着儿子上街,去大饭店与建筑

工地，对儿子说劳心者治人，劳力者治于人的道理。儿子，你看，好好学习，将来住高级饭店，不好好学习只好盖了饭店让人住，自己住工棚，你将来想住大饭店还是工棚？

小小子其实并不明白二者的真正区别，只听得大饭店这个名称里有一饭字，想必意味着有好东西可以吃，于是毫不犹豫地回答，我要住大饭店！

方博南十分得意，认为自己的启蒙相当成功。

果果批评他的教育思想有问题。果果对小小子说，不管做什么工作，咱们将来都要为社会、为人类做贡献。方博南颇不以为然。

方博南自买了房子以后，春风得意，想必是新房子风水还不错。

可怪的是，他的好朋友楚一帆，当年结婚的时候，他的那套新房据说风水更好，这一年却十分不顺。

那天，方博南发现楚一帆青了眼睛到社里来，正想趁午休的时候找他聊聊，谁知眼错不见就没了楚一帆的人影儿。接着，楚一帆整整有三天都没到社里来上班，打电话给他也不接，方博南很奇怪，下了班便特意地跑到楚一帆家里去打探情况。

过了老半天，才有人来开门。

是楚一帆，一张灰灰的脸，隐在屋子里的一片黑暗里，唯一双眼睛，绿光荧荧的，简直人不人鬼不鬼。方博南吓了一跳，直觉他们夫妇俩之间一定是出了问题了。

果不其然，方博南刚坐下来，尚未询问，楚一帆便主动开口。

楚一帆说，你晓不晓得老方，陈丹彤她有了。

方博南连忙说，好事儿啊！恭喜恭喜！

楚一帆阴惨惨地说，非也非也，老方，她有了，不是里头有了是外头有了。

方博南对着楚一帆大大地"呸"了一口说，你还会不会说人话？

楚一帆一下子好像被人抽去了脊梁骨，掩面，哭腔哭调地说，老方，完了完了，陈丹彤外头有人了。

方博南一时不知说什么好，隔了一会儿才说，会不会是你弄错了？自觉这话真是空乏苍白，一点儿不具有安慰性。

楚一帆张开五指比画，不会有错，我找人跟着她的。花了这个数，情报很准确。

方博南讶异，现在真有人专干这个？

楚一帆依然张着五指，要这个数，详细资料就给你。触目惊心哪老方，触目惊心！

说着说着，有大颗的眼泪顺着楚一帆的鼻梁流了下来，伴着抽泣之音。

方博南心里深深的同情混着浅浅的鄙薄，想，人过中年，万事皆伤，连流出的泪水也是浑浊的，鼻子尖儿上还挂着点儿清鼻涕，姿态实在难看。

楚一帆接着痛诉，他们在一起好长时间了，陈丹彤她一心只想等那男的离婚，然后就把我像扔破抹布一样扔开，跟那个男人双宿双飞。听说现在那个男人快要离了。

楚一帆狠狠咬牙，可是我不会离，死也不离。

死也不离。

方博南气得一拍茶几，说，你应该离而不死才对。瞧你个没出息的劲儿，都这样了，还不离！我告诉你，你越是没出息，越是磨叽，越是纠缠她，她越瞧不上你，越铁了心不跟你过了！

楚一帆试探着问，你是说，我假装同意，置之死地而后生？

方博南说，我呸！置之死地而后生！亏你想得出来！人家那儿不还有现成的一个可心的替补吗？你把自己置了死地，人家不给你生的机会，你不还是死得扎扎实实？样子还难看，还不如就让她去，至少死得壮烈，死得漂亮！

楚一帆凄楚地说，老方啊，事不临头不晓得痛，换了你，你会怎么样？

方博南说，我们家果果不是那种人，我犯这错误她也不能犯这错误。说到挑女人，你不如我。

方博南相当得意他对女人的鉴别能力。

虽然他偶尔也会觉得果果小事儿多，不够大方，不够优雅。

他愿意在他可以接受的范围内哄着她玩儿，比如交给她家庭的经济大权，比如适当地发发傻逗逗她，果果是一个天真的人，方博南爱她的天真，也便努力地成全她的天真。

好容易劝得楚一帆暂时收了悲声，都十点多了，方博南起身回家的时候，楚一帆突然在他身后叹了一口气说，老方啊，我现在明白一件事，背叛者人背叛之。报应啊！

楚一帆的婚姻呈现一个胶着的痛苦状态，他自己也不知道是因为爱陈丹彤而不舍得离还是因为不甘心，不想让陈丹彤太称心了所以不离，或是怕验证了报应

之说而不离。

他自己根本不想去分析自己的心思。

他成了一只陷在笼子里的兽，方寸之地，全无出路。

方博南虽也替楚一帆心焦，到底是事不关己，痛不在自己身上，他的儿子正上幼儿园，学业的压力尚未逼近，房子也有了，因为夏漱石那笔钱的帮助，每月还贷的负担也不重，老婆也安分守己，把家给他料理得妥妥当当，这是他人生最幸福的时候。

工作稳定，生活安康，身体健康，婚姻牢固。五年已过，七年未满，于是他心安理得地发起胖来。

第二十六章

危机四伏

有一种男人,生而为一类奇怪的生物,如果生活比较如意,则在三十到四十岁这段时间里,他会有一个生长的停滞期。他们容颜几年不变,全因了性情里头的一点儿天真,还有心里头存着的一点儿不曾泯灭的希望与理想。

方博南就是这种男人。

这些年来,方博南一直比较满意自己的生活状态。

虽然样子不见一点儿老态,一张脸也是油光水滑的没什么皱纹,可是忽地有这么一天,方博南悲哀地发现,他有小肚腩了。

多年以前,年轻高大的方博南,虽不曾精心锻炼,没有练就夺人眼目的倒三角,好歹也是结实匀称,小腹平坦,何曾有过这样游泳圈似的一沓腹肉?

方博南有了岁月不饶人这个痛苦的认知之后,便痛下决心开始锻炼,每天在床上做俯卧撑。

哈果果看着他如一只大型卧蚕一样在床铺上蠕动,万分心痛自己刚刚换上的洁净平坦的新床罩,说,要不你在地板上做,哪有人在床上做俯卧撑的?

方博南不肯,说地板上硌得慌,坚持要在床上做。

果果说,你这是什么姿势?

方博南说是标准的俯卧撑姿势啊,这你都看不出来。

果果说,你的膝盖怎么跪在床上,腰腹不使力,不是越练屁股越大吗?本来就不小。

方博南极不高兴,说我哪里屁股大,我一向都是瘦腰窄臀的。

果果发出嘶哈嘶哈的声音,心想,瘦腰窄臀,要看你跟谁比了,跟猪宝宝比你一定是瘦腰窄臀,要跟大象比你还小巧玲珑呢。

锻炼的同时，方博南开始节食。他早上一顿常常不吃，中午要么跟楚一帆下小馆子，若忙起来也只得吃个囫囵，晚上这顿果果是无论如何也要做两个新鲜菜的，不为方博南不为自己也为儿子。

　　这些年来果果的厨艺虽无长足的进步，但勉强也算有了几个拿手的菜了。方博南每每吃得盘净碟空的时候才想起来自己原本是打算节食的，于是便很不高兴地说果果把菜做多了，害得他本着节约的原则不得不全吃光。

　　果果觉得方博南人未老而变得这样不讲理，真是出乎意料，做饭又不能量着肚皮做。果果说方博南你不要总是拿菜汁泡饭，那样最容易发胖，胆固醇还容易高，吃不完可以放冰箱何必全塞进肚子里。

　　方博南说隔夜的菜最难吃，且不合营养学原理，不如吃进肚子里。

　　说着这话的时候，方博南刚刚吃完菜汁泡饭，挺着肚子半躺在沙发上消化食物。果果一个转眼看到了，惊了一跳，这家伙，什么时候变成这么大的一坨了？好像搁了酵母的面团，一时膨大胜一时，这可怎么好？

　　果果记得刚结婚时，她最喜欢看方博南在家里穿旧衬衫走来走去，皱巴巴的衬衫，袖子直卷到小臂处，长长的腿，光着脚丫，呱嗒呱嗒的脚步声，有一种朝气蓬勃的性感。果果时常偷眼看他，看着看着脸便温温地热起来，不自觉地就微笑起来。

　　可是，是什么时候，这个人，她生命里这个肌肤相亲、血肉相连的男人，变成了她太熟悉的一道风景，慢慢地走入了她视觉的盲点？

　　有的时候，他们并排坐在沙发上看电视，果果会顺手捏方博南的肚子，软不丢丢，肉肉头头，温温腻腻，很舒服，果果捏得有点儿上瘾。

　　可是这与爱情再无关系。

　　与情欲也再无关系。

　　果果悟过来的时候，总有点儿说不出的惆怅。

　　她想，她自己说不定也是方博南眼里一道因每天路过而变得视而不见的风景。

　　男人的一半是女人，爱情的尽头是生活啊。

　　方博南因了胖出的这二十斤似乎添了些稚气的执拗，一边管不住嘴地吃，一边每天折腾着瘦身。晚上边看新闻边咚咚咚咚地原地小跑，睡前姿势别扭地做几个俯卧撑，间或也做一做仰卧起坐。坚持了一段时间后，他自觉成效非凡，忍不住在果果面前说，你凭良心说，我是不是算得上一表人才？

果果正在跟淘得满屋乱窜的儿子较劲儿,不准他拿着饼干边吃边玩,弄得到处是饼干屑,累得头发飞散,状若女鬼。闻言忙乱地敷衍说,是是是,凭良心说你是一表人才。

方博南满意极了,可为了表达自己实在是被太多的称赞包围,对这一点点的表扬全不在意,便"哧"了一声。

晚间,果果好容易歇下来,看午夜场电视剧。那部一夜之间红遍大江南北的军旅戏,里面有个男孩子,一身戎装,头发短短,身材高瘦,腰腹间的线条漂亮干净得叫人移不开眼睛,笑起来一嘴白牙。回头再看看老公,果果觉得自己的良心真是叫狗给吃了。

果果笑起来。

可是一个女人跟一个男人结了婚,一起过了好几年,适当的时候,大约都是要把良心拿去喂喂狗的。

楚一帆与太太之间艰苦卓绝的离婚之战已进入了一个新的阶段。

楚太太陈丹彤是公开高举分居大旗,已经有半年多不回家了,发展到后来,楚一帆连面也见不着她,电话也不接。

楚一帆一个人坚守着阵地,开始是做死鸭子嘴硬状,那意思是,你不回拉倒,我一个人过得也挺好,大房子住着,新买的液晶大屏幕看着,小酒喝着,空调吹着,不要太舒服哦。可是渐渐地,便生出一种空乏与无趣来。

一个做戏的演得再投入再逼真,唯一的那个观众却没有在台下出现,天底下还有比这更沮丧更无味的事吗?

于是楚一帆便放弃了。衣着混乱,三餐混乱,作息混乱,连面目似乎也变得模糊混沌起来。

方博南拉他回自己家吃饭。哈果果一向不待见楚一帆,主观上怎么看都觉得此人是小人,浑身上下每一处都可憎。可是,当楚一帆跨入她家门的那一刻起,哈果果也不禁生了一点儿同情的心。

楚一帆是老得多了,倒也不是真的脸上添了多少皱纹,头上添了多少白发,只是精神状态十分颓丧,由这颓丧,他整个人的骨头架子仿佛都有些松散,勉力地支撑着这么个瘦小的身躯。

哈果果记得从前的楚一帆,虽其貌不扬,可是腰背挺直,浑身上下收拾得格格正正(南京方言,形容一个人整洁利落),言语也十分温和,间或还有点儿冷

幽默，对女士十分周到，但又很得体。陈丹彤那种年轻女人，是在一堆张扬的、自我的、骄傲的雄鸡一般的同龄男孩堆里打滚的女孩子，见了这种非我族类的男人，会喜欢上他也不是没有理由的。

可惜，可惜，果果想，这么个男人，就这样一步走错就步步错了。

果果尽力地做了些家常菜，铺排了一桌子，请楚一帆吃。

楚一帆在这样的氛围中，似乎略找回了一点点过去的自己，可是这样的氛围对于目前的他来说，也是十分有刺激意味的，尤其当小小子方浩然毫不客气地爬上他的膝盖，像骑马那样颠上颠下的时候，楚一帆深深地体味到，自己的确成了一个可悲的失败者。

方博南等楚一帆告辞之后，对果果千叮咛万嘱咐，叫她不要把楚一帆的现状说给陈安吉听。果果随口说有什么不能说的，依人家陈安吉的人品，也不会嘲笑他，只会同情。

方博南说，这你就不懂了。你不能让一个男人在一个曾经爱过的女人面前彻底地倒了架子，同情这个东西，微妙得很，多不得少不得，少了不关痛痒，可是多了，更是大大地不妙。若是一个女人因为同情我而给我一点儿感情，那我是宁可一头碰死也不会接受的。

你就让楚一帆留着他那一点点架子吧，本来剩的就不多了。

果果叹，也是也是啊。

很快地，果果又了解到，陈安吉有了新男朋友。

说是那个男人是一个海归，也离过一次婚，前妻是一个美国女人，两人结了婚不到一个月便发现许多文化上的差异，典型的相爱容易相处难，所以特别干脆地离了婚，前后不到四个月。离婚后的男人回老家来发展，前景非常看好。一次酒会上偶遇陈安吉，觉得无比投缘，遂展开攻势，目前形势良好，两人开始出双入对了。

有一回果果在陈安吉家碰上过那个男人一回，看到他的第一眼，果果便想，唉，楚一帆，没戏了。

不久之后的一天，当楚一帆回到家的时候，他发现，家里有不少家电和家具都不翼而飞了。

不可能是小偷，门窗都完好，而且，搬走的东西，全是陈丹彤曾经添置的。

又过了两天，陈丹彤终于出现了。

她告诉楚一帆，这个房子他不能住了，因为这房子是她爸爸的产业，现在她爸爸要收回。

楚一帆大吃一惊，说，当初这房子不是你父亲给你的嫁妆吗？这可是咱们婚后的共同财产。

陈丹彤笑说，对不起，是我爸给我的嫁妆没错，可是房产证土地证上可还是我爸的名字，这你也不是不知道。

楚一帆痛心疾首，想起当时自己因为心中有愧，不便向岳父提出将房子过户这种要求，总想着，自己是离过一次婚的人，这一回好好地过，做爸爸的，总不会把独养女儿和女婿赶出家门，房子总有一天会到自己与老婆的名下，何必做急吼吼难看相？谁承想有这么一天，而且这一天来得这么快！

楚一帆颤抖着说，好好好，陈丹彤你很好。够狠心，将来必成大事。

遂搬出来暂借朋友的房子住。这其间他了解到，原来陈丹彤的情人终于离婚了。

楚一帆在一次大醉之后，终于同意与陈丹彤离婚。

方博南替他气愤，说，陈丹彤是过错方，上法庭，咱告她！叫她赔偿，赔死她！赔得她伤筋动骨，赔得她元气大伤，叫她记得做人的基本道德规范。

楚一帆长叹一声道，算了吧，算了吧。她一个年轻女人家……

哈果果对楚一帆的看法自此倒有一点儿改观，一则是因为，一个男人对一个对不起自己的女人也持一份宽和的心，无论如何是值得赞扬的，无论如何也算得上是一个不坏的男人，至少没有坏彻底。

没人知道的是，不过一个月，陈丹彤再婚。楚一帆愤而准备了一大型横幅，"陈丹彤，小三专业户"，以雄浑的颜体写出，墨色饱满油亮，白底衬黑字，打算贴至陈丹彤单位门口。

可是最终他还是一把火把横幅烧掉了。

何必以剥掉自己脸皮的方式来羞辱别人。何况那人还与自己曾经有过感情。

楚一帆离婚后不久，他们单位开始步入艰难时期。纸价飞涨，买书人日益减少，花了大力气做出来的书，往往曲高和寡，想赶些潮流却因了单位本身结构的庞杂而总是迟了那么一小步，仿佛一个笨人总也赶不上时髦，只好端架子说别人庸俗，弄得不上不下，经济效益直线下滑。

最直接的影响就是，方博南的收入减少了。

方博南每天在单位怒气冲冲地做事，回到家怨气重重地念叨。起先果果还安

慰他说，无论如何还是国家的出版社，比上不足比下有余。听得多了，果果也烦躁起来，说，你不要成天地说来说去，口头英雄主义，你想办法解决问题啊！

方博南的抱怨得不到妻子的回应与安慰，也恼羞成怒。

然后，突地有一天，他提出，他要辞职。

果果一跳老高地反对。

哈果果是旧式家庭出来的孩子，从小便听爸妈说，国营单位，铁饭碗要端牢，不要这山看着那山高。加上本身性格里头有一股子惰性，一切以安稳为第一要义，最怕的就是折腾，折腾会给她一种强烈的不安全感，好像一折腾，明天就要流离失所了，所以从毕业到现在，她也就跳过一次槽，那还是在夏漱石给她撑腰的情形之下。

果果也承认自己在这一点上有点儿不合时宜，可是天生的性子与后生的世界观，哪有那样容易改。

两个人为这事儿，爆发了好一通争吵。

方博南说，你不是叫我不要口头英雄主义吗？我现在付诸行动了你就头一个跳出来阻拦。

果果说，阻拦自然有我的一番道理，你说你要跟朋友合伙投资搞画廊，可是我听起来这事儿怎么那么悬呢？开画廊又不是开小饭店，几个平方米的门面几条板凳就做得起来，那么多复杂的事务要处理啊。

这个不用你操心，我是专业人员，我不怕，你怕什么？

我自然是怕的，我要是孤身一个人跟你过日子，我也不会怕。大不了人家吃干饭我们喝稀饭，人家吃鱼翅我们吃粉丝。可是，现在我们有孩子，你忘记了？马上他要上学，要学钢琴，各种各样的费用就要滚滚而来，还不提万一咱们三人之中有谁生了病这种可能。你这个时候跟我提辞职？

什么滚滚而来，说不定我一下子就做成了呢？

这话你连自己都骗不过去，只好拿去骗骗鬼。那么大的画廊投资，你一转眼就能运作开来收回成本盈利了？

你连开始的机会都不给我，起点起点，总要有一个起的过程，有一个困难时期吧。

果果说，我受不了困难时期的压力，行了吧？

你就是一个胆小鬼，只看得见眼前的蝇头微利，真是燕雀安知鸿鹄之志！

我燕雀就燕雀，总比你不切实际来得好。你怎么不给自己留条后路，可以一边在单位做一边用业余时间试一下画廊的运作嘛。

方博南大大地"哧"了一声，你当谁是傻子哪？你想好事儿，人家破釜沉舟地做，你一脚踏两船，这还有合作的诚意吗？人家也不是非要跟你合作不可的，这世上什么都缺，就是不缺两条腿的人！

方博南越说越觉心里头的火腾腾地从头皮往外冒，你就这点儿出息，到底是小市民家里出来的！当年要不是你拦着我不给我买那套房子，我们早就发了！早两年一套五十万，放到现在，房价高了，不得涨个三十万出来？你存银行一年能有多少利息？我告诉你哈果果，你就是我成功道路上的绊脚石！

果果马上接过来说，那你踢开我这块绊脚石好了！我本来就是小市民，配不起你大干部家庭出来的！

就像两年前方博南到底没有买成那套房子一样，这一回他也到底还是没有辞职。

事情以方博南无比愤慨的一句话为结。

方博南说，我也看出来了，别看每次都是我声儿大喊得凶，可最后让步的总是我！凭啥？啊？凭啥！

他没有得到答案。

工作不顺让方博南烦躁、失望，过起日子来也是没好气。

两个人在别别扭扭中迎来了他们婚后的第七个年头。

第二十七章
痒或不痒

方博南还记得七年前他第一次见到果果的情景。

他以为他会看到一个满面苦大仇深、别扭得像麻花一样的大龄女青年，却不料来了一个水灵灵小巧可爱的女孩子，蓝颜色的连衣裙，下摆露一重衬裙，像卷起的白色浪花。

一晃就过了七年了，哈果果是那种很经老的女人，可是，七年也足以叫她失掉一些当年的水分。水果放着为什么会干瘪？因为空气中的氧气，它是你生存的基础，但是又让你一分一分地衰老，所以说，氧气这个东西，某种程度上和婚姻的实质相似。

方博南开玩笑似的对果果说，我们也是第七年了，不知道会不会痒一痒呢？

其实他多少已经觉出内心里滋长的那一点子痒了。

某一个安静的突来的瞬间，他甚至听到这点子痒在心里剥剥地炸开的小声音，就好像火堆里头埋进的一颗颗栗子。

可是哈果果不信这个邪，她觉得七年必痒这种说法十分玄乎，她不信这世上就没有七年而不痒的夫妻。旧社会那么多对夫妇，结婚前连话都没有说过的一抓一大把，也没听说过有谁痒了，至少正史与民间野史中都没有七年之痒的说法。她的父母，是当年的老插子（即插队知青），两个人都刚回城，哈爸爸先有了工作，可是没有老婆，哈妈妈当时没有工作，可是是一个面目不错的年轻女人，有人从中撮合，见了两三次就商量着结了婚。他们有没有痒过，哈果果不知道，与大多数的子女一样，果果总觉得，无从想象自己父母也曾恋爱、接吻、第一次做爱、第一次为父为母。在孩子们的心眼里，父母有的时候是超越了性别的一种存在。

所以哈果果不大信七年之痒这个邪。

可是事实却叫她不得不信。

不知从什么时候起，他们两个人的关系变得别扭，常常吵架，最多的起因是孩子。

小小子方浩然越大越淘，最大的特点是浑不懔，谁说也没有用，谁都不怕，打骂、哄骗、说服、教育，种种方法在他的面前通通败下阵来，简直就是一个砸不扁煮不烂的小小铜豌豆，即便有父母帮着，果果还是吃不消。

哈果果嫌方博南不管孩子，连脚都没有替儿子洗过。

方博南相当不以为然，说，我小时候倒是想有人给我洗脚呢，可惜我妈死得早。谁给我洗脚？不自己洗吗？你不是他妈吗？当妈的给儿子洗洗脚是天经地义，对你对他都是一种幸福，我不忍心剥夺你的这种幸福，免得儿子长大了以后你觉得遗憾。

果果想，又来了又来了，又拿从小没有妈做借口了。这方博南，以前是最忌讳人家提他没有亲妈这个事实的，可是，渐渐地，没有亲妈怎么就成了他脱滑的一个借口了呢？跟个叫花子似的，故意把那烂了的伤口展示给人看，以博取同情，他就这么赖着了！

果果意识到，方博南现在很少做家务，并且，越来越会逃避了。果果深恨自己新婚时快活得过了头，错过了最佳的习惯养成期。言谈之间，渐渐地越来越多抱怨。

方博南说，你出去打听打听，我们北方男人有多少在家里头帮老娘儿们做家务事的？你以为我们是你们南方小男人？成天鸡毛蒜皮油盐酱醋。这些年我帮你做了多少家事你说？我一个正规艺术院校出来的人，帮你买过菜吧？帮你拖过地板吧？帮你晾过被子衣服吧？连当初儿子的尿布我也帮着洗。我告诉你吧哈果果，你要知足，像我这样的你打着灯笼也找不到的。

你真是不懂得与时俱进，东北男人怎么啦？东北男人现在在家帮老婆做家务的多得是，我们单位就有好几个！什么年代了你还端着大男人的架子！帮我做？我帮谁？我忙里忙外，累死累活，个人收入全用于家用，我就是你们家一个不收钱的保姆，不仅不收钱我还倒贴哇。

那不是你自个儿提出来的，用你的钱还贷做生活费，我的钱存起来？不够用的时候，我的钱也贴在里头的，何况，我的钱不还是你一手掌控？你说，还有第二个男人像我这样大度吗？

果果悲愤地冷哼数声。方博南说，你哼哼什么，哼哼什么？牙疼的话看牙科，嗓子疼你看耳鼻喉科，哼嘛哼！

哈果果以沉默的怒气相对，打开吸尘器呼呼地吸尘。

此时方博南正在作画，在一件旧老头衫上染满了各色颜料，大声叫哈果果小点儿声。

哈果果说小不了，吸尘器就这个声响。原本就是你弄脏的地板，你不吸我吸你还要咋的？

方博南一甩笔，你非得趁着我创作灵感来的时候吸是不？成心硌硬我是不？你这么大声我怎么创作？

哦哟，失敬失敬，我一时老眼昏花，没有看到您大艺术家在创作！

你不要这种怪腔调，你咋知道我就不能成功呢？知道齐白石成名时多少岁了吗？八十！我真要有大获成功的那一天，跟着享福的还不是你哈果果？

真有那一天，我的骨头估计可以打鼓了！

男人总要有一点儿成就一番事业的理想！

哈果果一眼瞥见雪白的墙面上被方博南染了一道新鲜的颜色，急火攻心，事业！李嘉诚那个才叫事业，比尔·盖茨那个更叫事业，成天捣鼓点儿破书封面，八百年前获过一个奖，成天满口事业事业的，不要叫人笑死哦！

方博南听见自己自尊心哗啦啦破碎的声音，勃然大怒。

两个人之间爆发了自结婚以来最严重的一次争吵。

博南说果果简直就变成了一个南京的老娘儿们。

你现在怎么这么不可爱？

我不可爱你找可爱的人去吧，没有人拦着你。

哈果果哭了。

有名人说过，年轻女人的眼泪仿佛春雨。

一个结了婚七年，养了一个儿子，穿着旧衣旧裳，头发胡乱用一个除了实用没啥装饰作用的大发夹夹起，趿着拖鞋做家务的三十四五岁的女人的眼泪，似乎更接近那种雨夹雪，落到哪里哪里就是一摊糊涂。

方博南从前看到果果流泪就心软，可是现在，他突地意识到，果果的眼泪，再也打动不了他了。

果果没有等到希望的服软与安抚，更加悲切。

可是，你不能说男人变了心。你不也在看他时不再有怦然心动的感觉了吗？

争吵以小小子方浩然惊天动地的大哭大叫而终止。

吵过之后,两个人都有一种无味的空乏感。

小小子方浩然,看到父母终于不吵了,他的小心眼里觉得最大的危险过去了,不禁对自己大哭的功夫肃然起敬兼扬扬自得。从此便时常使用这一武器。

屋子里灌满着针锋相对之后的余怨之气,却显得格外地空阔。电视机依然开着,小小子方浩然原本在看动画片。画面上,现在是一群人在跑马拉松,只见一个个选手面目痛苦扭曲,五官各自挣扎着向整张脸的各个方向拉扯奔逃,好像要脱开了脸飞将出去。

这一刻哈果果如醍醐灌顶。

所谓七年之痒,不过是马拉松当中那最痛苦的一段,体力已至极限,精神的鼓动也如同过了期的阿司匹林,听说有不少人就是在这一段里头退出比赛,前功尽弃。那咬牙切齿、扯了脸皮忍过去的,就能跑到尽头,因为熬过这一段,身心都因了对痛苦的惯性的忍耐而愈加强韧。

哈果果的信念慢慢地开始动摇,她渐而相信了七年之痒必然的存在与存在的必然。

这一年,小小子方浩然开始学钢琴了。

本来果果早一年里就想让儿子学的,可是哈家老两口非常不赞同。说人家学音乐的都是世家,子承父业,得有人脉才学得出来,有那个闲钱闲工夫不如让孩子学点儿将来用得着的技巧。果果不以为然,说,荒年饿不死手艺人,我晓得的,从小听你们念叨,耳朵早听出茧子来了,可是我总不能现在就把儿子送出去学徒吧?现在都什么年代了,哪个孩子走出去没有点儿拿得出手的功夫?吹拉弹唱,画画围棋演讲说故事,连学模特表演的都有。你们没看前些日子市少年宫影视表演班开班招生,门都要挤破了,听说名额一小时之内就报满了,人散了以后满地捡一捡,收拾了一箩筐小鞋子小帽子小手套,不比你们当年见伟大领袖的热情差。

哈妈妈说哈果果是跟方博南学坏了,本事大得很,牙尖嘴利声调儿高。方博南在不知不觉中又当了一回罪魁。

哈爸爸说,真要学就让然然跟他爸爸学画画呗,不要交学费,小孩子也不用东跑西颠。

果果说,方博南说了,画画不像音乐要那么深厚的童子功,以后学也行。

哈妈妈一针见血地说，他那是懒，找借口！

到底还是又拖了一年，果果跟方博南商量说不能再拖了，再拖就过了学音乐的最佳时间了。这些年果果熟读教育书，讲话都是一套一套的专业名词，跟景德镇出来的似的。

于是托人找老师，托人挑钢琴，哈爸爸见女儿一点儿不遵从自己的意见，并且把孩子送到那样远的老师家里去学琴，气得发狠说，你可别指望我们老两口替你接送，我们只管学校里头的那一摊子事就不容易了。

果果也发狠说，我自己送，我自己送行了吧？我不连累你们。

哈妈妈也插嘴说，你就一张嘴硬，你自己？你自己能干什么？这么多年不是我们帮着你，你连顿囫囵饭都吃不上！

果果在娘家受了委屈一时头脑发热失掉理智，竟然将此话说给方博南听，为此方博南又对岳父母有了意见。

果果下决心不叫父母送孩子去学琴，哈爸爸后来自找台阶，主动要帮她接送也被她斩钉截铁地拒绝了。可是，老师虽是货真价实地好，可是路也是货真价实地远，来回倒两次车，拖着个结结实实小牛犊似的浩然小子，也真的是累得够呛。果果有时看着粗眉大眼壮实身坯的儿子不禁叹息，这可真不像她哈果果这么秀气的人生出来的儿子，她梦想中的儿子啊，应该是眉清目秀，沉静多思，连笑都是浅的淡的，唉，没有办法，东北人的基因真是强！

果果自己熬得非常辛苦，于是对方博南更添一层怨气。

方博南把儿子的教育问题全交到果果身上，自己只负责每周带儿子打两次羽毛球。高兴的时候哈哈哈，烦的时候去去去，家里形成了慈父严母的新时代的新型关系，并且把这种关系一直延续了下去。

哈果果现在很少有时间看大部头的小说了。有一次，当她终于有时间逛一逛书店买了一本据说是十分畅销的大作品，泡一杯咖啡给自己，坐在沙发里打算读一读时，她惊恐地发现，她无法好好地阅读了。眼里头只见一行行飞快滑过的黑麻麻的小字，每一个字都是认识的，可是字里的意思却飘忽如浮云晨雾。果果伤感地想，到底是文学抛弃了她，还是她抛弃了文学，或者是她与文学终于渐行渐远，不复当年的恩爱了？

果果喝多了咖啡，心里头惴惴不安，而小腹膨胀，她带着书来到洗手间，坐下来，看见自己白而软的、打了褶似的有了赘肉的小肚子，莫名地笑了一笑。

他们这套房子的卫生间封闭得非常好，门窗紧紧地闭着，把一切的声音动静大事小情喧嚣挣扎烦恼苦痛怨愤委屈都一并关在了外头。这一刻哈果果才觉得，她是她自己，不是妈妈不是妻子不是女儿，也不是公司文员，只是她自己。

她重新打开书开始读。

每一个字都慢慢地有了意义，连贯起来，轻轻地诉说着喜怒哀乐，好像那些文字的魂魄都一个一个归了位。

抽水马桶成了哈果果珍爱的宝座，卫生间是哈果果的麦加城。

方博南与果果的七年结婚纪念日到了。

果果说这得庆祝一下吧。

方博南无可无不可地说那就庆祝呗。出去吃顿饭？

于是果果跟方博南约定，晚上待她顺路接了儿子，到某某地段的某某饭店门口碰头。

谁知到了傍晚忽地变了天，竟然下起细细的雪来，冷得人直打哆嗦。

方博南虽在南京生活了这么许多年，到底还是外乡人，对南京气候的变化多端严重估计不足。早起出门时他只穿了一件薄外套，一整天在出版社室内开着空调没觉着什么，下班这一出门，不得了，差一点儿被湿冷的空气扇一个跟头。

好容易挤上公交车到了某某地段，只见饭店门前人流如织，方博南艺术家五点零的眼睛找了若干个来回也没看见老婆儿子，这才想起可能不是这娘儿俩动作慢，而是等错了地方，于是忙打电话却又发现手机快没电了，一急更是说不清爽。还好哈果果人机灵，十分钟以后披荆斩棘地过来了，方博南的手机也在叮的一声之后彻底哑了。

小小子方浩然被母亲一路拉扯着逃命似的奔来奔去，早就扭成一个麻花，嚷嚷着饿呀饿呀。可是这家饭店竟然满员，他们只好一路杀过去。

可真是见了鬼似的，附近每一家饭店都满座，有几家的门外还拥着一堆人在等座位，必胜客的门外更是夸张得排出去几十米长的队。

果果忙中有细，突地看出，那些排队在寒风细雪里不住跺脚，往手上呵气，偶尔借着伞掩护偷吻的人，百分之百都是年轻的情侣。

哈果果脑子里轰然作响，像飞进了无数的蜜蜂。

她突然记起来一件曾经让她快乐得意的事情，她结婚的那天，真真是好日子。

二月十四。

情人节。

难怪这么多的人！

方博南正在连声地咒骂南京这个不南不北不尴不尬不三不四的鬼地方，经了哈果果的提醒，这才醒悟过来。

他们这一对拖着儿子的大龄青年夫妇，混在一群真正年轻的鲜嫩得掐得出水来的年轻人里头，着实引人注目，有着强烈的喜剧效果，好像羊群里的骆驼。走过路过的年轻孩子们没有不多看两眼的，眼里多半有对异类在身边突然出现而引发的惊奇与鄙夷。

本来依着方博南的性子，是丝毫不会在乎旁人的眼光的，无奈，心再热扛不住天寒地冻，腹中饥饿耐不住饭店客满，何况方博南生平最恨最厌的就是为了一口吃的而大排其队。

方博南连饿带累带羞带恼，更加地坏了脾气，恶形恶状地说果果不挑个好日子出来吃饭偏凑这种无聊的热闹。

果果也气急败坏，说你当初结婚时自己挑的好日子现在倒怨我！

正要开吵，可巧来到一家比较空的火锅店，一家子急急往里进。冷与饿使夫妻俩失却了基本的判断力，这样一个日子，这样一个繁华的地段，店堂居然空落落的，会是什么好馆子呢？

小小子方浩然一个劲儿地大叫，要吃要吃要吃啊！

可等到锅底上来，第一筷子东西涮熟了喂到他口中时，他却因为心急而吞食被烫得大哭起来。

不要吃这个，要吃炸鸡腿，要吃要吃啊。小小子叫。

而火锅店哪里来的炸鸡腿，并且小小子说要吃肯德基爷爷家的炸鸡腿和麦当劳叔叔家的鳕鱼汉堡。

肯德基麦当劳倒是有，可是都在十分钟的路程外。方博南说怎么办，儿子要吃，买吧。

顶风冒雪去买。果果守着一口热腾腾的锅，饿着肚子看着它烧干，加了汤料，果果决定先开吃。

等方博南一路喘着回来了，才发现小小子方浩然已经被果果大一口小一口地喂饱了。再不肯吃鸡腿与汉堡，要喝热的果汁。

方博南忍无可忍，劈面给了小小子一巴掌。小小子愣了一秒钟再一次地放声大哭，把白瓷茶杯也摔了一个。店里头已经有客人啧啧作声表示嫌弃与不满，方博南怒目相向。

　　好容易坐下来吃时，方博南发现这家的肉不新鲜，蔬菜疲沓，鱼丸掺了太多的水一下锅便消失了芳踪，肉皮却像得了硬化症煮而弥坚，啤酒也没有方博南喝惯的牌子，服务生笨手笨脚，脾气比本事来得大，老板胆小力薄，竟然看着服务生的脸色行事，方博南恶毒地说大约这女的是老板的小老婆。

　　虽然言语刻薄而竟然一语中的，当然方博南也并不真的关心这种狗屁事。

　　总之无一处顺心。

　　三个人好容易吃完之后，花钱倒是不多，还得一张五十元赠券。方博南严词拒绝，叫服务生自己留着慢慢儿吃吧。

　　三个人叽叽歪歪地回了家。

　　方博南着凉感冒，传给了老婆与儿子。

　　这一年，从来不屑网上聊天的方博南终于也注册了一个QQ号。

第二十八章

荒诞剧目

其实是楚一帆勾着方博南上网聊天的。

原本方楚二人对 QQ 聊天这种把戏都没有什么兴趣。他们也晓得社里有些男人借着 QQ 与各类女人打情骂俏，自然也有约出去的，大家心照不宣，也不大管他人的事儿。

方博南一直认为，网上能勾上的女人，必不是什么好角色。楚一帆则认为，那都是小年轻的玩意儿，自己年纪不小，也是有过老婆的人，且在这种事情上栽过跟头，还是安分一些的好。

自从他第二次婚姻以离婚而惨淡告终之后，他一直在外头租房子住，晚上一个人待在那三十几平方米的旧房里头，想起自己落花流水的前半生，难免有悲从中来的时候。

也正是这种时候，他开始了聊天生涯。

他给自己起了个网名叫一叶孤帆。

由于他天生的对女人做小伏低体贴入微的性子，没有多久，他就颇交了几个红颜知己。其中有一个叫紫茉莉的，与他最为相投。

开始不过是偶尔打个招呼，简单聊几句，慢慢地，就变得每天都要聊几句，再慢慢地，变得一日不见便缺了点儿什么似的。

两个人熟了以后，开始谈一些比较私密一点儿的问题。紫茉莉试探地问起楚一帆的婚姻状况，为了表示诚意，她先露了一点点口风，说她在感情上是一个失败者，但其实她对感情是认真的，每一次的恋爱，都怀着同样的初恋的情怀，可落在别人的眼里，就是一个滥爱的人，真叫人无从解释，只好打碎牙和血吞。

这话很微妙地切中了楚一帆心底几重厚布遮住的一块溃烂的痛处。楚一帆只觉得心尖子抖了一抖。

他楚一帆哪一次爱情都是掏心掏肺的，可是他却先做了一个负心汉，接着又做了一个可怜虫，负心汉的可恨，老实人的可怜，这两种截然相反的苦处叫他一个人尝了，简直是世上最冤的一个冤大头。楚一帆的这一点儿同病相怜的情怀让他如同竹筒倒豆子，将自己的那些陈年往事一五一十地说给了紫茉莉听。

可那以后，紫茉莉好像一下子换了一个人，由一个悲切切的青衣变成了一个活泼泼的花旦，踩着鼓点子满台飞舞似的，言语也变得俏皮甚至有点儿俗气。她安抚楚一帆，非常明显地表达了遇上天涯沦落人的欢喜，三句两句之间便提出要见一见楚一帆，发现楚一帆在打哈哈，立刻嗖嗖嗖地发了若干张各种姿态的漂亮照片来。不承想楚一帆到底也是感情战场上枪林弹雨里过来的人，到这个时候也觉出了一些不对劲儿，无论紫茉莉如何热情，就是咬紧牙关不松口，坚决不肯见面，不肯透露真实身份。过了没多久，媒体报道说，本市公安局新近破获一个网络诈骗团伙，其成员是几个年轻的女子和两个粗壮的男人。主要作案手段是，由那几个年轻女人在QQ上与男人聊天，待男人同意见面后把人带至事先查看好的宾馆，再由最先埋伏好的壮汉进行拍照、勒索。不仅将男人的随身物品洗劫一空，而且要他们拿钱去赎回照片，因为那些男人多半是有家室的，或是那种有一点儿身份特别要面子的。报道中有一个细节，说这几个女人在聊天时常常会两三个人共用一个号，谁有空谁就上去开聊。

楚一帆吓出一身的冷汗，晚上回家忍不住打开QQ来看，那个紫茉莉居然还在，小头像不停地热情洋溢地闪烁着，楚一帆像被烫着似的立马把那个号给拉黑了。

那以后，他安分了一段时间，晚上八点半就上床，看看书读读报纸，周末下楼买点儿菜自己做了吃，偶尔去街心公园逛一逛，看老头子们的两局棋，看老太太们扭两步小拉。有一天他突然意识到，他才四十多岁，竟然提前过起了退休后的日子，这认知让人惊恐。于是他开始看电视剧，看得最多的是韩剧。人们常说杀时间杀时间，楚一帆觉得，韩剧这个东西简直是一把雪亮的钢刀，杀时间如切豆腐般容易，他一边笑骂一边看得不亦乐乎，单位的小姑娘们谈论剧情时他也能插上几句嘴，甚至头头是道地分析两句，突地他意识到了自己又开始犯老毛病，与年轻女孩子们太过接近。于是他又戒了韩剧，重新开始聊天。

这一回，楚一帆认识了一个自称是成都某中学高二学生的小姑娘。楚一帆并没有把她的话当真，平时也极少跟她聊天，可是忽地有一晚，小姑娘快十二点的

时候上 QQ 说，她不想活了，因为生活的压力实在是太大了，她在死之前随手点开一个 QQ 好友，说一声别了，至少在她人生的最后一刻有一个人给她送行。

楚一帆的本性又开始泛滥，想这种事宁信其有，万一是真的呢，救人一命胜造七级浮屠啊，便一直在网上劝慰小姑娘直至凌晨三点，总算说得小姑娘保证说不死了。

自那以后，小姑娘便隔三岔五地向楚一帆说一点儿心事，请教一点儿问题，显得十分有礼貌，也很有节制。楚一帆想，当年陈安吉的那个孩子若是不流产，自己如今也会有这么一个女儿了，得了，就当是在网上认养了一个女儿吧。

抱着这种心态，楚一帆再跟小姑娘聊起来时，便多了几分宠溺。

这个时候，也正是方博南与哈果果关系最别扭的时期。

有次方博南看楚一帆聊得不亦乐乎，便随口说，老楚啊，这 QQ 就这么好玩？

楚一帆说不是好玩，这玩意儿能占据你的脑子叫你不去想现实生活里头解不开的那堆乱麻。说得方博南心里一动，请楚一帆帮自己也弄了个号，起了个网名叫异乡人。没有多久他便加了 N 个好友，女人居多，至少她们说她们是女人。

原本方博南嘴皮子便挺利索，随便说上一两句，便惹得对方笑翻了，发过来一个个各异的笑脸。方博南想，这玩意儿也真有它的好处，反正也看不到对方是什么样子，你想象她们是什么样子她们便可以是什么样子，你当她们是你的什么人她们便可以是你的什么人，同学、同事、邻家妹妹以及情人。她们是老婆之外的无害的一种存在，因为她们虚拟且可以掌控，不想她出现，她便不能出现。替你解闷儿，可又不会成为你生活里头的麻烦。

方博南想，反正他是不会把网上这些事儿当真的，傻子才当真呢。

有一个女人，叫作秋天的菠菜的，常常主动点击方博南的 QQ 号，开始的时候言谈有些做作，常常发些诗词歌赋，一看就是百度来的，有几次连网址也一并拷贝了过来。方博南对她说，你说话就说话，不要装，你平时怎么说话现在就怎么说话。她便不装了，言谈轻松了许多，常提一些傻乎乎的问题，表情符号用得特别多，稍微有点儿着三不着两的，有一种赤裸裸的快快活活的无耻，反而给方博南一种意外的乐趣。

有一次，她问方博南想不想看看她的样子。

方博南答好啊。

于是她便发来了照片。

照片上是一个面目极平常的年轻女人，衣着显而易见地混乱，一种勉强支撑起来的时尚，倒是喜气洋洋的表情，跟她的言谈十分一致。

方博南心里微微地有点儿失望，转手便把照片删除了。

她问，你会不会好好保存我的照片？

方博南打了两个字，珍藏。

那女孩子便表现出一种由衷的高兴来，一连串的小表情一个接一个地跃出来蹦出来。方博南不由得笑了起来。

慢慢地，两个人熟起来，她告诉方博南，她也是外乡来的，来这里打工，今年二十二岁。她管方博南叫大哥，说也想看看大哥的样子，方博南说自己长得比较寒碜，她说不要紧，男人不靠脸盘子吃饭，男人的好处在别的地方。方博南问在什么地方，她又发了一串子小表情来，说你自己是男人你不知道男人好处在哪里吗？

话说到这里便有点儿往暧昧里去了，方博南意识到不对劲儿便唰地隐了身。

隔一天，秋天的菠菜又上 QQ 来敲方博南，倒是非常大方地不提前一天的事儿，说三道四，依然十分快活，倒弄得方博南有点儿小惭愧。

又过了些日子，秋天的菠菜突然告诉方博南，自己一天不跟方博南说两句话就觉得有重要的事没有做完似的，方博南成了她生活中一个非常特别的存在，挺亲的。

女孩子发过来一张傻乐的笑脸。方博南想了想，回了她一个表情，一只大手，拍拍小熊猫的圆脑袋。

这是一个极其难言的感觉，方博南不爱她，一点儿也不。他爱的不过是他生活中有这么一个人。

突然就有那么一天，方博南手头正做着事，办公室的小弟告诉他，有人找他。

方博南到走道里一看，一个小姑娘迎了上来，管他叫大哥。方博南吃了一惊。

方博南像被人劈面重重打了一巴掌，可跌下去时却是虚的，跌到了一堆厚厚的海绵上，浑身上下没有一处着力点，好像被那一团软重重地包围了起来。一瞬间，他的智商唰地降到了最低，丧失了言语的功能。

好容易缓过一口气来，方博南发现，眼前的这一个完全不是照片上的那一个，可是照片这东西，太具有欺骗性，谁知道这小姑娘拿谁的照片来忽悠人。

方博南不晓得拿这个天上掉下来的小姑娘怎么办。

他问，你是怎么知道我在哪个单位的？

语气里有很少的疑惑与很多的不满。

女孩子马上察觉了，立刻眼泪汪汪起来，说，不是你告诉我的吗？

方博南昏了，刹那间，他也记不清自己是不是在一个突来的糊涂的时候真的把自己的姓氏与单位告诉了对方——有时他开着QQ同时跟几个人聊，自己都弄不清谁是谁。

方博南只好先把人安排到一家如家快捷酒店。

方博南想着赶快劝说她离开，顶好明天就走，若是她不肯，自己便要严词相对，坚决叫她哪儿来的回哪儿去。

小姑娘说她叫刘小小，她只是想来看看大哥。

就只是来看看。看看，她就满足了，绝不是有什么企图。

说得挺凄惨，这种卑而怯的态度叫方博南没法板下脸来。

这两人的外表悬殊，态度却又实在叫人心生疑问，因此，走道里来来往往的人都要多看他们两眼，看得方博南那一点儿愧疚全飞了，心里只怪这丫头莫名其妙，非常生硬地拽走小姑娘，安排好了住处之后一分钟也不多留，逃瘟神似的逃了。

回到单位之后，他赫然发现，已经有人用一种非常奇怪的眼光在看他了，那眼光里有鄙夷、艳羡，以及看好戏等诸多的情绪。办公室里的老编辑刘大姐更是走过来做无意状问，小方啊，小姑娘是谁啊？是你侄女吧？从老家来了？语气故作自然轻松，可是笨拙得简直像一个三百斤重的大胖子坐在了老旧的木头椅子上。

方博南这会儿稍稍回过神来，中年男人那点儿狡猾与世故慢慢地回到了他的躯壳子里。他坐在座位上，越想越不对劲儿，这个小姑娘跟网上那个与自己聊天的年轻女人，不仅外表完全不一样，连说话的感觉也全不是那么回事，小姑娘明显的天真单纯、不经世事的样子，与那个秋天的菠菜那种傻乎乎不着四六的风情完全不对盘。而且，他实在想不起来曾经把真实的姓名单位给了什么人，自己还不至于如此没有脑子吧？

方博南脑子里忽地闪出一个念头，单位里这么多男人在网上聊天，自己别是白白替别人顶了缸了吧。

一念至此，方博南简直要暴跳起来。可是目前他毫无办法，这种事情，哪里可以拿到台面上来盘算？只好明天好好地盘问一下小丫头，然后再相机行事。最要紧的，是赶紧把人打发回家，多留一天就多一分可怕，万一这小丫头没有成年，那就更不得了，吃牢饭都有可能。

方博南有点儿魂不附体之感，到家的时候，比平时稍晚了一些，原本也没有什么，可是方博南却欲盖弥彰地再三解释，说单位里头有人送错了清样，白白耽误了他的时间。他语言夸张地愤慨，手势多而杂，舞之蹈之，仿佛不这样，便会有真相不由自主地由他的嘴巴里或是眼睛里或是胸口扑啦啦地飞将出来。

果果倒是一点儿不介意的样子，说，晚了就晚了一会儿呗，小孩子刚从学校出来做事，哪有不做错的，你多原谅着点儿就是了，现在找一个饭碗有多不易啊。

方博南态度谦虚地点头称是。抢着把碗洗了，又搂着儿子死命地亲热，把一张大脸埋进儿子的小胸膛里，蹭来蹭去地逗他。

小小子方浩然毫不客气地一掌拍开他的大头，说，爸爸你不要打扰我学习，我明天要考试，考不好老师叫我把卷子重抄一遍再做就惨了。

果果说你别烦儿子学习，拉了方博南到客厅。

方博南非常惧怕那突然降临的一片安静，连忙把电视机打开。电视导购节目，男人与女人把眼睛瞪得溜圆，用夸张得离奇的嗓音在宣传他们的产品，把那东西说得天上有地上无，不买就是人生最大的损失似的。

果果正在把新洗好的枕套套在枕芯上，再拍拍松。果果看一眼方博南，忽地闲闲地问，那个女孩子现在怎么样了？人家一个小姑娘家家的，一个人住如家快捷安不安全哪？

方博南只觉得一道天雷从天灵盖上直直地灌下来。

灰飞烟灭。

在他的脑子能够做主之前，方博南的第一句谎言已冲出了嘴巴。

我其实一点儿也不明白是怎么回事，我从来不QQ聊天的。一定是那丫头弄错了人。

这话真里头带着假，假里头裹着真。

或许，越是这种半真半假的话越是接近于真理，这话一出口，方博南自己先相信了，并且，这种相信越来越坚定，于是他对果果坚决地说，他根本没有招惹这个小姑娘。

哈果果有点儿神思恍惚。心里有一处在抽痛，仿佛那里有一根痛筋，它在扭

曲在绞缠，不给自己安宁，叫自己想吐。

她莫名地记起许久之前自己对方博南说过的一句话。

那个时候他们刚刚结婚，楚一帆刚刚跟陈安吉分了手，寻了新欢。方博南问过她，如果那个变心的人换作是他，她会怎么办。

果果记起自己说过，I will get out of that door and you will never see me again for the rest of your life.I promise.

那种清脆的嗓音突地就响在耳朵根底下，话是狠的，然而语气里全是自得与自信。

果果不由得感叹那个时候的自己到底是年轻。

一切的威胁，不过是因为你知道他爱你。

没有了爱，你威胁不了他。

没有爱，一切不过是鸣的锣响的钵，响过了也就响过了。

果果竟然笑了起来，一边笑一边打着抖。

第二十九章 至亲至疏

方博南看到哈果果笑起来,只觉得身上一阵火热一阵寒凉。

哈果果是爱哭的,哈果果时不时地会"哎哟哎哟"地发表一些小议论,可是哈果果没有这样笑过。

方博南合身扑过去,抱住果果说,老婆,你你你,真的,你别不信。我真的没怎么。

怪的是这个时候果果心里的那股子痛像潮水一样地退了下去。

她也不恨。

她只是有点儿奇怪。

她从未听过方博南用这种口气说话。方博南向来都是架子端得十足的,他不是不会服软,他会打诨语、耍无赖,可是他从不说我真的没怎么。

哈果果周身泛着冷气,那一线冷一直灌到手指尖。

她知道方博南一定是有了什么了。

那真相只在一步之遥,端看你有没有勇气走过去把它掀开来,那里头许是臭的脏的,许是一个炸弹,管叫你粉身碎骨,再也合拢不来。

可是那炸弹若炸了,死的不是一个而是一双,真正是你中有我我中有你,血肉横飞的亲密无间。

即便后果是这样可怕,哈果果还是想弄个水落石出。她这时候才明白,陈安吉说的,眼里揉不得沙子是什么感觉。

这一边,方博南咬牙切齿下了决心,走,我们一起去找那个丫头,把事情弄弄清楚。

方博南想他死也要死个明白。

哈果果说，去哪儿？放儿子一个人在家吗？

儿子这两个字一出口，哈果果放声痛哭。

居然没有眼泪滚下来，干号罢了，果果觉得她不痛她也不想哭，只想把腔子里的那点儿闷子叫出来，心里就舒服了。一边叫，果果在心里一边替自己叫好，真是痛快痛快！

那真要哭出来的反而好像是大男人方博南。他一手拉着哈果果，一手拉着闻声从卧室里跑出来的小小子浩然，一迭声地说，老婆你别这样，别这样，走走走，我们去问个清楚。

这个深秋的夜风如水的晚上，方博南扶妻携子，走在空荡荡的大街上。

果果突然站住了再也不肯走，方博南便去拉她，硬要拉着她向前，向前。他心里似乎塞满了一堆潮湿的柴火，他知道那柴火下头是一点点绝望的小火苗，闷着憋着，这会儿他就希望那小火苗快点儿烧起来，顶好把他给点了，省得这样干熬着他。

果果蹲下来抱着儿子，借了小小子浩然的敦实劲儿坠着自己。这太荒唐了，她想，太荒唐！他们带着儿子，逃难似的，却原来是要见一个他们家庭的入侵者！

方博南也蹲下来，和声说，要不，我们把儿子送到陈安吉家里待一会儿，咱俩去。这事儿不弄清楚，咱们谁都不好过。

等他们终于到了那家如家快捷的时候，已经十点半了。

那小姑娘还没睡，在屋子里看电视呢，买了糖炒栗子在吃，吃出一屋子的热香。

小姑娘不是笨人，看到来者，也明白了点儿，脸上的表情有点儿呆，呆底下慢慢地又透出了一点儿懊丧来，接着眼光开始活泛起来，骨碌碌滚到方博南身上再骨碌碌滚到哈果果身上。

看到了人，果果倒平静下来。

还没等果果开口，方博南先自叫了起来，你今天就给我说说清楚，到底是谁把你招到这儿来的？你可不能诬赖人，我告诉你，这年头，诬赖人是要吃官司的。你成年了吧？十八还是十九？可以负法律责任了！

小姑娘小声说，我十七。

方博南觉得后脑壳子嗖地一凉，大约是他的魂激灵灵地飞出去了。

哈果果开口说，你别吓坏人家小孩子。你别怕，小姑娘，你好好跟我说，你是来找谁的？你这么出来，爸妈都还不晓得吧？他们该多着急。你跟阿姨说明白，我不怪你，只会帮你。

方博南这时终于想起来问一个至关重要的问题，那个跟你聊的人，QQ号是多少，在网上叫什么？

小姑娘结巴起来，半天才说清楚一个号头，还说，跟她聊的人叫一叶孤帆，他告诉她他叫方博南。

小姑娘冲着果果说，阿姨你不要怪大哥，是我老问老问，大哥才告诉我的。

方博南啪地一拍桌子，哪个傻子是你大哥？

他突地打了个愣。

一叶孤帆。

他晓得是哪一个了。

方博南听见自己的那颗老心咚一家伙坠回到胸腔里的沉重的一声响儿，声音里马上就多了点儿轻快，用一种松垮下来的暴怒的语气问，他说他叫方博南你就信，你就来找方博南？你还有没有脑子？

小姑娘哭将起来，却是对着哈果果哭，大哥是好人，那个时候要不是他劝着我，给我讲道理，我早就自杀了。是我自己要来找大哥的，我只想跟我的救命恩人见个面。

方博南一把拉着小姑娘，走走走，我带你找你那大哥去哈，你要结草衔环也好要以身相许也好，你冲着你的大哥去。你可别连累了别人！

大约是手劲儿大了，小姑娘哭得更伤心。

哈果果厉声喝道，你行了方博南！

方博南乖乖地松了手。

小姑娘最终见到了她的救命恩人楚一帆，哈果果领着她去的，亲手把她送到楚一帆身边。

看到楚一帆脸上开了颜料铺子似的，哈果果觉得很快意。

果果说，你看着办吧老楚，我们可担不起这个责任。

小姑娘当天便被楚一帆送回家了，她似乎也明白自己的冒失了，逃跑似的走了。

楚一帆从此在社里更成为一个笑柄，连方博南也不理他了。

方博南想，就凭着你让我受到的惊吓，也不会再搭理你个二百五的东西了。

好家伙，这一场吓，那是好玩的吗？方博南直想着把自己的QQ号连同所有的聊天记录删他个干净。

这会子云开雾散了，方博南才有心情去细细地前前后后地回想。最叫他搞不懂的是，哈果果怎么这样快地就得到了消息呢？

放眼望去，哈果果跟自己身边的谁最熟呢？除了楚一帆，只能是她了。

方博南前后这么一想，终于明白了。

所有的事情，不过是眼前的一张纸，多少年来只是没有想过要去捅开，一朝捅开了，白是白红是红，全闯到眼睛里头来了，跟一张风俗年画似的，沉默地热闹着。

却原来是这么简单的一件事，他曾经还纳闷过，哈果果怎么就跟刘编辑那种八卦二号老太太有共同语言呢，平时逢年过节的，又是送果篮又是送水晶项链的，人家儿子娶老婆她也要出个份子喝杯喜酒，敢情是为了在自己身边埋一个探子。

这七八年里他方博南的身边一直都有哈果果的眼线哪。

原来打结婚那时候起她就起了这样深的心机了。

方博南一个上午都端坐在座位上没挪窝，把自己坐成了一尊佛。

哈果果这两天连着加班，她手上的这个项目，客户十分难缠，越是不懂行他的意见越是多，果果看他五大三粗的样子一开始以为人必定不难讲话，这么长时间，总算是有一桩巧宗儿落到自己碗里了，原打着速战速决的主意的。谁知这人竟十分精明，把人折腾得够呛。

果果也想借着点儿忙劲儿把心里上不着天、下不着地的慌张给避过去。

前两天的那事儿弄清楚了，原来是一场闹剧，可果果心里并没有松快下来。

她的第六感告诉她，方博南并不像他自己说的那样，是新世纪最后一个纯洁的已婚男人。

方博南未必就没有他的网络红颜知己，只是那个人没有真的过来找他，真正像那小姑娘似的，大马金刀地来了，倒不可怕了。

怕的是暗度陈仓。

就像自己的上司，看上去比谁都像一个规矩人，可是，竟与自己的下属暗通款曲两年了。那个女孩子，也是有男朋友的，现在正热火朝天地准备结婚。这在公司里几乎是一个人尽皆知的秘密，只除了男人的老婆女人的老公，他们永远是最后一个知道的人。这是一个与能量守恒同样不可撼动的铁一般的真实。

好容易忙完了手边的事儿，果果想来想去，还是打了电话，请哈爸爸代接一下儿子，叫了方博南一同出去吃饭。

两个人来到一家像样的馆子，坐下来，可谁都不肯点菜，一册菜谱两个人推来推去的，说不出的熟悉的生分，弄得服务生好奇怪地看着他们。

这两个人客气里头隐藏着一点点不耐烦一点点恼怒，这点子烦与这点子恼，却像盖在他们身上的鲜明的大红印章似的落实着他们的夫妻身份。

还是果果接过了菜谱，可是她点一个方博南否定一个，果果只好把菜谱又推给他，他自己点一个却又对果果说算了你不爱吃这个。

好容易商量定了菜色，果果觉得自己胃里都饱胀了。

两个人慢慢地喝着茶。方博南说，你看啊果果，咱俩好像吧，从来就吃不到一块儿去。好像咱们也没什么共同的爱好，咱有吗？

果果细想了一想说，好像是没有。

方博南笑说，你说咱俩差别这么大，当初是怎么走到一起去的？

果果面上含着笑说，方博南你挑衅是吧？咱们不是两口子吗？过日子就行，什么共同爱好不共同爱好的，我过了二十岁就不信那个了。

那你信不信爱情呢？我问你，你爱我吗？

果果说，爱吧。咱们是一家人。你，我，儿子，是最亲的人。

方博南没有作声。

爱就是爱，不爱就是不爱。

可是"爱吧"是什么呢？

方博南这会儿有点儿明白了，他其实并不是哈果果的至爱，不过是她那漫长的生命里的一个必要的存在。人家有老公，哈果果也得有。有了老公就有了一面盾牌，冷嘲热讽进不来，闲言碎语挡在外。

哈果果的爱情是长箭，哈果果的婚姻是盾牌。哈果果是一个被动的防守者，她的爱情长箭啊，要射向谁？

这个认知真是叫方博南心如刀绞。

心如刀绞。是这么个词儿，如同利刃寸寸向皮肉里切割，直钉到骨头缝里。

真痛。

热菜一个一个地送来了，两个人隔着蒸腾的热雾闷头吃饭。他给她夹菜，她也给他夹菜，她尽量点那些他爱吃的，他也尽量点一些她爱吃的，可是却又清楚地知道自己并不爱吃，但一定会勉强自己多少吃一点儿，不然浪费了，那浪费的

也都是他们这个家的钱。

方博南看着哈果果的头顶。

她的头发还是乌黑的,她不老,她依然有可餐的秀色。

他是爱她的。

他没有任何一个时候这样肯定自己是爱哈果果的。他从来没有热情洋溢地把爱字说出口,可他知道他是爱的。就算他跟她吵嘴时说她不可爱了,那个时候他其实也是爱她的。

不过他可是到今天才知道哈果果对他是"爱吧"。

你把那至爱的地位留给了谁,或者,你想留给谁?

人生有时是场荒诞剧,只看见一个人在台上,等啊等啊,你的戈多永远也不会来。

方博南有点儿心潮澎湃的,放弃了似的吃开来,吃得格外多。

方博南第二天打开电脑,打算删除QQ号和所有的记录,想了好久,终究还是没有删。

隔了两天,小小子方浩然学校开一年级的家长会,果果正巧要加班,方博南就去了。

班主任拉拉杂杂说了足有两个钟头,表扬的名单念了一批又一批,方博南在底下竖起耳朵听了半天,也没听见儿子的名字,就只在表扬中午吃饭好的小朋友时,听见老师提到方浩然的名字,说他不挑嘴,吃得又快又多。老师的表扬倒也是真心真意的,可落到方博南的耳朵里简直就是嘲弄,加上家长中间漾起一阵轻轻的笑声,方博南的怒火往上又腾了一腾。开完会后,老师点了几个学生的名字,叫他们的家长留下来单独交流,其中就有方浩然。

老师对方博南说,方浩然这个孩子嘛,挺聪明的,学习不太费劲儿。人也憨厚可爱。

方博南小肚鸡肠地想,少来这套,我就想听听你后头的"可是"。

可是,老师说。

方博南想,来了吧来了吧。

可是,他实在是有点儿不守规矩,常规上有所欠缺。上课吧,他总是趴在桌子上,跟八辈子没睡醒似的。还有,不讲卫生,桌子上的文具,摆小摊儿似的,座位下头的纸团简直是白花花的一片,昨天就因为他,我们班的卫生分给扣了两分。还有个坏习惯,什么东西都往嘴里送,有一回我看他鼓着腮帮子,以为他在吃什么零食,叫他张开嘴巴一看,好家伙,一块橡皮!这孩子吧,块儿大倒不惹是生非,就是闷淘闷淘的,不知什么时候就给你闯一个祸。

方博南用了好大的力气才控制住自己的面部表情,听老师的长篇大论。

可是回到家,在哈果果面前,就没这个好涵养了,鼻子不是鼻子,脸不是脸的,直怪果果没有把儿子管教好。

果果最怕听别人说她没有管好儿子,说,真是天地良心,我在儿子身上花的工夫,比哪个做妈的都要多。他还不会说话时我就念儿歌给他听,一会说话我就教他念唐诗,小九九背得比谁不早?天天陪着讲故事说英文,这工夫用到哪个孩子身上人家也成才了。

方博南气冲牛斗说,光教这些有什么用,你得教他常规!懂吗?

你怎么知道我没有教他?我说得嘴皮子都破了,他自己不上规矩,这是天生的,就是你们家的基因有问题。

你们家的基因才有问题。你除了直着嗓子发脾气教训儿子,凶神恶煞的,就没管到点子上。

果果说,你用不着装好人,你不凶,你最慈爱。你慈爱是因为你不管学习,我要是不管学习不操心,我比你更会慈,慈得扎扎实实。

方博南发狠说,我管就我管。你瞧着,我管保把儿子管成全班成绩前三名,叫那个老师一天表扬咱儿子十八遍。

方博南说到还真做到了,给儿子一气儿报了语数两门课的奥校班。果果说,才一年级你就让他上奥语奥数?你这不是拔苗助长吗?

方博南说,你要我管我就这样管,叫他学得头都抬不起来,我看他还有劲儿给我闷淘!

小小子方浩然还算争气,上了几天的奥校课,真的安静了一些。每周六下午踢踢踏踏地跟着爸妈上课去,就等着上完课之后到百年名店尹氏汤包那里吃两笼热乎乎的鸡汁汤包,吃得心满意足。方博南说,儿子,只要你好好学习,每个礼拜都有好东西吃!

果果骂他神经病。

果果看见儿子真的有点儿起色,也有了劲头。方博南并不是每个星期都可以抽出空来接送儿子的,责任最终还是落到了哈果果的身上。

可是哈家老两口极度不赞成让外孙学什么奥语奥数。哈爸爸对果果说,你们

姐妹俩小时候谁给你们上什么奥语奥数？别说那时候没有，就是有我们家也没有这些个闲钱来上。可你们不还是上大学的上大学，上中专的上中专？也没见你们成文盲！

果果觉得在这个问题上与爸妈进行讨论，完全是与夏虫语冰，便采取不理睬的政策。谁知没多久，就为了这事儿，跟自家父母大吵一通。

第三十章 一点萌芽

　　果果他们公司比早些年有了不小的发展，这当然算是好事，可是有发展便也要付出相应的劳动，果果加班的次数明显增多了，有时还要出现场，上外地，虽然一来一回最多也就两天的工夫，可也挺麻烦。逢方博南也忙的时候，果果就只好把儿子送到爸妈那里。

　　哈爸爸哈妈妈在吃穿用度上自然是亏待不了外孙子的，可是他们却不大管小小子浩然的学习。原本他们就不赞成果果送小小子去学琴上奥校，说了好几回，又不是什么高贵人家出来的孩子有必要学琴吗？奥数奥语的，学得小人脑浆子都要疼了吧。

　　这些话在方博南听来，像扎进耳朵里的一根刺，他觉得丈人丈母至今仍是看不上自己的，这让方博南十分恼火。

　　这个星期果果又出了两天的差，紧赶慢赶地赶回南京，第一时间就上父母家接儿子。

　　在楼道里就听得儿子扯了嗓子宰小猪似的哭叫，我不背书啦！我背得够多啦！我要看电视，我要看电视！我不学习啦！不学习啦！

　　果果裹着一股子怒气杀将进去，厉声呵斥儿子，我看你再敢说这种没出息的话！

　　哈妈妈却又跳出来回护着孙子，说，行了行了，你看看你，刚回来就恶声恶气的，你不会好好地说他？

　　果果坐了三四个小时的长途汽车，本来就头痛欲裂，四肢僵硬，没好气地回答，我不顺着你教育他呢嘛。

　　小小子方浩然大约是看妈妈与外婆闹别扭了，突然开口维护妈妈，粗嘎嘎的

小嗓子说，婆婆比鬼还坏！

这话一出，果果诧异不已而哈妈妈则气得变了脸色，直说哪个教你的哪个教你的。

果果说，妈，小孩子乱讲的，哪有人会这样教他！

哈妈妈气愤之下总得找一个顶缸的，方博南自然是顺手又顺理的选择，于是哈妈妈说，肯定是听你爸说的！你说，是不是你爸在背后骂婆婆和公公来着？

小小子浩然回答得更气人，不告诉你呀！

说完了嘎嘎直乐。

哈妈妈说，看看看，连口气都跟你爸一样气人！我呀，就是养了个白眼狼！

果果马上说，妈你别气，方博南哪会当着孩子说这样的话，他又不是没脑子！

哈妈妈说，他不是没脑子，他是没良心。良心大大的坏！

果果连哄带劝，又把买的外地的土产拿出来，一点儿不剩地全塞进爸妈家的冰箱。可哈妈妈气还是不消，一边嘟嘟嘟地批评小小子浩然这两天如何如何淘气，不肯好好做功课，一边又诉说他们送他上老师家上钢琴课是如何如何辛苦。哈爸爸也加入进来，老调重弹地说做什么要学琴上奥数。

说得果果也激动起来，泪流满面地说，我偏不像你们一样自暴自弃，我偏要把我儿子培养成琴棋书画样样拿得起的人才。我为什么这样做？我闲得慌吗？你们是不是都以为我很闲？我不用加班，我不用没白天没黑夜地写那些破软文破文案？我就是不要我儿子将来有一天也叫人看不起，说他是下只角家里出来的孩子，我不要我儿子有一天他爱人的父母看不起他，恨不得叫他们离婚而后快，我要他们巴结他稀罕他以他为荣以他为傲，觉着把一个女儿给了他做老婆是三生有幸，我儿子给他们家做女婿是他们修来的福气，是他们家祖坟冒了青烟！

说到高潮处，果果捏了拳头砰砰地擂着桌子，桌上放着的一个水杯跟着嘣嘣地跳。哈果果长这么大没这么大声大气地说过话。她想，她怎么就变得这样容易暴跳。

她控制不了自己。

她好像分裂成了两个身子，一个按捺不住另一个。另一个在这一个的胳膊弯里挣扎扭动，急着要说要叫要喊要个痛快。

哈妈妈觉得女儿的话直直地冲着她心窝里捅去。

他们是下只角的人家。

当年果果的姐姐萌萌的婆家就是这样想的。

夏家人从未把下只角这三个字说出来，可是他们的言语举止、眼神表情，无一不是在说着这三个字。

幼师中专毕业的哈萌萌，跟留德博士夏漱石，城市平民老哈家跟世代书香一门俊杰的夏家，不要外人说，哈爸哈妈自己也知道是云与泥一般的不般配。

然而那两个孩子，站在一处有多么叫人欢喜啊。

漱石那孩子是多么地温文尔雅，周到体贴。

他们两个一样的俊眉修目，一样的细长挺拔，一样的温和有礼，一样的轻言细语。可是人才再好，也架不住婆家不觉着你好，架不住人家吃了钢钉铁了心肠地要叫你跟他家儿子离了。

他们是文化人家，大家庭，要面子懂礼数，自然不是明火执仗地倒腾儿子媳妇离婚，可是人家有人家的法子，文火煎熬你。

人家还说，即使从遗传学的角度考虑，也还是希望两个人分开来的好。

不般配是真的不般配，没有法子哟，连科学这个东西都向着人家。

听说古代就有一种厉害的刑法，把人装进大瓮里，下头点了火，隔了寸许厚的瓮壁，一点儿一点儿烤得你皮焦肉烂，叫你一寸一寸地死了，一寸一寸地成灰。

果果图一时的痛快，可是话一出口她就悔断了肠子。

看着老妈无声地哭，鼻子尖上挂一个晶亮的鼻涕泡儿，果果心如刀绞。扑过去抱着妈妈说对不起，说她再也不会说这些话了，说是她不对，一切一切都是她的错。

母女两个抱头痛哭了一场，气倒消散了。

哈妈妈做了鸡汤银丝面给女儿吃。小小子浩然吵着也要吃，吃着吃着小小子突然说，原谅我吧婆婆，你原谅我吧，哎呀你原谅我吧。

哈妈妈气乐了，说，看看看，这无赖样子也像你爸。

果果不好回嘴，可想起方博南过去也是时常地耍宝耍赖，果然这遗传是强大的，是没有道理好讲的。

临回家时，哈妈妈又把女儿带回的土产装了大半进果果的包里。

这以后，果果在单位便力争不出差，仗着有孩子坚决地推过几次，反正她是拖家带口，用这种借口推挡出差的人在单位又不只她哈果果一个。

果果继续带着孩子跑到东跑到西去上课。

这个周末,正是小小子浩然奥校要分班考试。方博南这阵子得了一个好机会,可以去德国的法兰克福参加书展,天上掉下个大馅饼,他喜上眉梢地去了。

果果带着儿子出门时是十二点一刻,一边走一边再一次地检查准考证文具什么的。

这不检查还好,一检查,果果吓得差一点儿跌翻在地,当街摔个马趴。

原来,考试的时间与平时上课的时间不一样,不是一点半,而是一点。

这一吓非同小可,果果拉扯着儿子一路飞奔,想打个车赶到学校。

因为是周末,车子实在难打,一辆一辆全坐了人,炫耀似的开过去了。连小小子都气得直蹦高。

好容易拦到一辆,果果拖了儿子正要拉开门,可斜刺里突然杀出一对年轻男女,那男的眼疾手快,用肩膀撞开果果,拉开车门钻了进去,那女的也推了小小子一把钻进去了。

果果一急,脑子又不做主了。

她奋不顾身地扑在车前盖儿上,连声说,哪有这样的!哪有这样的!我拦的车我拦的!

小小子浩然也合身扑在妈妈的后背上,母子二人像匍匐在红色桑塔纳上的一对考拉。

果果不要命的架势,叫车开不了了。那对男女只好下了车。果果急急地钻进车里去,小小子扑跌着也进去了。

那年轻的女人突地弯下腰来,冲着果果响亮地骂了一句,泼妇!

车轰地弹出去,开了。

果果怔怔地坐在后座上,小小子浩然拉着她叫,妈妈妈妈,来得及吧,来得及吧,考完你得带我去吃小笼包哦,啊?妈妈?带我吃好不好?妈妈妈妈。

果果崩溃地说,别让我听到你的声音,别让我听到你的声音,别让我听到你的声音!求你了,求你了,求你了!

她的耳朵里嗡嗡地回荡着一个声音,泼妇!

泼妇!

泼妇!

她成了泼妇了,她什么时候竟然变成了一个泼妇了呢?

儿子吓得哭了起来。

司机大叔操着一口老南京腔开口说，我跟你讲，你不要难过，娃儿你也别哭，你跟现在的小年轻就没有道理好讲。你刚才不拦，我也不想载他们的。

下车的时候，果果硬是多塞给司机大叔十块钱。

哈果果是懂道理的人，是讲人情的人，她不是泼妇。

她不是泼妇。

果果这才把儿子送进考场，看着儿子把装了文具书本的小布拎兜背在肩上，跌跌撞撞地往教室里跑，慌乱的、巴巴结结的一个小孩子，被火燎了尾巴的小胖猫似的。

大周末的也不得安宁，逃难似的跟着大人倒上两趟车，从一点半上课直上到四点半，课间十分钟出来上个厕所，巴掌大的走道里打个转就又要进教室上课了。下课以后，能吃上两笼小汤包就高兴得不得了了，一笼才七块钱，一共十四块。平日里再调皮也还是怕老师，听老师的话的，就只是听归听，关键时刻还是会控制不了自己，可怎么办呢？总不能把他拴小牲口似的拴着吧。

奥校这里是不提供地方给家长们休息的，每一回果果都只好到处去逛，或是在附近找家银行坐着看书，打发长长的等待的时光。

果果在一家商店一楼的化妆品柜台转来转去，如今她都不怎么敢逛化妆品柜了，那些导购小姐们妆容精致、轻言细语的，特别专业、口才又好，热情温和、充满了说服力，不由得你不掏钱。这会儿也是，小姐拉了果果，向她介绍一款新的眼霜，说是效果如何如何好，现在买，再添上一件保湿水一件晚霜，打个折才七百五十块不到，还可以送一小套旅行装的护理品。

果果在心里叹道，七百五十块啊，这可以给儿子买多少笼小汤包啊。

果果坚决地丢下了手里的东西。导购小姐轻轻地说欢迎下次再来，表面上一点儿看不出情绪，真真好涵养。

年轻时的果果，最是要面子，这种情形之下，打肿了脸也要充一下面子，宁可接下来的日子里省吃俭用，多少也要买一些，还要摆出买得全不费劲儿的姿态来。

可是现在的果果，全然顾不得姿态了。

她不在乎了，她不怕别人在心里笑她穷酸买不起，一个有了孩子的女人，穷酸一点儿是为了孩子，要不怎么办呢。

果果悠闲了不一会儿，公司来了电话，叫她马上过去一趟，有个文案有点儿问题，要重修一下，客户急着要的。

果果赶紧坐车到单位。写字间里，只有一个年轻的同事，才跳槽到公司来的男孩子，叫钟鸣的，也在加班。

果果到总管那里领回了任务，急急地打开电脑做起来，把键盘敲得如急雨似的。

一个多小时的工夫，果果做完了手里的活，打印出来，小跑着到总管那里交活儿，满心指望着能一次通过，要不然，要赶不及接儿子下课了。

可惜事情并不如她所愿，总管那里一下子又打了回票，意见说了四五条，还得改。

果果只好坐下来，啪啪啪地打起字来。

一边打着字，一边毫无预兆地就落下泪来。

钟鸣听得果果吸鼻子的声音，歪过头让过隔断一看，吓得一缩头。

果果继续做着活儿，她的键盘用得有日子了，因为她爱它打起来嘣脆的声音，就一直没有换，有几个键上的字母都模糊了。果果耸起肩，在肩膀上蹭掉脸颊上的泪，抬眼时，看见钟鸣站在她面前。

哈果果也不避讳，就那么满面泪痕地由着他看。

钟鸣看她眼睛睁得溜圆，那种理直气壮的委屈，觉得有点儿好玩，却又不敢笑，问，你怎么啦？

我来不及接儿子了。果果说。说一个字掉一颗泪。还有半小时他就下课了。

钟鸣捏了果果桌上的一个大头娃娃的便签夹哆哆哆地敲着写字台，突地转身下楼去了。一会儿又跑上来，对果果说，我替你叫了辆车，你赶紧去接儿子来。快点儿，车在下头等着呢。

果果一时间不晓得做如何反应。钟鸣催她说，你快去，我在这里替你遮挡一下。

果果这才弹跳起来，可是又有疑虑，把小孩带到公司不合规定吧？

钟鸣抓抓头说，这样吧，我手上的活儿马上就完了，你把孩子接来，我替你带着他下去玩一会儿，你忙好了打电话给我。

果果连声说谢谢，谢谢。

她平时跟这个新来的同事完全没有交集，这会儿却有掉到水里攀到一块浮木的感觉。等她接了儿子坐了车往回赶的时候，才有闲心想，这个男孩倒是挺会替人着想的，蛮难得的哦。

到周一上班的时候，果果便带了一些水果来谢钟鸣，她想着只给钟鸣一个人显得不大好，所以写字间的每一个人她都发到了，临了多给了钟鸣一份。

这以后，果果跟钟鸣倒时常地说说话。公司做文案的，本就女多男少，女同事们也喜欢拿这间写字间里仅有的两个男生开开玩笑，支使他们做做事。果果一如既往地从不参与玩笑或是支使，只在一旁抿着嘴笑。

有一天，钟鸣午饭时接了家里的一个电话，一串子又急又快的家乡话，说了大半天，等他关了手机一抬眼，正正对上了哈果果的眼睛。

钟鸣看得那个年轻的妈妈眼睛里全是好奇探究，她微皱着眉头在想着什么，看上去有一种意外的不稳定的动人，像晃在水面上赤金的美丽光线，一晃，有了，一晃，好像又没有。

钟鸣问，怎么啦？

哈果果说，你哪里人？

钟鸣说，我南通的。

果果还是微皱着眉想着什么，突地咧了嘴笑起来，说，你讲的好像日本话似的。

钟鸣也笑起来。

他突然觉得哈果果这个人有点儿意思。

他觉得她有点儿像偷穿了大人衣服的小孩子。

方博南从法兰克福回来了，两个星期，倒养白了一些，精神头也比走之前好，眼神也亮了，饱鼓鼓的像一个刚出炉的大面包，带着外国的奶油甜香。小别的快活在果果心里头荡漾，觉得看着方大头挺亲挺亲的。

方博南自回来以后言谈中把国外的环境夸得只应天上有。

他说，老婆，你有没有考虑过移民？

果果只当他随口说着玩，也没有在意，谁知他真的开始收集有关的资料与信息了。

果果问，咦，你好像真有移民的心啊？

方博南说，那是自然，你等着，我不仅有心，我还要付诸行动。

果果毫不客气地说，你在法兰克福吃多了面包和比萨，撑的。

第三十一章

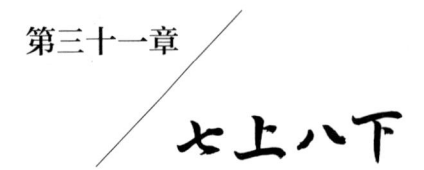

七上八下

尽管哈果果不以为然，可方博南却真的一心一意地谋划起移民的事儿来了。一到星期天，把儿子送到学校去上课之后，方博南便拉着果果赶着去听一场移民讲座。

果果不大乐意去听这种讲座，每每昏昏欲睡。方博南的精神头却很足，拿了本子认真地记录。

方博南说，移民呢，对我们家庭来说，也不失为一条路子。

果果说，我不觉得是什么好路子，屈原的《橘颂》你背过没有？深固难徙，更壹志兮。绿叶素荣，纷其可喜兮。

方博南冷笑一声，二十一世纪了已经。树挪死可人挪活的俗话听过没有？

果果心里烦躁不已，你真是想起来一出是一出！去了趟国外就想着要移民到国外，要是你参观一次航天局岂不是想要移民到月球上去？

能去我当然想去，我可不像你，恨不得一辈子窝在一个地方！南京有什么好？冬天冷死夏天热死，空气污染，房价又高，稍微下点儿雨雪的，交通就堵出去几里路，没有一样可口的东西，男人笨女人凶，哪一点值得留恋？

这可是我的家乡，六朝古都知道不？现代化大都市知道不？

拉倒吧，癞蛤蟆跳上秤盘，自己觉得自己怪不错的！

我一个中文专业毕业的人移到哪国去都没法子混，到国外去做什么？

方博南说，我可以卖画为生，你可以教中文。

果果"哧"地失笑，说，方博南我拜托你，你几岁了还这么理想化，说你理想化还是好听的。

不好听的呢？方博南问。

就是异想天开，白日做梦！

没有异想天开人类就不会进步，我快四十了，还有多少年可以努力的？我得趁着还干得动，身体还健康的时候给儿子创造一个更好的生存环境啊。至少到了国外他不用上学上得那么辛苦。

方博南提及儿子让果果有片刻的动摇，遂又叹口气道，哪里生存都不容易啊。

方博南放柔了声音说，老婆，我是不怕吃苦的人，而且我还有一个最大的优点，我上得去下得来！艺术家也做得，搬运工也做得。我不怕丢面子，我不搭那种没有用的酸架子。当年我二十来岁的时候，艺术专业的毕业生谋生不易，我什么没干过？小广告我都替人画过，礼拜天到公园摆摊子画肖像，我怕什么？我就告诉你哈果果，就我这种精神毅力，到国外大获成功不敢保证，养活老婆孩子不在话下。

果果听方博南说得诚恳，也软了声调说，你在国内不也把老婆孩子养得挺好？我们好不容易才挣下这份家业，有稳定工作有不错的房子，身体健康儿子不笨，比上不足比下太有余了。现在不是八十年代了，看外国的月亮都特别圆，真要走，咱们这房子怎么办？卖掉你舍得吗？

方博南略愣一愣说，那就不卖，留着，我们总还要回国度假探亲的。

哈果果突然觉得这一场争论实在是无意义得可笑。

完全是八字不见撇九字不见钩的事儿，不过是方博南在这里发发梦而已，而自己竟然与他为了空中楼阁争论不休，真是白费口舌。反正事也成不了，就让他干做做梦去。方博南这个男人，难得四十岁还充满梦想，也是异数。

于是果果便采取了消极的态度，方博南带她一起去听讲座她便去，方博南拉她去移民事务所咨询她便咨询。事务所的人说，像他们这样的，要么办技术移民要么办投资移民。若是技术移民的话，要算分数，说到分数，方博南与哈果果的专业都不是移民的热门，方博南的略高可是果果的却很低。可是，也只有让果果去做主申请人，因为移民得考雅思，果果英语好可方博南英语不灵。

这么一番折腾下来，方博南也认识到，技术移民这条路走不通。

要不就试试投资移民？方博南试探地问果果。

要多少钱？

提到钱，方博南也有些气短，至少得有一百多万吧。他说，要不，咱们把房卖了？加上存款？

不用果果否认，他自己先否认了这个法子。

方博南长长地叹了口气，破釜沉舟不难，可是，砸了锅他可以不吃，果果可以不吃，可儿子不能不吃，沉了船他可以掉水里，果果可以掉水里，可儿子不能掉水里。

方博南开始意识到自己的荒唐来。

一个人有了家只是有了家，要有了孩子才是有了牵绊哪。

方博南大力地搓脸，似乎要把那一点儿腾腾的理想主义的火苗从脸皮上搓下去，更从心底里掐灭。

算了，方博南想，不如多挣一些钱将来送儿子出去念书，高中就送走。

方博南不再提移民的事儿，他有了新的目标，跟果果提出将存款拿出三分之二来，买基金。这正是各类基金卖得最火热的一年，几乎每个月各大银行都会推出新的理财产品。果果是喜欢存钱的人，你叫她存钱她高兴，可叫她从银行里提钱就跟剜她身上的肉似的了。

方博南执意要买基金，说，存银行一年的利息才多少？当年要不是你不让我买那套房子……

果果赶紧说，打住吧打住吧，你快成祥林嫂了。买吧买吧，要买就买吧。

果果觉得自己也算是想明白了，方博南这个人，安生日子过久了，总要小折腾一下的。由着他去吧，可怜他追求了那么长时间的理想，总是如泡沫般破灭，历经苦难痴心不改，就当拿钱滋养他的理想吧。

方博南买得了基金心满意足，再回想起那个移民的梦想，也觉得不现实，可嘴里却不服软，说哈果果呀哈果果，说一千道一万，你就是丢不下你爹你妈呀。

这话说了没两天，方博南老家那边便来了电话。

三更半夜的，方爸爸的电话一打就是一个多小时。方博南两口子的睡意全飞跑了，方博南半靠在枕上烦躁地用力扯他浓厚的头发，果果凑在话筒上听着老爷子断断续续地诉说。

方博南的妹妹方博雅出了事。

她被老公李大原打得鼻青脸肿，逃了出来，被安置在青岛的一家家暴受害者收容机构里。

老爷子要方博南帮着想想办法。

搁下电话，方博南两口子再也睡不着了。

方博南顶着个乱成了鸡窝的脑袋在黑暗里长一声短一声地叹气。果果问，你想怎么办呢？

方博南愤然把床板拍得啪啪响道，能有什么好办法？赶紧订车票赶过去啊！别说是在青岛，就算是在吐鲁番在漠河在海南岛在云贵高原，我都只能立马磕巴不打一个地杀过去掏出那小子的牛黄狗宝来！这个臭丫头，人揿她不走鬼拉她直跑的糊涂东西！当初东北老家那边几个小伙子追她，有电视台的有部队的还有公务员，她都看不上，弄到后来嫁这么一不是东西的东西！

果果说，你现在说这些有什么用？这就是各人的命！赶紧想办法是正经。你快点儿过去把人接回来，我看这情形怕是只有离婚一条路。回来以后，你有什么当律师的朋友，咨询一下吧。

第二天，方博南就去买了火车票，方博南说先把人接回来吧，是合是离，到时候再说。

方爸爸又打过来一个长途，一说就是一个多小时，说来说去也没说出个新鲜的来，无非就是过去带人回来。又解释说，博雅妈妈听了女儿出事就犯了高血压，所以只能方博南一个人过去了。方博南说当然是我一个人过去，你们二老就是能过去我也不会让你们去，到那边再犯个病什么的，才是麻烦呢！何况，我一个人也不怕他李大原李小原的！

果果待方博南放下电话，咕哝了一句，平时想不起来还有个儿子，可是家里有点子事就想起儿子来了。

方博南断然喝道，哈果果你行了啊！我们家这危难的时候，你就别怪话连篇的了。

果果话一出口也有点儿后悔，她想起方博雅，乌油油的头发，银盘一样的脸，逢年过节常打来电话，她们也好过一场的。

果果叹道，怎么说家暴就家暴了呢？以前也从来没有听小雅提起过。

方博南说，臭丫头不好意思跟家里人说，现在闹得厉害了才说的。其实家暴不是一天两天了，这两年严重起来了！

方博南在家里推磨似的转来转去，总不能叫他们老两口七十来岁的人跑来跑去的吧？李家那边是熟人熟地方，他们去了，从气势上就输人一头，随便推他们一下都吃不消，不是给我添乱嘛！我不跑还有谁能跑这一趟呢。

果果不由得怕起来，说，老公你一个人去了何尝不是孤身一人，气势上输人一头？万一他们李家要是叫人打你一顿怎么办？果果奋力拉着方博南的衣袖，要不咱们把儿子送到我妈那儿，我陪你走一趟。

方博南倒乐了，你去就有用？你那把小骨头，万一真打起来我还得护着你。

果果说，你别小看人，兔子急了也咬人，我哈果果也再不是当年的文青了，现在是风吹雨打都不怕的已婚妇女，生活重负下历练出来的人。横的还怕不要命的呢，咱们跟他们拼了！

夫妻两个顿时生了慷慨就义的心肠，也只维持了几秒钟。

方博南仰倒在床上，一同去是不现实的，我也不是去闹事的，是去讲理的。

家里头兵荒马乱，果果宁可待在单位，可以不去想那些烦心事。虽说忙起来也是焦头烂额的，可午休时稍稍空闲时，同事们说说笑笑，多少可以分一分心，松快一点儿。

果果是在极无意间发现钟鸣的眼神的。

这天气温高，果果换了种打扮，穿了件白衬衫，套了件小号的男式灰色毛背心，牛仔裤，扎了条长马尾。她埋头做了一上午的事，脖颈痛起来，才一抬头，看见坐在斜对面的钟鸣正看着她，这会儿迎上了她的目光却也不回避，咧嘴无声地笑了一笑。

中午，果果嫌单位的饭不好吃，叫了外卖。钟鸣在饭堂吃完了回来时看见果果一个人坐在座位上，随口问她怎么还没吃饭，一边说一边又上下看了她两眼，又是咧嘴一笑。

果果被他看得疑惑，自己低头审视自己一眼，没觉得有什么不对，遂对着他翻了一个白眼。钟鸣又笑。笑着笑着想起什么来，说，哦对了，上次无意中拿了你的一个娃娃头的便签夹，还在我那儿呢，你等我拿了还给你啊。

果果说，你留着玩吧。

钟鸣有点儿不好意思，说，我呀，跟人说话的时候手里头总忍不住捏着个东西玩，这真是一个坏习惯。

果果笑起来说，实际上是小孩子家缺乏安全感的表现。

钟鸣说，好像你有多老似的。

果果说，你要叫我大姐，我理直气壮地答应，你要想叫我一声阿姨，我也不介意。

钟鸣不以为然地"哧"了一声。

果果忽地觉得挺有趣，说哧你个大头鬼。

下午，哈果果出去办事，回来时发现她的那个字迹模糊的键盘被人换成了一个新的，小小巧巧，流线型的，敲打起来的声音清脆极了。

果果心情好起来，觉得钟鸣这个小孩子挺尊老的。

回到家，果果的心里又开始烦躁担忧，总觉得日子叫方家人扰得七零八落的。

忽地有人敲门，果果吓了一跳，家里没个男人，只有妇孺，万一是什么不速之客怎么办？

外头隐约传来声音，叫着说，果果别怕，是我。

果果一听，竟是方博南，觉得不可思议，这个时候他应该才到青岛找地方住下啊。

开得门来，果然是方博南。他铁青着脸，一进门就把行李重重扔到地上。连浩然小子飞扑过来叫爸爸，他也没理会。

果果吃惊非常，下意识地就检查方博南身上有没有受伤。脸上是没有，可万一受了内伤呢？

方博南挥手说，我没问题，有问题的是那个臭丫头！神经病，以后我再也不管她的破事了，给那个男人打死了我也不管。

一直到一大碗热汤面吃下肚，方博南才稍稍平静一点儿，说出了原委。

原来，方博南刚下火车，走出车站，迎面就看到来接站的方博雅，期期艾艾地说，大哥你来了，已经没什么事了，大原他向我道歉了，接我回家了，他说他会努力改正的。哥你吃了没？

方博南登时就大怒起来，在车站当着人来人往就叫，狗改得了吃屎吗？到现在你还相信那个不是东西的东西？

到此刻，方博南说着说着，心中的气又鼓胀起来，额角的青筋全暴起来，粗粗地喘着。果果看得心惊胆战的，安慰他说，暂时就只好这样了，回头我给小雅打个电话，万一再有变故叫她马上往我们这里打电话。

方博南说，告诉她，随她死不死，叫她下回别烦我。说着继续坐着生闷气。

却又听得方浩然小子哭唧唧地说，爸爸爸爸，没有礼物啊？方博南遂去安慰儿子了。

这一场风波算是暂时地平息下去了，果果心里却总是有一些不好的预感。万事就怕成瘾，某种程度上，家暴跟毒瘾差不多，要戒又岂是那么容易的事儿。所以果果这两天倒比前些天更担忧起来，觉得自己这个家的头顶上悬了一把不知什么时候就落下的达摩克利斯之剑。

钟鸣很敏锐地发现了果果的郁郁不乐，偷空在茶水间里问她怎么了。果果便

大致说了一说。钟鸣只呆看着她，他不晓得怎么去劝她。

坐回到座位上时，果果回过味来，想这个小孩子怎么注意起自己来了。

女人于这种事上是极敏感的。有意无意地抬眼间，果果总会触到钟鸣的目光，在撞上果果的眼光时，钟鸣也从不回避，一点儿也不像那碰一下便缩成一团的水母，他有点儿像一条鱼，自由自在地在自己的一片水域里游，突然地对一株珊瑚有了兴趣，小心翼翼地靠近。

那也不过是一点儿轻浅的注视，不猥琐也不深情，有点儿暖意，有点儿示好，有点儿年轻的无所顾忌。女人在这样的注视下身与心都会变得莫名地轻一轻。

慢慢地，果果也从众人的口中了解了钟鸣的一些事。

他是有女朋友的，据说是同学，本地人。二十五六的人，没有女朋友才叫奇怪吧。而且，钟鸣竟然也在这个城市一个不算差的地段买好了房子。自然是他家里出的钱，原来钟鸣家是南通法院的，还挺有办法。女朋友听说是一个娇小姐，家里的经济条件也挺好的。跟许多年轻人比起来，钟鸣算是极幸运的了，这种幸运使得他的神情里有一种平和，平和又使得他英俊起来，不过那英俊并不稳定，却耐得住看。果果心里也明白，自己也有那么一点儿不稳定的美，还有一点儿剩余的青春，在家里她尽可以放了开来，然而，在单位里，对着一个年轻的男人的那一点儿轻浅的注视，哈果果的内心最深处，起了一点儿挣扎的心，挣扎着想在这一点儿注视面前，努力地保持自己那不再稳定的美丽与不太丰裕的青春。

入了冬，很快地又要到元旦了。果果走了点儿小运，她升了文案主管了，当然上头还有一个总管，更有经理那一层婆婆，可是好歹是升了，还小涨了一点儿工资，也不见得多多少，但难免惹得一帮人眼红。果果于是主动提出请大家吃饭，心想着哪怕倒贴了钱也要请得像模像样。于是大家提议去吃和食。

钟鸣第一个反对说，才不想吃日本菜，看着好，其实寡淡得很，而且吃不饱，不如吃火锅。

结果折中，决定去吃胖头鱼，湘系菜。

请客那天，果果用心打扮了一下，披了一头又柔又顺的长发，穿了新的毛衣，戴了方博南送的钻石耳钉，掩在长发里一点儿细碎的闪亮。不用看果果也能感觉钟鸣在看自己。

吃到一半时，果果出来上洗手间，正碰上也出来的钟鸣。钟鸣说，现在我成了你的直接下属了。

果果"哦"了一声，说别怕，我一点儿也不凶。完全是很真诚的哄小孩子的口气。

钟鸣有点儿意外，怔了一怔说，这里的菜挺贵的，你会贴不少钱的吧。

果果觉得他挺贴心的，像文火，暖暖地煨着人。她说不要紧的，大家高兴就好了。

果果开始觉得每天的上班是一种快活，那种大寂寞壳子里头的小热闹，隐秘的，没有说透的，千万别说透，说透了就破灭了，她明白这道理，难得的是他也明白。

说不上至情至性，也说不上厚颜无耻。

不过是一点儿想头。

第三十二章

无可奈何

元旦之前，果果又给方博雅打了一次长途，想问问她最近的情况。方博雅说一切都很好啊，很好。大原暂时不做自由职业了，进了一家公司。儿子也不错。元旦他们要去旅行，找一个可以泡温泉的地方。

不知为什么，果果总觉得她的语气里有一点儿强撑起来的快乐，还有一点儿藏不住的惧怕。果果把自己的感觉跟方博南说了，方博南面目狰狞地说，那个什么大原大方的，顶好给我安分一点儿，不然，有他好果子吃。

果果说，你光说这些个没用的狠话有用吗？你不如找一个恰当的时间给你妹打个电话。有些真话，她也许不好跟我明说，可跟你，你是她亲哥哥，她总会说实话的。

方博南便找了个上午打电话过去问了问。方博雅说，前些时候李大原自由职业工作不顺，所以心情很差，现在总算是稳定了，他心情好了也不动手了。

方博南没好气地说，心情差就动手，心情好就消停，请问他什么时候要再心情不好了呢？总之你可别犯傻了，下回他再打你，你立马报警，再往家里打电话，你有父母兄弟，还怕他？！

有一个周末，正巧方博南不在家，方爸爸来电话，果果接的，话题正好落到方博雅身上，果果便转述了一下方博南打的那个电话。

方爸爸在那一头沉默了一小会儿，说，两口子过日子，总有个吵吵闹闹的时候，重要的是两个人多沟通。你提醒一下小南，不要跟小雅说煽动性的话，你们做哥嫂的要多从正面鼓励她支持她。

果果一口闷气升到喉咙口上不来下不去，噎得失去了言语的功能，好容易找回声音说，是了爸爸，下回我们多鼓励她，跟老公要和谐，君子动口，我记得了。

晚上方博南一回来，果果便冲着他说，以后咱们都别再做二百五的事了。下次李大原再打你妹，你也别急着赶过去跟人拼老命，白白浪费咱们家的钱，你要跟他拼出个好歹来，你是叫你爸妈养你一辈子，还是叫李大原养你一辈子？到时候还是咱们自己倒霉。你那个律师朋友也别再咨询了，白欠人家一个大人情。

方博南也半天说不得话，经不住哈果果喋喋不休地抱怨老方家如何如何，拍案而起说，得了，得了，你也说够了啊！

果果真是越想越不值，那堵在胸口的话非得倒干净了才能舒服，是了是了，我是说够了，就剩了最后一句，我要再管你们家的破烂事，我就是世界上最二的二百五。

一时间夫妻俩都止了嘴，你看看我，我看看你，都在彼此的脸上看出一点儿熟悉里的不熟悉来，这点儿不熟悉让人不痛快，有点儿心惊肉跳的，所以他们约好了似的唰地都转开了眼。

最近在家里再不痛快，果果上班时都要收拾得干干净净漂漂亮亮的。有一天早晨，明明时间不早了，可果果下楼之后发现，衣服的前襟竟然沾了一块油渍，还是上楼去把衣服换了。结果她与儿子那天早上都迟到了。

钟鸣摇晃着一根手指小声地笑着对她说，领导带头迟到啦！

果果睇他一眼说，我们拖家带口的人的苦，小毛孩子懂什么！干活去！

钟鸣又"哧"一声。还没等果果开口，便替她说，哧你个大头鬼啊！

果果心情一下子便转好了。

一个上午，钟鸣会有意无意地从果果座位前走过，带起一点儿风，撩得果果耳朵根子底下的软发噗地小小地一掀。他做得不落痕迹，因为到茶水间必得路过果果的座位，可是果果心里头明镜似的，在他第五次走过的时候，果果开玩笑，你今天上午喝水喝得太多了，注意你的工作效率啊！

钟鸣笑，做逃跑状回自己的座位。

果果听见身边有轻轻的笑声。

这细微的笑声叫果果心里悚然一凛。有的时候是这样的，果果想，当事者以为不露痕迹，不过是因为那些痕迹全露进别人的眼里了。果果想，什么错都可以犯，但是这种错，是万万不行的，再不能往前了，这可是顶顶顶大的丑事。即使你自己觉得它不是丑的，可是这种事，由不得你说了算。大家觉得丑才是真的丑。

于是那一天果果都埋头工作得特别认真勤奋，完全没有与钟鸣对过眼神。

难得那天方博南有空，早早地接了儿子顺路过来接果果下班。果果与方博南

一边一个拉着儿子的手，这是一个最正常不过的三口之家的姿态，可大约是小小子方浩然太过调皮，从未好好地走过路，他们三人竟然是头一回以这样的姿态走在大街上。

哈果果用力地攥着儿子的小手，攥得儿子疼痛起来，扭来扭去地要挣脱母亲的束缚。方博南大声地呵斥儿子，叫他好好走路。

果果想，这是她蓬蓬勃勃真真切切的日子，攥得紧一点儿吧。

到了第二天，果果在工作的空歇时又看见了钟鸣的眼睛，有点儿小委屈，有点儿躲闪又有点儿不舍的眼光。她还听得他中午时在电话中与女朋友甜言蜜语，并因此而遭到全写字间群众的嘲笑。

果果也跟在里头笑，为着他抻着的那一股子劲头宽慰而爱怜地笑。

笑声停了，她又看见钟鸣用力地咬着一根铅笔，看着她。

果果心里突地就松了。

他喜欢她，这毋庸置疑，不过她不晓得为什么。

而她也对自己承认了，她也喜欢他。

因着他给了她一点儿柴米油盐以外的小欢喜。

果果的心像被打湿的一张纸似的，一点点软了起来。

日子就这么过下去。一天又一天的，没什么特别好的，也没什么特别不好的。

那天，方博南突地在晚上接了楚一帆的电话。

自从那次 QQ 事件之后，他有好久没理这个人了，他也看得出来楚一帆是想道歉示好的，只是他没给对方那个机会。这会子这么晚楚一帆会打电话来倒真叫方博南有点儿奇怪。

放下电话之后，方博南就更奇怪，果果问他怎么回事，方博南呃摸了两下，说，说不上来，他讲了一些奇奇怪怪的话，着三不着两的。就说要跟我请罪，为了上回的事儿，还说他不晓得他做人怎么做成了这样，众叛亲离，仇者快亲者也快什么什么的。他最近吧，在单位，是很不招人待见的。

果果细想了想，觉得心里有点儿不安，那不安越来越大，都睡下了之后，果果又一挣从床上挣坐起来，把方博南摇醒，说得去楚一帆家里看看。方博南说，你神经啊，这三更半夜的。

果果说，你不明白，你不会懂的。我怕他有什么不好的念头。我们去看看他。

她的神情很是紧张，叫方博南也怕起来。两个人把小小子也折腾起来，打了车到楚一帆家。楚一帆来开的门。果果一看见他，长长地呼出一口气来。

楚一帆把他们往屋子里让，忽地，一团毛乎乎的活物冲着方家一家人扑过来。果果尖叫一声，回身抓了儿子就往门口逃。方博南下意识地就挥了一拳出去。

那毛乎乎的一团被方博南挥了出去，向墙角撞过去，可它自己滴溜溜打个转，呜咽两声，唰地消失在沙发背后。

那边楚一帆一连声地道歉，啊呀不好意思，不好意思，吓着了没，吓着了没？

原来这是楚一帆新近养的一只小狮子狗。

小小子方浩然一下子就喜欢上了小狗，把它从沙发后扯出来。这小狗浑身灰扑扑的，没头没脸地披着毛。小小子抱着狗捏耳朵揪毛，玩得不亦乐乎。

方博南差一点儿要骂出声，说，你神经病，三更半夜的说什么鬼话吓唬人，我们以为你要寻死觅活呢，哪想到你小酒喝着小狗抱着，你消停得很哪！

哈果果赶紧扯扯方博南衣角叫他不要再说了。

楚一帆脸色灰败，小茶几上全是空的酒瓶子，浑身上下滴零滴落着两个字，倒霉。

楚一帆说，老方你骂得好，我有多少日子没有听见你骂我了。你骂得好，骂得对，我是欠骂！

听他这么一说，方博南倒不好再骂。三个人落座，七扯八扯地就扯到了陈安吉的身上。

果果说，那个时候，我们都以为你会回头去找陈安吉。

方博南马上接过话来说，可不，哪想到你老夫聊发少年狂，开始网恋起来。

楚一帆连声说，惭愧惭愧。不必提了，我那时是被鬼附体了。再说，他又叹了声，人家有男朋友了。

方博南马上说，怕什么，又没结婚。

果果想说结了婚也可以抢的，还是没有说出口。

楚一帆头快低到裤裆里去了，说，叫我怎么回头呢？她愿意要，我还没脸去呢。

三人又扯了一会儿，方博南夫妇俩起身告辞。小小子揪了小狗的尾巴拖着那一团往门口走，说要带回家玩，果果坚决不让，小小子放声痛哭，直到方博南许诺他，明天可以让他玩一会儿PSP他才住了声。

一团混乱中，哈果果与楚一帆的目光遇上了。楚一帆的眼里有深切的愧意，

果果忽地明白了什么，下死劲儿地瞪了楚一帆一眼，那一眼刀子似的扎着楚一帆跟跄半步。

隔天，果果跟陈安吉约了吃午饭时，对陈安吉说了那晚的事，陈安吉的脸色也变了。

果果说，我怕那个家伙得了抑郁症了，他如今一个人住着，怪吓人的。陈姐，你们好歹也夫妻一场，现在他遭了报应，孤苦伶仃的，你，唉，可不可以主动关心一下，劝劝他，夫妻做不成，做朋友也还是可以的。

陈安吉沉默半晌，缓缓地说，叫我怎么主动呢？怎么去劝他呢？跑到他窗户根子下面唱，归来吧，归来哟，浪迹天涯的游子？

她忽地就流下泪来。

再说我很快要结婚了。

果果也非常意外，一直也没听她提起，于是果果问，是那个海归吗？

是的。

唉唉唉。果果在心里长叹三声。

哪怕她还可以为他流泪，可还是错过了。

果果回到家把事情讲给方博南听，方博南也叹了一会儿气。

这一刻，夫妻两人在别人的不如意里头看到了自己生活里的亮，至少他们还可以在一起，有儿子有房子，那叹息里多少带了一点点的欣慰，可惜这种小欣慰小幸福，一不留神就溜号了。就像隔着水看水底的鱼，只看得见个影儿，倏地就看不见了，全怪那水太浑了。可话又说回来，果果想，水至清则无鱼。

哈果果在单位升了职，可是方博南却开始不顺利起来。

他们出版社终于开始做粉红少女读物，韩式言情、王子公主、校园爱情、穿越时空啥的。

方博南极为不满，可是他毫无办法。楚一帆劝过他，说人得顺应形势，如今卖书的得比卖肉的会吆喝才行。方博南嗤之以鼻。

于是他手里的活儿开始越来越少了，他觉得自己快要像一幅塞进了犄角旮旯的过了时的画儿。

有的时候，当别人忙忙碌碌的时候，他袖着手来来去去，自觉自己全身上下积满了灰尘，稍一动弹便扑扑地往下掉渣。

楚一帆却在这个时期重新焕发出光彩来。

当时社里压了一本书，基本是已经被做死了的，销量扑街，惨不忍睹。楚一帆先做了一番市场研究，然后主动跟社长请缨，说可以重新将书进行一番策划，打个擦边球，作为经济类小说重新推出。他原本就是做市场的，人头又熟，渠道也多，一下子，这书便火得不像话，连着上了好几个大书店与网站的排行榜。原本压着的一万多套一下子全铺了出去，赶着印了五万套，依然看好，很快又加印。社长连呼翻身仗啊翻身仗。

楚一帆一扫身上的霉气，居然在单位重新树立了形象。

趁着这势头，楚一帆又开始策划以女性为主要受众的几个系列书来，有针对少女的，有针对小资白领的，还有针对有闲有钱的少妇的，红红火火地做了起来。还将这一系列的书注册了一个雅致的品牌名。一时间，他们出版社这架老旧的风车竟然乘着东风呼啦啦地转动起来。

方博南说老楚，你果然是了解女人的，尤其年轻女人。楚一帆老脸一红。

方博南在心里不禁叹道，果然只有事业才能解救一个男人啊。

夏天到来的时候，果果他们公司组织职员进行体验。

果果得了盆腔炎。

果果的心情跌落到谷底。

她竟然得了妇女病了。

这似乎比脸上长出一条皱纹来更加有力地证明着她青春的流逝。

钟鸣看她脸色不好，悄声问她是不是查出什么病症来，还安慰她说，只要不是大病，好好治疗就是了。

果果慌里慌张地扯开一个笑容说，我哪里会有什么病呢？一切正常的。

她忽地就在他的面前低了下去，在他的青春面前她羞得不能言语。

果果跟方博南提了她的病。方博南"哎哟"一声说那得好好地治，别落下病根子就麻烦了。

还好病状不是太严重，治了一段时间便好了许多。

可是果果自此以后总觉得身体脏，她变得格外地爱洗澡，用大量的浴盐，泡得手指尖都起皱皮。

她长时间地泡在窄小的浴缸里，意念里想象着有脏东西从身体里流出去了，想象着她的身体在收紧收紧，她变得干净变得细柔。

她站在镜子前面，挑剔地看着自己的样子与身材，转过来转过去，用力地伸

展双臂,在身体上拉出一条纤细的不带一点点多余的肉的曲线来。那条线果真叫她给拉出来了,可是她一点儿不能松劲儿,松了那么一点儿,那线便曲了,弯了,变形了。

她翻看当年拍的婚纱照,看上面那个玲珑娇美的女子,那再也回不来的胳膊、腿、腰身,粉色光润细致的皮肤,她觉得心里有什么东西散成了沙,纷纷扬扬地,无声地坠了地,收拾不得了。

哈果果心理出了问题。

她开始推却与方博南的夫妻生活。

一次两次,看到方博南失望的神情,哈果果总是觉得很有愧意。

只是她的愧意总是在她内心那不知何时立起的屏障面前败下阵来,她推却,惭愧,再推却继而再惭愧。这个怪圈让哈果果觉着自己成了一头蠢钝的驴,似乎还不如一头驴。

因为驴只绕圈,从不思想。

可是哈果果一边思想一边绕圈。

这种事不必多,有那么几次下来,方博南心里便生了怀疑。他是个心里藏不住话的人,免不了要有一些碎话出来。

方博南对哈果果说,人傻了才结婚,可是结了婚之后一个一个的又都不肯傻了。所以呢,哈果果,你也别当谁是傻子。

你要外头没有人,才叫见了鬼呢。

第三十三章

落日楼头

那一天是个周末，天气晴好，不冷不热。

方博南有个约会。

他约了老婆哈果果在一家如家快捷见面。

405房。

在电话里他说，咱们分头行动。房间里见吧。

哈果果实在是太诧异，还没等她把话问出口，方博南那边就挂断了电话。

哈果果蒙头蒙脑地按方博南所说的地点找到了那家如家快捷，敲开了405房间的门。

门里站着方博南，一把把果果拉了进去，笑得十分肉麻邪恶。

果果劈头问他，你把儿子接走了？送到我爸妈那儿去了？

方博南的脸上维持着那种奇怪的笑，说，怎么，不能送吗？咱一个月也付他们不少生活费的，让他们周末帮着看一下孩子，我们轻松一下，也合情合理嘛！

果果哭笑不得地说，轻松一下去看场电影不就完了，带上儿子，或者到东郊去玩玩，儿子说要坐小火车说了好久了，何必花钱住旅馆呢，真是的。刚我进门的时候，你知道那个服务台的小姐那种眼光有多奇怪吗？哎呀，她一定以为我是跟人偷情的坏女人。

方博南也斜着眼说，那又怎么样？嘿嘿，你没听过那句话吗？妻不如妾，妾不如偷。偷有偷的乐趣。

哈果果说，你神经病啊，好好的合法夫妻你装什么偷情男女啊，你皮厚我还要面子呢。喂喂喂，你那是什么眼神啊，我拜托你正常一点儿好不好？弄那么猥琐的眼神出来做什么？

方博南有点儿不高兴，什么猥琐，你没发现我这是秋天的菠菜吗？

果果笑得打跌说，你别发神经了，这个房间多少钱一天的？

方博南气呼呼地说，你真不懂情调。

果果说，你别废话，到底多少钱？

方博南说四百八。这是豪华间。

果果立马拔高了嗓子说，这够儿子上一个月的钢琴课了！

果果拉了方博南就要走出房间，说看看这个时候退房可不可以少收点儿钱。方博南说当然不可以了。果果说这钱可真好挣，跟明抢差不多。

方博南的大手一下子按住门不让果果出去，同时把果果压在门板上，贴近她的耳朵根说，果果，你还记不记得，我们结婚前，在那家小旅馆里做的事儿？

果果一下子愣住了。

她记起来了。

那个时候，他们打算第二天去领证，方博南突发奇想，一定要带着果果一起去开房。

那个时候果果还是年轻的鲜嫩嫩的女孩子，其实并不无知，但是因为纯洁所以好像有点儿无知，很不好意思地说，你神经啊，我们不是快结婚了吗，明天就领证了。

方博南"喷"了一声道，这你就不懂了吧果果，领了证咱们就合法了，可是合法了就失掉了那种偷偷摸摸的快乐劲儿了。人这一辈子吧，要是不经历那么一次偷偷摸摸，总觉得有一点儿遗憾。

果果说，呸，这个机会我留给你以后跟别的女人偷偷摸摸去吧。

方博南正色道，我这一辈子，合法也只跟哈果果一个人合法，偷偷摸摸也只跟哈果果一个人偷偷摸摸。

那时候他们多么年轻，多么快活，多么好啊。

那是甜蜜的充满了激情的一次偷情。

他们的心里都充满着对对方的爱意，对对方肉体的无限新奇，以及因为逾越雷池而引发的那种压抑得快要燃烧快要沸腾起来的欲火。

真是势不可挡啊。

果果想，那样的激情，现在去了哪儿呢？

海上有潮起潮落。

然而人生并不。

潮落了，你很难再让它回来了。

方博南察觉到了果果的抗拒，面色一下子暗淡了下来，用力地揉了果果一把，气呼呼地倒在床上生闷气。

果果突地很内疚，她不晓得自己这是在干吗呢？方博南的用心，方博南的用意，她就那样甩在一边，如同甩一块破旧的抹布。

哈果果走到床边，挨着方博南躺下来。

这么近地看方博南，发现他的眼角有点儿耷拉。果果用手指尖贴着他的太阳穴，轻轻往上一提，他好像又回到了当年的那个样子，雄赳赳的，生动的大眼睛，热腾腾的身体。果果觉得有点儿心酸。

方博南突然开口说，你觉得我老了是吧？不再吸引你了吗？

果果说，你乱说什么，你老？我也不见得年轻，咱们谁也别嫌弃谁。

那可很难说的，方博南道，很难说。

果果没有让他接着说下去，人主动地贴了上去。

如果你看了场极闷的电影，顶多是在电影院里打个盹儿，醒来以后骂骂那个无能的导演。可是，这一场性事，这种无趣，比无趣更无趣。

果果拉了拉方博南的手跟他开玩笑说，你订什么房间不好，偏偏订这个房间，405，你还记得好多年前有一部特别有名的侦探片叫《405谋杀案》吗？那个男主角叫什么的，很少见的一个姓。

方博南甩开她的手，从床上坐起来说，走吧，还是把儿子接回家过周末吧。

他们开始穿衣服，收拾东西。

其实也没有什么好收拾的，可总好像有些什么没有收拾。

走出房间门的时候，方博南突然回转过头说，哈果果，今天要是换了一个人跟你开房，你是不是反应就不一样了？

哈果果一下子就灰白了脸孔。

哈果果自升了职之后，一直都只是领着手下的两三个文案做一些小项目，这个月初，大老板终于交了一个大项目给他们组做。果果虽然资历不浅，但以前一直只做纯文案，这一回做策划文案负责这么一个大任务还是头一次，她的精神十分紧张，表面上自然看不出来。果果觉得，如果在公司混了这么久，还让人轻易地发觉了自己的那点儿心虚，真算是白混了。

连着半个多月，果果和组里的几个人一起，实打实地加了几回班，这么算起

来，她跟同事待的时间早就超过了与方博南相处的时间。

果果知道她是故意地在回避着横亘在自己与方博南之间的那个问题，她的思维里，总觉得，有些事，拖一拖，会过去的。日子一长，那点儿隔膜兴许就淡了，散了。

可是很快地，她就发现，事情并不像她想的那样。

方博南对这种事，深了心了。

果果的内心多少是有点儿愧意的，所以她对方博南格外好，下班再晚，工作再忙，也尽可能地把家里的事儿安排妥当了，孩子交给哈爸爸哈妈妈，别让小小子把家里闹得乱哄哄的，让方博南更烦心。私下里多塞了点儿钱给自己父母，以免他们不高兴。不加班的日子，三菜一汤是少不了的，甚至言语间也和顺了许多，伶牙俐齿全收了起来。有的时候，洗着碗筷，也会忽地发了愣，看着手腕淹没在洗涤液雪白的泡沫中，泡沫里头慢慢地就浮起一点儿没意思来。

方博南自那一回之后，再也没有主动地对果果示过好。吃过饭就把自己关在书房里，画他自己的画。或是早早地上了床，一部接一部地看各种片子，恐怖的枪战的黑帮的，卧室里老是回旋着阴沉的音乐或是声效，光影在他没有表情的脸上明灭着。这种片子，时常会有一些露骨的镜头，每当这种时候，方博南便会发出一种冷笑，似嘲弄那些卖力的演出，听起来又似乎有一些自怜，他会突然开口说，来自女人的背叛比来自兄弟的背叛要狠得多了，兄弟的背叛不过要你的命，女人的背叛直接践踏你的心、你的尊严，这些可都比人命值钱。或是，这性爱，就是女人与男人之间的纽带之一，这条带要是断裂了，女人与男人之间的那点儿情分也不剩什么了。

果果听了，实在忍耐不住，回道，男人跟女人之间的情分就只你说的那么一点儿，那人要是老了，靠什么维系在一块儿呢？

方博南并不做直接的回答，却又冷笑着说，哈果果，真的，不是我吓唬你，像咱们现在这样，其实挺危险的。你吧，别不信，再严重下去，你就等着后悔吧。

果果现在宁可待在单位加班，她是一个不那么严厉的小头目，他们这一组人相处得都还不错。有时加班，钟鸣和另一个男孩子会负责买来晚饭，他们一起围着茶水间的大餐桌吃饭，开一些无伤大雅的玩笑，骂一骂老板，嘲弄一下那个暴发的客户，那一点在忙碌的工作当中偷来的空闲时刻使他们比往日更为接近，有一种孤岛之中建立起来的相互依傍，像鲁滨孙与星期五的关系。

任务完成到一半的时候，出了问题。公司突然把他们组的一个 AE（Account

Executive，客户执行），姓宋的，转成了策划文案，调到了另一个组负责一个新项目。那姑娘平时便挺活络的，与上头接触比较多，不甘屈居人下的一个人，她走了，留下了一摊工作，果果他们更加地忙碌起来。

有一天，果果难得地与钟鸣单独在茶水间遇上。钟鸣低着头，神色间十分颓唐，果果看了很是不忍，便问怎么了。

钟鸣说，其实也没有什么，就是，原先我手里的一个小项目，快完成了，现在全归了阿宋。那个东西没什么了不起，好歹是我独立做的第一个项目，就算拿走吧，也跟我说一声啊。现在……按理，我一个男人，也不应该跟一个女人争什么。

果果说，你觉得委屈很正常的，什么男人女人，现在在职场上，只分能干不能干，哪分男人与女人。等长久了，你就不在意这些事了，以后，你抢别人的时候多着呢，到时候也得是眼疾手快才好。

钟鸣想了一想才小声地说，我才不会。

果果想，你就是长到这么大太顺利了，所以一点点的委屈砸下来，就受不住。如果你毕业后挤破了头去找工作，低声下气地追在一个小姑娘的身后，找到工作一分钱攥成八瓣那样存钱买房子，或许委屈来了，你就懂得和血大口吞下去了。

可是她到底是心软了没有说出来。对钟鸣说，今晚我请大家客，你想吃什么？

钟鸣看了她一会儿，答非所问地说，前段时间我以为我得罪了你呢，你理都不理我，连吩咐我做事都是爱搭不理的，好像特别不想跟我说话。

果果失笑，哪有这样的事。

结果这一天，哈果果请了全组的人吃晚饭，另外又多买了两盒三文鱼的寿司，说是带回家哄儿子的，十一点多临回家时偷偷塞给了钟鸣一盒。

方博南在社里明显地赋闲起来。楚一帆有两回交给他一些设计的活儿，被他毫不客气地推拒之后，也不大敢找他做书了。方博南忽地发现他多出了许多的时间来，怪的是，越是闲散，他越是不想作画，带儿子的时间倒多了一些。最近小小子方浩然看到妈妈因为工作繁忙对自己疏于监督，便如同开了锁的小猴子般兴奋，在学校里十分地散漫，磨磨蹭蹭，拖拖拉拉，有一回竟然连课堂作业也不愿写，被老师留堂，勒令他必须写完作业才许回家。方博南去接儿子，足足在校门

口等了一个多小时。学校门口种了一丛肥大的芭蕉,这时候长得正好,宽大的叶子堆叠在一起,惹了一堆的蚊子。方博南的胳膊上被咬了一串大包,连脸上也不能幸免。老师还是很负责的,一直陪着小小子做完了功课,送他到校门口。方博南顶着鼻尖上的一个红通通的大包,怒气冲冲地从老师的手里一把扯过儿子,连一声谢谢都没说。快七点了,父子俩在小饭店里随便填了些吃食,方博南带着儿子回家做作业,好容易把儿子送上床,刚安分了两分钟,小小子突然从床上蹦起来说,还有一项默写作业忘记写了。方博南勃然大怒,开天辟地头一回狠揍了儿子一顿。可作业还是得做的,小小子鼻涕拉糊地完成了默写,上床睡了。方博南才得以脱身。

又等了一个多小时,哈果果才回家来。

方博南开始对果果的晚归疑神疑鬼起来。

两个人不可避免地又争吵了一番。

这一晚,哈果果是在长沙发上睡的。

她浑身散了架子似的疲惫,但是精神却奇怪地亢奋起来,不能入睡。她记起从前,两个人闹别扭的时候,也有几回,她窝在沙发里生气,总是方博南过来哄她,一边哄一边骂自己没有出息。哄着哄着,两个人就滚到一块儿去了。

夫妻间就是这样,好的日子里,连吵闹也是一种温情的催化剂。而到了如今这种日子,吵架便结结实实地成了堵在喉咙口的一块异物,端看你把它吐出来还是生咽下去,否则就等着被憋死吧。

这样一个不眠的长夜里,哈果果的身体里竟然燃起了一团熊熊的火,那种久违的热烈与燥热,使得果果的意志都涣散了。

蒙眬间,果果觉得有一双手在抚摸着她的身体,有什么人那么亲热地贴近她,密不透风地亲近,她把那个人推开来一点儿,看见一张陌生的汗津津的年轻的面孔。她抓住他滑溜溜全是汗水的肩膀,突地身旁爆起一点儿亮,方博南的脸出现在那团亮里,大大的黑眼珠仿佛要迸出眼眶,果果一吓,醒了。

天色已微明。窗玻璃上映着一种极浅淡的青色,哈果果对着那一块青白之色羞愧得缩成一团。

这一次争吵,是果果先投降了,是她去哄方博南。她特地买来了方博南爱吃的大肉包,做了鸡蛋汤。

果果说,对不起啊老公,别生气,等我忙过这阵子就好了。

她为了自己那一场虚幻的背叛虔诚地向方博南低头。

方博南一无所知，但是接受了果果的道歉。

果果他们组的项目接近尾声。客户看了他们的策划，表示基本满意，只提出一条，他们开发的这一个楼盘附近，并没有什么大型超市，于是果果他们的策划中也照实没有提及。可是这会儿，客户一定要他们编一个，果果作为负责人，回复客户说，这样不大好吧。客户极不屑地说，你做这一行这么久了，夸张一点儿的手法都不会吗？

果果他们当晚就开了会，商讨如何应对。钟鸣咬紧牙关建议说，就不给他夸大，看他如何了。最终是哈果果拍板说不给他加这一条，结果事情就僵了下来。客户那头因为急着开盘，而广告这头迟迟定不下来，发了冲天的怒火，果果被老板叫了去好一阵骂。

果果无法，亲自从钟鸣的电脑里调出文案的原稿，修改之后发了出去。

果果对钟鸣说，若是以后有什么问题，大家都可以证明，是我改的文案，跟你没有关系。

也是合该出问题。月底的时候工商局抽查，这个楼盘的广告被说是过分夸大，那客户结结实实地被罚了一笔钱。他就一个电话打过来，把一腔的怒火全撒到公司这头来，埋怨说是公司的过错，那笔广告的尾款也一直拖着不肯给。

果果头一次负责的案子以失败告终，如果尾款一直收不回来的话，在公司是不是能待得下去还要打一个问号。

这事儿最终的结局倒并不如果果想象的那样糟糕。

钟鸣打了电话回家，他父亲有旧同学与那客户的一个朋友有点儿私人交情，钟鸣跟着财务部的人先去客户那里大打苦情牌，又找他父亲的那个旧识从中调停，和和稀泥，尾款终于到了。

经了这一事，老板挺看重钟鸣，觉得这小孩儿挺灵活，家里也有点儿办法，要把他调去做助理。

果果是在一个周末听说钟鸣要调走的事的。说是调令已经下了，下周一钟鸣就到总部去了。

到了周一她上班，发现钟鸣还坐在原座上。

哈果果觉得那一刻她像被一双无形的大手推着，噔噔噔地走到钟鸣的桌边，说，你怎么还在这里？

她的胸中充斥着一种奇怪的怒气，她知道她不该气的，可是无论如何也忍不

住那种愤怒。

钟鸣抬起头来笑笑说，我不走，我就跟你混了，你罩着我。又说，我给他做助理？哧。

一刹那间，他们之间涌动着一种同生共死的悲壮的情谊。

可是这种情谊忽地又显得有点儿可笑。

于是他们都笑了起来。

第三十四章 断鸿声里

方博南有点儿鬼祟地拉开哈果果的拎包,把她的手机掏了出来。

他是生平头一回做这种事。

这很小人,方博南知道。

很猥琐,很不咋的。

不过你知道是一回事,知道了还是要做。人这一辈子,总有某个时候,自己都不晓得自己在做什么。

方博南劝慰着自己,尽可能地使自己的行为变得理直气壮。

哈果果的手机里短信很多,却并不见异常,有旧同学的,有同事的,还有一条是小小子方浩然老师发的,还有她订的一些有关育儿的公共短信。

方博南把手机重新塞进哈果果的包里。

卫生间里,晚归的哈果果正在洗澡,哗哗的水流声传出来。

方博南躺在床上,大睁着眼睛冲着墙,外头大好的月光,明晃晃的,把那树枝的暗影泼了半墙,大写意似的。

方博南这两天有点儿感冒,他从床边的抽纸盒里抽了大团的纸,用力地擤了擤鼻涕,再奋力地把那团纸朝着墙上的树影掷过去。

那团绵软的纸,打在墙上也不成气候,软塌塌地悄无声息地落在地板上。

蠢极了。

方博南想。

哈果果很快地发现了方博南的行为,因为方博南很快地就不再背着哈果果翻看她手机的短信了。

他明着看。

但凡他们在一块儿时，果果的手机叮的一响，方博南就要求她把手机交出来，看看到底是谁来的短信。

他态度强硬，不由分说。

他想他反正已经是小人了，不如拿到桌面上来当小人。偷偷摸摸，毕竟不是他方博南的风格。

果果很是痛苦。

然而她自觉她的痛苦不那么理直气壮，所以她会在方博南要求的时候，把手机交到他的手里。

她看着方博南低着头翻看她手机里的短信。

他因为专注而嘟起了嘴，宽阔的额头上有点儿油光，有点儿汗渍，侧面看上去，是一种孩童似的气鼓鼓。哈果果忽然觉出他的那一点儿可怜，这一念让哈果果害怕极了。

一个女人，可以痛恨一个男人，可是她是无论如何也不可以怜悯一个男人的。

果果在上一个项目结束之后，空闲了一段时间，她每天又按时回家了。晚上辅导小小子方浩然做功课，小小子眼看着就老实下来，在学校里也消停了，这个星期还拿了个奖回家。方家的日子似乎是重新回到了轨道上来。

过了约莫有两个月，其间方博南出了趟差，回来后不久，他去铁通营业厅交电话费，发现，家里的电话费多出来不少。

方博南脑子嗡的一下子。

哈果果带着儿子回家时，就看见他一张脸阴得像要滴下水来。

一直忍到把儿子送上床睡着了，夫妻两个才开始了一番当面鼓对面锣。

哈果果说，方博南你阴沉个脸是什么意思，一晚上了，你当谁是瞎子看不出来？

方博南说，看出来又咋的，我不是那种会把话埋在心里头不敢说出来的没种的人。哈果果你做了什么事你自己心里头有数。

果果说，我做了什么了？

你做了什么你自己不清楚吗？

我不清楚。你一走一个多礼拜，我一个人带孩子，管他吃管他穿管他学习，一大早拖着他赶汽车，下了班再拖着他赶汽车，我觉得我只有功劳和苦劳。你不要无中生有！

我无中生有？你不要拿儿子当挡箭牌，我告诉你，一个人要背着老公做点儿什么事，她有的是时间有的是机会，没有时间她会挤时间，没有机会她会创造机会。女人在这方面的创造力是无穷的。

你这么说不仅是污蔑了我，你还侮辱了全天下的好女人。

好女人！好女人会背着老公给情人打电话一打就打百十来块钱一个月？

你这话是要有根据的！

方博南咣地把电话扔到哈果果面前，你看里头，有多少来电？那几个固定的号码，你给我解释解释。

那个电话是他们早几个月换了铁通的号时随号赠送的，功能挺多挺复杂。果果一向不爱研究这种东西，见方博南扔过电话来，她啪啪按了几个键，毫无头绪。

方博南看到她在键盘上一通乱按，忙地抢过电话去，说你不要趁机给我消灭证据。

哈果果怒极而乐，说，电视剧看多了吧？

方博南啪啪调出几个号码来直问到哈果果脸上去，你能解释这几个反复出现的电话是怎么回事吗？

哈果果说，我还真解释不了，你要怀疑不如你自己打过去看看是什么人的号码。

方博南冷笑了说，哈果果，别以为我不打是不敢打，我一个大老爷们儿，还真没什么不敢做的事儿。我是给你留脸面，别真把真相揭出来你下不了台。

你还别给我留这个脸面，你打吧，你不打我打！

说着，哈果果果真用电话把号码拨了出去。

竟然是空号。

方博南拿了过来也拨了一遍，的确是空号。

果果说，方博南，怎么这么多年来你也没有学会不要那么冲动先动动脑子，我真要跟人打电话何必用家里的电话？

方博南那端着的架子是不会倒的，嘴硬说，那可说不准，所谓最危险的地方就是最安全的地方，你晓得我平时出差打电话喜欢往你手机上打的，你怕我打来时占线你露了马脚呗。

哈果果差一点儿一口气没接上来，我现在总算知道什么叫作欲加之罪，何患

无辞了方博南。

哈果果得了这一点儿理，死活要争一个明白出来。第二天正好是周末，她无论如何要拉了方博南到铁通营业厅去查个究竟。

还好营业厅人不多，查了老半天，铁通的工作人员告诉他们说是由于信号飘移的原因，所以才会出现一系列不明的来电号码。

方博南一听便耷了毛，在营业厅拍着桌子大闹一场，紧绷绷的虚张声势，像鼓胀的气球，碰不得的，一碰便要撒了气，一败涂地。

果果冷冷地看着他，看着看着又不忍起来，上前去拉他。

方博南仍不肯走。铁通的人好说歹说，又退了多收的电话费，方博南这才随着哈果果出来了。

果果一个人走在前头，跟方博南隔了一臂的距离。

天阴，扑面的冷风里带着湿潮的雨气。

孤独的气息啊。

落日楼头，断鸿声里。

方博南踢踏踢踏地在后头走着，走了一会儿，上来拉果果。

方博南说，老婆，你看哈……

哈果果想起许多年以前，有一回，他们两个拌嘴，方博南说，这位姑娘，请你停下美丽的脚步，你可知自己犯下什么样的错误？

果果停下脚步回头看方博南，她看得出他是要说些什么贫嘴逗舌的话的。

然而扮小丑逗人发笑并不都是温暖的情怀。到底，她还是舍不得他遭那种尴尬的。

果果说算了方博南，不提了。走吧。

方博南觉得好像被劈面打了一巴掌似的，他觉出自己的那点儿无聊与可恨，这种认识太丢人了。

这一天起，哈果果与方博南进入了冷战期。

他们也并没有兵戎相见，可依然是伤痕累累。

两个人都觉得，兴许七年之痒并不是最可怕的，可怕的是痒过之后的疲惫。

有时候会有吓人的念头跳进他们的脑子里，真的不如分开的好。

可是儿子怎么办？

方博南就是在他生活里最混乱最无方向的这个时候，重遇秦霜的。

那天，他去银行里查他买的那几种基金，走势并不好。他沮丧至极。

一回头的工夫，他看见了秦霜。

几年不见，她也略略显了一点儿岁数。

还是漂亮的。

她的样子与做派，使得方博南一下子便看出她还没有结婚。

秦霜笑呵呵地拍拍自己的脸颊说，就这么明显？我额头上刻着未婚两个字？

方博南笑说，未婚又不是什么丢人的事儿，现在吧，聪明人全都未婚，二百五在恋爱，笨蛋一个个的全结婚了。

秦霜大笑道，这实在是不像婚姻美满的方大头讲出来的话。

这一回方博南笑而不答。

他暗想，男人要得多下作才会当着一个漂亮的旧识或是新识的面说自己的婚姻并不美满。

幸好自己还没有那么下作。

正好到饭点了，他顺嘴说请秦霜去吃个饭，秦霜倒也大大方方地没有推辞。

分手的时候，秦霜说我给你个新号码吧，原先的那个不用了。

之后秦霜又说，你现在用QQ吗？要不我再给你个QQ号，联系起来也方便。

鬼使神差地，方博南想起那个自己许久没有登录的QQ号了。他回说也好啊。

再登录的时候，方博南已经记不起来密码了。费了点儿工夫申请回了密码，登录后加了秦霜给他的号。

在QQ上，秦霜叫霜飞天涯。

方博南发现QQ也真是个好物，有些话，当面不好问，隔了屏幕，在网络的两端，似乎轻易便能问出口。

方博南问秦霜跟以前的那个人怎么样了。

秦霜稍犹豫了一下说，早分了。

分了有一年多了。

方博南问，现在呢，身边有可心的人不？

秦霜那头显示正在输入，输入了好半天，可发过来的字却只有两个，没有。

方博南想她一定是打了一长段之后又删了。

那删了的字才是她的心声呢。

两个人就这么聊上了。

秦霜慢慢地告诉方博南，她开始自己做生意，投资股票，可是最近不大好，被套了不少钱，可她还能支撑。

方博南说，真困难的时候你言语一声儿吧。

秦霜回说，我就是跟银行小额贷款也不会跟你借钱的。再说我也没难到那一步，哪里就让你这么可怜起我来。

方博南说，我从来不会可怜你的。

哈果果一直不晓得方博南又遇上秦霜的事。事实上这一段时间他们之间的交流贫乏得可怕。

有时候两个人一个晚上一句话也没有，这种时候就显出有个孩子的好来了。他们至少还有一个共同的话题，对象就是小小子方浩然。他们一个唱红脸一个唱白脸，威胁加利诱，小小子渐渐地倒有了点儿正形。天天一大早起来会自己刷牙洗脸了，晚上回来，妈妈做饭时晓得自己练琴，吃完饭跟着妈妈复习功课，周末去上奥数课，下了课去汤包店一口气吃他两笼小汤包。老师都夸方浩然出息了。

哈果果有时候看着这小小子，又爱又满腹遗憾地说，这小子怎么越长越雄赳赳的了呢？

哈妈妈会说，废话，谁的种像谁呗，这小东西，不跟他爸爸一个模子？那一回他们爷儿俩坐在沙发上吃梨，那么猛一看去，一大一小，两个方博南。雄赳赳有什么不好？男孩子，长得细眉细眼，弱不禁风的有什么好！

果果叹息，母亲永远不会懂得她的心。

她曾经幻想有一个衣袂翩然、俊眉朗目的爱人，现在她又幻想有一个同样衣袂翩然俊眉朗目的儿子。那是她生命里最大的两个肥皂泡。越是长了年纪，这两个想头越是浓烈，垂死挣扎似的想攀住她所剩无几的好日子。

让果果意外的是，这个雄赳赳气昂昂的小东西，竟然会这样敏感。那天他上完奥校，他们一家三人坐在汤包店里，各自吃着东西。这个店子人多生意好，可装修实在是马虎，他们头顶的那盏白炽灯却比任何一个角落的灯都明亮——大约是新换上的灯泡。那片雪白的光把他们一家笼罩在里面，食物腾起的热气，袅袅的，轻而软。小小子方浩然吃着吃着，开始幸福地像小猪那样哼哼起来，突然对爸妈说，你们俩，不要吵架。

方博南笑一下说，那也容易，叫你妈收心做人。

果果说，方大头你说什么鬼话，我倒是要劝你不要无事生非，这日子就能过好。

当天晚上回到家，两个人便因为果果手机上的一条短信而暴跳着吵翻了。

短信是果果的旧同学发来的，那女同学偏生叫了个极男性化的名字，许若飞。短信上写着，抱抱，不要太难过了，人总是有那么一天的。落款是若飞两个字。

方博南一下子就不依不饶起来。他也不晓得自个儿是什么心态，是总算抓住了把柄的得意，还是竟然真有此事的失意，这两种相反的"意"在他肚子里如同两股气，相互冲撞，一会儿东风压倒了西风，一会儿西风压倒了东风。方博南鼓成了一面鼓，稍一触碰便咚咚乱响。

若飞是谁？是谁？

许若飞，我的大学同学。

男的吧？

女的，你不晓得吗？

我还真就不晓得，以前也没听你提起过。

我没提过的旧同学多了去了，我是不是得一个一个把他们的名字性别在你那儿备案？

抱抱，抱什么？你们什么时候这么亲近了？

那不是我们以前的一个文学史教授前天去世了，我们上他家去祭拜，我跟教授的感情最好，许若飞劝劝我不要难过。

你们教授死了我怎么不知道？

我也不是事事就该向你汇报的，你放心，等我死了你总归会第一个晓得的。

你也不用吓我，家庭妇女才一天到晚死啊活的吓唬男人呢。

我也不是吓唬你方博南，你这么一天到晚地气我，我活不长的！

你且有的活呢，你还要活着跟若飞有个第二春呢！

果果掏出手机往方博南手里头塞，你打个电话，你打，你看许若飞是男是女。

方博南却像挨着块爆炭似的，坚决不肯接那手机。

果果回手便拨了个电话过去，把那免提打开，那一头果然很快地传来一个女人的声音，果果与她随口扯了两句，挂断电话。这边方博南哑了。

果果什么也不说，噔噔噔进卧房，奋力扯出一个大旅行包，把自己与儿子常穿的几件衣服与一些杂物一股脑儿地塞进去，拉了小小子方浩然便朝大门冲去。

方博南一个箭步挡在他们面前，拽住果果的包带，两个人以一个古怪别扭的姿势僵持着。

果果尖声说，你放手，让我走！

方博南说，你走了就别回来。

不回来就不回来。

你要走尽管走，别带走我儿子。

我死也不会把儿子留给你的。

小小子方浩然扑跌着，从母亲的身边转到父亲的身边，再转回来，一边说，算了吧算了吧，别走啦，咱们别走啦！

果果说，儿子，你放心，妈妈总是带着你的，你跟着妈妈。

小小子说，哎呀不要啦不要啦，妈妈你别走啦，爸爸你说骚瑞吧，说吧说吧。

我凭啥说？

说吧说吧，说骚瑞吧。

他竟然没有大哭大闹。

他像一只面对灾难的小动物，惊慌失措，力图找到一条逃生之路。

他扭动着胖胖的小屁股，徒劳地这么扑过来扑过去。

果果在这一刻突地想起他在小店里说的，你们俩，不要吵架。

你们俩，不要吵架。

第三十五章

焦头烂额

以前总听人说,为了孩子才在一起,哈果果总觉得这话特别不由衷,只好拿去骗骗别人,拿孩子做借口,让他在不健康的家庭环境中长大,其实对不起孩子也对不起自己。

事到临头,哈果果才明白,世上的事,不亲身经历,最好还是不要随便地批驳别人的好。真狠狠心离了,单亲家庭那种环境未必就比勉强在一块儿的家庭环境高明到哪里去,一个半斤一个八两,谁也别笑谁矬。

再说,哈果果想,方博南自然算不得绝好的男人,可是,男人,啊,天下可能是有白乌鸦的,可是这白乌鸦一结了婚,他就黑了。

有那么一天,周末,哈果果在家,火上坐着一锅汤,小小子在睡午觉,方博南外出。在这样一个初春的中午,没有太阳,湿冷湿冷的,楼上的空调嗒嗒嗒地滴着水,滴得人绝望得想一头撞破了玻璃,头破血流而后快。然而是不能的,还得像这锅汤,咕嘟咕嘟的,熬得骨酥肉烂,魂飞魄散。

果果想起《红楼梦》里的一句话,与其枉担个虚名,不如……

这个念头把果果自己吓着了。

很快,哈果果便有了一个可以不枉担虚名的机会。

公司让她与钟鸣还有另一个女职员,也是做文案的,一同去苏州出差,三天的时间。

这一趟差,出奇地顺利,原本是满打满算要拖上三天才做完的事,竟然一天半就完成了。钟鸣偷着个空儿,悄声对果果说,出去玩吧,去园林。

果果说,也好啊,我请你们吃饭吧。

钟鸣皱皱鼻子,说,我们不带她玩儿。

这种孩子气的话，叫人未及应声心自先软，是顶顶不能于暧昧中说出来的。

就像入了沼泽，一脚踏错，便不可自拔。

哈果果听见自己轻微的笑声。

那算是一种狡猾的应答，似乎没有应，其实不过自欺。

于是那晚他们三人一起吃饭时，果果说，明天可以各自行动，她要去看看一个远亲，母亲的一个表妹，多年不见了。钟鸣接过话头说那么他就去寒山寺，有那种坐满即发的旅游车，可以一天来回。那个叫景华的文案说赶得要死有什么意思，她还是去观前街。

第二天一大早，钟鸣便走得人影子也不见。景华与果果同房，两人略晚些起来。景华也是个结了婚的人，还跟果果玩笑说，还是年轻人精力旺，换了是我，宁可不玩也不要赶那些路。

果果说小孩子总是爱玩的。

她磨蹭了一会儿才出的门，等赶到拙政园门口时，她看见钟鸣在那里打着转。她站在一角看了他一会儿，她不过是装作在思考，当她悟过来自己的假装便决定不装了。

哈果果走上去。钟鸣看见她显然很高兴，只是笑，也不说话。

他把手里买好的票向她扬一扬。她上前去，与他一前一后地进了公园。

在最开始的十分钟里，他们一直保持着一前一后的格局，这格局是钟鸣打破的。他忽地向后一蹦，蹦得与果果并肩。

她看出他藏在这点儿故作的淘气里头的紧张，这点儿紧张让她很怜惜。

那格局被打破之后，就好像溪流在石块间打了个转，终于顺畅起来。

在这个陌生的城市里，他们忽地都不像他们自己了。仿佛他们的肉身里头，套进了一个活跳跳的崭新的灵魂，那灵魂轻而飘忽，得意扬扬，带着他们一路前行。他的那个新灵魂叫他侧过头去对着她笑，说些不着边际的快活的话；她的那个新灵魂叫她同样快活地听着他的胡言乱语，然后用胳膊肘去撞他一下。偶尔，那旧的灵魂偷着回来那么一瞬，叫他略有点儿愧，叫她略有些怕，然而这愧与怕都快得站不住脚。

在这个陌生的城市里，他们走一路说一路的话，一个园林接着一个园林地逛，其实那些风景全都在他们视觉的盲点上，可他们要这风景，这风景好像可以让他们之间的这一场偷着的约会有那么一点儿合理，骗不了别人骗得自己也是好的。

他们一直不曾拉手，只有一次过街的时候钟鸣略扶了哈果果的胳膊一下，他的手，只在她的胳膊上停留了片刻，那一块火烫起来，痒索索。

他们俩一直逛到天黑。

忽然地不晓得该往哪里去了。

然后果果说，得回去了。

钟鸣说，那你先回去吧，我得在外头再逛一会儿。

果果便朝前走，上了车。

她在出租车里回头看，钟鸣站在原地，动也没动，越来越远，越来越小。

回旅馆时景华已回来了，两个人闲聊了一小会儿。景华展示她买的东西，果果略有点儿夸张地说好，如何便宜如何有特色。她像一个上紧了发条的玩偶，有点儿控制不住劲儿。

直到睡下时，她还有那种疲惫过头后的兴奋。

压在枕头下的手机叮的一响，钟鸣的短信过来了，告诉她他回来了。

哈果果删掉短信。

她想，这一天结束了。

她庆幸自己回来得早。

她想她甚至不敢在他的面前脱衣服，怕暴露她略有些松了的胸与腹，还有她不再紧绷绷的皮肤，或许摸上去会黏腻，或是像冻肉，他对她的那点儿想头和好感会在她的肉体面前呼啦啦地坍塌。

回南京之后，哈果果来不及把这三天多的事儿反刍似的回味一遍，家里头就出了点儿事。

方博雅又打来了电话。李大原老毛病犯了，这一回，方博雅逃到一家小旅馆里待着，她不敢去家暴援救中心，怕李大原找过去。现在她面临很大的困难，身上的钱所剩无几，只能留着吃饭不至于饿死，连旅馆的账都没法结。

方博南搁了电话便摔了一个茶杯。

果果说，你得赶快去，这次怕是跟上一回不一样，她都开始躲他了，怕他找到，可能情况更严重了。姓李的是当地人，你妹是外乡人，他找她是容易的，她躲他却不易，你去晚了要出事的。

于是夫妻二人决定，这一回方博南坐飞机赶到青岛去。

果果想，说了不管，这还是管上了，这是怎样的二百五精神啊。不过，看着

方博南没头的苍蝇似的，果果也是不忍。

方氏夫妻外敌当前，无奈之中只得打起精神来共同攘外。方博南很快地在社里请好了假，做好了出行的准备。这就面临一个问题，方博南得带一些钱走，以备不时之需，所以要动用家里的活钱。

这些年来方家的钱财都是哈果果掌握的，他们两人的工资属于比上不足比下有余的，每年给儿子交的医疗保险都是一笔不小的开支，另外还有一份教育基金是小小子周岁时夏漱石送的礼，所以教育储蓄这头倒不担心。果果是个会省的，多少他们也存了些钱。这正是用钱的当口，方博南却痛苦地得知，他投资的几种基金除了一种尚能勉强收回本之外，其他的，全赔了。

而家里存的大额的钱，没有到期，拿出来要损失不少利息。

方博南早些年做生意也赔过，甚至赔得血本无归，不过那个时候他年轻，输得起，收拾起残骸又是一条好汉。可是一个男人过了四十岁，挣着一份死工资，养着房子与儿子，再有理想有抱负，也难免儿女情长英雄气短，输不起了。

方博南很是沮丧，面对哈果果也有点儿抬不起头来。当时果果是极不赞成他拿钱出去做投资而他死活非要买的。方博南沮丧惭愧之余，也不由得产生一点儿被命运之神错待了的自哀自怜。

好机会从来就轮不到他头上。

他曾是削尖了脑袋找路子出国的大军中的一员，一心想去法国学艺术，可是周遭的人一个个的都找到法子出去了，只有他一次一次走不成。最惨的一次是他结交的法国朋友已答应替他做担保了，可隔天就心肌梗死了。

大学同学纷纷弃艺从商的时候，他是最活跃最放得下架子最敢做的人，可是，周遭的人一个一个的都发了，只有他赚多少赔多少。

人家投资基金的时候巧，都有收益了，轮到他投资，经济就成泡沫了。

在过去的二十多年里，无论遇到什么沟坎，方博南从没有承认过失败，也从不曾怨天尤人，如此小强，不过是因为他总觉得他会有机会的，那机会就在不远处，也许转角就能被他碰上。

如今，方博南头一次对自己的信念产生了深深的怀疑。

他很怕果果的叨咕，有时果果并没有叨咕，可是他却更怕，心想宁可她叨咕一下。

他把方博雅的事儿对秦霜说了。秦霜跟方博雅也是从小认识的，两个人年龄相近，是校友，感情也不错。秦霜说要是你实在手头紧，从我这里匀一点儿先用着，我也是被套住了，不然，钱是不成问题的。

方博南立刻拒绝。我也没有真的难到那一步。他说。

秦霜也并没有坚持。

方博南想，若是以前可以向秦霜借钱，可是现在，是不成的。

他的那点儿男人的架子，在老婆那里是塌了，可是在秦霜的面前，还是不能塌的。

偏巧这个时候，哈家老两口又决定要把房子重新装修一下。

这事儿他们也想了好几年了，偏是穷家东西多，一件一件的不值什么钱可都舍不得丢，所以虽是想装修想了好几年，可一直也下不了决定去付诸行动。况且，钱也一直不凑手。依哈妈妈的脾气，宁可不装，也不抠抠搜搜地装，里里外外都透着寒酸气，连墙皮都显得不那么白亮。就好像做新衣布不够，做得了穿在身上看上去倒是新的，始终都是短了两寸。所以他们又存了两年多的钱，这才下决定好好地装一下。两年前方博南就说过，真要装的话，他要贴爸妈一笔钱。

这会儿，又是龙灯又是会，都赶在一块儿了。

果果说，要不，咱们把情况跟爸妈说一下，请他们再推后点儿时间装修，那个时候我们有一笔整钱也到期了，爸妈又不是不讲理的人。

可方博南不同意，他不准果果把方博雅的事告诉哈爸哈妈。

果果说，你还怕我爸妈笑话你妹妹不成？

方博南说，你反正是不怕的，让他们知道了塌的是老方家的台。我叫你别说你就听我的别说，钱我会照样贴给他们，别叫你爸妈说我说大话使小钱。再说，这么多年，他们帮我们带儿子也的确不易。

于是夫妻俩只好狠狠心，把那笔还没到期的钱取了出来，一部分支援了哈家老两口装修房子，一部分给方博南带在身上，去接方博雅。

三天后，方博南接回了方博雅。

果果去机场接他们。

远远地，就看到兄妹两个风尘仆仆地过来了。方博雅的身材宽出去不少，走得近了，看见她，样子还是好的，只是精神头差，显出一种颓败的老相来，额角的伤处已成灰紫色，头发也随便地绾着，笑笑叫了一声"大嫂"，眼圈就红了。

果果上前抱抱她，挽了她一同往外头走。

方博雅暂时在方博南他们家住了下来。哈果果把小小子方浩然的屋子腾出来给她住，在自己的卧室里替小浩然支了张小床。可方博雅不肯占了侄子的屋，一

定要在客厅或是书房里打地铺，推来让去的，最后方博雅说那么就由她来带着小浩然一起睡好了。

方博雅当时是从家里匆匆逃出来的，身无长物，哪里有钱买什么东西。后来，这兄妹二人又仓皇逃离青岛，也没时间买东西。果果又给她陆续添了一些内衣外套什么的。

方博雅是一个要面子的人，她是身无长物的，却不肯白沾了兄嫂的光，在家里家务事没少做，每晚给小小子讲故事、洗澡，再带着他睡。大约真的是血缘的神奇之处，小小子在她的身边好像比跟着果果还要乖一点儿。

他们一直没有把事情告诉方家老两口。

又挨过了半个月，果果跟方博南商量，还是得把实情告诉远在东北的方家爸妈。

果果说，看这样子，他们俩不是小打小闹的事儿，往后是离是合还很难说，这种事瞒得了一时瞒不了一世，我们也担不起这个责任。

方博南烦躁得如同被架在火上慢烤的一只羊，一句话不经大脑就突噜出去了，你是不是嫌小雅是个负担了？

果果一下子便被点燃了似的，气得眉毛全飞起来斜插进发窝里。

方博南晓得自己说错了，赶着道歉说，算了算了，是我说错了。不过这事儿你得让我缓缓地跟家里说，要不然，他们急出个好歹来，不是添乱吗？

最后还是秦霜给他出了个主意，就说想接方爸方妈来南京，给小小子过生日，正巧他姑姑也过来了，一家子在南京团聚一下。等他们来了，再坐下来细细地谈事情。秦霜说她想见见方博雅。方博南说拉倒吧，她现在灰头土脸这样地不如意，除了我们，她谁也不肯见，天天连门都不出，客厅都难得坐一坐，真是愁死人。

方博南回去按秦霜的主意跟果果说了，果果觉得不失为一个办法。当晚方博南便给家里打了电话，老两口听说女儿也到了南京，便答应两三天以后就过来。

谁知他们还未过来，不速之客先过来了。

李大原摸到方博南家门来了。他是在方博雅的记事本上查到方博南他们的新地址。这一带的小区众多，名称且是接近，亏他怎么找得着的。

方博南门神似的堵在门口说，你好本事，竟然敢上我的门。你谁啊？想私闯民宅，小心我把你大圆揍成大三角儿！

多年不见，李大原说话依然拿腔作调，他说，我是来找我的合法妻子的，你就算是她的亲哥哥也不能窝藏我太太。她对我对我们这个家是有责任的。

方博南哈地怪笑，用小指掏掏耳朵说，你也好意思说责任两个字，脏了我的耳朵，我得去洗洗。说完砰一家伙甩上了门。

果果思来想去，到底还是怕李大原找到方博雅再对她做出伤害行为，他们总不能一天到晚地看着她护着她，百密还有一疏。夫妻俩跟陈安吉沟通了一下，连夜把方博雅转移了。

方博雅说，这一次她是下定了决心不跟李大原过了。方博南想这里头定会有一场官司要打，于是开始为方博雅物色律师。他的那位律师朋友是打经济官司的，婉言拒绝，说不便帮忙。正巧秦霜说她有一个朋友是专替人打离婚官司的律师，可以找她去。

方博南一连几天跟着秦霜去找她的朋友，一个高大的非常英姿勃勃的女律师。这叫他回忆起当年与秦霜一同做生意时的同舟共济来，由那种甘苦与共中，方博南体味到一种久违的情意。虽是焦头烂额不怎么着边际地忙，可有时还是会说笑几句，这也让他重新发现了自己过往的那点子俏皮。

过了三五天，方家老两口也到了南京。方博雅也从陈安吉家回来了，白天晚上的，也有人照看她，方家一家子一齐住在方博南家。家里的空间一下子被人占满了，哈果果只觉哪儿哪儿都是人。自然，她与方博南争吵的可能性大大地减小了，可是，两个人得以单独交流的时间也更少了。有的时候，哈果果竟然有隔着人堆远远地观望着方博南的错觉。

每天，哈果果都不大想回家，周六加班都成了颇高兴的事儿。

这一天，哈果果手头的事还没有做完，碰巧方博南也有事不能去接儿子。果果便趁着头儿不在，偷着把小小子接到了办公室，一边打电话请哈爸爸到单位来接走小浩然，晚上请哈爸哈妈照看一下儿子。他们搞装修也是忙得团团转，小浩然已是老长时间没有到公公婆婆家了，非常地盼望非常地兴奋，不时地跑出写字间看公公来了没有。

果果说公公已经在路上了，你稍等一下，不准乱跑。

小小子方浩然把书包背在胸前，挺胸叠肚地走来走去。钟鸣看得直乐，逗他玩了一会儿。

果果上了趟洗手间，回来之后发现小小子不在写字间，看钟鸣从茶水室出来便问他看见小浩然没有。钟鸣说，咦，刚才还在这儿的，还跟我要水喝来着，怎

么这会儿不见了？

果果冲到走廊里看，没人。

问了其他几个人，都说没有看见小孩子。

她的脑子里嗡的一下，身体却轻飘起来，只余一颗沉重的脑袋。

第三十六章

此伏彼起

哈果果冲到电梯门口，可是电梯停在三十五层，他们公司在第十五层，果果一秒也等不得，急着撞开了楼梯间的门，咯噔咯噔一路跑下去。钟鸣在她身后抓都抓不住她。

果果一口气冲下十层楼，累得扑跌在楼梯角，差一点儿脑袋便要撞在墙上，还好被后面的钟鸣扯了一把。钟鸣也是累得气都喘不上来，抓了哈果果的胳膊，一句整话也说不出来。喘了一会儿，钟鸣断续地说，不要紧的，也许……他是躲在哪里……玩了，再说……万一，这么一点儿的……工夫，也……也走不远的。

果果煞白着一张脸说，你不会明白。都只是……一眨眼的工夫……我的儿子……也许……一辈子……也找不回来了。

果果开始放声叫起小小子的名字来。

她的声音凄厉，如一柄锥子直戳出来，在窄小的楼梯上盘旋，碰到墙上，反弹回来。她的腔调里带着浓重的哭音，可是眼里却没有眼泪。

钟鸣拉着她说，打个电话……你打个电话给你父亲。

果果这才想起来，掏了手机出来，手抖得按不得键。钟鸣抢过手机来，在通信录里一通乱翻，翻到"爸爸"两个字，拨了把手机贴在果果的耳朵边。

果果坐在冰凉的地上，叉着腿，五官纠结在一块儿，楼梯里暗淡的光线下看来全无了平日的模样，几乎是一个陌生的人了。

果果说，他关机了。我爸他关机了。

那手机还是早两年方博南给哈爸爸买的，原本就是为了有事时联系方便，可哈爸爸一直不喜欢这种现代的通信工具，十天有八天里是关机的。

果果缓过一口气来，爬起来要接着往下跑。钟鸣拉住她，你要不要先打个电

话通知你老公?

果果像被人劈头扇了一巴掌似的,下意识地摆了摆头,不行。他要知道我弄丢了他儿子,会杀了我的。

她把脑袋在墙上一下一下地磕着,钟鸣死劲儿地拉着她。他从来不晓得她的劲儿是这样的大。

她又开始跌撞着冲下楼去。两个同事也搭了电梯下来了。果果拉着他们,叫,帮帮我,帮帮我,帮我找找儿子。

他们很快来到大街上,人来人往,车子川流不息,哪里有小小子方浩然的身影?

哈果果扯着嗓子叫,方浩然,方浩然,方浩然⋯⋯

她忽地想起来什么,又掏了手机出来,掏得太猛,她口袋里的小玩意儿哗啦撒了一地,钥匙、唇油、硬币。

哈果果往爸妈家里打了个电话。

没有人接电话。

哈果果成了一头走投无路的母兽,也不知道该往哪个方向去找她的儿子,她蹿到这头又蹿到那头,她觉着身边的人与景物嗖嗖地从她视线里掠过,混乱得如同打翻了颜料盘,所有的色彩都糊成一团。她听见钟鸣在说,我们报警,我们报警。

他们到了最近的派出所,警察说现在还不能判定是失踪。果果厉声说,我明白的明白的,不够四十八小时是不是?可是过了四十八小时我的儿子就永远找不回来了,找不回来了,找不回来了。

她猛烈地摇晃着头,头发全披散下来,她的面目狰狞扭曲,她说,我自己去找,我自己去找。

警察对钟鸣说,快快,拉住她拉住她,她自己别出什么事儿。说着警察拔腿就朝果果飞奔的方向追去,很快把她抓住。哈果果扑腾得像一尾网里的鱼。

警察说你安静下来,把情况说清楚。

钟鸣结结巴巴地说了一通。警察到底是经过事的,说,要是孩子真的走丢了,老人也该发现了,该打电话来才是,没道理不声不响的。你再给他打电话,家里也要打。

可是哈爸爸的手机还是没有开机,家里的电话也没有人接。

这是哈果果生命里最漫长的一小时,这一小时里,她的手机打得几乎要燃烧起来，很快就电量不足。

钟鸣与另两个同事一直陪着她，可是她对他们视而不见。

钟鸣站在一边看着这个疯疯癫癫的女人，她脸上的线条全挂了下来，法令纹深刻，披头散发的。

钟鸣从来没有像这一刻这样清楚明了地意识到，哈果果不是一个女人，她是一个当妈的。

在哈果果的手机只剩一格电的时候，她终于打通了家里的电话。

她的耳力从来没有这样好过，她听见电话里传来小小子呱呱说话的声音，她怕是她幻听了，小心地害怕似的问，妈，我爸接到浩然了吗？

那边哈妈妈说，早接到了……

还没有听完果果便尖叫起来，接到了为什么不跟我说一声，我打电话也没有人接……

哈妈妈在那头说，你儿子说妈妈晓得他下楼跟公公碰面的呀，家里这两天乱成一团，没开火，我们带他上外头吃的饭……

哈果果没有听清妈妈的话，她掷了手机，在派出所大厅极亮的灯光底下掩面大哭起来。她忽地觉得身体里有一股热流涌了出来，这股热流泄掉了她身上全部的力量，她知道那是什么。

多年以前这种热流告诉她，她是一个女人，现在它又告诉她，她是一个母亲。

哈果果到母亲家时，小小子方浩然正在看喜羊羊，一边看一边乐得直蹦，蹦得一头大汗，身上的一件旧棉袄敞开着，半边领子上全是他大笑而滴下来的口水。

哈果果冲上去想要搂住他，他在果果的怀里挣来挣去，说，妈妈，你挡着我了，挡着我啦。

果果在他那与方博南一样的大脑袋上响亮地拍了一巴掌，说，叫你不跟妈妈说一声就跑！要是碰不到公公给坏人带走了怎么办？

小小子哇哇叫起来，你做什么打我！但是很快，电视上那只倒霉的总是被一群羊耍得团团转，被老婆用平底锅抽得乱跳的灰狼便转移了他的注意，他又开始兴奋得蹦起来。

等哈妈妈弄明白了事情的经过，也开始埋怨起老伴儿来。哈爸爸不服气地说是小家伙自己说妈妈叫他下来找公公的，全怪这个小东西不听话！是得好好教训

教训他。

果果说，先别说教训他吧，您今后无论如何把手机开着吧，求您啦！

果果又去吓唬儿子说，今天的事千万不能告诉你爸爸，不然，他会把你打死的，用这么粗的棍子抽你！

果果把手指圈起来比画一下，吓得小小子一个激灵。

后来小小子果然没有对方博南提起这个事，大约他是意识到自己做了件不小的错事，哈家老两口似乎也觉得这事儿多少哈爸爸有点儿责任，在方博南面前也闭口不提，果果更不会提，所以很多年里，方博南也不晓得这件事。后来在他们的儿子方浩然结婚的那天，果果才把事情当成一个久远的玩笑说给方博南听。

那个时候，哈果果用一种轻快的语调讲起她经历的这漫长痛苦的三个小时，仿佛那些痛都没有存在过似的。

而其实，是存在的。

把儿子从爸妈家接回去以后，一整个晚上，哈果果都会突然地搂住儿子亲，在他的衣服上用力地咬，咬得湿湿的一片。

小小子这一晚很自觉地坐到钢琴前弹着，十分认真专注。弹着弹着，小小子方浩然突然对陪在他身边的妈妈说，对不起啊，妈妈。

果果摸摸他的大脑袋说，嗯。

第二天，哈果果买了大大的果篮送给帮她找儿子的同事，还有钟鸣。

从这一天起，所有人都看得出来，哈果果与钟鸣的关系恢复了正常。

钟鸣自己也体会到了这种正常。

因为他切切实实地认识到，哈果果不再是一个有着一些美丽余韵的可爱的中年女人，她的的确确是一个母亲。或许他可以与一个已婚女人维持一种暧昧的关系，但是，他不可能与一个当妈的维持这种关系。这牵涉一个比道德更深刻并且无可言喻的层面，那是钟鸣碰不起的东西。

哈果果自然也意识到了这种正常，她并没有什么遗憾，有点儿后怕倒是真的。她想也许这一场有点儿乌龙的事情是老天爷对她在婚姻里开小差的一种警示，老天爷还是仁慈的，他并没有断然地用让她失去生命里最要紧的东西来惩罚她对生活航向的偏离。什么也不打紧，如果必得失去一些，那就失去吧，只要让她当一个母亲。

她有时还是会在工作的空隙里抬起头来看看钟鸣。

他对她的好感，来自她身上那点儿不肯老去的执拗，这对他是一种稀奇的事。

他并没有轻慢这种稀奇，更没有糟践这点儿稀奇。

为了他小心翼翼地宝爱这点儿稀奇，她一辈子都会念他的好。

在过去的那段日子里，当然他是喜欢她的，当然她也是喜欢他的。他们之间的那点儿相互的喜欢，既没有少到可以遮人耳目，却也没有多到可以让他们都下决心破釜沉舟。

在还没有爱上的时候就再见。

没有比这个更好的了。

到了周末，果果一个人带着儿子出去玩。方博南陪着方家老两口和妹妹又去咨询有关离婚的事了。

小小子方浩然念叨着去东郊坐小火车好多日子了，可这段时间家里太乱，也没有人想起来满足他这个愿望。好容易今天出来了，小小子兴头得了不得，一路把果果拉得跌跌撞撞的。等他们到小火车的站台时，小火车刚刚出发。

小小子一屁股坐在地上，咧开嘴就要哭。果果赶紧往他嘴里塞一根棒棒糖，说，再等二十分钟它就回来啦。

小小子含着糖咕咕哝哝地说了句，郁闷哪！

果果好笑地蹲下来问他，你说什么？

小小子又重复一句，郁闷。

果果笑起来。

她的儿子，居然会郁闷了！

她忽地就轻快了，像把那吊在喉咙口中上不得下不去的一口浊气终于吐了出去。

老了就老了吧，年华流走就让它流走吧，她想。

她儿子都开始会郁闷了，让她如何可以不老？老了又如何？

方家老两口在来南京的当天晚上便知道了方博雅的事情，他们的女儿实在是不像为了小侄子的生日跨州过省的悠闲模样。听说了事情的始末，方家妈妈就哭开了。方老先生拍桌大声说混账东西混账东西。方博南告诉他们李大原前两天也来过，方家老两口立马就要去找他算账，可是方博南说哪里找他去，谁晓得他住哪儿，说不定早回青岛去了。

方博雅说这一次她是下定了决心要跟李大原离婚的，只希望能够争取到儿子的抚养权，然后把孩子带回东北。半天没作声的哈果果插嘴说，这可能比较难。李家三代单传，我怕他们不肯给。

方博雅立刻哭了。

她一直是知道有这种可能的，只是不肯承认罢了，此刻被果果一语道破，她觉得一下子站到了悬崖边儿上。

还没等方博雅向李大原提出离婚，李大原那边已先把离婚二字摆到了桌面儿上。

李家提出，婚后财产可以平分，儿子归男方抚养，女方可以探望。

方博雅跟哥哥说，婚后她跟李大原没有存下多少钱，起先的几年还是可以的，可是这两年李大原有相当的一段时间里是没有工作的，儿子又生过一场病，花了不少的钱。那房子倒是好的，可至今那房子还是李大原父亲名下的财产。方博雅说她是不在乎钱的，只想要到儿子。一家子几乎每天晚上都坐下来反复地商讨这件事，果果想她一个外姓人不大好多嘴，可是，听得方家老两口出的许多主意都极不现实，方博南又气怒交加，并没有实质可行的主意，果果忍不住插嘴说，方博雅现在真的是非常被动的，她丢了工作，没有经济来源，争取到孩子抚养权的可能性实在是很小，所以果果提议，无论如何暂时不能与李家撕破了脸皮，只有用好好协商的办法看看能不能争取到对方的通融。

方博南批驳她的说法。果果说，我也晓得李家不好讲话，可是又有什么办法？你强硬，他们更强硬。

方博南找了秦霜的那个朋友帮忙，那人说这样的官司肯定要花一笔钱的，而且就目前的情况而言，赢的可能性真的很小，方博雅被家暴，因为怕丢人，从来没有去医院，没有留下物证，李家人也不可能给她做人证。

事情不可避免地牵涉到金钱上头来，方博雅是拿不出请律师的钱来的，当着哈果果的面，方家老两口也很难开口说费用全由他们负责，哈果果干脆在他们商量的时候避了出去，借口怕小小子吵闹，带着儿子住到了娘家。尽管哈果果再三再四地威胁利诱哄劝小小子，叫他不要把爷爷奶奶与姑姑的事说给公公婆婆听，可这小子还是说漏了嘴。

哈妈妈啧啧地叹，说这姑娘命不好，嫁到外地，不在父母身边，出了事这样麻烦。又说打官司花费大，还有她在找到工作以前这段生活的费用，一定是方家老两口贴钱了，这对做老的那心是偏到胳肢窝去的，女儿结婚贴钱女儿离婚又贴钱，儿子是不管不问的，连孙子过生日也只买个蛋糕来敷衍。一堆夹七夹八的话说得果果头痛欲裂，不知这事儿到底什么时候算完，索性不管不问由得方家人自己折腾去了。于是便干脆在娘家吃住，一连一个月没有回家去。

倒是秦霜暗地里帮着方博南使了不少的劲儿，这些日子两个人走得特别近。

最终，方博雅还是决定回去跟李家好好地协商，她打定了主意放弃所有的财产，只想要到儿子，她说她甚至可以继续在青岛待着，找个工作，就在那里扎根算了，这样，孩子不离乡，便于李大原探望。

方博南再一次地请假陪着妹妹去了青岛。

最终方博雅还是妥协了。

方博南也实在是耗不起，他总得回单位上班，不可能一直陪在那边。

方博雅答应李家，放弃了儿子的抚养权，她要求一周探望儿子一次，李家也答应了。

方博雅最终还是为了她的儿子留在了异乡。方博南劝不回她。

方博南回到南京后，请秦霜吃饭，谢谢她的帮忙。

那一晚他们都喝了不少，方博南最后的记忆是，他跟一个女人一块儿蹲在路边哇哇地吐。

那个女人面容熟悉。

方博南是半夜时分清醒的。

他看见睡在他身边的人，魂飞魄散，穿了衣服逃也似的奔出门。

回到家的时候，他发现钥匙没有了，他的大头里有一线剧痛，拉锯似的拉过来扯过去。他硬着头皮按响门铃，果果来替他开的门。

他一身酒气，实则心里已通明，但是他只能装作大醉，摇摇摆摆，无赖地赖在地板上。

果果过来拉他，他站起来，却又扑通一下顺着果果的身体倒下去，半跪在地板上。

果果下死劲儿把他拖进卫生间叫他洗把脸。

方博南把脸沉入洗手池的大半池温水中，他感觉有比水更热的一点儿液体从他的眼睛里涌了出来融进洗脸水里。

第三十七章

镜里人生

哈果果这两天非常惊讶地发现方博南似乎在一夜之间变了个样。

他每天按时下班，主动要求接儿子放学，做饭收拾，少言寡语，深沉得很。

陈安吉跟果果说，这不是一个好现象。一个男人如果突然改变性格，不是病了就是坏了。

哈果果想陈安吉是有发言权的，她看过男人坏起来是什么样子。

果果不由得深了心，留心观察审视了方博南几天，似乎也没有发现特别的蛛丝马迹。

哈果果有一瞬间忽地想，随他去吧，有些事，不知道比知道要好。难不成真的去找个私家侦探弄个水落石出，水落石出之后你要拿那石头怎么办？

哈果果想不出来，索性不想了。

家里卫生间洗手池上方的镜子被小小子浩然用玩具小汽车砸裂了，方博南刚刚换上新玻璃，几乎在换完的那一刹那，方博南就后悔了。

新的镜子太明亮了。

连他脸上细小的斑点都照得一清二楚。他在这镜子的面前真是无处遁形，那镜子仿佛是个活物，无论方博南将自己的正脸、侧脸、四十五度角的脸对着它，它都生动鲜明地映着那张脸上的各种痕迹。

方博南久久地盯着镜面，直盯得那镜面水波似的轻轻地晃动起来。方博南想，难怪恐怖片里都喜欢用镜子作为吓人的媒介。对着镜子，方博南只看到一个中年的面目纠结的男人，脸上身上所有的线条都往下坠，直要坠得一败涂地。那明晃晃的镜子里头像有个鬼魅，咧了血也似的红红的一线薄唇在笑，然后悄声地说，你有什么，老男人？你什么都没有。你只有一脑门子的官司，一腔子的鸡零狗碎，一屁股擦不干净的屎。

小小子方浩然踢踏踢踏地过来说，爸爸，我可不可以玩一会儿电脑游戏？爸爸，爸爸，你别照镜子啦，她们女的才一天到晚照镜子呢。

方博南说，儿子你不要玩游戏，你去看书，要不看漫画也行，你让爸爸思考几个问题。

小小子浩然说，哎呀，我不想看，我现在只想玩游戏，真的爸爸，你让我玩一会儿吧，你为什么要思考问题啊？你又不是美国总统。

儿子，天底下并不只有美国总统才能思考问题，是个人他有时都会思考一下问题。

那你什么时候思考完？五分钟行了吧？我们奥数老师说思考问题关键是要把问题的外衣都剥掉，露出赤果果的本来的问题来，然后就想出来了。

是赤裸裸。

不是赤果果啊？我还以为是赤果果呢，我想，这个赤果果跟妈妈的名字一样嘛。

小小子的脸与方博南的脸一同映在了镜子里，一式一样的大头大眼与浓眉，前尘后世，此生彼生，柳暗花明。

方博南拉了儿子一同坐在地上。小小子似乎觉出爸爸的不同寻常，突然说，爸爸，你跟妈妈最近表现不错嘛，不吵架了。说着，他用手摸摸方博南的头发，又说，表扬你们。

方博南笑了，爸爸妈妈不是吵架，是在交流不同的意见。

喊，吵架就是吵架，你们那样哇哇哇还不是吵架吗？我们老师说错了就是错了不要狡辩。爸爸，你们吵架的时候我老是想，要不然就来个地震吧，那样你们就可以忘记吵架了，我们就可以抱成一团逃跑了。

方博南在小小子肉肉的脸上捏了一把说，抱成一团了跑个屁。放心吧儿子，真要地震了我会护着你跟你妈，我死了也要把塌下的楼板撑着，叫你们娘儿俩活着。

小小子惊讶地说，你干吗死？你也别死。

方博南于几天之后打电话给秦霜，伸头缩头这一刀都是要挨的，他得跟她谈一谈。可是秦霜那头竟然关机，QQ上的头像也一直是灰的。

他找不着她了。

这个人简直如人间蒸发了似的。

这一天的晚上,方博雅又打来了电话。

李大原家把孩子藏了起来,方博雅见不到儿子了。

方博南安抚她说,会不会是你误会了,孩子只是被他们带回乡下老家去玩了?

那一头方博雅哭着说,不是的,我到孩子学校也找过了,老师说孩子转学了。乡下老家那头我也去过了,没有人理,谁也不说孩子在哪里。

方家老两口很快也接到了消息,他们也只得来南京跟方博南商量该怎么办。方博南觉得真的很难跟哈果果开口再说这件事,他一遍遍地搓脸,搓得脸皮几乎要塌了一层。

哈果果看出他的为难,她也不点破他,她觉得她也不必再拿出高姿态来。这一档子破事,如同一个大秤砣,也实在是拖得他们一家子七死八活,不得安宁,钱也出了人也出了,现在得这么个结果,叫自己与方博南还要怎么帮她?还要帮到什么程度什么时候,谁能给她哈果果一个期限,铁板钉钉地告诉她,你就把这事儿管到两年以后,哪怕五年以后,总得有个限度,谁能给她一个限度,再出多少钱再出多少力再费多少事?尽头在哪里?给她一个尽头她就再做一次二百五。

哈果果一番思量,浑身燥热,被子就盖不住,她把腿伸出去,窗子是紧闭的,可还是有风不知从哪道缝隙里钻了进来,一会儿工夫就把她的腿吹得冰凉。接着,方博南的脚就挨了过来,很暖,把果果的脚轻轻地拨到被子里来。

方博南也睡不着,他最近失眠得厉害,这在他四十多年的生命里是从未出现过的。他听父亲说过,小时候他就是一个特别能吃能睡的小孩,幼儿园时老师就说过,你们家的伙食费交得是最值的,这孩子可能吃啦!那时不过粗茶淡饭,他一样吃得喷香,睡得足足。成人了结婚了,他也一向是倒在枕头上五分钟就见周公。怪的是他一个平日里声势浩大的人,睡觉却特别静,蜷着,不打呼噜不踢被,连翻身都很少,睡眠里他是一个平和的人,仿佛睡眠是一道咒语,洗去他一切的浮躁与蠢动,让他还原为一个胆小的怕痛的少年失母的,满怀惧怕与渴求的小孩子。可是这些日子他失去了他最纯净的睡眠,这种失去真是可怕。他开始在夜晚长时间地盯着天花板,一团混沌的黑,他甚至听见墙角某处细微的漏水的滴答声。他四十多年的人生突然在眼前闪现,一幕一幕的,如果是电影,开头倒也算曲折动人,起伏有致,少年时冲动的恋爱,为之付出的巨大代价,与秦霜二十多年的交往纠缠,还有与果果的相识。那个相亲的晚上,头一次上果果家吃的那顿不合口味的饭，他捧着那包橘子求婚，一手全是橘子皮的香，他们结婚，他领着果果一个一个认他们老方家那成群结队的亲戚，他们在东北的冰天雪地里散步，他们家那个可笑的会报警的叫作朱丽娅的大锁。儿子的出生，家庭的琐事，一桩桩的麻烦，电影的走向变了，故事拖沓沉闷，戏剧的冲突通通化为琐碎，他的人生从此化为一出无趣的声光影像，小成本，粗制作，票房惨淡。他唯一收获的就是他的女主角，这个睡在他身边的女人，还有他们的儿子。

他是爱她的，方博南没有任何时候比这一刻更清楚这一点，从见到她的一瞬间起他就爱她，可谓一见钟情，这一见钟情发生在他并不十分年轻并不十分风花雪月的年代，来得温淡却滋味鲜明，他也比任何一个时刻都更清楚地认识到她爱他并不像他爱她。他这些日子以来的折腾，也不过是因为一天比一天更意识到这两种爱分量上的差别。过去他气派十足，根本不屑去承认这一点差别，爱与自信叫他选择性失明了。等他开了眼，就受不住了，仿佛常胜将军不肯承认自己的失败，而想在其他方面找原因找借口，找不到，着了急，便计较起来。他生凭最恨老娘儿们家的斤斤计较，却不料自己也成了一个计较的蠢人。方博南想着想着，对着那黑暗的虚空用力地啐了一口。

哈果果突地一个激灵，差一点儿从床上弹起来，方博南回手按住她。

最近一些日子哈果果总是这样一惊一乍，大约是做了噩梦。

哈果果从浅睡里惊醒。她梦见儿子走丢了，这梦自上一次小浩然的乌龙事件之后就时常降临。她时不时地会梦到儿子没有了，这一回的梦特别真，也因此特别可怕，大概是晚上方博雅那通电话闹的。

哈果果感到方博南抓住了她的手，握得很紧。他们都仰面躺着，呼吸浅而悠长，方博南手里慢慢地渗出了汗。

方博南忽地说，果果，要不，叫小雅回东北去吧，跟着爸妈。

果果歇了好大的工夫才说，你还是先让你爸妈来南京吧，小雅也让她来，我们九十九个头都磕下去了，剩下这一个哆嗦你没做到，也会是一个话柄。你叫小雅现在神思恍惚地跟着两个老人，他们身体也不好，我们做儿子媳妇的不闻不问，你我是知道这里头的缘由的，问题是人家不看这缘由，人家只看这现象。万一出了什么事呢？

方博南长长叹了一声，说，你说我这是为什么呢？

哈果果没有应他。

方家老两口很快地又来了南京，接站的时候果果就发现，老头老太太都老了许多。老爷子那总是十足饱满的架子一下子塌了不少，像盖好了楼之后被拆得七零八落的脚手架；老太太原本就不是一个利落的人，如今看来竟然有些龙钟了。失意的人是会引得人的原谅的，何况是一对失意的老年人。

　　难得方家爸爸叫方博南不要再去青岛接方博雅了，她那么大人，自己是可以回来的，路也不算太远。何况事已到最坏，还能坏到哪里去。

　　谁知事情还真就往更坏里走了。

　　方博雅是在一周以后到南京的，她一到家，果果便发现了她的不对劲儿。她眼神散散的，竟然也没有与父母兄长抱头痛哭，长时间地沉默。果果暗叫不好不好，她是有沉痛的经验的，方博雅如今这状态，比她痛哭流涕痛不欲生哭天抢地还要糟糕。

　　果然不出所料，方博雅开始不说话了。整整半个月，一句话也没有，她每天所做的唯一的事就是反复地拖地，方博南家的地板如今都镜面似的光亮，一个不小心就打滑。方博南说小雅你别老拖地，回头让爸妈再摔着就不得了了。

　　晚上哈果果压低了嗓子跟方博南说，我看你妹不大好，这样子，多半是得了抑郁症了。

　　方博南闻言大吃一惊。

　　方家老两口跟果果说，想请哈家爸爸妈妈吃一顿饭，叫果果看看能不能订一个好一点儿的馆子，果果便订了一家中档的馆子。

　　当晚在饭桌上，两家人极其热情地相互敬酒，方博雅维持着她过分的安静。

　　方爸爸热烈地连干三杯，感谢哈爸爸和哈妈妈这么多年来帮着他们带孩子，把个孩子带得这样健康。小小子听得人只表扬他健康，大为不满，补充说，我还很聪明，我还会弹钢琴。

　　到尾声时，方爸爸再次站起来敬酒，说还要谢谢哈爸爸哈妈妈养了一个好女儿送他们做媳妇，这样明理懂事，无私奉献。听得哈果果面红耳赤，疑心自己成了区十大青年的候选人。

　　方爸爸突然说，今天请你们二老吃饭，一则感谢，二则也是辞行，明天我们就打算回长春了，票也买好了。

　　方博南与哈果果都很意外，方家老两口并没有跟他们说要走，连方爸爸什么时候去买的票他们都不晓得。

　　方爸爸端着酒杯的时候，仿佛那身架子又回来了，带着一点儿悲壮的气息。

方博南突地从父亲手里接过酒杯说这酒我替我爸喝了，说完也是连喝了三杯。

第二天，方博南夫妇俩送方爸爸方妈妈和方博雅到火车站，这个季节是旅游淡季，车站人不算多。方爸爸挽着老伴儿走在前头，方博雅背了一个巨大的包跟在他们后头，方博南拎着箱子走在她身边，果果稍后一点儿。她看着前头的人，真像啊他们，背影一模一样，方氏兄妹像足父亲是自然的，难得的是方老太太的动作身形也像方家的人，也难怪，他们在一起生活了三四十年，一个锅里吃饭一个床上睡觉。哈果果想会不会有一天她跟方博南也像起来，变得粗眉大眼，虎背熊腰，这念头叫人不由得要笑。方博南的动作里也带一点儿方老太太的影子，也是难怪的。她本就是他姨。他们真是一家子，走到哪里都不会丢的。

哈果果看见方博南把箱子交给父亲，跟他说着什么，方博雅愣愣地站在一边，方妈妈摇晃着过去拉着她的胳膊。

果果忽地冲上去，抢过方博雅肩上的大包，力气那样大，方博雅被她拉得趔趄了一下。

哈果果说，爸妈你们自己回去吧，小雅就留在我们这里。

从开口说话的第一秒起哈果果就知道她是会后悔的，但是她顾不上她的后悔了。

方博南叫，果果！

哈果果说不要废话了，回家再说。

他们留下方博雅后，真的是后悔了。

方博雅显而易见是得了心理疾病。

哈果果看着她，常常会想起哈萌萌，那是一段刺心的记忆，有的时候哈果果会一阵阵地恍惚，她好像又回到了十几年前的那段日子。

那个时候，夏漱石快顶不住家人的压力了，哈萌萌提出来说要不咱们就离了吧，这种日子死不成可也活不好。哈果果一向觉得姐姐哈萌萌表面柔弱温情，可以随遇而安，其实骨子里有很决绝的东西，宁折不弯。

离婚以后的哈萌萌，情绪渐渐地不对劲起来。夏漱石也很快发现了，带着她辗转各地去看病，几乎与家里断绝了来往。果果那个时候很恐慌，总以为姐姐得的是精神病，这是一种多么可怜而耻辱的病啊。可是夏漱石说那不叫精神病，是心理病，哈萌萌得的是抑郁症。或许他不过是在安慰果果。

哈果果现在每天的精神都绷得紧紧的，连柔和的五官也变得严峻起来。她跟

方博南说咱们得看好她，千万不要出什么事儿。

方博南于是请了一个小保姆来家，二十岁左右的半大孩子，帮着做做家事，顺带看着方博雅。请保姆的钱是方家老两口留下来的，他们走时留了一笔钱给哈果果。那小保姆用得并不顺心，小姑娘好玩，嘴又来得馋，把小小子的零食偷吃了不少，家务事却做得粗糙，饭菜也烧不好，果果有一次发现她竟然把菜只在水龙头下冲一冲就下锅炒了。可又没别的办法，按果果说的，现在找个好保姆比找个好领导还要难。

方博南与果果还带着方博雅去看心理医生。这种毛病，也不像头痛脑热或是五脏六腑出了问题，非药石可医，方氏夫妻一筹莫展。

这个星期，哈果果接到夏漱石的电话叫她出去吃饭。

果果有很长时间没有见到夏漱石了，刚一见面吓了她一跳，夏漱石瘦了好多，连以前那一头浓密的头发都薄了许多似的。

果果问，你怎么瘦成这样？病了吗？脸色也不大好。

夏漱石说，只是工作太忙了。我正掉头发呢果果，他说，快五十了，也许很快掉成地中海也说不定。

果果大笑说，乱讲。连你爸爸都不掉头发的，老了也是一头又厚又重的白发。

是的，夏漱石也笑起来，我也老了。

果果斩钉截铁地说，你永远也不会老的！

夏漱石问，果果你现在有话也不跟我说了吗？你小姑的事，要不是我听妈妈说，我还不知道呢。你该来找我，我可以帮着找人替她治病的。

果果说，我想来想去，最不该找的人就是你。再说，她跟你说起来也没有什么牵扯，唉，你实在是犯不上帮她。

夏漱石说，我不是帮她，是帮你。

第三十八章

生死之间

这段时间里,方博南一直在试图联系秦霜。秦霜的莫名消失叫他心神不宁。他宁可这个时候秦霜出现,来跟他算账。他有些瞬间甚至想,不如干脆向哈果果坦白交代,置之死地而后生,也好过现在生死未卜。他真过不得这种提心吊胆的日子。

方博南认识到,自己原来并不像自己想的那样,有万夫莫当之勇。他想,男人想要家里红旗不倒,外头彩旗飘飘,得有资本。这种资本与钞票权势有关,但又不仅仅是钞票与权势那么简单。有钱有权的男人不一定都出轨,穷得叮当乱响屁本事没有的男人也并不见得都忠诚不渝。想要出轨,得有极好的心理素质才成!脸皮得厚,出乖露丑寻常事,风吹雨打浑不怕。

而他,是不行的。

终于有一天,方博南看到QQ霜飞天涯的头像亮了,他立马点开了对话框,秦霜,这些天你去哪儿了?

秦霜那头好半天没有动静,方博南等着,小猫挠心似的。

方博南又问,我打你手机,总是不通。

秦霜那头总算有了回复,我换了个新号。

方博南飞快地打了一行字,我想跟你谈谈。

秦霜回复,那就谈呗。

他们约定了时间。

在那个时间到来之前,方博南度过了四十几年来最不安宁的几十个小时,当年高考的时候他都没有这么紧张过。

他实在按捺不住,想找个人说一说,要不然他就要憋死了。

他去找楚一帆，可如今的楚一帆是大忙人，两个人根本没有时间像过去那样闲聊。楚一帆连连说，中午中午，老方，中午我请你吃饭。

楚一帆就是这点好，得势以后在老朋友跟前并不猖狂，也没有来不及地刻薄曾经讥笑过他的一众人等，所以竟然很快地在社里建立了相当的威信。

中午的时候，方楚二人出去吃饭，方博南吞吞吐吐地把事情跟楚一帆说了。

楚一帆沉吟半晌，说，老方啊，我问你，你还打不打算跟你老婆过？你跟哈果果还有没有感情？

方博南说，我当然想过。我们有儿子，而且，他咕咚吞下一大口口水，我对果果是有感情的。

楚一帆啪地放下筷子，既然这样，我跟你说句掏心窝子的话，老方，你千万得听我这句话，永远永远永远，不要把出轨的事告诉你老婆哈果果，否则后果不堪设想。不信且看我的下场。

方博南讶异，难不成你当初是自己向陈安吉坦白的?

楚一帆"唉"了一声，点点头。

方博南不由得生两分敬佩之心，说，没想到啊老楚，其实你挺有种的。

楚一帆说，有种，但是愚蠢啊，老方。前车之鉴，前车之鉴啊，这种事情，男人可以有一万种忏悔和改过的办法，但是向老婆交代是最蠢的一种。你不说，她就有可能一辈子也不知道。人生并不真的那么充满了不可知的戏剧性。不戏剧又何尝不是一种戏剧性。就像编电视剧，老套的狗血洒多了，也可以来一点儿有新意的狗血。前提是，你跟那一个，当断则断，壮士断腕，决绝一点儿。相信我，这种事情，不是美事。套句现成的话，她就是个仙女，你也别动心。何况，哪有什么仙女啊！

方博南说，从前我不相信这句话，现在我信了。与君一席话，胜读十年书。

但是，方博南心底里，还是决定向果果坦白。他想，楚一帆这个南方小男人带种，未必自己一个东北大老爷们儿就没种。不过，这个事，得好好地思谋思谋，用词，态度，还得选一个恰当的时间。

当然，首先，要跟秦霜谈清楚。

这天是周末，周末的晚上，哈果果总喜欢把儿子哄睡了以后抱着电脑一集接一集地看电视剧。这天也不例外，不过是带着方博雅一块儿看，小保姆秋好也在一旁凑着头看。

电视上正演着一个男人在外头养了个二房，处心积虑地想瞒住老婆。

果果看不得秋好把瓜子吐在地板上，到厨房拿扫把。方博南本就在厨房里，惴惴不安中喝了一肚皮的水。

果果说，大晚上的你喝茶，不怕睡不着？你最近不是失眠吗？

果果挂了扫把又说，你从来不失眠的人，有什么了不得的心事吗？

方博南下意识地否认，没有没有。

果果说，没有就好。说着要走。

方博南在后头喊，果果。

果果回过头来。方博南可以看见她眉心浅浅的纹路。她还没有鱼尾纹，她还漂亮端正，但是在节能灯异常明亮的光线底下，憔悴还是浮了出来。

他的果果，已到了受不住明亮光线的年纪，他还记得新婚那一晚的挑灯夜看，一晃眼，这么许多年了。

方博南说，果果你放心，我不做对不起你、对不起这个家的事儿。

果果有点儿冷冷地说，就怕你是嘴上说说，男人哪，不怕别的，就怕心散了，收不回来了。那个时候，咱们的家也差不多该散了。

方博南说，咱们不会散的。咱们白手置这么一个家，有多不易啊。

果果突地凑上来细细看看方博南，看得方博南几成对眼儿。果果扑哧笑了，方博南，你知道吗，你这个样子让我想起猪流感。

啊？

哪，医院诊断不了人家是不是猪流感，就会说，疑似猪流感。你这个态度，就可以叫作疑似忏悔。你别真做了什么对不起我的事儿吧？

方博南用力"唉"了一声，看电视剧去吧你。

方博南与秦霜约定的日子终于到了。

秦霜看着方博南从咖啡馆外头走进来，他穿了件中长的黑色大衣，好像瘦了点儿，但那种架子还在。二十几年来，这个人从男孩长成了男人，从年轻男人又成为中年男人，那种架子，一直没有变过。

秦霜对自己承认，她是喜欢他这副架子的，好像可以勇往直前，好像在说跟着我，没问题。虽然其实并不是那么回事，可是这样子对于女人是有诱惑力的，至少，对小姑娘时的自己有，对老姑娘时的自己也有。她好像错过了许多的机会，可是，能够被错过的，是不是真机会？

秦霜喝了一大口冰水，那凉意唰地直达她的五脏六腑。

其实不用谈，她也知道他想说什么，那天早上他逃窜如奔命般就很说明问题了。

方博南在秦霜对面坐下来，一坐下来他就觉得身上痒，巴不得好好地上上下下挠一挠，可是又不方便动作。他到此时此刻才发现自己原来这样无能，果然是没有偷情的资本。

方博南问，这些天你怎么样？说完他就恨不能扇自己一耳光，这算什么狗屁话。

秦霜说，还可以，不好不坏。

然后方博南就不晓得如何开口了。秦霜拿住劲儿死活不开口，就等着方博南的第二句话。

方博南把桌子上的一张餐巾纸揉得稀烂。忽地，邻桌那里起了一点儿骚动，一个年轻的女孩子拿一大杯西瓜汁兜头泼向坐她对面的年轻男孩，伸了细长的手指点着男孩的鼻子说，你甩我！你为了一个贱人甩我！你不撒泡尿照照自己，我不甩你就是给你面子了，你跟她上一回床就迷上了？

那男孩挂了一头一脸西瓜红红的碎瓤，迷蒙着一双细小的眼睛呆呆地看着前任女友。

所有的人全转过头去看他们。秦霜呵呵笑起来。

方博南一鼓作气地说，秦霜，对不起，我对不起你，但是我不能再错下去了。

秦霜笑着看了方博南半天说，你以为我想干什么？从此以后黏住你不放？你放心，不至于。

方博南说，这个我知道。我只是想说，一切错在我，我对不起你，也对不起我的家，我现在唯一能做的就是不一错再错，对不起秦霜……

秦霜打断他的话说，没什么对得起对不起的，一个巴掌拍不响。方博南，不管你承认不承认，你已经被哈果果驯服了，所以你就认命吧，以后永远不要蠢蠢欲动了。

他们分手的时候，秦霜忽地说，有点儿遗憾，以后连朋友都没得做了。

这一天，方博南注销了他的QQ号。只两秒钟，所有的好友、聊天记录、表情、图片，嗖的一下，全不见了。

方博南是想向哈果果坦白的，但事到临头他才明白这种事的难度有多大。

所以方博南到底还是没有坦白。

再说他们俩最近的注意力都被另一些伤脑筋的事给占据了。

先是方博雅的妈妈病倒了，还好不算太严重，方爸爸在家里照顾着她。

另一个问题比较严重。

方博雅有了自杀的倾向。

有天晚上，果果起来上卫生间，看见他们家客厅的窗子打开了，窄窄的窗台上坐了一个人。

他们的客厅是个明厅，果果看出那个人是方博雅。

果果动弹不得。这纠缠了她十几年的噩梦重新在她的眼前出现。

然后她看见方博雅慢慢地爬下窗台，晃晃悠悠地走回卧室。

哈果果抖得走路都打晃，死命推醒方博南。方博南好容易才睡着，被晃醒后半天没有恍过神来。哈果果哆嗦着说，小雅要……要自杀。

方博南一个激灵坐起来，什么什么？

果果说，你快快，去去，你去。

方博南连鞋都来不及穿上，冲到另一间卧室——方博雅一直是带着小小子睡的，秋好在长沙发上睡。

方博雅枯坐在床上，小小子浩然在她身边睡得香香的，一条胖腿儿搭在被子外头。方博南把儿子抱起来，哈果果扯了一把方博雅，方博雅回过头来，目光空洞。

隔一天哈果果夫妇俩把秋好训了一顿，秋好一气之下说她不干了。哈果果又后悔把话说重了，好言好语劝了她半天，又许诺给她涨点儿工资，秋好才答应留下来。

果果每天上班前都细细地嘱咐秋好，叫她重点要看着二姐姐——秋好一直叫果果大姐姐，叫方博雅二姐姐的。果果说，你来不及做饭就叫外卖吃，来不及洗衣服就丢在那里，家里不收拾都行，关键是要看好二姐姐，不能叫她进厨房，别让她靠近窗子，别让她摸着剪子菜刀，家里捆扎东西的绳子、84消毒液全收拾走，锁进地柜里，记得别让二姐姐用皮带系裤子。

秋好听见不叫她做事，眼里立刻有了光彩，连连点头。可干了两天，秋好又提出来要辞工，不管果果怎么哄劝也没用。秋好说，大姐姐，不是我不肯干，你跟大哥都是好人，二姐姐也是好人，我看出来了。可是我害怕。二姐姐天天眼睛直愣愣的，一个眼错不见她就站到窗户跟前去了，我连盹儿都不敢打一个。实在是怕。

秋好还是走了。

方博南请了两天假在家里看着方博雅，可是这也不是办法。

最麻烦的是晚上。方博南夫妇俩不敢让方博雅再带着小小子睡，也不敢让方博雅一个人睡。果果犹豫半天说，要不，我陪着她睡。

方博南没有答应。自己在妹妹卧室里打起了地铺。

半夜，果果实在睡不着，悄悄地摸进方博雅的卧室。这两天方博雅也累着了，这一晚睡得还算安定。

方博南也还没睡，叫了声果果，掀起被子叫她坐进被窝里。

果果的腿冻得冰凉，裹进被子里后发现方博南的腿也是凉的。

夫妻两个一人一头，两双冰凉的腿挨在一起，在黑暗里坐了许久。

方博雅每周要去治疗一次，是夏漱石联系的医生，也是当年治过哈萌萌的，是省里治疗抑郁症的权威。可是这种病，得起来悄无声息，要想治好千难万难。

方博南夫妇俩觉得快要被拖垮了。

还好，哈家老两口接走了小小子，说让他在他们那里住些日子。果果每天下了班先在娘家陪儿子做功课，然后再回家看方博雅，家里做饭洗衣的事就交给了方博南。

这一天晚上，夏漱石来访，带来了他们家以前的一个帮工，一个五十多岁的阿姨。

这一晚，阿姨陪着方博雅睡。

方博南跟哈果果这么多日子以来，第一次稍为安稳地并肩躺在自己的大床上。他们都十分疲累，可还是睡不着。

是果果先伸手抱住方博南的。

他们都十分惊喜，在这种情形之下他们居然还有这份闲心，而且还意外地好。他们好像找到了大风大雨里头一个干燥暖和的小角落。

他们浑身是汗地躺着，身上的汗缓缓地从毛孔里蒸腾出去，皮肤渐渐收干沁凉。他们把被子紧紧地裹在身上，背贴着背，睡了个好觉。

那位阿姨姓马，人非常能干利落，而且，她做饭的手艺很好，会自制非常道地的盐水鸭和鱼丸。当年夏漱石跟哈萌萌结婚后，怕萌萌做饭劳累，特地请来马阿姨帮忙，果果以前也认识她。果果跟马阿姨谈工资，马阿姨说夏老师给她开工资的，她不好再拿果果的钱。

哈果果这一天难得没有回娘家。小小子刚考完试，考得还算不错，他说今天晚上绝对绝对不学习了，要玩，要看电视。果果直接回了家，天气尚早，快到小区时，看见方博南在路口等着他。两个人慢慢地往家走。方博南把果果的手牵起来夹在自己胳肢窝下，以前冬天果果手冷，喜欢这样取暖。

他们走到楼下，不约而同地仰起头来看自家关得严严实实的窗子。

方博南说，果果，等小雅好了，我带你和儿子去旅行吧。你想去哪儿？

果果笑起来说，这一时哪想得出来？等我慢慢想。

方博南说，嗯，你慢慢想。

他们一进家门就闻到一股子浓香。果果眼睛一亮，说，老鸭煲啊，马阿姨多放点儿青笋。马阿姨笑嘻嘻地说，放了放了。哎呀，潽了。说着马阿姨去厨房，果果跟方博南低头解鞋带。

就在这一刹那，原本坐在客厅沙发上的方博雅突地跳起来，一头鹿似的弹跳着冲进方博南他们的主卧，快得果果只看见一道影子一闪。

果果只愣了一秒钟，突地尖叫一声也往卧室冲过去。方博南也反应过来了，跟着冲了进去。

方博雅已站在了一张小凳子上，大半个身子倾到了封闭阳台的外头，然后她一踢凳子。

哈果果正好拉住了她的睡衣下摆，还有一条腿。

果果在叫，快来人，快来人，快来人！

方博南从床上踩跳过去，抓住方博雅的另一条腿。厨房里咣的一声巨响，许是摔了锅，接着，马阿姨也冲了进来。他们三人合力把方博雅拉了进来。

果果跌坐在地板上，一只脚还穿着鞋，一只只穿了袜子。

方博南和马阿姨一个把阳台的窗子关上，一个把方博雅安置在床上。

果果还坐在地板上。

方博南过来搀她。

果果突然发力跳起来，冲到床边，把方博雅揪起来，劈面给了她一记耳光，又啐了她一口。

第三十九章

夕照如血

这一巴掌打得很响,打得方博雅倒退两步一屁股坐到了床上。马阿姨上来要拦果果,方博南一把把马阿姨拉过来说,不要拦她,你让果果说,让她说吧。

哈果果声音异常地响亮,我自然要说!我跟你哥还有马阿姨天天把你像供佛爷一样地供着,眼睛都不敢眨一下地看着你,为了你我把儿子都送走了,你哥一天往家里打十来个电话,马阿姨连午觉都不敢睡,就怕你有什么事儿。没错,你爸你妈是留给我们钱了,可是你到外头打听打听,像你这种情况,有没有人敢为了那点儿钱来看护你?你说你抑郁,没错,你有资格抑郁,你有眼无珠,选了个臭男人,有个不讲理不讲人情的婆家,抢了你儿子,让你们母子分离,你不抑郁哪个抑郁。可是你以为天底下只有你一个人有资格抑郁吗?你看看我,我顶顶亲的姐姐死了,我有儿子要养,有爸妈要顾,我还要上班,天天看着老板的眼睛鼻子行事,早上赶死赶活,稍迟一分钟就要扣五十块工资,我还要养房子要存钱,我跟老公还有一大堆的问题,我也有足够的理由抑郁。不是我不能,是我不敢。我要培养儿子,让他受最好的教育,将来过得比他娘老子好;我要给爸妈养老,他们已经有一个女儿不在了我不能丢下他们;你哥方博南再不好也比李大原好得多,总不能让他一辈子背一个老婆跳楼自杀的精神包袱。我还想活出一个自己来,那个不是女儿不是谁的老婆不是谁的妈的自己。我哪敢抑郁,哪有时间抑郁?你走上大街看看,满满一街的人,哪个没有一肩的重担一肚子的委屈一脑袋的不如意?还不都咬着牙往前走,一个一个的全任性起来,抑郁起来还得了?

方博雅从床滑到地板上,哇哇地哭起来。

哈果果看也不看她,噔噔噔地跑到厨房坐下来,老鸭青笋汤泡饭,一口气她吃了两碗。

这一天夜里，方博南下决心，从此以后他要待身边睡着的这个女人好。

昨日种种譬如昨日死。

他的下半辈子要善待这个他爱的女人，为了她差一点儿抑郁，为了她有资格抑郁而她没有。

哈果果第二天就跑到夏漱石的医院去，她要告诉他一件好事。

这是个秘密，是一个只有果果与夏漱石才知道的秘密。

那一年，哈萌萌病得厉害时曾入院治疗过一段时间，情况有了一些改善。夏漱石把她接了出来，果果跟他一块儿去的。

那一天，哈果果先陪着姐姐去浴室好好地洗了个澡，哈萌萌从里到外换了身衣服，果果帮她吹干了头发，她自己把长发绾了个髻。果果的眉目是清秀的，但是萌萌的五官却带着一点儿西洋人的深刻，那张脸多半时候是带着极静的表情，她病了以后脸上的那种静要幽暗一些，因而显得更静，浴室热气的蒸腾使得她的肤色晶莹，嘴唇浓艳。她以一种小孩子的姿态，右手牵着妹妹左手牵着爱人。他们一同回到家，哈爸爸哈妈妈做了许多的菜，他们在厨房里小声地说着话，夏漱石替萌萌把箱子送进卧房，果果打开冰箱伸头进去找果汁喝。

哈萌萌一个人坐在客厅里，电视机开着，演着一部什么肥皂剧，女主角在哭泣，悲悲切切地热闹着。

哈果果拿出果汁，仰着头咕咕咕地喝。

天气很好，果果记得满客厅的阳光，像有什么东西被点燃了似的，异常地刺目，晃了她的眼睛。一刹那间，电视的热闹停顿下来，四周鸦雀无声，果果只听见自己胸腔里心扑通扑通在跳的声音，这一刹那显得鲜明、漫长、缓慢。

然后她就看到她姐姐哈萌萌跳起来，灵巧快捷得如一头梅花鹿，三步两步冲到爸妈那间向南的大一点儿的卧室里。

果果几乎是下意识地跟着跑过去，就看见姐姐的身影在阳台上一闪就不见了。老半天，她听到有一声沉闷的声音传来。

果果扑过去看。接着就嘶叫起来，她不能控制地叫着，不惊慌不害怕也不悲伤，仿佛这所有的情绪都被喉咙里的这一声叫给拦截在胸腔里。

她的眼睛里一片血红，那片血红衬着她姐姐那件奶油色的短大衣，竟然很漂亮。

然后那血红在哈果果的眼睛里慢慢地变成一片灰色，无论她怎么眨眼，闭上

眼再猛地睁开，它还是灰色的。

这种灰色从此以后一直伴着她。

她再也看不出任何一种红色。她去化妆品柜台买口红，导购小姐把样品涂在她的手背上，让她看那种种有着细微差别的红色，其实在她看来全是灰的。她装模作样地比较着，审视着，然后说她要买几号的口红。那个号头是萌萌告诉她的，说最衬她。十几年来她一直只用那个号的口红。

夏漱石替她检查过眼睛，不是病变。他安慰她说，会好的，有一天会好的。

果果今天就特别跑去告诉夏漱石，她真的好了。

在她把方博雅从阳台上拉下来的时候，她微仰起头，正好看到一轮落日，那种金红金红的美丽光线刺得她眯起眼睛来。她坐在地板上，看着那红色越来越深，像退潮一样向天边一点点地退去。

果果上了十六楼，这是夏漱石所在的胸外科，她在护士站向一个年轻的护士询问，夏医生在吗？

小护士告诉她，夏医生病了，就住在本院。

果果推开夏漱石的病房，门开的一刻她才想起，夏家人会不会也在。

还好他们不在。夏漱石靠在床上，戴着细边的眼镜，看一本杂志。他听得动静，抬起头来看见果果，马上就笑起来。

过来，他说，来。你来得巧了，我这里有一种新鲜的水果，你肯定喜欢。

这间病房很大，还有个小小的套间，很干净，光线也好。

果果走过去坐在病床边。

夏漱石说，这个叫作罗望子果，是一种热带的水果，味道特别地酸，他们一送来我就想，正适合果果吃。你从小就喜欢吃酸东西，青苹果、话梅、冰糖葫芦。

果果接过水果来送一粒到嘴里，果然酸，酸得眼泪都流了下来。

夏漱石拍拍她说，别哭，小姑娘。

果果的眼泪流得更厉害，说，你怎么生病了也不告诉我一声，爸妈也都不晓得。

夏漱石说，很快会好的。

果果说，我不信。

夏漱石安慰她，说，你忘了我自己就是个医生，而且是个好医生。

果果点头笑，是好医生！

夏漱石的声音一如既往地有安定人心的作用，就算果果不相信他的病像他自己说的那样不要紧，可还是好过了一些。

夏漱石还告诉果果，医生告诉他，方博雅的抑郁有好转，她在慢慢恢复中。

但夏漱石的病不大好，他的头发掉了大半，又一次去看他的时候，果果发现，他理了个光头。他在病员服外头罩了一件宽大的袍子，看起来真像一个僧人，脸有点儿肿，气色极端不好，可是神情还很安然。

哈果果常常去看他，给他带哈妈妈做的汤去，他吃不下什么东西，可是多少还是会喝一些。他一直喜欢哈妈妈炖的汤，他好像特别能接受哈家的食物，在认识萌萌之初，这点就叫哈妈妈特别地喜欢。

哈爸爸哈妈妈也常常会来看他，多半在周三，这一天，夏家人都不在。果果知道，这是夏漱石特地安排的一个时段，方便果果他们来。他知道果果他们一家子是绝对不想看到夏家人的。

果果给夏漱石买了一件鲜红的开襟薄羊绒衫，说，你看，红颜色。你跟我说我的眼睛会好的，现在真的好了。

每回去，果果都会给他念一会儿报纸，免得他自己费精神去看。她还替他剪指甲，耐心地把一个一个指甲用小锉子磨得圆圆的。夏漱石当年就发现哈果果是个有点儿臭美的小姑娘，特别喜欢剪指甲时磨上半天，咕嗞咕嗞的。她还喜欢随身带一把小木梳子，时不时掏出来梳她的长头发，后来他送过她一把牛角梳，小小的，只手心一握。她还是个十来岁的小姑娘时他送过她好多好玩的东西，到哪里都忘不了给她带点儿礼物。他们家三兄弟年纪相差只一两岁，他没有那么小的妹妹，觉得她特别好玩。她吃了太多的甜东西烂掉一颗牙，他替她找了院里最好的牙医拔牙，她死活要拉着萌萌的手才肯坐在那张椅子上。

果果抬起头来问夏漱石，好好的你笑什么？

夏漱石说，我想起你小时候有一回我请我们院牙科的杨胖子替你拔牙，他一走近你你就尖叫，把杨胖子吓了一跳，说我什么都还没做呢。

他把双手像投降似的举起来，学着当年那位胖胖的医生惊恐的样子。

方博南看哈果果家里医院地跑，工作上又接了新的任务，便提出来，他可以帮着去照顾夏漱石，他又比果果有力气。所以方博南也时常会去医院，有时果果也过去，两个人就一同回家。

夏漱石的病一天比一天严重，他已经没有办法半靠着坐在病床上了。越来越多的仪器被搬进了他的病房，他的主治大夫的脸色也越来越凝重。

他昏睡的时间多了起来。这一天，方博南过来陪他。他一直睡着，方博南拿

了张纸随意地画着。过了好长的时间,方博南转过头去,发现夏漱石醒了。

夏漱石把方博南手上的那张纸拿过去凑在眼前细细地看了一会儿,他说,方博南,我有些话想跟你说。

这一个下午,夏漱石和方博南之间有一次长谈,夏漱石说说停停,明显地精力不济,可是方博南一辈子也忘不了他跟自己说过的话。

又隔了一个周三,果果有空,过来看夏漱石,她发现这一天他的精神似乎好一些,一直靠坐在床上。果果反复地叫他躺下来休息,可是他不肯,一直到果果离开时他还是坐着。

果果说,我走了之后你一定要睡一会儿,你一个下午没睡了。

夏漱石说,来,果果,我抱抱你。

果果凑过去与他拥抱。

他的身上没有多少病人的气味,他还是坚持着吃了东西就漱口的习惯,病房条件好,他还是每周都洗澡。他身体全瘦干了,腹部却鼓着,果果都不敢趴在他肩上。他们一直都很亲近,比真正的兄妹更亲近,特别是萌萌生病的那段时间,他们相互配合,陪着抑郁期的哈萌萌,也相互鼓励,萌萌会好的,会好的。可是他们从未这样拥抱过。

夏漱石又在果果的背上拍了拍,说,快回去吧,走吧。下回来,把小浩然带来给我看看。

果果说,他老是那么大声大气的,我怕吵着你。这小东西讨厌死了,越大越淘。

夏漱石说,淘小子出好的,淘闺女出巧的。

果果呵呵笑起来说,这是句东北俗话你怎么会说?夏漱石说方博南教的呀。

这是果果最后一次看见夏漱石。

果果走后,夏漱石就在小保姆的帮助下烧掉了一些东西。

那是他自住院之后断续写成的一封长信,是给果果的。

不过他还是决定不把信交给哈果果了。

有些事他想他不必告诉哈果果了,告诉她做什么呢?

他答应过萌萌要帮她照顾这个妹妹,不过他没有想到他并不能把这件事做到头。

夏漱石睡过去之前想,现在他要去见萌萌了。

夏家的人竟然没有阻止果果夫妇俩与哈爸爸哈妈妈去参加夏漱石的追悼会。人非常多，政府部门也来了人，灵堂里十分地肃穆，没有人呼天抢地，也没有放哀乐，放的是夏漱石生前最喜欢的乐曲，《沃尔塔瓦河》。

方博南站在果果的身边，发现她并没有哭，倒是哈妈妈不停地在掉眼泪。

这一天晚上，方博南半夜醒来，看见果果坐在地板上呜呜地哭。

她蜷得很紧，看上去像个小孩。

方博南走过去蹲在她身边，果果大约是知道他过来了，可是一直没有抬起头来。

方博南也就一直没有出声，蹲在那里，果果哭了多久他就蹲了多久。

他的心里充满了如水一样的软而绵长的痛惜。他想起自己曾经问过果果自己是不是她今生的至爱，果果没有给他明确的答复，为此他多年以来都耿耿于怀。在这一个晚上，他陪着果果怀念着另外一个男人的时候，忽地觉得从此往后他再也不会想这么个问题了。哈果果遇到夏漱石的时候才十四岁，她是看着她姐姐与夏漱石是如何相爱并且幸福的，后来姐姐死了，那么美好的一段爱情，却有那么惨烈的结局。哈果果呀，她只是一个在还没有遇上爱情的时候就被爱情吓破了胆的小孩子，在她的心里，有一部分，停止了发育，是永远也无法成长了。

方博南蹲得腿有点儿麻，干脆坐了下来。果果停止了哭泣，不过没有抬头，方博南把自己的大脚盖在果果的脚面上，这样她的脚就不会冷了。

方博南想起跟夏漱石那一个下午的长谈。

婚姻是一场修行。夏漱石说。

夏漱石是三月份去世的，很快到了四月清明，果果说，想去走坟。按南京的风俗，新坟是不能在清明去的，必须要提前些日子。方博南说，那正好，车子好坐些，不会有那么多人。我陪你去吧。

果然这一天人不太多，天气又好。这几天往普觉寺公墓的车又好坐了，一路上很顺。

夏漱石的墓很好找，那一片地埋着夏家不少的前辈。墓碑已做好了，深色大理石，非常端庄，上面有烧制好的夏漱石与哈萌萌的小照片。是一张合照，很特别，他们头靠在一起，一对美丽的人。夏家最终满足了夏漱石的心愿将他们合葬在一起。

远远的，有鞭炮的声音，空气里浸染了一些硝石的味道，是哪家在封新坟。

方博南夫妻俩买了鲜花，是从城里的花店带过来的，果果嫌墓园周边小贩卖的花不够新鲜。好大的一束白色的玫瑰，衬着深色的冷硬的墓碑越见其雪白娇嫩。

他们并没有待很久。

这一天晚上，方博南说，果果，我有点儿事跟你说。

他终于跟果果坦白了跟秦霜的事。他说，再也不会有这样的事了。永远不会有。

哈果果什么也没有说。她自己都很奇怪自己为什么这么冷静。

隔了些天，哈果果跟陈安吉一起吃饭的时候，突然跟陈安吉说了这事。

陈安吉沉默半天之后说，这种事情，做妻子的是不会轻易忘记的。就像一颗毒瘤似的。

果果想，对了，就是这种感觉，她这些天来就觉得，好像灵魂里头长出了一颗瘤子。

陈安吉又说，那个时候，我就想，既然是颗瘤子，就要切割得干脆，切之而后快。不必死缠活缠，要不，男人便会得意起来，觉得你离不了他，他就会把他自己当成你脸上的一颗美人痣，没有他你的颜色就打了折扣了。活见了鬼了！现在回想起来，我要跟你说，不是不后悔的你信不信？因为，即使这个男人真是你生命里的一颗瘤子，也是你的血肉养起来的，割了他，是切肤之痛。

果果略有些讶异，心想她何出此言。

陈安吉接着说，人哪，身体上长出瘤子来，总归是有原因的。果果，你三思，看是不是这么个道理。你没想清楚之前，什么也不要做。

于是果果就开始想了。头绪多如乱麻。她还没有完全想明白时，有个人来找她了。

第四十章

唇齿相依

哈果果和秦霜面对面地坐在星巴克靠窗的一张桌子旁。

哈果果打定主意绝不先开口。

秦霜发现，这一回，哈果果这个小女人的眼睛里，没有了以往的和善和温情。这个女人基本上还是几年前的样子，可是给秦霜的感觉是她身上有什么地方变了。

秦霜也说不上来究竟是什么地方变了，可是秦霜却知道，如今的哈果果，好像不会再腼腆了，什么样的尴尬事她也不怕似的，这让秦霜不由得把精神提足了。

到底还是秦霜先开的口，她告诉哈果果，自己要去北京了。

哈果果"嗯"了一声。

秦霜说，这次一走，就不会再回南京来了。在北京工作一段时间之后，可能从那边就直接出国去了。

哈果果又"嗯"了一声。

秦霜被哈果果的两声"嗯"弄得有点儿莫名心慌，定了一下神才接着说，这次找你出来，是想跟你说一声对不起。

哈果果喝一口咖啡，把杯子在手掌间转着，取暖似的，说，你为什么要跟我说对不起？你倒说说看，你做什么对不起我的事了？

秦霜歇了一会儿才说，早两年，有一段日子，我跟方博南，私下见面有的，吃饭有的，暧昧有的，别的没有。不过你放心，以后绝不会有这种事了，别说我走了，就是我不走，我们也不可能再在一起了。

哈果果又喝一口咖啡。那一口咖啡被她含在嘴里，左边脸颊上小小地鼓起一

块来。过了一小会儿，秦霜听见她咕咚一声把咖啡咽了下去，仿佛那咖啡不是液体而是一块石头，她挣扎着才能把它咽下去似的。

果果慢慢地说，这件事情啊，方博南跟我说过了。

秦霜小小地吃了一惊。果果从眼皮下边儿看到她脸上的那点儿惊讶，忽地觉出一分痛快来。

他竟然自己跟你说了，忏悔了吧。秦霜说。

果果极短促地笑了一声，可不是？他老后悔了。

到这个时候，哈果果总算是抬起眼睛，用正眼看着秦霜了。

秦霜，她一字一句地说，你看，你从来，都不是我的对手。我与方博南之间，只有一个第三者。

秦霜问，是谁？

就是岁月啊。

在这一刻，哈果果终于想明白了那个她这些日子以来一直在想的问题。

她把这句话告诉秦霜，也告诉了自己。

走的时候，她们是各自付的账，不约而同地。她们两个人之间的那点儿干系，像一支燃尽了的蜡烛，噗的一声熄灭了。

站在星巴克的门口，果果终于还是问出口，什么时候走？

后天。秦霜说。

一个人走？

一个人走。

果果说，一个人不容易的。

秦霜听了微微一怔。果果又笑起来，不过一个人有一个人的好。只要按自己的心意过，都是好的。说完，哈果果转身离开。

秦霜站着没动，看着哈果果慢慢走远。

哈果果的背影在人群里显得很弱小，这是一个很多男人都喜欢的那种小鸟依人似的女人，好像随时都会嗲嗲地说啊呀怎么办呀。至少方博南一直就喜欢这种调调的女人，秦霜想，他果然是爱她的。可是他也错看了她，她是一枚水蜜桃，柔嫩的果肉，仿佛一戳就破，其实里头有一颗坚硬的核儿。

秦霜想，自己其实也误会过她，她还记得在婚宴上头一次见到哈果果时的感觉，方博南就是这调调。现在她才明白，方博南有方博南的眼光。

秦霜还记得，那一晚，她跟方博南什么事也没有发生。方博南喝得太醉，完全不能作为，他只是把又粗又壮的腿压在她身上，大约是叫了一声果果，也可能不过是一声咕哝。

他们只是纯睡觉。

其实当时她就已经认输了。不过，现在，秦霜觉得也没有必要把这些向哈果果坦白了，反正他们之间也不会有今后。当然，那个时候的哈果果与方博南之间，原本也并非无懈可击。如果这个结能在他们之间留上一辈子，对于她秦霜是不是也算是一种精神上的胜利呢？

可是秦霜她知道，不会留一辈子的。时间比什么东西都顽强，可以摧毁一切，也可以抹去一切。

秦霜眯着眼，对着初春的柔软的阳光，好半天好半天才离开。

哈果果沿着街道慢慢地走。

春天是南京最好的季节，风不扑面雨未成行，桃红柳绿，红得含蓄绿得清浅，欲说还休，让人珍惜得心尖子都痛。只是短得离奇，好像只几天的工夫，一下子就过去了。

多像爱情。果果想。

她觉得脸上有点儿凉凉的，原来终于还是流下了泪。

她在一家精品服饰店的橱窗前站了一会儿，因为这家的橱窗总是布置得很有特点，果果爱它的橱窗多过爱它的服装。

在那片明净的玻璃的影子里，哈果果看见自己青白的脸上那点儿闪动的泪痕，又好像看见了夏漱石，站在离她几步远的地方，像她第一次见到他时一样，风华正茂。他好像在说着什么安抚的话。

果果在心里对他说，不要紧的，我不难过了。你看，夫妻之间的关系，有时候就好像牙齿跟嘴唇似的，牙齿有时也会咬了嘴唇，对不对？

咬的那一刹那，痛入心扉。

可是嘴唇没有法子真正去怪牙齿。

只因为唇齿相依。

唇齿相依。

春天过完了之后，方博雅跟兄嫂提出，打算回东北了。

她的精神状态其实并不十分地好，所以果果还是有些担心，问她有什么具体

的打算吗。

方博雅说，原先的电大肯定是不可能回去的，当初是辞职下来的，但是现在电大办了不少的补习班，还挺火的，她过去的好朋友正好负责这件事，请她回去带两个班的课，教会计，报酬还算不错。爸妈身体不好，也可以照顾一下。

方博雅走后，果果一下子轻松起来。马阿姨也要走了，可是果果说还是想请她在家里帮帮忙，做钟点，每天只要帮着做做饭。马阿姨挺高兴的，反正她的一儿一女都大了，儿子生了个女儿，安静乖巧，女儿坚持丁克，她在家里也没什么事。再者，她跟哈果果的妈妈也处得来，两个老太太投缘得很，平时天天在一起跳木兰扇，有空就约在一起上超市收集打折信息，试吃新品小包装，听免费健康讲座，合伙买些松花粉螺旋藻什么的，小日子平静逍遥又有点儿市井无聊。果果笑着对方博南说，有一天我要是变成这样了，你可以给我一个巴掌把我打醒。

方博南说，你不会的，你年轻时是文学女青年，现在是文学女中年，将来还会是文学女老年。

不过果果心里总是有点儿惴惴不安，按她生活中的惯例，但凡她的日子顺一点儿，总会有什么事发生。这种不安一直延续到入夏之后。

这一年气温刚过了三十摄氏度的时候，哈妈妈一次外出时把腿跌伤了，粉碎性骨折。听到消息之后，果果反而吐出一口气来。

还好，伤筋动骨虽然麻烦，到底比得什么大病要好。

哈妈妈的腿要动手术，往里打入钢钉，她一听就哭了。在她的概念里，人身体里有了金属，可就算是残疾了，她一辈子好强的心受到了打击。方博南听说老岳母为这样的事儿哭泣伤心，觉得十分费解。他深刻地认识到，虽然他跟女人打的交道不算少，可是他是真的不大懂女人的，像果果这样的中年女人他不懂，像老岳母这样的老年女人他就更不懂。人果然是要活到老，学到老。

不懂归不懂，可是这事儿出了，方博南想，果果工作忙，还要带儿子，哈爸爸一个人是无论如何也忙不过来的，马阿姨主动说可以帮着哈妈妈那边也做做饭，已经是个大人情了，总不能再让人家充当护工。这事儿，自己是要多操点儿心，出点儿力的。

其实跌倒的那一天，就是方博南送老岳母入院的，背上车背下车，一时租不到轮椅，也是他背上楼背下楼地带着她治疗的。接下来手术后，哈爸爸陪白天，方博南陪晚上，本来是请了一个护工的，可是方博南嫌人家手脚粗笨，而且说了一口他完全听不通的高淳土话，交流起来实在是无比困难，索性辞掉了她，临了又嘴欠地建议人家学学普通话，克服了语言障碍，事业才能有所发展，得大白眼一个。

果果要出差了，可又实在放心不下妈妈，方博南说他会照看的。这些天他基本上就以医院为家了，偌大的身架，每天在躺椅上睡觉，挺遭罪的，每回起身，方博南都听见自己浑身的骨头咔咔直响。越是累，胃口越是好，哈爸爸会给他们送饭来，可方博南还是会把医院的晚饭留着，半夜饿醒的时候，拿到护士站用微波炉加热之后坐在走廊的椅子上呼噜呼噜吃个干净。病号饭原本就寡油少盐，走廊里全是药物的味道与病人身上沤出来的那种气息，有的时候方博南觉得似乎那饭都被染上了那股子怪味儿，可他还是全部吃光。他好像在经历着二次发育，胃里总是潮，总是饿，饶是这样吃，他还是瘦了下来。这些方博南都可以忍受。骨科病房都是伤筋动骨的人，疼痛是免不了的，方博南最怕听半夜时病人不由自主的呻吟之声，有点儿吓人。哈妈妈倒是一个极能忍痛的老太太，方博南从未听过她哼哼，痛得狠了，她就睡，自然是睡不着的，可她还是不哼一声。方博南看老太太这样有点儿难过，说妈你要是痛得厉害哼两声没有关系。哈妈妈说，不是不能忍的，长一声短一声地哼，丢人的。

方博南看着她半靠在床上闭眼忍痛，总算明白了哈果果身上那点儿劲头是从哪儿来的了。

他不由得端详起老太太来。以前他认为果果的五官像足了哈爸爸，这会儿看来，并不是这样，果果的嘴与下巴的线条都与哈妈妈非常相似。正巧这一天，因为要到单位询问医疗费报销的事，哈爸爸把哈妈妈当年的工作证也找了出来。方博南接过来看，不由得讶异起来。工作证上有一张一寸小照，上头有一个清秀的年轻女人，猛地一看就是哈果果，只是额头略窄些，头发是微卷的。方博南顺嘴说，妈你照片上多大？哈妈妈说，也就三十出头，这么多年也没想过要换照片。

方博南又笑说，这头发烫得很时尚啊，放到现在也不过时。

哈妈妈说，没烫，是自然卷。

啊，方博南小小地在心里叹了一声，十来年以来他都一直以为老太太的头发是烫的，还曾经在肚皮里笑话她老来臭美。却原来是自然卷，果果并没有遗传到呢。

在他的概念里，他从未想象过这个他管她叫妈的老太太年轻时的样子，如今才明白，原来人都年轻过，人都这样一天一天地老了。或许果果越老会越像她的妈。他的妻子，会老成这个模样。而他自己，定然是越老越像他爸爸。方博南闭

上眼休息，在脑子里把哈妈妈与自个儿老爸放在一处，那就是哈果果和他将来的样子。那组合实在有点儿可笑。他笑起来，睁开眼，看见哈果果站在他面前，微微弯着腰看着他。

方博南说，哟，你出差回来了？

果果说，回来了。你干吗呢，一个人坐在这里傻笑。

方博南说，我做美梦呢，男人至高的理想啊这一美梦。

果果哧地一笑说，你不说我也知道，无非就是坐拥金山，享齐人之福。

方博南笑而不语。

哈妈妈出院那天，一家子全去接她，连小小子浩然也去了。

方博南一使劲儿把哈妈妈横抱起来，放到轮椅上。小小子浩然说，乖乖呀，爸爸，婆婆那么重你都抱得动，你力气好大啊，跟沸羊羊差不多。方博南说，那是，我叫猛羊羊。于是身架大而幼稚轻信的小小子方浩然跑到学校跟小朋友们说自己爸爸是猛羊羊。

果果看着方博南人前人后地忙碌，看着他因为脸上瘦了而突起来的颧骨，心里有念头闪过，方博南现在这样做，也许是为了心理上的那点儿不安吧。不过果果马上释然了，那又如何呢？有爱才会有愧疚，愧疚比爱更沉重，他敢担起愧疚也无非是为了爱，这就很够了啊。知足吧，知足吧。果果记起她也有多少年没有提醒自己要知足了。

一家人慢慢地往门口走，要走到大门那儿才有车打。哈爸爸推着哈妈妈，哈妈妈"啧"了一声对老伴儿说，你使的劲儿太笨，轮子直响，车子容易坏，换小南推。

于是方博南上去推，果然使了巧劲儿，轮子不乱响了。

隔两天，哈爸爸非常沮丧地告诉哈妈妈，单位不可能给报销医疗费了，他们连地都卖掉了，只够发点儿基本工资，医疗费他们管不了了。

哈妈妈叹了口气说，早想到是这样了。自己拿吧，我就叫你不要这样一趟一趟地白跑，哪里还能指望他们。

前前后后，手术治疗，一共花了五万多块，还不算后续的治疗费用。

果果知道以后跟方博南商量，贴补爸妈一半的钱。方博南想想说，给四万吧。本来呢，我们全拿也不要紧，但是你妈那个人吧，争强好胜，要脸面，你不让她自己出点儿钱，她心头有的不舒服呢。

哈妈妈在家休养，又开始织毛线活。马阿姨来陪她说话时，她把方博南给她医疗费的事说给马阿姨听。马阿姨啧啧地说，你这个女婿还真不错。

哈妈妈笑说是啰是啰。

哈妈妈自此改口管方博南叫小南。

方博南有时会在心里悄悄地感叹，原来他娶了果果，他管哈爸爸哈妈妈叫爸妈，并不意味着他们是真正的一家人了，要成为一家人，十年还是一个很短的时间。

他用三个月的时间来准备一场婚礼，他用一天的时间把自己从王老五变成一个已婚男人，可是他用了整整十年的时间才真正变成人家的半子。

从这个意思上来说，每一个男人都有资格在老了以后写一部书叫《我这一辈子》。

很快，果果过生日了。

四十岁。

南京人说男不过三十，女不过四十。女人是不做四十岁生日的。

果果打算悄悄地过去算了。可是，方博南诚心诚意地说，不办生日宴就算了，老婆你想要什么礼物。你说吧，反正你也不会要离谱的东西，我了解你的，可是你一定有想要的，你说出来我就给你买。

果果看他半天，突地半真半假地说，我呀，我什么也不要，你让我海扁你一顿怎么样？

他们是站在厨房里说这句话的，方博南以为哈果果在开玩笑，突地发现她不像是开玩笑。哈果果走近一点儿，伸两根指头，抵着方博南的太阳穴，往上一提，方博南略有点儿下垂的眼角也随之一紧，又有点儿像年轻时的样子了。

从此方博南迷上了这种小游戏，常常自己这样玩儿，久久地看着镜子里自己的样子，然后说，老婆你说我去做个拉皮儿，你觉得怎么样？

果果说，做拉皮儿干吗，拍黄瓜比较好吃。

果果想，我可以原谅自己，便也可以原谅你。

第四十一章

生活新篇

一转眼的工夫，方博南夫妇俩搬到这套房子里也有不少年了，他们渐渐地发现，房子各处开始小毛小病不断了。

开始是卫生间的下水管子漏水。方博南修了一下，效果是有的，不过并没有根治，果果干脆在下面放了一个旧盆接水，用来洗拖把或是冲马桶。果果很是得意，这一招是从老邻居那里学来的，那位大叔长年故意让水龙头滴水，用大桶接，一夜下来接一大盆，说是水表完全不走字儿。方博南感叹一个文艺女青年居然也会来这一套，可见生活真会改造人。接着是主卧的墙角渗水，起了一块一块的霉斑，偏偏这些霉斑排列整齐有致，看得人一身一身地起鸡皮疙瘩。方博南请了物业来给修，总算把渗水给止住了，那墙壁也不能看了，果果一狠心说干脆重弄，换成墙纸。两个人一合计，找装修公司不划算，找游击队来做又不靠谱，于是方博南自告奋勇地说自己动手，丰衣足食。一番伤筋动骨，铲掉墙皮，重新粉刷，再贴好墙纸，忙了大半个月。这期间，夫妻两人一起睡到了小小子浩然的房间里，果果带着儿子睡，方博南打地铺。小小子无比兴奋，说是终于又能跟你们同居啦！方博南劳累一天，躺在地上久久不能入睡，听着老婆儿子的呼吸声，觉出人生无聊琐碎里的那一点儿安慰来。人活着也不过为了这么一点儿安慰。

一个月之后，房间焕然一新，方博南把装饰用的油画、艺术挂毯什么的都重新挂好，把结婚照重新配了个自己钉的框子也挂上。夫妻两人搬回主卧，小小子非常遗憾地说，你们两个是不是要重新结一次婚？结就结吧，我也要到新房间里去，跟你们一起结婚算了。

果果总是暗自感叹，这个孩子好像比同龄的孩子幼稚许多，小学生讲话像幼儿园娃娃，不由得觉出基因的强大来。

这边刚修整好房子，家里的电器也一样一样地出问题了。先是洗衣机无法甩干了，请了西门子的人来修，人家说，你们这机子，也该换了。然后是抽油烟机也不大灵光了，一做饭就满房子的油烟，看来也是非换不可了。然后吸尘器也在吱呜一声呻吟之后宣告寿终正寝，方博南调笑说它不是好死的，它是自杀的。任谁被哈果果这样日日地操劳，也会忍受不了愤而自杀以示抗议的。于是买了新的吸尘器。果果说总有一天有了钱，买那种最先进的全自动的会自己满房子走还会拐弯儿的吸尘器。

生活便成了一个不断修补不断充填与不断替换的过程。

有一天，方博南回家的时候发现，他们小区又开始了新一轮的东挖西挖，前一次是为了铺天然气管道，后来又是换水管子，这一回又不知干什么，地面被挖得呈龟裂状，疑似地震现场。

忽地又有一天，方博南发现，他们小区里，正在建起一座新的小楼，不知作何用处。果果研究了半天说，不好不好，可能是一个垃圾中转站。方博南说不可能吧，这里居民这样密集，盖这么个东西不怕苍蝇传播疾病？

结果，不幸被果果言中，那果然是一个垃圾中转站，规模还相当地大。从方博南他们家朝北的窗口望出去，那中转站仿佛在触手之间。方博南抓狂了，每天咬牙切齿地盘算着如何移除这个东西，方案一大堆，无一有可行性。果果也随他说，当笑话听。

当然方博南不可能真有什么行动，但他的心里又开始盘算一件事了，可暂时还没敢跟哈果果说。因为他深知天下难事有三件，一是与虎谋皮，二是要女人不买东西，三就是从哈果果那里挖钱。

方博南他们出版社这两年因为主打少女读物，效益一天比一天好，方博南一向对此极为鄙视。可是为了实现他的那点儿盘算，他也看开了。

楚一帆很高兴地说，正好有新项目，交给你做吧。

方博南领了任务回来，边伤脑筋边咬牙，草稿弄了一回又一回，自己先不断地否定自己，到后来简直无从下手，一坐到电脑前脑子里便一片空白。

哈果果看他天天熬得痛苦万状，便问，你最近在弄什么？回到家来就对着打开的文档做愤世嫉俗状。方博南叹道，看稿子看得神魂颠倒。果果问是什么书稿有这样的力量。方博南忽地狡猾一笑说，真是好书，你看不？果果果然上当，看了几章，简单明了地冲着方博南大大地"呸"了一声。

方博南不断地叹气叹气。果果说，其实你也不必叹息，有句大俗话说给你

听，以文养文，你方博南自然也可以以画养画。这种书稿的封面插图，随便画画得了，画的时候忘记你是你就行了。你如果能在两三年之内做一本真正意义上的好书就很不错了。

方博南心头忽地清明，豁然开朗。

他请果果帮忙，看看书稿，然后把大意说给他听。他实在是看不来小姑娘们喜欢的故事，他以前只认为自己不懂得中年女人，不懂得老年女人，现在才发现他更加不懂得年轻的女人们。女人实在是一门极高深的学问，非凡夫俗子可研究得透彻。

果果只用了一天的工夫就看完了。方博南问大概是个什么意思。果果一边拖地一边说，就是一个女孩子，她很美很美，有一天忽然她穿越了，到了宋代。然后有一个男人他很美很美，而且很温柔很温柔，他爱上了她。还有一个男人，也很美很美并且很冷酷很冷酷，他也爱上了她。还有一个男人他很美很美，并且很奸邪很奸邪，可是他也爱上了她。

于是方博南便画了一稿，自己大大地对着画稿嘲笑了一番。谁知作者反馈说太好了太喜欢了，方博南这才明白这世界已然不是他所熟知的世界，他已不是那八九点钟的太阳。

之后方博南又接了一部书稿。果果这回只看了半天，总结说，有一个女孩子，长相很平常很平常，可是性格很特别很特别，有一天她穿越了，来到了残唐五代，然后有一个男人他很美很美并且很有才很有才，他爱上了她，又有一个男人他很美很美并且很富有很富有，他也爱上了她，再有一个男人他很美很美并且武功很高很高，他也爱上了她。

如此这般，方博南很快地掌握了给少女读物画封面及插图的诀窍。

再一篇稿子，果果就只看了三个小时。方博南问，这回穿到哪儿了？果果说穿到沙皇时代的俄国，克里姆林宫。方博南说哦明白了，于是画一个女的和一群美男，给他们一人画一顶厚皮帽子，大雪无痕做背景。

又一篇，果果只翻了翻，方博南习惯性地问，这回穿到哪儿，果果说穿到亚瑟王时代，方博南就画了一个女的和一群男的，男的全给穿上了锁子甲，拿杆长剑，茫茫森林做背景。

这之后，哈果果再也不肯看书稿了，说怕看多了智商下降将来拖累方博南。方博南哈哈大笑，从此自力更生，学会快速浏览书稿，然后就画一个女的，然后再画几个男的，他们统统很美很美，配以不同的背景，就成了。

他为自己起了个笔名，叫非也。

非也非也。

慢慢地，方博南跟办公室里的小编辑们的关系也缓和了起来。以前他极不喜欢一个年轻的小丫头，总觉得才二十来岁的女孩子学得这样势利，对当红作者、普通签约作者与投稿作者是完全不同的三张面孔，翻脸比翻书都快，真正的广东人说的所谓跟红顶白。

然而合作了两次之后，他原谅了那个女孩子。

一个年轻女子，在这种复杂的环境里混口饭吃，她自己也不知要看别人多少脸色，听别人多少难听话。他就亲眼看见有一个颇有两分名气的作者，快六十的老男人，对小姑娘毛手毛脚的。

眼见的，方博南的收入就丰厚了起来。

知道果果舍不得花钱，他开始悄悄地给果果买衣服，他眼光独到，果果穿他买的新衣上班总赢得无数称赞。方博南有时却又会说，哎，老婆，这件衣服哪儿来的？我怎么没看过啊，别是哪个小情人给你买的吧。

果果一开始听到他的这种论调十分生气，突然有一天，她看见方博南背过身去偷笑得如同一只狐狸，这才明白他不过是促狭。于是果果便说，是了是了，是我的情人给买的，怎样？眼光不错吧？

方博南想，反正他在哈果果这里是从来讨不到便宜的。

这一天，有一封信寄到了哈果果家。这个年代，接到电子邮件是常事，可接到一封信倒有点儿稀奇。

果果看那信封十分精致，上头写着方博南先生亲启，这是一种特制的信封，上头印的是国庆六十五周年联合画展组委会字样。果果很诧异自己竟然不知道方博南送了画作去参展。

方博南回来后看了信便如同傻子一样呵呵笑个不停。

原来，省里为了庆祝新中国成立六十五周年，要搞一个全省六十五位画家联合画展，方博南的画入选了。

方博南告诉果果，这次全省送展的画家超过千人，最后选定六十五人。果果十分意外，说不错不错啊，也算是百里挑一了，你竟然事先都没有告诉我，保密工作做得不错嘛。

方博南说，面捞进碗里才算粮食呢，我这个人一向很沉稳的。

其实他心里也没有底，寄出作品的时候倒是很有信心，可是越等信心便越薄弱。二十岁的时候，方博南绝对不会预料到，有一天，他也会谨慎到如此地步。这很难说是一种前进或是一种倒退，只能说，方博南果真是不再年轻了。

随后方博南就收到了请柬，哈果果作为家属也被邀请去参加开幕式，方博南说带上儿子一起去，受受熏陶。浩然小子已是初一学生，身高已然超过了妈妈，却依然幼稚，问道，有没有自助餐吃的？方博南说这我可不知道。

浩然小子于是又说，我们班上的舒朗同学，他爸爸单位超有钱，老是吃自助餐，一会儿在这里吃一会儿又到那里吃，每次吃自助餐他爸爸都带他一块儿去。舒朗说好吃的东西堆得像山那么高，随便拿，还可以塞到衣服里偷偷带回家。对虾像香蕉那么大，抓在手里头吃，一手抓一个，咬一口左手的，再咬一口右手的。他每次说的时候，表情都很热情很贪婪。

方博南拍了儿子的大头，哈哈大笑。

果果说，你不要乱讲，可是儿子啊，吃什么都不重要，重要的是这一次画展对你爸爸的意义。浩然小子问，什么意义？

果果说，意义就是，别人现在承认你爸爸他是一个画家，而且是一个好画家。

开幕式那天，一家三口都打扮得格格正正地去了。哈果果给方博南新添了一套西装，方博南穿上简直像变了一个人似的。这个人一向不大穿西装，总是夹克、T恤、休闲服，果果回想起来，其实这十多年来，方博南也没穿过什么贵重的衣服，也没吃过什么山珍海味，自己于做饭这件事上欠缺天分，手艺经十年而未有明显进步，方博南倒也没有什么挑剔与抱怨，并且他最讨厌浪费粮食，基本上有剩菜剩饭都是他包圆儿，所以这一回，借着参加画展，果果好好地给方博南添了些行头。方博南像过新年穿新衣的小孩儿一样高兴。果果想，其实男人也是爱新衣的，与女人只是说与不说的区别罢了。

开幕式挺隆重的，果果把儿子也好好地打扮了一下，可是领导的发言与媒体的报道使得浩然小子非常不耐烦，叽叽咕咕地抱怨说这些人比班主任还要唠叨。好容易等到剪了彩，进入展厅，浩然小子一个劲儿地问，我老爸的画在哪里，在哪里？找到爸爸的画之后，便站在画前欣赏了好一会儿，然后就消失了。快到饭点的时候才出现。但是这一天午餐自理，浩然小子没有吃到预想中的自助餐，无比失望。他同学舒朗隔天问起来，方浩然同学只好胡编了一些菜色，舒朗也表示了羡慕。两个幼稚鬼也难怪能成为好朋友。

隔了一天，果果把儿子送到妈妈家，自己又买了票独自一个人去看画展。

省美术馆是民国建筑，经过整修更是端庄气派，这段时间的主要展览就是庆祝新中国成立六十五周年六十五位画家联展，这也是这一年最重要的项目了。展厅宽阔，参观的人当然不算多，可也并不像果果想象中的那样少，还是颇有些人的，而且多半是认真地在看画。有年轻的学生，有穿戴十分齐整的中年人，有干部气质的老人。还有年轻的妈妈带着孩子，那小小的孩子背着画板，神情十分严肃地一幅画一幅画地细看。

果果久久地站在方博南的画前，非常紧张地计较着有多少人站在这画前看，有多少人看得专注，他们都看了多长时间。若有人对方博南的画作表现出特别的兴趣，果果便觉得他或是她面目尤其可亲，她自己慢慢地也觉出了自己的滑稽来。

果果笑起来。

她记起，她其实是见过这些画的，它们在家里书房的一角堆了很长时间。她也弄不清楚方博南到底是什么时候完成这些作品的，当时在她的眼里，这些画就只是一堆杂乱的线条与绚烂而没有意义的色块。当年恋爱的时候，她是帮过方博南钉画框的，其实她哪会做那些，不帮倒忙就算好的，可方博南却劲头十足，非要让果果拿着钉子，自己握了她的手腕来敲，并且说这一个一个的钉子因此而意义非凡。果果想，她有多少年没有帮方博南钉过画框了，到此时此刻，这些画上的线条这些色块才一点点地归了位，安静下来，沉淀下来。它们开始讲述开始叙说开始与哈果果的精神交会。

果果想，她差不多已经记不起来方博南原来还是一位画家了。

现在总算是想起来了。

果果想，咦，她送儿子去学钢琴去上英语班，可是为什么却没有想起让儿子跟着方博南学画呢？

回到家后果果跟方博南提起这档事儿。方博南也笑了，说连他自己也没想起这茬来，总觉得小孩儿一点点年纪学了那么多东西已经太不容易了。

而从这一天起，方浩然拜在自己老爸名下开始学画。

怪的是，浩然小子学琴与学英语似乎都没有表现出任何天分来，可是学画时竟然十分有灵气。那么好动的孩子，一坐就是两三个小时，一点儿没有怨言。方博南的一些搞美术的朋友看了他的画也很是惊讶，说这小子天生是吃这行饭的。果果不禁感叹遗传的神奇，并且师从老爸，资源现成，省了一大笔的学费，真是

赚着了。

方博南看儿子学画学得不错也挺高兴，不过，在他心底里，他宁可儿子只把画画当成一个业余爱好。

其实他并不是没有想过让儿子跟自己学画。

这种事情如何能忘？

他只是想，他自己是这样一个有理想的人，从来没有后悔过当年学画，可是二十多年来无论他有多么努力，他也只得为稻粱谋。

一个艺术家为稻粱谋有多么不容易，方博南比谁都体会得深。

哈果果一心想着请楚一帆吃顿饭，她不待见他是一回事，可他毕竟是方博南多年好友，这些日子对方博南又多有照顾，不答谢人家一下说不过去。

可就在她打算请楚一帆的时候，方博南带了消息过来说，楚一帆受伤住院了，说是胳膊骨折不算，还有脑震荡，伤得不轻。

果果赶紧问出了什么事儿。方博南说，是为了陈安吉。

夫妻两人到医院去看楚一帆，见他模样凄惨，精神却亢奋，一双不大的眼睛精光四射，说起话来用他剩下的那只好胳膊舞之蹈之。

果果听出了个大概。

原来，陈安吉的那个海归未婚夫毁婚了，他遇上了一个更好的对象，出身豪富之家，在自己家族公司里任职，并且漂亮年轻。

陈安吉察觉的时候，那两个人已密不可分，连结婚证都领了。

楚一帆听得消息，独自一人打上了人家的门，却不料被人打得半死。

方博南听完说，老楚你失策了啊，你怎么能单枪匹马地去呢？至少要叫上我，我们双剑合璧，定然所向披靡。楚一帆说，老方，下次，下次，等我伤好后咱们重出江湖。浩然小子也兴奋地说，我跟你们一起去。楚一帆说，少侠啊，少侠啊！

哈果果听不得他们这种一本正经的无聊和幼稚，便走出病房。一出来便看见陈安吉从走廊那头走了过来。

第四十二章

梦想之屋

果果对陈安吉的出现并不意外，楚一帆怎么说也是为了她才受的伤。可是果果也不敢多问关于那只海龟的事儿，倒是陈安吉自己一五一十地把事情跟哈果果说了。

果果想，这种事，多少总有些蛛丝马迹的，像陈安吉这么聪明的人，会一直被蒙在鼓里吗？

陈安吉像会读心术似的，接着说，是啊，你想的没错，我哪会一点儿数也没有？他一点一点地疏远我，可是大概是那边还没有百分百的把握，所以他一直还吊着我，一直到把结婚证拿到手，才开口说分手，消失得那叫一个干脆利落，好像慢一步就要被我缠住走不了似的。果果骂，这种男人！不是东西！现在分了，也好。

陈安吉笑一下说，人绝对是个聪明人，学业、工作，无不头脑清楚，精于算计，这份算计也用到感情上来就有点儿可怕了。

果果沉吟一会儿说，说起来，楚一帆这个人吧，泛爱了一点儿，可是倒不会算计感情。你别怪我多嘴，现在你跟楚一帆都是单身，再说你们也不是没有感情，有没有可能再考虑他呢？

陈安吉半天没有说话，最后才慢慢地说，那我该用什么面目来面对他呢？

果果想，这又有什么关系的，原本是什么面目，现在还用什么面目来面对他好了。人有的时候，就是想不通最浅显的道理。然而，这道理也只有让她自己去想通，什么人告诉她也是没有用的。

楚一帆伤好之后，打定了主意重新开始追求陈安吉。方博南大力支持他，说所谓浪子回头金不换哪，如果发现还是后头的那片草地好却还不知道回头，那也

算不得好马，不过是一头笨驴罢了。就只是，不晓得陈安吉那边是什么态度。方博南感叹道，女人的心哪，海底的针。

楚一帆认真地说，我有心理准备，也有行动上的准备。

方博南笑问什么样的准备。楚一帆说，雄关漫道真如铁，而今迈步从头越。

方博南大声叫好。

楚一帆也笑说，你们家哈果果一定会不以为然的。可是你知道吗老方，她再不待见我，再怎么说不好听的话，我都一辈子都感激她啊，要不是她，我早死过一回了。

方博南一开始没有明白，忽地忆起那一个晚上果果突然坚持要去楚一帆家，不禁骇然。

方博南他们出版社的不少年轻人开起了私家车，并且好多人都急赤白脸地打算买房，方博南多少有点儿眼热。每每回家后站在窗口看见那个垃圾中转站，便觉得，是时候跟果果说自己的那个主意了。

方博南说，老婆，我跟你商量个事儿，你看，我们再买套房怎么样？

果果给了他一个白眼说，不怎么样。我们不是有房子住吗？现在这一带的交通也不错，我们好容易还完了贷款，正是喘一口气的时候，又要背一块大石头在身上？

方博南说，你看啊，你存再多的钱也赶不上房价涨的速度，买房子也是一种投资。这边的房子虽然住得还算舒服，可是周边的环境实在是太糟糕了。

果果哧地笑一声说，你住房子还是住环境？你又不是要支个帐篷住在露天！

方博南说，重要的是我们还有儿子，我们现在替他买好房，将来他不是可以不用跟我们似的熬得那么辛苦？

听到提及儿子，果果不由得凝神静气起来，说，我们多存点儿钱留给他还不是一样。

这回轮到方博南哧了一声，老婆，你真是不懂行情，按现在这种趋势，到咱儿子结婚的时候，我们留给他的钱只够他买一间小厨房。你难道想让咱孙子住在蚂蚁窝里过日子？

多年以前那一番找房子的经历在果果的心上投下了深浓的阴影，以至于她一听到找房子便头皮发麻。

从十月开始，这个城市的房价就如同三伏天温度计里的水银柱，一路飙升。

如果是好学区，连几十平方米的二手房都能卖到一百多万。

在看到公司 N 个人买房之后，果果终于答应方博南开始人生第二次找房之旅。不过果果跟方博南约好了，不是真正看得中的房子绝对不轻易地下定。方博南连连说那是自然的，我们存钱有多不容易啊。

听得房价飞涨是一回事，可是要想真正体会房价的惊人还得亲自去买房才行。

方博南与哈果果利用一切空闲时间到处去看房。果果惊讶地想，究竟是从什么时候开始，这个城市的房价每平方米不再以千为单位，动辄就上万了呢？

方博南说，你说你吧，说你会算计，你的眼光永远只放在家里的那一点点钱上，一五一十十五二十，外头的事儿你是不关心的。一万算什么？你没看那个××路九号花园洋房，三万多一平方米，你当没人买吗？错！乌泱乌泱的人哭着喊着要买，急不可耐，跟困难时期抢购大白菜似的。说着，方博南张开双臂，做出急不可耐争抢的样子叫，给我留一套，给我一套！给我给我！

果果被他逗乐了，乐过之后叹了口气说，看来我们只能往郊区考虑了。

这一个周末，方博南夫妇俩带着儿子坐上开往郊区的车，去看房。

这次，他们要看的是联排别墅。

原本别墅完全不在果果考虑的范围之内，她无论如何也不能想象自己这辈子可以住上别墅。

消息是楚一帆告诉方博南的，说是这个近郊的小镇上开发了联排别墅，面积并不十分地大，关键是，七十八万可以拿下一套。当然这是大约半年前的价格，现在估计是涨了。可对于方博南而言依然是一个意外而巨大的诱惑，想想看，别墅啊，那可不是一般的房子，那可是楼上楼下，花园、车库啊！

一家人光坐车就坐了差不多两个小时。下车时果果一看，周围都是菜地，有农民挑着担子或是用自行车驮着农产品，似乎是赶集去。抬眼望出去，哪有什么小区或是别墅的影子呢？方博南安慰果果说，我们只是白看看，就当是出来郊游一趟了。

问了人才知道，小区还得往前走将近两站路。果果想，这连看房车也没有，估计也不是什么大开发商。

又步行了约莫二十分钟，终于看到了一片小区。

显然是一个尚未完成外部环境建设的小区，不过房子倒是意外地齐整，多是

一幢幢红砖尖顶的小楼。

售楼小姐带他们一家人去看样板房。七绕八绕之后，他们来到一幢小楼前。这就是所谓的联排别墅了，果果想。

哈果果完全是抱着可有可无的心态走这么一趟的，可是，当她跨进那套样板房时，她听见自己"啊"的一声叹息。

如果每一个人心目中都有一座 dream house，那么此时此刻，哈果果的 dream house 就在她的眼前缓缓地出现了。

开放式的厨房，饭厅有两扇落地窗，望出去是一个很小巧的后花园。花园里植了两株芭蕉，还没完全长成，细幼，色泽嫩绿，刚下过雨，空气里全是水汽，有一两粒水珠落在叶子上，它仿佛承受不起似的瑟瑟地抖了一下。一旁还有一个水缸，里头养了一缸水莲，白与浅紫。客厅不大，竟然做了一个假的壁炉。这套房子面积并不惊人，却分了三层。沿着窄窄的木楼梯走上去，二楼是两间不大的房间，一间做了书房，另一间做了孩子的卧室，连着一个小阳台。三楼则是主卧，带卫生间，竟然还有一个小小的退步，做成了工作间的样子。主卧的对面，是一个小小的阳光房，玻璃的房顶，一进去就暖烘烘的。楼里有台阶直通到地下室与车库，面积也都不大。整个房子像一个小巧玲珑的小城堡。

哈果果楼上楼下走了几趟，然后一言不发地在一楼客厅的沙发上坐了下来。

方博南一言不发地坐在她身边。方浩然走得累了，一屁股坐在客厅的地毯上，伸长了腿休息。

哈果果终于回过头来，方博南颇有默契地看向她。

哈果果说，老公，我们买吧。

哈果果跟方博南结婚十来年，连买一个榨汁机都要货比三家，犹豫来去，他们从来没有想过，买一幢别墅这种对他们这样的工薪阶层而言无与伦比的大事竟然在一个多小时内就决定了。他们在给定金之前围绕着房子走了一圈又一圈，手挽着手。

果果说，就是有点儿远啊，以后上班上学都不大方便。

方博南说，没关系，我努力多挣钱，咱过两年买辆车。

方博南说，不知道这里的绿化将来做得怎么样。

果果说，一定会好的。

果果说，就是生活上也可能有点儿不方便，你说周围会有超市菜场什么的吗？

方博南说，会有的会有的。你没看这里有多少房子吗？会住进多少户人家啊。

果果说，房价超过我们的预算不少啊！

方博南说，可是这是别墅啊老婆，别墅啊！还带车库，楼上楼下，将来我们的儿子我们的孙子都可以在小花园里玩儿，再小它也是个花园啊。

果果说，我要在墙根底下种上爬山虎，将来长得把我们的房子都包围住。

种吧种吧，方博南说，可是我们一时半会儿是没有钱来做装修的。

果果轻快地说，可是我们现在用不着住过来啊，我们有房子住啊，我们可以慢慢地存装修的钱。

他们最终选定了与样板房一样的一套联排，在这一溜联排的最后面。手续办得相当顺利，当然，他们的钱像流水一样地流了出去，首期、交易税、房屋修缮费、物业费，终于，房产证与土地证都拿到手了。

他们的银行卡上只剩了五万的存款，哈果果说这是留着"过河"的钱，过日子救急用的，是万万动不得的。他们每个月还要付五千多的贷款，去掉两个人的公积金，每个月实还四千多，方博南的工资基本要用来还贷了。不过方博南说，我会努力挣钱的。

果果有时夜半醒来，想到那么多年一分一分存起来的钱，耳畔似乎能听到它们哗哗流淌出去的声音，那全是他们的血汗钱，她甚至每每到超市去都舍不得买一包自己最爱吃的山核桃仁。她多年没有买贵重的保养品了，自有了儿子以后，她一直跟儿子一块儿用宝宝霜。方博南从前总是大手大脚的，可是如今也得下狠心才给儿子买一架价值二百元的遥控飞机做生日礼物。他们当然算不得贫困，但是他们所有的钱，都是他们苛刻了自己的需求、欲望、享乐而得来的，他们就像那个有心的修行的和尚那样，把平时灶边落下的一粒米一颗豆都小心地收集起来，在一个特别的日子里煮成一锅美味的粥，这过程漫长缓慢，艰苦卓绝。而如今他们终于在这个城市的边缘地带拥有了一座梦之屋。果果甚至开始想象着，做什么风格的装修，配什么样的窗帘，买什么样的家具，二楼的房子自然是给儿子留的，要买一个特别舒服的可以当床用的沙发，爸妈来的时候可以住，阳光房里要放些什么植物，还要再放一套小巧的藤制的椅子与茶几，可以坐着喝茶看书。那个时候她跟方博南都老了，楼下有小孩子哇哇的叫声，小脚跑过来跑过去的嗒嗒声。

人生就那样过去了，永不回头，可是心满意足。

哈果果把每个月还贷的任务交给了方博南，让他每个月拿到工资之后就直接

下楼走上一百米,把钱打到他们贷款的那家银行的账户里。头一个月,方博南完成任务之后,看看自己工资卡上剩下的那点儿钱,嘿嘿一笑。按揭啊,方博南想,那就是把人按在地上活活地揭掉一层皮哪!

靠果果的工资,日子当然是能过的,可是自然是要省着点儿。方浩然每月的钢琴学费与营养费就要去掉一千多。果果跟方浩然规定说,从今往后每两个月才能吃一次肯德基,方浩然哼哼不已,果果说你不想要新房子了吗?方浩然立刻不作声了。他热爱新房子,特别是新房子里的楼梯,他是头一回看见屋子里还能有楼梯,而且新房子还有院子。最关键的问题是,他们一家人谁都不能生病,而且,家里也再不能有风吹草动了。

果果开始每天自制豆浆,死活拉着方博南做一点儿体育锻炼。方博南一边做伸展运动一边说,这个时候我要是中个五百万该多好啊。你猜,我要中了五百万会怎么样?

还贷呗。果果说。

在还贷之前呢?

我猜不出。喝酒?请客?狂欢?

都不是,方博南说,我就脱光了摆一个罗丹的思想者那个pose,啥也不做,就沉思。

说着,方博南半跪下来,握拳支着下巴,久久不动。方浩然也跑过来,嘻嘻哈哈地学老爸的动作,父子二人一大一小两个思想者。果果失笑,骂方博南发神经。

可是他们的快乐并没有持续很久。

十一月的时候,方博南听闻一个消息。

他们那个小区附近,要新建一个工厂,生产化学用品的,引进的外资。有不少人开始传言,这样的工厂怕是会有污染。而方博南他们买的那幢联排,正好是离工厂最近的,这样一来,他们房子的升值空间就相当有限了。而且,这种污染会不会对人体有害还很难说。

方博南听到消息后没有敢对果果说,独自一人跑了数趟,每回都拉着售楼处的小姐反复地询问有关污染的问题。小姐说,这是没有问题的,人家建厂子也是经过科学规划的对不?环保局也是批准的,而且会建防护栏。况且,小区里还会种植绿化带。小姐带着方博南走到他们的那幢楼,指着楼后那一片目前依然光秃秃的小山坡,告诉方博南说,绿化防护带明年就可以种好。方博南心里多少得了一些安慰,可是回到家后一想,不对啊,想必他们是知道工厂多少会有污染的,不然他们干吗非种什么绿化带?这不欲盖弥彰吗?

于是第二天,他又倒了三趟车跑过去。售楼小姐倒是好性子,看到方博南又来了,虽然惊讶却并没有不耐烦,又好言好语地劝了他半天,甚至告诉他,她自己也在这里帮家人买了一套,要真有污染,我爸妈他们陪您一块儿受污染成吗?

话说到这份上,方博南也实在不好意思再麻烦人家了。

于是他开始查询资料。这么一查,才发现,网上已经有他们小区的业主论坛,原来大伙儿早就热火朝天地讨论这个问题了,说什么的都有。有人说,专家论证过了,环保局也批了文,所以不至于对人体有什么大的伤害。马上就有人跟帖说,专家越是这样说就说明真有问题,专家专家,就是挨砖头的家伙。越看,方博南心里就越焦虑。

哈果果总觉得方博南这些天有些不对劲儿,问他他又不肯说,果果就觉得他莫名地变得无比小气。

比如,那天,果果收拾屋子,收拾出一大堆的废品,方博南下楼叫了收废品的来,结果只卖了一块五毛钱。方博南当面不好意思跟人家计较,转脸就骂人家是奸商。果果笑说,一个收废品的算得上奸商吗?

方博南叹了口气说,罢了罢了,就当我一块五毛钱请他把废品给我弄走,怪便宜的,请个钟点工做得多少钱?忽地又一转念,说,不对,他替我弄走了不要的东西,还倒找了我一块五,应该我给他一块五才对啊,里外我赚了三块钱,好好好。

果果非常奇怪地盯了他一眼,说,你不至于吧。

直到有一天,方浩然实在嘴馋,非要妈妈给他买个套餐吃,果果便给他买了。方浩然跟他老爸一样,也是肚子里存不住话,在老爸回家后兴兴头头地说,爸,今天我吃肯德基啦,这个套餐不错,下次再吃一回吧,要不然就下市了,吃不着了。

方博南一记重拳砸在饭桌上,砸得玻璃杯一跳。

果果问,方博南你怎么啦?

尾声

婚姻如歌

方博南拉着果果坐下来,艰难地吞咽了一会儿唾液,终于说,老婆,你听我说,咱们把新房子脱手吧。

果果大惊,你说什么?

方博南说,老婆你千万别着急,你听我慢慢告诉你。

方博南把事情跟果果说了,又说,看样子,这房子将来升值空间是不大了,再说谁也说不准有没有污染,对人有没有害。现在卖掉,是麻烦点儿,可是,多少还能赚点儿。我们可以慢慢找,在别的地方再找好的房子,你要是一时不想买,那咱就不买,把钱存着,好不?

果果脑子里一团麻似的,乱蓬蓬的,一时之间不晓得说什么好。方博南看她脸色煞白,以为她连气带忧失了神志,惊慌不已。他们一起坐在床上,一室的寂静。

突地外头炸响一声天地响,接着是噼里啪啦的一片炒豆子似的声响。果果说,有人结婚。是啊。方博南说。

天天都有人在结婚,无限的快乐与满足,如果他们知道前头的路会有多难走,还会不会这样高兴?

方博南笑起来,说,敢结婚的人是勇敢的。

果果接嘴说,结婚的人有福了。

可不咋的,方博南说,像我,就挺有福气。

你怎么有福气法?好容易买了个房还污染了。

作为一个男人,有个好老婆是有福气的;作为一个北方男人,娶了一个南方女人也是有福气的。

果果笑着直问到他脸上去，真的假的？

真的。我老婆，漂亮，懂道理，孝顺，家管得好好的，钱管得好好的，儿子也管得好好的。

方博南把哈果果的手拢在自己的手掌里，说，果果，房子，卖了吧，我来办，不用你操心。以后，咱们再买一个更好更大的没有污染的房子。

这一天晚上，方博南又失眠了，他想起单位里有人说笑，如今这年代，一套房子消灭一个中产阶级。

方博南觉得自己从精神上被消灭了。

哈果果半夜起来上卫生间时才发现，身边的方博南不见了，朦胧间看到客厅黑乎乎的一大团。

果果揉揉眼睛再一看，是方博南。

他坐在沙发上，支着下巴，果真是罗丹的思想者的姿势，滑稽而悲壮。

哈果果站在黑暗里，看了他许久许久。

第二天，哈果果对方博南说，我决定了，房子我们不卖！

方博南惊讶极了，大张着嘴不能说话。

果果一边麻利地洗着碗筷一边说，为什么要卖？九千多一平方米的联排，如今哪还有这样划算的房子买？靠近工厂怎么啦？说一定有污染，有证据吗？我相信环保局不会昧良心拿人民的健康不当回事。而且人家不是要建防护网吗？还有绿化带。你不跟工厂做邻居就没有污染啦？人家工厂还是全封闭式的，水电什么的都跟我们不一条线。一天怕到晚我还过不过日子了？

再说，果果转过头来，笑眯眯地看着方博南，我是真喜欢那房子，非常非常喜欢，那是我一辈子的梦想。以后，咱不提卖房子的事了，当务之急，好好挣钱，还贷，装修，将来我还要在新房子里娶媳妇带孙子。果果扬声问儿子，小大头，给你娶个漂亮老婆要不要？

方浩然思想比较幼稚，还没生出少年的心思来，干脆利落地回答，不要不要！

方博南和哈果果都笑了起来。

这个周末，果果提议，带上吃的还有充气床，到新房子那边郊游去。于是，一大早，一家三口就出发了，方博南背着巨大的登山包，雄赳赳地走在最前面。果果的手里拎着几株爬山虎的幼株。

今天交通出奇地顺，他们到了以后，先把爬山虎依着外墙根儿种了下去。

果果看看四周，已经有邻居种了爬山虎，这一开春，枯了一冬的叶子又扑拉扑拉地疯长了一墙。这种植物真野啊，怎么拦也拦不住似的，是真正的平民的植物。

种完了，果果在休息，儿子在小小的前院里踢球玩。

方博南坐在一边看着果果。这个女人她也老了。年轻时秀丽的线条变得圆润模糊，眼角也略有些下垂，鼻翼两侧的法令纹深了一些，尤其在她笑起来的时候。头发还丰厚，穿了件一口钟式的薄大衣，围着雪白的长围巾。她还是好看的，很好很好。方博南想。

方博南呵呵笑起来。

好男人是希望老婆老的，特别是漂亮的老婆。只有坏男人才希望老婆永远年轻，否则他们就要不停地换人。就好像他们不会老似的。鲜嫩的黄瓜也只有跟同样鲜嫩的黄瓜摆在一起时才好看，跟老酱瓜配在一起只能衬得老酱瓜更老而皱巴。老酱瓜自然是跟老酱瓜放在一起才顺眼。以前人只晓得鲜嫩的黄瓜维生素多，现在又研究出其实腌渍得好的老酱瓜有丰富的氨基酸。此时此刻方博南很想拥抱一下哈果果。

他忽地觉得好像自己跟哈果果有点儿相像起来。

他学会了她回家后把鞋子齐整地放好，用完的抹布洗好了放在微波炉里消消毒。

她也学会了他把饺子捏成扁扁的荷包形状，把麻油叫作香油。

他学会了说啊晓得啊，啊是的啊。

她也时常说咋回事咋回事。

也许夫妻俩到了某一时刻，爱情淡去，便开始了相互学习。

这些日子，他们的性生活恢复了，当然质与量都不如从前，好像他们对这档子事儿都有点儿淡了。这也没什么不好，男人对女人或是女人对男人说穿了也不过那种想头，没有了那想头，或许可以更重视一点儿肉体以外的东西。魏尔伦说过，他爱肉体多过爱灵魂，因为灵魂可以不朽，可以有很多时间慢慢来看，可是肉体是会腐烂老去的，得尽快地爱。

然而，方博南想，他们都到了该爱对方灵魂的时候了，否则也来不及了。人其实并不像自己想象的那样真的拥有很多很多的时间。

这一天晚上，他们一家人给充气床充足了气，睡在四壁空空的新房的地上。

四周是光秃秃的毛坯墙壁，窗子的密封不是很好，夜风吹来，咯嗒咯嗒细微地响。

他们想象着装修好之后的美妙景象。

孩子睡着了。

哈果果睡着了。

方博南于许多年后得出一条新的方氏婚姻伦理定律，婚姻如歌，唱着唱着，你就会唱了，把调子唱顺了，你就一路唱下去吧。

他也终于睡着了。

方博南告诉哈果果，说最近楚一帆跟陈安吉好像处得还不错，听楚一帆说，前途非常光明。哈果果听了，很狡黠地眨眨眼说，知错能改，善莫大焉。楚一帆哪，还真是一只好有毅力也好有福气的癞蛤蟆。

说完便吃吃地笑。

方博南也乐了，说，哎哎哎，你总是这样不待见老楚，其实这个人也没有什么，不过有时候小处不糊涂，大处糊涂，有时候呢又恰好相反，总之有点儿让人搞不清楚他什么时候糊涂，又什么时候不糊涂。其实人还是不错的。看人看主流嘛。

哈果果"哎哟哎哟"地感叹说，楚一帆的主流只有你方博南最能看得清楚。我们笨人是看不清楚的。

好半天之后，方博南才回过神，原来在哈果果的眼里，可能他方博南也知错能改，善莫大焉，同样是一只又有毅力又好福气的癞蛤蟆。一念至此，方博南又气又乐，不禁咚咚地擂桌子说，混账混账！

果果却在跟陈安吉聊起楚一帆的时候，说这个男人哪，主流是好的。

陈安吉于是笑问，那你说说，方博南是一个什么样的男人？

哈果果说，方博南嘛，脾气不好人还是好的，嘴巴很欠但心肠是软的。在乎亲情，对我家人吧，该做的一定会做，可一点儿也不耽误他乱抱怨。重情义，要不然也不会跟楚一帆一直做好朋友，他们俩是气味相投。可是方博南也没有深情到大义凛然，只要有人存心诱惑他，他也很可能会受诱惑。表面上，嗯，气势磅礴，可关键时刻就优柔寡断，举棋不定，需要身边的人来肯定他，然后嘛，有理想，但是有时候又理想得过了头，接近于幼稚。不爱做家务但是精通不少雕虫小技，遥控器坏了修一修啊，什么东西断了粘一粘焊一焊哪，拉链坏了换一换哪，

电脑坏了重装个 Windows 系统啊，也许你可以肯定他的渺小性，但也不能否认他的实用性。

果果慢慢地说着方博南的那些事儿，把这么多年的岁月流水一样地说过去，滚雪球一样越说越多。她有一段时间从不去想方博南的好处，就好像方博南什么好处也没有，可是现在说给别人听，边说边慢慢地记起来，方博南的确是有很多好处的。

新的一年，方博南接了不少的活，所谓开年大吉，如今非也这个名字也算是社里的一个招牌了。

他们的新房一切都好，而且那家要建的工厂也根本不是什么化工厂，其实就是某大型超市的集装式仓库。当初也不知那谣言是怎么传出来的。房子升值了，可因为交通不便没升多少。方博南说，走着瞧吧，要是以后通了地铁，哼！

钟鸣结婚了，新娘挺漂亮挺活泼的。公司里好多人都去喝了喜酒，果果也去了，给他封了个大红包。

方博雅打来了电话，说她精神还可以，说是要好好工作，将来还是想争取儿子的抚养权。

果果说你要有事儿，给我和你哥打电话。

哈家爸爸过寿，去了趟金山寺烧香。有人看见他，对他说，老人家，你后福不浅哪。哈爸爸非常得意。

哈妈妈新近迷上了八卦，每天准时收听一档节目，里头有一位自称是博士的人在宣讲人体穴位与八卦的对应。

哈妈妈悄悄塞给女婿方博南一张小字条，上头写着方博南哈果果与方浩然的名字，各人名字后头一串数字。

哈妈妈说，这些数字就是各人身体上重要的穴位对应的八卦，每天多念几遍可保身体健康。

方博南欣然接受，哈果果骇然而笑，她那精明一世的老妈，老了倒成了老小孩了，好哄好骗，幼稚可爱。

有一天，方博南突地接到陈安吉的一个电话，说她打楚一帆的电话一直打不通。方博南跟他解释说老楚正在开一个重要的会议，可能关机了。陈安吉在电话里说，那麻烦你跟他说，晚上叫他回家吃饭。

方博南挂掉电话之后，想了一想，哈哈笑起来。

他中午出去剪了个发，想着楚一帆一定回办公室了，本来想打个电话转达一下陈安吉的话，突然起了恶作剧的心。他站在楚一帆办公室楼下，对着他的办公室打了一个悠长的呼哨，拢了手放在嘴上，冲着楚一帆的窗子大叫，楚一帆！你老婆陈安吉喊你晚上回家吃饭！

喊完仰天大笑，扬长而去。

他想他今天也要早点儿回家吃饭。

-end-

2010.2.6 完稿
2021.3.10 修订